Diamond
钻石译丛

La muerte de Artemio Cruz

阿尔特米奥·克罗斯之死

CARLOS FUENTES

〔墨西哥〕卡洛斯·富恩特斯 著

亦潜 译

人民文学出版社
PEOPLE'S LITERATURE PUBLISHING HOUSE

著作权合同登记号　图字 01-2018-8937

图书在版编目(CIP)数据

阿尔特米奥·克罗斯之死/(墨西哥)卡洛斯·富恩特斯著;亦潜译.
—北京:人民文学出版社,2019
(钻石译丛)
ISBN 978-7-02-015016-8

Ⅰ.①阿…　Ⅱ.①卡…　②亦…　Ⅲ.①长篇小说-墨西哥-现代　Ⅳ.①I731.45

中国版本图书馆 CIP 数据核字(2019)第 019186 号

责任编辑　**甘　慧　陶媛媛**
封面设计　**高静芳　丁威静**

出版发行　**人民文学出版社**
社　　址　**北京市朝内大街 166 号**
邮政编码　**100705**
网　　址　**http://www.rw-cn.com**

印　　刷　**山东临沂新华印刷物流集团有限责任公司**
经　　销　**全国新华书店等**

开　　本　**889 毫米×1194 毫米　1/32**
印　　张　**9.625**
字　　数　**237 千字**
版　　次　**2011 年 9 月北京第 1 版**
印　　次　**2019 年 8 月第 1 次印刷**

书　　号　**978-7-02-015016-8**
定　　价　**59.00 元**

如有印装质量问题,请与本社图书销售中心调换。电话:010-65233595

预先思考死亡，就是预先思考自由。

——蒙田：《散文》

来到地面上的人

进了冰的摇篮，

进到坟墓里的人

看到了你代表的是什么……

——卡尔德隆：《世界大戏剧》

我独自一人，我知道我能做什么。对于别人，我却不过是“也许”而已。

——司汤达：《红与黑》

……有我，有他，我们三个，总是三个！

——戈罗斯蒂萨：《没有结局的死》

生命是廉价的，生命一钱不值……

——墨西哥民歌

我醒了过来……把我弄醒的是同我身体接触的这些冰冷的东西。我原先不知道人是会小便失禁的。我的眼睛仍然闭着，连最近处的人声也听不到。睁开眼睛是不是就听得到呢？……但是我的眼皮沉重得很：是两块铅，舌头上是一些小铜币，耳朵里有槌子在敲打，呼吸中有一种……一种像是生锈的银子似的东西。金属，这一切全是金属，又是矿物质。我不知不觉地撒了尿。也许（我曾经失去了知觉，现在猛然记起来了）在这些钟点当中，我不知不觉吃过些东西。因为刚刚天亮时我伸出了手，把电话扔掉（也是无意中扔掉的），扔在地上，脸朝下扑在床上，胳膊下垂着：手腕上的血管痒痒的。现在我醒过来了，但我不愿睁开眼睛。虽然我不愿，我的脸附近却老是有件什么东西在闪亮。这种亮光透到我的眼皮里面，形成闪逝着的一点点黑光和一些蓝色的圈圈。我让脸部的肌肉抽动一下，睁开了右眼，看到了这亮光反映在一个女人的手提包上镶嵌的玻璃上面。我就是这个。我就是这个。我就是这个被大小不匀的玻璃方块把面容分割得四分五裂的老头子。我就是这只眼睛。我就是这只眼睛。我就是这只布满了长年积压、忘掉了又不断出现的怒火的根苗的眼睛。我就是这只在眼皮当中鼓起的、绿色的眼睛。眼皮呀。眼皮呀。油腻的眼皮呀。我就是这只鼻子。这只鼻子。这只鼻子。弯曲的鼻子。宽宽的鼻孔。我就是这副颧骨。颧骨。从这里长出了灰白的鬓须。长出。怪脸。怪脸。怪脸。我就是这张同年老和痛苦毫不相干的怪脸。怪脸。牙齿因为抽烟发了黑。抽烟。抽烟。我的呼吸发出的阵阵水汽，把玻璃弄模糊了，一只手把床头小几上的热水袋拿走了。

“医生，您看：他想动……”

“克罗斯先生……”

“他临死了还要骗我们！”

我不想说话。我嘴里塞满了旧的铜币，塞满了这种味道。但是我稍微睁开一下眼睛，透过睫毛看出了两个女人，看出了那个发出一股消毒气味的医生：他那双汗湿的手正伸进我的衬衣底下摸我的胸膛，这双手冒出一股酒精散发的怪味。我设法使他的手缩回去。

“喂，克罗斯先生，喂。”

不，我不肯把嘴唇张开：或者不如说，不肯把玻璃中反映出来的这一道没有嘴唇的带皱纹的线条张开。我要一直把双手伸着放在毯子上。被单一直盖到我的肚子。胃呀……唉……双腿还是张开的，中间放着这件冷冰冰的器皿。胸膛还是在熟睡着，仍然有这种酥麻的痒感，我现在……不……我过去在电影院里坐久了，就有这种感觉。血液循环不畅，对了。没别的。没别的。没什么了不起的。应该想想身体。想到身体，就使人筋疲力尽。自己的身体。统一的身体。使人疲倦。不想。算了。我想了，我就是见证人。我是的，是个身体。它留下。它要离开了……要离开了……它正溶化在这一大堆悠忽闪现的零零散散的神经和鳞片、蜂巢和红血球当中。我的身体，这个医生正在把手指伸进来触摸的身体。害怕。我一想到自己的身体就害怕。面孔呢？特蕾莎已经把照出我的脸影的手提包拿开了。我努力回忆自己照出的脸影；这是一张被一块块不对称的玻璃分割得四分五裂的脸，一只眼睛很靠近耳朵，却远远离开另一只眼睛，怪脸的相貌分在三个转动着的镜子里。我的前额冒着汗。我又一次闭上眼睛，我请求，我请求把我的脸和身体归还给我，我请求，但是我感觉到这只在摸我的手，我想避开它的接触，但我没有力气。

“你觉得好些了吗？”

我看不见她。我看不见卡塔琳娜。我看到更远的地方去了。特蕾莎坐在靠椅上。她双手捧着一张打开的报纸。是我的报纸。是特蕾莎，但是她的脸藏在张开的报纸后面。

“把窗打开。”

“不行，不行。你会着凉的，那就麻烦了。”

“别理他，妈妈。你没看见他想动吗？”

哎。我嗅到了这股香的气味。哎。门口的轻轻响声。他带着这阵香的气味，拖着黑色的衣裾，举着洒圣水的家伙进来了，为的是要煞有介事地向我告别。嘻，他们上当了。

“巴迪亚没有来吗？”

“来了。他在外边。”

“叫他进来吧。”

“不过……”

“先让巴迪亚进来。”

喂，巴迪亚，你过来。你把录音机带来了吗？你如果懂事，你就会把它带来，你从前每天晚上都是把录音机带到我在科约阿康的家里来。今天你比以往任何时候都想给我一个一切如常的印象。巴迪亚，你别扰乱例行的仪式了。啊，对，你过来了。她们是不愿意的。

“过去，女儿，让他认认你。告诉他你叫什么名字。”

“我是……我是格洛丽亚。”

我能看清她的脸就好了。我能看清她那装出奇怪表情的脸就好了。她一定感觉到了这种腐败的鳞片的气味；她一定在瞧着这个深陷下去的胸膛，这堆灰色的蓬乱胡子，这股止不住的鼻水，这些……

他们把她从我的身边拉开了。

医生按我的脉搏。

“我要跟同事们商量一下。”

卡塔琳娜用她的手触摸我的手。多么无用的爱抚。我看不清楚她的样子，但我努力把我的视线固定在她的视线上。我吸住了她的视线。我握住她那冰冷的手。

“那天早上我高兴地等着他。我们骑着马渡了河。”

“你说什么？别说话了。别累了。我听不懂你的。”

“卡塔琳娜，我想回那边去。多么白费气力。”

是的：神父向我俯下身子。他嘴里念念有词。巴迪亚插上了录音机。我听到自己的声音、自己的话。哎，夹着一个呼喊声。哎，呼喊声。哎，我算是活过来了。是两个医生在门口探首瞧着。我算是活过来了。雷希娜，我痛，我痛，雷希娜，我知道我痛。雷希娜。士兵。你们拥抱我吧；我痛。有人把一柄又长又凉的匕首刺进了我的胃；有某个人，另外一个人，把一件钢铁的东西刺进我的内脏。我嗅着这种香的气味，我累了。我任他们摆布。就让他们费劲地把呻吟着的我抬起来吧。我活着，并不是你们的功劳。我不能，我不能，不是我自己挑选的，我摸摸自己冰冷的脚，我不喜欢这些蓝色的趾甲，我新长的蓝色的趾甲。唉，唉，唉，我算是活过来了：我昨天干了些什么呢？如果我想到了昨天干的事，我就只会想到现在正在发生的事。这是一种清楚的思路。十分清楚。想想昨天吧。你并不是这样疯疯癫癫的；你并不是这样痛苦的；你已经能够想到这个了。昨天，昨天，昨天。昨天阿尔特米奥·克罗斯从埃莫西略飞到了墨西哥城。是的。昨天阿尔特米奥·克罗斯……在病倒之前，昨天阿尔特米奥·克罗斯在他的办公室……不，他没有病倒。昨天阿尔特米奥·克罗斯在他的办公室感到自己病得很厉害。不是昨天。是今天上午。阿尔特米奥·克罗斯。不是病了，不是的。不是阿尔特米奥·克罗斯，不是的。是另外一个人。在一面摆在病床前的镜子里。另外一个人。阿尔特米奥·克罗斯。他的孪生兄弟。阿尔特米奥·克罗斯病了。另外一个人。阿尔特米奥·克罗斯病了。他不是活的了；不，他仍然活着。阿尔特米奥·克罗斯曾经是活的。他活了好些年……他不怀念这些岁月，不，不。他活了好些日子。他的孪生兄弟。阿尔特米奥·克罗斯。他的替身。昨天，死前只活了若干天的阿尔特米奥·克罗斯，昨天阿尔特米奥·克罗斯……是我自己……又是别人……昨天……

你昨天干的事同往常每天一样。你不知道是否值得考虑一下。你只想靠在那里，靠在你的卧室的暗处，考虑一下以后将要发生的事。你对已经发生了的事就不打算考虑了。你在暗处，眼睛看着前方；这双眼睛是不会对过去的事加以预测的。是的；昨天你从埃莫西略起飞，昨天，即一九五九年四月九日，坐的是墨西哥航空公司的班机，九时五十五分从酷热的索诺拉州首府起飞，十六时三十分到达联邦区墨西哥城。你从那四引擎飞机的坐椅上，看到一个平整的灰色的城市，周围是一圈用土坯和铁皮屋顶搭成的房子。女服务员给你送上包着透明纸的口香糖——这一点你记得特别清楚，因为她将是——她应该是，你从现在开始，别再把一切都回忆成将来的事了——一个十分漂亮的姑娘，而你一向在这方面是很有眼力的，尽管你到了这样的年纪，对这样的事注定了只能神往而不怎么能实干了——你用词不当了：当然，你永远不会感到自己注定只能神往，虽然你的确只能对这件事神往一番——提示灯闪亮了：“请勿吸烟，系好安全带。”这时候，飞机飞进了墨西哥山谷，猛然下降，好像在稀薄的空气中失去了维持自己的力量，接着又向右倾斜，包裹、袋子和手提箱都倒了下来，大家不约而同地喊叫起来，喊叫声中有时掺杂着轻声的啜泣。火焰开始嘶嘶地烧起来，从右翼的末一个引擎喷出。引擎不转动了。人人都一直在喊叫，只有你一个人保持着镇静，一动不动，嚼着你的口香糖，盯着那位在过道上来来去去劝旅客安静下来的女服务员的腿。引擎内部的灭火装置起了作用，飞机平安无事地着陆，但是谁也不知道，只有你这位七十一岁的老头子当时是镇静自若的。你为自己感到自豪，但不形于色。你想到，你干了多少怯懦的事，所以现在你反倒容易鼓起勇气来了。你微笑起来。你自言自语地说，不，不，这不是什么奇闻；这是事实，也许甚至还是一个普遍真理。你去索诺拉是坐汽车去的，坐一九五九年的沃尔沃汽车，牌照是“联邦区 712”，因为政府有些要人已经打算闹别扭，你必须走完这条路，保证你所收买了的这一大串官员仍然对你忠诚不二。收买，是的，是收买，你在冠冕堂皇的过时节日应景文章中常用的字眼，是连你自己都不相信的。我要说服他们，我要劝说他们。不是的，你是要收买他们，要他们向那些在索诺拉、锡那罗亚和联邦区之间贩运渔产的人收捐要税——这又是一个难听的字眼。你把百分之十分给稽查员，渔产运到城里时，由于经过这一大串中间人之手，价钱就抬高了，而你得到比产品原价高二十倍的利润。你努力回忆这一切。你实现了自己的愿望，尽管这一切在你看来只不过像你的报纸上的一小段社会新闻，尽管你认为你回忆这些事情实在是白费时间，但是你还是坚持这样做，做下去。你还是坚持。你也许想回忆别的事情，但首先你想忘掉你现在的处境。你要为自己开脱。不是你现在的处境，而是你当时的处境。你晕倒后被送回了家；你在自己的办公室里颓然倒下；医生赶到，说要等几个小时才能作出诊断。别的医生也赶来了。他们都一问三不知，什么都不懂。从他们嘴里说出了一些不好懂的字眼。你希望想象一下自己的样子，像一个空空的皱缩的皮酒囊。你的下巴尖在发抖，你的嘴发出难闻的气味，你的腋窝发出难闻的气味，你腿间的一切都在发臭。你躺在那里，澡没有洗，脸也没有刮，你成了一件承载着汗水、兴奋的神经和下意识的生理机能的器皿。但你坚持要回忆昨天发生的事。你从机场到了你的办公室，你穿过一座弥漫着芥子气的城市，因为那时候警察刚刚驱散了小马广场[1]上的这场示威。你同你的主编商谈了头版标题、各篇社论和漫画的问题，你感到满意。你接待你的美国伙伴来访，你向他指出这些所谓工会清洗运动的危险性。然后，你的总管巴迪亚到办公室里来告诉你印第安人在闹事。你叫巴迪亚转告农业村社督察员好好管束这些人，告诉他，你给他钱就是找他干这个的。你昨天上午忙碌得很。那个拉丁美洲大恩人[2]的代表要见你，你争取到增补给你的报纸的津贴。你把社会专栏的女编辑喊来，吩咐她在专栏里登上一篇咒骂那个在索诺拉交易问题上向你开火的科乌托的文章。你干了多少事啊！接着，你坐了下来，同巴迪亚一起计算你的财产。这在你是十分自得其乐的。你办公室的一整面墙壁都被一张图表盖满，表上显示你所操纵的事业的范围和彼此的关系：报纸、不动产投资（在墨西哥城、普埃布拉、瓜达拉哈拉、蒙特雷、库利阿坎、埃莫西略、瓜伊马斯和阿卡普尔科）、哈尔蒂潘的硫磺矿、伊达尔戈的矿山、塔拉乌马拉的林木特许采伐区、旅馆业系统的股份、管道工厂、渔产贸易、对其他投资公司提供资金的投资公司、操控股票交易的关系网、美国公司的法律代表机构、铁路公债的管理机构、信托机构中的董事职位、外国企业（染料、钢铁和洗涤剂）中的股份，还有一个在图表上不出现的数字：存在苏黎世、伦敦和纽约的银行里的一千五百万美元。你不顾医生的警告，点起一支烟，又一次向巴迪亚叙述积累成这笔财富的经过——在革命进入尾声时向普埃布拉市的农民放短期高利贷；预先估计到普埃布拉市会扩展而在该市周围收购地皮；靠历任总统的关系在墨西哥城购得待分配的地产；收购“大都会”的这份报纸；收购矿山股票，成立一些墨美合营企业，由你作为稻草人出面，应付法律；充当美国投资者的心腹；在芝加哥、纽约和墨西哥政府之间做中间人；操

1 小马广场（Caballito Plaza），是墨西哥城内有西班牙国王卡洛斯四世的骑马像的广场。

2 指多米尼加独裁者特鲁希约，他自封为“国家大恩人”。

纵证券市场，按照你的意愿和利益，时而使它涨价，时而使它跌价，时而卖出，时而买进；托阿莱曼总统[1]的福而享到了一劳永逸的太平盛世；从农民手中夺取了村社土地，以便使内地城市进一步扩展城区；取得开采木材的特许权。是呀（你叹一口气，叫巴迪亚给你划根火柴），二十年来无非一直提高人们的信心，保持社会和平，促进阶级合作；经历了拉扎罗·卡德纳斯[2]哗众取宠的做法之后，二十年，来一直为国家的进步而努力；二十年来，企业界的利益一直受到保护，工会领袖变得百依百顺，历次罢工无不垮台。这时候你把手伸到肚子上，你那长着白色鬈发和橄榄似的脸庞的脑袋轻轻地贴在桌面玻璃上，你又一次（这次是多么地靠近）看到你那位病夫孪生兄弟的形象，而同时，一切嘈杂的声音都笑嘻嘻地逃出了你的头脑，所有这些人的汗水把你包围起来，所有这些人的肌肉把你挤得喘不过气来，使你失去知觉。照出来的孪生兄弟，又同另一个，也就是同你这位七十一岁的老头子，重合在一起。你毫无知觉地躺在转椅和钢制的大办公桌之间：你留在这里，不知道哪些事会载入你的传记之中，哪些事会避而不谈，被人隐瞒。你是不知道的。这都是一些很平凡的事，有这样的经历的人，你不是第一个，也不是唯一的一个。你感到踌躇满志。你记起这件事。但是你也记起别的事，别的日子。你不记得不行。那些日子有近有远，有的差不多忘记了，有的则历历在目——邂逅与拒斥、昙花一现的爱情、自由、怨仇、失败和意志——那样的日子，无论在过去和将来都不是你给它们取的名称所能概括的。在那些日子里，你的命运像长了一只灵狗的鼻子，穷追着你，找到了你，跟你算账，通过言语和行动把你体现出来。它像是一种复杂的、不透明的多脂肪物质，

---

1 米格尔·阿莱曼（Miguel Aleman，1902—1983），墨西哥前总统（1946—1952）。

2 拉扎罗·卡德纳斯（Lázaro Cádenas，1934—1940），墨西哥前总统（1934—1940），曾采取石油工业国有化等有利于国民经济发展的措施。

永远同另一种东西交织一起，而那另一种东西是不可捉摸的，那就是你那个被物质吸收了的精神：像鲜嫩的藤条那样的爱情、长着指爪似的野心、越来越秃的头顶上的烦恼、阳光和沙漠的忧郁、放着不洗的脏茶盆的颓唐、热带河流那令人神往的景致、刀剑和炸药给人带来的恐惧、对晾过的被单的遗忘、在黑马中度过的青春、荒僻的沙滩上的老年、信封和外国邮票的汇合、香火发出的令人厌恶的气味、尼古丁造成的疾病、红色土壤的哀痛、午后院子里的亲切气氛、一切物件的精神、一切灵魂的物质……你的记忆像刀一样把两边分开了，生命却像焊具一样把两半又重新连接，予以分解，追踪它们，找到它们。水果原是两半的，今天它们要合在一起了。你回忆起你留在后面的那一半。命运找到了你。你打个呵欠。不必回忆了。你打个呵欠。事物及其感情正在零星散开，沿路断成一段一段；在那边，在已经过去的后面，有一个花园。你如果能回到那个花园去，你如果能又一次终于找到它，那该多好。你打个呵欠。你没有挪地方。你打个呵欠。你正站在花园的土地上，但是苍白的树枝不肯结果实，多尘土的河床不肯流水。你打个呵欠。日子是互不相同的，又是一模一样的，是遥远难辨的，又是历历在目的。人们很快就忘掉需要、急迫和惊讶。你打个呵欠。你睁开眼睛，看见她们在那里，在你身边，假装殷勤。你喃喃说出她们的名字：卡塔琳娜和特蕾莎。她们一直隐藏着这种受了骗、受了污辱、要兴师问罪的心情。这种心情，现在由于不得已，又变成了一种表面上的关心、亲切和悲伤。表示关心的假面具是由于你的病、由于你的神色、由于人情世故、由于旁人注视的目光、由于代代相传的风俗而使她们不得不发生转变的第一个标志。你打个呵欠。你闭上眼睛。你，阿尔特米奥·克罗斯，他。闭着眼睛相信你的日子吧。

（1941 年 7 月 6 日）

他乘小汽车到办公楼去，路上经过那里。司机给他开车，他在车上看着报纸，但这时候他偶然抬起目光，看见她们走进了商店。他瞧瞧她们，眨了一下眼睛，接着，汽车又开动，他又继续读着来自西迪巴拉尼和阿拉梅因[1]的消息，瞧着隆美尔和蒙哥马利的照片。司机在阳光下直冒汗，但又不能打开收音机消遣一下。他呢？他想到自己在非洲战事爆发时同哥伦比亚咖啡园主合伙做生意算是做对了。这时，她们俩走进了店里，女店员请她们坐下，容她去通报老板娘（因为女店员对她们母女俩是什么人知道得很清楚，而且老板娘已经吩咐过，如果她们来到店里，一定要通知她）。女店员静悄悄地踏着地毯走过，一直走到最深处的房间。在那里面，老板娘正靠在一张铺了绿布的桌子上给一张张的请柬写上款。女店员进来的时候，老板娘把挂在银链上的眼镜取下。女店员告诉她，夫人和小姐都来了。老板娘叹息了一下，说："唉，是呀，是呀，是呀，日子快到了。"她谢了女店员的通报，整理了一下自己紫色的头发，噘了一下嘴唇，熄灭了那支带薄荷味的香烟，而在店铺的外厅里，母女俩已经坐了下来，一句话也没有说，什么也没有说，直到看见老板娘出来，老于人情世故的母亲才开口，假装正在进行一段其实从未开始过的对话，大声说："……不过这个款式显得好看多了。我不知道你觉得怎么样，但要是我，我就挑这个款式；的确十分好看，十分好看。"姑娘点了点头，因为她对于这一类的谈话已经习惯了，母亲讲话的对象不是她，而是现在正在进来的这个人。这个人伸手给姑娘，但是没有伸手给她母亲，只是把紫发的头斜斜地转

1 西迪巴拉尼（Sidi Barrani）与阿拉梅因（El Alamein），均在埃及亚历山大港附近。二次世界大战时，英美军队曾在此同隆美尔的兵团展开激战。

过来，咧嘴向她作出笑容。做女儿的开始把身子挪到沙发的一端，腾出地方让老板娘坐下，但是做母亲的使个眼色并在胸前摇动一根指头，制止了她。做女儿的不再挪动了，友善地瞧着这个染了头发的、站着的女人。这个女人问她们有没有决定要挑选什么。做母亲的说不，还没有打定主意呢，想把所有的款式都瞧一遍，因为其他一切细节都将取决于此：例如鲜花要什么颜色啦，女宾们要穿什么服饰啦，这一切都是。

“很对不起，这样麻烦你。我原先想……”

“别客气，夫人。能使夫人满意，我们就高兴。”

“对的。我们想把事情办得稳妥一点。”

“当然啦。”

“我们不想先搞错了然后临时又……”

“说得对。宁可不慌不忙地先选好，免得事后才……”

“是呀。我们想把事情办得稳妥一点。”

“我去叫姑娘们准备一下。”

剩下她们母女俩，女儿伸了一下双腿。母亲担心地瞧着她，所有的手指同时动着，因为她看见了女儿的吊袜带。她指点女儿在左腿的丝袜上涂一点唾沫。女儿找了一下，发现了丝线断开的地方，用食指沾了点唾沫，抹在那地方。“我有点困了。”她马上向母亲解释说。夫人微笑起来，轻抚她的手，两人继续坐在粉红色锦缎的沙发上，一句话也不说。最后，女儿说肚子饿了，母亲说，回头到桑波恩饭店去吃早饭，不过，她只是陪女儿去坐坐，因为近来她胖得太厉害了。

“你可没有什么好担心的。”

“真的？”

“你的身材很好。不过以后也得注意。我们一家人，女的在年轻时身材都不错，但过了四十岁之后就变了形。”

“你还很不错呀。”

“你已经记不清了，事情就是这样，你已经记不清了。何况……”

“今天一早我起来就觉得肚子饿。我早晨吃得很多。”

“你现在不必担心。以后倒真是要小心点。”

“生了孩子就会发胖吗？”

“不，问题不在这里；这不是真正的问题。现在只要节食十天，就可以恢复原样。问题是过了四十岁之后。”

在里面，老板娘跪在地下，嘴里咬着大头针，安排两个时装模特儿做准备，一面神经质地动着手，埋怨她们，怪她们的腿长得太短；腿这样短的女人，怎么能打扮成个好女人呢？她对她们说，她们需要做运动，打网球或骑马，总之，做一切有助于改进遗传体质的活动。她们对她说，她们觉得她在发火。老板娘说是的，这两个女人使她很恼火。她说，夫人从来没有伸手同人家握手的习惯；女儿倒是比较随和些，但为人有点心不在焉，好像这地方什么别的东西都不存在似的；但是，归根到底，老板娘同她们并不十分熟，谈不来，正如美国人所说的，The customer is always right. [1]现在，她们应该走出外厅，微笑着，嘴里说 Cheese。Che-eeese，Cheeee-eeeese[2]。她即使并不是生下来就注定要干这一行的，也只好勉为其难，她对今天的这些太太已经习惯了。幸亏每星期天她可以同从前年轻时一起长大的旧友们聚会，至少一个星期能有一天感到一点人生的乐趣。大家打打桥牌。她把这些告诉两位时，发觉她们已经准备好，就鼓起掌来，可惜腿太短了。她小心翼翼地把嘴里咬着的大头针插到一个天鹅绒的小针插上。

---

1 英语：顾客总是对的。

2 英语：干乳酪。

“他会来参加 Shower[1] 吗？”

“谁呀？是你未婚夫还是你父亲？”

“是他，是爸爸。”

“我哪晓得？”

他看见美术宫的橙黄色圆顶和那些又粗又白的柱子在面前掠过。但是他定睛瞧着上空，那里的电线在交叉、分开、飞跑——但飞跑的不是电线，而是把脑袋靠在座位上、灰色羊毛坐垫上的他——电线时而平行，时而连接到变压器的分线架上。掠过了邮政局的威尼斯式土黄色大门和墨西哥银行一排排塑像身上的丰满乳房以及倾泻而出的财宝的丰收角。他抚摸了一下浅棕色呢帽的丝带，在车里用脚尖蹬住他面前折叠起的座位边缘摇晃着。桑波恩饭店的蓝色马赛克铺石和圣方济会修道院磨细发黑的石头。汽车在天主教王后伊莎贝尔路的街角停住，司机摘下帽子，给他开了车门。他自己戴上了呢帽，用手指把留在帽子外的几绺头发整理了一下。一下子，一大群叫卖彩票的商贩、擦皮鞋的孩子、披着围巾的女人、上唇沾满了鼻涕的孩子，一拥而上，把他团团围住。他好不容易才穿过了旋转门，对着门厅的玻璃整理一下自己的领带。里面，在正对马德罗大街的第二块玻璃上，出现了一个同他一模一样的人，但离得很远，也在整理领带，也是用同样的带有尼古丁痕迹的手指，也是穿着同样的方格子衣服，但没有颜色，四周也是一群乞丐。当他把手放下来时，这个人也同时把手放下来，接着，就把背转过来对着他，向着马路那边走去，而他则去找电梯，因为他一时迷了方向。

人们伸出的手又一次使她泄气，她夹紧了女儿的胳膊，把她带进这种虚幻的温室似的热气之中，带进这种混杂着肥皂、熏衣草和

1 英语：为即将结婚的新娘送别的聚会。

新印的道林纸的气味之中。她站住了一会儿，瞧瞧那些陈列在玻璃后面的化妆品，也瞧见了自己的影子。她又眨着眼睛，以便看清楚摆在一方红绸子上的化妆品。她要了一小罐戏剧牌冷霜和两支同红绸子一样颜色的口红，打开自己的鳄鱼皮手提包，找零钞，但没有找到："拿着，替我找一张二十比索的钞票。"她接过了包好的货物和找回的零钱，两人就进了饭馆，找到一张空着的双人座桌子。姑娘向那位穿着特万特佩克[1]服装的柜台女招待员要了橘子汁，做母亲的也忍不住要了一份涂上黄油的葡萄干面包。两人四周环顾，想看看有没有熟人。最后，姑娘请母亲允许她脱下那套黄色衣裙外面的男式外套，因为从天窗透进来的阳光太晒了。

"琼·克劳馥[2]，"女儿说，"琼·克劳馥。"

"不，不是这样发音的。这样发音不对，克罗——福[3]，克罗——福；人家是这样发音的。"

"克劳——福。"

"不对，不对。克罗，克罗，克罗。字母a和字母u合在一起应读成o。我相信人家是这样念的。"

"我对这片子不那么喜欢。"

"是的，不太好看。但她演得很动人。"

"我厌烦极了。"

"你当时却一定要去看……"

"人家告诉我说好得很，但其实不是的。"

"消遣消遣嘛。"

"克罗——福。"

"对，我相信人家是这样念的：克罗——福。我相信字母d是

1 特万特佩克（Tehuana），墨西哥奥阿哈卡州的地名。

2 琼·克劳馥（Joan Crawford，1906—1977），二十世纪四十年代的美国电影明星。

3 此处母女二人的发音不同。

不发音的。”

“克罗——福。”

“我看这样是对了。除非是我自己错了。”

姑娘把蜜汁浇在蛋奶烤饼上，看清了每条缝里都有蜜汁之后，她就把烤饼切成小块。她每把一块这样烤过的、带蜜的饼送进嘴里，就向母亲微笑一下。做母亲的却没在瞧着她。有一只手在同另一只手抚弄着，用大拇指轻摸着另一只手的指尖，好像要把指甲翻过来似的。她瞧着她近处的这两只手，但不想瞧面孔。她看到一只手如何握住了另一只手，又如何慢慢地探寻它，连另一只手的皮肤上每一个毛孔都不放过。没有，手指上没有戴戒指；这两个人一定是未婚夫妻，或者是什么别的关系。她想躲开他们的视线，定睛看着她女儿的碟子上泛滥开的一大摊蜜汁，但是她不由自主地又把视线转回旁边桌上那对情侣的手上。她做到了躲开不去看他们的脸，但无法不看他们在彼此抚爱着的手。女儿用舌头在牙龈那里舔来舔去，把那些零散的碎片和核桃舔光，然后擦擦嘴唇，在餐巾上留下了红色的斑痕。但是在重新涂口红之前，她又一次用舌头舔掉了烤饼的残渣，还向她的母亲要了一片葡萄干面包。她说她不想喝咖啡，因为喝了之后精神太兴奋，虽然她很欣赏咖啡，但现在不行，因为她现在已经够兴奋、够紧张了。夫人轻轻地抚她的手，对她说，应该走了，因为还有许多事情要办。她付了账，留下了小费，两人站了起来。

那个美国人解释说，把沸腾的开水灌到矿层里，开水就会把矿层溶化，硫磺就被压缩空气挤到表面上来。他把这套方法又解释了一次。另一个美国人又说，他们对勘探的情况十分满意，说话时手在空气中挥舞了几下，在自己那松弛的发红的脸旁边晃过。他又说：“硫磺山好。硫化矿不好。硫磺山好，硫化矿不好。硫磺山好……”他用手指敲打着桌上的玻璃，点着头。他已经很习惯于这样一种情况，就是他们每当讲西班牙语的时候，总是以为他听不懂，原因倒不是因为他们的西班牙语讲得糟，而是因为他们以为他对事情一窍不通。“硫化矿不好。”技术专家把这地区的地图摊开在桌子上；他在这卷图纸摊开时把胳膊挪开了。第二个人解释说，这个地区的蕴藏丰富极了，可以最大限度地一直开采到二十一世纪之后很久；最大限度地开采，直到蕴藏枯竭为止；最大限度地开采。他这话又重复讲了七遍；他开始发表长篇大论时，原先拳头是垂下来的，现在又把拳头收起来，放到了显示出地质工程师这一大发现的、那一大片由许多小三角形组成的绿斑上面。那个美国人眨了眨眼睛说，杉树和桃花心树的林木资源也很丰富，他，这位墨西哥合伙人，在这一方面可以把利润的百分之百全都拿去；在这一方面，他们这些美国合伙人是丝毫不参与的，不过，他们劝他要不断地造林；他们处处都看到林木受到破坏。人们难道不懂得这些树就等于金钱吗？不过，这是他的事，因为那些硫磺山无论有没有森林，反正都是摆在那里的。他微笑了一下，站了起来。他把双手的拇指伸进了腰带和长裤的布料之间，把熄灭了的雪茄烟夹在嘴唇里上下摇晃，直到一个美国人手里拿着划着了的火柴站起来。这个美国人把火柴凑到雪茄烟前面，他用嘴唇把雪茄烟转了转，最后，雪茄燃着了，发出了亮光。他要求他们付给他二百万美元现金。他们问，这算是什么性质的钱？他们很乐意接纳他作为一个有三十万美元股本的股东，但是，在投资开始生利之前，谁也不能拿到一个铜板。地质工程师用一小块从衬衣兜里拿出来的麂皮擦他的眼镜，另一个人开始从桌子走向窗口，又从窗口走向桌子。接着，他又一次向他们表明，这是他的条件：这笔钱连预付金也不是，连贷款也不是，根本不是这一类性质的东西。他们想取得开采权，就必须付给他这笔钱；不事先付给他这笔钱，就休想取得开采权。现在他们送给他这笔钱，将来他们可以陆续赚回来；但是没有他，没有他这个稻草人，没有这个 front-man[1]（他用这个名词时请他们原谅），他们就不可能取得开采权，不可能开采这些硫磺山。他按了一下电铃，把秘书喊来，秘书迅速地念了一张纸上写着的简略数字，那两个美国人就连声说了几个 O.K.[2]。说 O.K.，O.K.，O.K.，他露出笑容，送上两杯威士忌酒，向他们说，他们可以开采硫磺了，可以一直开采到二十一世纪之后很久，但是，在二十世纪，即使是一分钟，他们也不能剥削他。于是，大家一起干杯，美国人一边微笑着，一边喃喃轻声说了一下 s.o.b.[3]，但是只说了一声。

她们两人手挽着手走着。她们走得很慢，头低着，每走到一个橱窗前都停下来，说：多好看呀，多贵呀，前面还有更好的，你瞧瞧这个，多好看呀。后来她们累了，就走进一家咖啡馆，找一处离开门口远远的、也离开男厕所远远的好地方，因为那些兜卖彩票的小贩把头伸进门口来，带起一阵又干又浓的尘土。她们要了两份橘子味的“加拿大汽水”[4]。母亲在脸上抹粉，照着粉盒上的镜子，看看自己那双琥珀似的眼睛，看看那两处开始在眼睛四周出现的皮囊的症状，然后她迅速地把粉盒子的盖子盖上。母女两人瞧着自己这份苏打加色素做的冷饮的泡沫，等待气体逸走后好一小口一小口地喝掉。姑娘偷偷地把脚抽出了鞋子，抚摸挤在一起的脚趾，而那位对着自己的橘子饮料坐着的夫人则回忆起家里那些隔开的房间，既隔开又相连，每天早上和晚上，嘈杂的声音都透进了紧闭的门：偶尔的喉咙咯咯声、鞋子跌落地板上的响声、钥匙串碰到壁炉台的响声、衣柜上缺油的铰链的吱吱声，有时甚至还包括睡眠中的呼吸节奏。她感到背上一阵寒噤。这一天的早上，她曾经蹑着脚尖走到关着的门前，忽然感到背上一阵寒噤。她猛然想到，所有这些杂七杂

1 英语：装点门面的人物。
2 英语：行，可以，好的。
3 英语 son of a bitch（狗养的）的缩写。
4 一种流行的饮料。

八的和正常的嘈杂声都是秘密的声音。她就回到自己床上，身上裹了被单，眼睛盯着天花板，天花板上散开一片扇形的、浑圆的、闪忽的光线：是栗子树的影子在闪耀。她把剩下的冷茶喝掉，一直睡到那姑娘来喊醒她，提醒她，这一天有满满一大堆事情要办，直到现在，当手里拿着冰冻的玻璃杯时，她才回想起这一天最初几个钟头的事。

他在转椅上仰身后靠，把弹簧压得吱吱作响；他问秘书："有哪家银行肯冒这个风险吗？有哪个墨西哥人相信过我吗？"他拿起了黄色的铅笔，指着秘书的脸：这一点必须肯定下来；让巴迪亚当证人吧。没有谁愿意冒这个风险，但他可不能让这笔财富在南方的密林中烂掉；既然只有美国人愿意出钱来勘探，那他有什么办法呀？秘书让他看看时间。他叹息了一下，说，行嘛。他请秘书去吃饭。他们可以一起吃。秘书认识不认识新的地方？秘书说认识，有一处新的饭馆，很舒适；有很好的甜食，有仙人掌花的，干乳酪的，玉米木耳[1]的；就在拐角。他们可以一起去。他感到累了；他今天下午不想回办公室了。怎么也得庆祝一番。当然啦。何况他们从未一起吃过饭，他们不声不响地下了楼，向着五月五日大街走去。

"你还很年轻。你今年多大了？"

"二十七岁。"

"什么时候毕业的？"

"毕业三年了。不过……"

"不过什么？"

"理论同实践是大不相同的。"

"你觉得这好笑吗？他们教了你些什么东西？"

1　玉米木耳，墨西哥一种长在玉米棒子上的木耳似的菌类植物。

“教了许多马克思主义。我甚至还写了篇有关剩余价值的论文呢。”

“这门功课一定很不错，巴迪亚。”

“实践却是很不一样。”

“你是马克思主义者吗？”

“怎么说好呢？我的朋友们当时全是马克思主义者。这一定是由于年龄的关系。”

“饭馆在什么地方？”

“马上就到了，就在拐弯处。”

“我不喜欢走路。”

“就在这附近。”

她们两人把一包包的东西彼此分了一下，向着美术宫走去，司机已经约好了在那边等候她们。她们仍然低着头走路，像两根天线似的向着橱窗张望。忽然，母亲战栗着抓住女儿的手臂，手中掉下了一包东西，因为她们面前，就在她们身边，有两只狗带着冷酷的怒气面对面地咆哮着，彼此分开，又咆哮一番，接着又互相咬脖子，咬到出血为止，然后向柏油马路走去，然后又纠成一团，用锋利的牙齿相互咬着，又发出咆哮声。这是两条流落街头的狗，身上长满了疮痂，淌着口沫，一条是雄狗，一条是雌狗。姑娘捡起了那包东西，把她母亲带到停车的地方。她们上了车坐下。司机问她们是否回洛玛斯。女儿说是的，说两只狗把妈妈吓坏了。夫人说不要紧，已经过去了：当时太突然，太靠近她了，但是，今天下午她们可以再到市中心去，因为她们要买的东西还很多，要去的商店还很多。姑娘说时间还充裕；还有一个月呢。母亲说，不错，但是时间过得飞快，你父亲对婚事一点也不关心，把要办的事全留给我们来做。而且，你也应该学会自己做人处世了；你不应该伸手同一切人握手。而且，我希望婚礼能快点办完，因为我觉得这会促使你父亲认识到他已经是个成熟的人。但愿能起这个促进作用。他还不懂他已经满五十二岁了。但愿你很快能生儿育女，无论如何，婚事会促使你父亲不得不在世俗婚礼与宗教婚礼上都同我站在一起，接受人们的祝贺，看到人人都把他当作一个可敬的、成熟的人来对待。也许这一切会影响他，也许。

我感到了这只抚摸我的手，我想摆脱它的接触，但我没有力气。多么无用的抚摸。卡塔琳娜。多么无用。你要同我说些什么？你以为你已经找到了你从不敢说出来的言语吗？今天？多么无用。你的舌头还是别动了吧。你别让它因为闲得发慌而来东解释西解释吧。你一向怎样假装，就忠实于那样的假装吧；忠实到底吧。你瞧：你学学你的女儿。特蕾莎，咱们的女儿。多难说出来呀。多么无用的人称代名词。咱们的。她不假装。她没有什么要说。你瞧瞧她。她手叠着手坐着，穿着黑衣服，在等待着。她不假装。说不定她在我听不到的地方已经向你说过："但愿一切都快快过去。因为他是能够一直装病来揶揄咱们的。"她一定向你说过类似这样的话。今天早上我从这场又长又舒适的熟睡中醒过来时，也听到了类似的话。我模糊地记起了那片安眠药，昨夜的镇静剂。你大概会回答她："我的上帝呀，但愿他别受太大的苦。"你大概会把你女儿讲的话岔开。你不知道怎样才能岔开我喃喃说出的下面这句话：

"那天早上我高兴地等着他。我们骑着马渡过了河。"

喂，巴迪亚，你过来。你把录音机带来了吗？你如果懂事，你就会把它带来的，正如你从前每天晚上都把录音机带到我在科约阿康的家里来一样。今天你比什么时候都更想给我一个一切如常的印象。巴迪亚，你别扰乱例行公事。啊，对，你过来了。她们是不愿意的。

"不，硕士，我们不能允许这样做。"

“夫人，这是多年的老习惯了。”

“你没看见他的脸吗？”

“请让我试一试。一切都就绪了。只要一插上录音机就行。”

“这件事由你来管吗？”

“阿尔特米奥先生……阿尔特米奥先生……我给您带来了今天上午录的音……”

我点点头。我努力要作出笑容。照每天惯常的那副模样。这个巴迪亚是个信得过的人。当然他配得到我的信任，当然他配分得我的相当一部分遗产，并且永远管理我的一切财产。不是他又能是谁呢？他什么都知道。啊，巴迪亚。你还在把我在办公室的谈话录音全都一点点收集起来吗？啊，巴迪亚，你什么都知道。我必须给你丰厚的报酬。我把我的声誉留给你。

特蕾莎坐着，打开的报纸挡住了她的脸。

我呢，我感觉到他来了，他带着这股香的气味，拖着黑色的衣裾，举着洒圣水器前来，以庄严宣告的姿态同我告别；嘻，他们上当了；这个特蕾莎在那里哭哭啼啼，现在她从兜里掏出了粉盒，装扮了一下自己的鼻梁，准备再去哭哭啼啼。我想象，到最后时，棺材落到那个洞穴里，一大批女人在我的坟墓上会不会一面哭哭啼啼一面又给自己的鼻梁上抹粉？好的，我感到舒服些了。假使这股气味，我的气味，没有从被子的褶缝里冒出来，假使我对自己在被子上沾的这些可笑的斑痕没有觉察，我就会完全舒服了……我是在这样痉挛抽搐地打着鼾吗？我要以这个样子来迎接这个黑衣人和他的赦罪仪式吗？啊哈，啊哈，我必须控制住我的打鼾……我握紧了拳头，啊哈，绷紧了脸部的肌肉，我旁边出现了他这张面团做成的脸。他是前来执行一条陈规老例的。明天，或者后天（也许永远不会？我就是永远不肯），这句老套的话就会出现在所有报纸上：“临终时经神圣教会举行了仪式……”他把他刮得光光的脸靠到我的长着白鬓的滚烫脸颊上。他在胸前画了十字。他嘴里喃喃地说着"罪人蒙赦得升天国"。我只能把脸转过来，哼了一声，同时，我脑子里充满了种种想象，我真恨不得一下子把这段丑史全兜出来奚落他一顿：那天夜里，那个又穷又脏的木匠竟胆大包天骑到了那个惊惶的童贞女身上。她原先听信了家人讲的故事和谎话，把小白鸽子夹在大腿中间，以为这样就会生孩子。小白鸽子夹在大腿中间，在花园里，在裙子底下，结果那个木匠骑到了她身上，充满了欲念。这欲念是有道理的，因为她当时一定十分美，十分美，他就骑到了她身上。[1]这时，这个难以忍受的特蕾莎就发出了愤怒的哭哭啼啼声。现在呢，这个苍白的女人正在洋洋得意地等待着我最后的反抗，这次反抗，也就算她最后一次愤怒的原因了。我觉得，在这里看见她们，真是奇怪。她们坐着，毫不激动，也不骂人。这个局面要持续多久呢？我现在并不那么不舒服。也许我的病会好的，多么大的打击呀，不是吗？我要努力装出一副好面孔，看看你们会不会利用这机会，会不会忘记了自己假殷勤的姿态，把鲠塞在喉咙里，眼睛里，在这两个女人变成的这一堆毫无吸引力的人影里把这些话语和诅咒一股脑儿全吐出来。血液循环不畅，就是这样，没有什么别的。算了。我看见她们在那里，就感到烦闷。这双最后一次看见东西的半开半闭的眼睛，应该看点更有意思一些的东西。啊，他们竟把我送进了这幢房子，而不是另外那一幢。嘿，多么会不露声色。我真要最后一次把巴迪亚训斥一顿。巴迪亚知道我真正的家在哪里。我在那真正的家里可以瞧着我所喜爱的东西，真正欣赏一番。我可以睁开眼来看看一个有古老而暖和的横梁的屋顶；我一伸手就可以够着那装饰着我的床头的镶金的十字带，床头小几上的烛台，椅子靠背的天鹅绒，我的杯子的波希米亚玻璃。我可以看到塞拉芬

1 指圣母马利亚和她的丈夫约瑟。

在我身边抽着烟；我可以把这种烟雾吸进去。她会照我的吩咐打扮得整整齐齐的。整整齐齐，没有眼泪，没有黑色的破布。在那个家里，我不会感到自己年老和疲倦。一切都会安排得使我记得我是个活生生的人，是个同从前一样有爱情的人。现在这两个又丑又不修边幅又假正经的女人为什么坐在那里使我记起了我已经不是从前的那个人呢？一切都事先安排好了。在我那边的家里，一切都安排好了。他们懂得在这样的场合该怎么样办。他们不让我回忆。他们告诉我，我现在是怎么样的，但从不告诉我，我过去是怎么样的。在还未为时太迟之前，谁都不愿解释任何事情，算了。我在这里如何消遣呢？是的，我看到他们已把一切都安排得使人觉得我每天晚上都到这个卧室来、都是在这里睡似的。我看见了这个半开半闭的衣橱，看见了一些我从未穿过的上衣，一些没有皱纹的领带，几双新鞋子。我看见了一张写字桌，上面堆满了谁也没看过的书、谁也没有签过的文件。还有这些雅致的和粗糙的家具：上面的布套子是谁拆走了的？啊……有个窗户。外间有个世界。高原的风摇动着又黑又细的树。应该呼吸了……

“把窗打开。”

“不行，不行。你会着凉的，那就麻烦了。”

“特蕾莎，你父亲听不见你说话……”

“他在想动。他闭上眼睛，在想动。”

“住嘴。”

“住嘴。”

她们会住嘴的。她们会离开床头的。我双眼仍然闭着。我记起那天下午我同巴迪亚一起出去吃饭。这个我已经回忆起来了。她们虽然要把戏，但我赢了她们。这一切都在发臭，但却是暖和的。我的身体产生出暖气。把被褥温热了。我赢了许多人。我赢了一切人。是的，血液在我的血管中流得很畅；我很快会痊愈的。是的，温暖地流着，还在发着热气。我原谅他们。他们没有伤害我。行呀，讲吧，说吧。我不在乎？我原谅他们。多暖呀。我很快就会好的，啊。

你对自己赢了他们是高兴的；你承认了吧。你赢了他们，是为了使他们承认你同他们是平起平坐的。你很少有比此刻更加高兴的时候了，因为自从你开始成为现在这样，自从你学会了欣赏绫罗绸缎的柔和光滑、名酒佳酿的馥郁美味、香精花露的扑鼻芬芳，学会了欣赏这一切，作为近年来你孤寂的、唯一的享受以来，自从那时以来，你就把目光转向上面，转向北方；自从那时以来，你就一直将那个使你无法处处同他们一般无二的地域差别引以为终身憾事。你羡慕他们的效率，他们的舒适生活，他们的卫生条件，他们的权势，他们的意志。你环顾四周，看到这个一无所有的穷国的无能、贫困、肮脏、惰性、愚昧；使你更加伤心的，是你知道自己无论如何努力也不可能做到同他们一样，你至多只能成为一个模仿，一个近似的模仿，因为归根到底，你说说看：无论在你最得意之时或是最失意之时，你对事物的看法难道曾经同他们一样简单化过吗？从来没有。你从来没有能够把事情想成不是黑就是白、不是好人就是坏人、不是上帝就是魔鬼。你承认，无论何时，哪怕表面上看来不是这样的时候，你都在黑的东西当中看到它的对立面的萌芽和反映。当你狠心的时候，你难道没有看到自己的狠心也带有某种慈祥吗？你知道，任何一个极端都包含着它自己的对立面：狠心包含着慈祥，怯懦包含着勇敢，生命包含着死亡。你以某种方式（由于你的为人、你的出身和你过去的经历）也知道这一点，因此，你是永远不会像他们的，而他们对此是不知道的。你觉得这不舒服吗？是的，是不方便的，是不舒服的，更方便地说是：善在这里，恶在这里。恶。你将永远无法给它取名。也许是因为我们比他们更加走投无路，不愿意失去光明与黑暗之间这个中间性的、模糊的区域。在这个中间区域，我们可以得到宽恕。你在那里可以得到宽恕。谁在一生中都会有一次像你那样既体现了善也体现了恶，同时受两条神秘的、不同颜色的线索的牵引；两条线索从一个线团出发，白线朝上，黑线朝下，末了，到了你的手指间重新会合在一起，又有谁在一生中一次这样的情况也没有呢？你不愿意想到这一切。我向你提醒这一切，你也会讨厌我。你恨不得同他们一样，而现在，你到老时，也几乎达到了目的。但只是几乎罢了。只是几乎罢了。你自己使这一切无法忘却。你的勇敢是你的怯懦的双生兄弟，你的恨产生了你的爱，你的全部生命包含着、预示着你的死亡。你既没有做好人也没有做坏人，既没有慷慨大方也没有自私小气，既没有高风亮节也没有背信弃义。你将让别人来肯定你的优点和缺点；但是你的每一句肯定的话都被否定，每一句否定的话都被肯定，你对这一点又怎能否认呢？也许除了你自己，谁也不知道。你的生命像所有人的生命一样，是由织布机上所有的线织成的。你把自己的生活弄成你所希望的这个样子，机会既不缺乏，也不多余，恰恰够让你做到这一点。如果说你是这样而不是那样，那是因为不管如何你总得作一个选择。你的选择不会否定掉你可能的有生之年，不会否定掉你每次选择时留下的一切。你的选择只会使你的生命变细，变成将今天你的选择和你的命中注定的命运合而为一。徽章已经没有两面了：你的愿望同你的命运一致了。你会死吗？这已不是第一次了。你经历过了这么长久的死人般的生活，你一直只能做手势。当卡塔琳娜把耳朵贴着把你们两人分开的那扇门听着你的动作声音时，当你在门的另一边动来动去，不知道会被人听到也不知道有人在门的另一边静待着你的声音和沉默时，是谁生活在这种分离之中呢？当两个人都知道只消开口说一声就行，却都闭口不说时，是谁生活在这种沉默之中呢？不，这是你不愿回忆的。你想回忆的是另一件东西：随着岁月的流逝而终将模糊下去的这个名字，这张面孔。但是你知道，你如果记住它，就会得救，你就会分外容易地得救。你首先回忆起的是那谴责你的东西，而一旦在那里得了救，你就知道那另外一件事，即你以为是拯救你的事原来是使你真正受谴责的事情：那就是对你喜好的事情的回忆。你回忆起青年时代的卡塔琳娜，你认识她的时候的她，你把她同今天的这个姿色衰退的女人相比。你记得，你记得为什么。你是她和所有人当时所想的东西的化身。这件东西你不会晓得。但你不得不充当这件东西的化身。你永远不会听别人讲的话。但这些话所提及的事，你却不得不亲身经历。你闭上了眼睛：你闭上了。你不闻这种香味。你不听这些哭声。你回忆别的事，别的日子。这些日子在夜间降临到你这个闭目的夜间，你只能从声音认出这些日子，永远不能用眼睛认出这些日子。你不得不信赖黑夜，在看不见它的情况下接受它，在认不出它的情况下相信它，好像它是管辖你一切日子的上帝似的。这个黑夜。现在你在想着，只要闭上眼睛，就可以享有黑夜了。虽然疼痛又开始显露，但你微笑起来，你试试把腿伸一下。有人摸你的手，但这是爱抚还是关心呢？是担心还是探测呢？你对此不予回答，因为你已经用你紧闭的双眼创造了黑夜。在这个墨黑的大海的海底，有一艘石船，一艘连炽热而又睡眼惺忪的正午的太阳都晒不暖的石船正朝着你开过来。那是一堵堵又厚又黑的石墙，这些墙砌起来，是为了保卫教堂不受印第安人的袭击，同时也是为了把宗教上的征服同军事上的征服结合起来。天主教王后伊莎贝尔的粗野的西班牙军队，在越来越响的横笛与军鼓声中向着你闭上的眼睛进逼。你在阳光下穿过那正中竖着石头十字架的草地和角落上那几个门洞敞开着的小教堂，这是印第安人在露天举行的、戏剧似的宗教仪式的延长。在草地最深处矗立着的教堂的高处，火山岩石砌成的圆拱安置在被人忘却的伊斯兰教的弯刀上。这些弯刀象征着征服者的血液里又添进了另一种新血液。你向着第一座原始教堂的门廊前进，它仍是西班牙式的，但已经有了长得像柱子似的茂密的葡萄藤和鹰形拱顶。这是殖民征服时期式样的门廊，既严肃又风趣，一只脚仍然站在那已经死去的旧世界里，另一只脚则已踏入新世界，而新世界并不是从那地方开始的，它是从大洋的彼岸开始的。新世界来到他们面前，它有一道由简陋的墙壁砌成的防线，来保卫这个吃喝玩乐、贪婪逐利的心灵。你前进，走进了这艘石船的船舱，它的外观是西班牙式的，但进去一看，天花板却布满了阴森森微笑着的印第安圣徒、天使和神祇。一个巨大的单独的门廊通向那个装饰着金色枝叶的祭坛，这阴森森的祭坛，上面有许多戴着假面具的人脸。这些人全都带着窘急的神情，在阴沉而肃穆的气氛中祷告，他们唯一享受到的自由就是为这个庙堂充当装饰品，使庙堂充满了他们这些人寂然不动的惊愕表情，充满了他们被雕塑出来的安分守己的形象，充满了他们对于空虚、对于逝去的时光的恐惧。这些同外面那个处处是鞭子、枷锁和天花的世界远远隔开的人，通过色彩和形象，把自己自由劳动的景象故意放慢节奏，把自己罕有的自由自在的时刻故意延长。你走着，去征服你的新世界，穿过了这个没有一片空地的门廊。天使们的头、四处蔓延的葡萄、色彩缤纷的花草、被金色的攀藤植物缠着的圆滚滚的红色苹果、栖身于壁龛里的白人圣徒、带着诧异的目光的圣徒、由印第安人按照自己的形象制造出来的天堂中的圣徒——脸像太阳或月亮的天使和圣徒，他们的手是保护庄稼的，他们的食指像是引路犬的爪子，他们的眼睛冷酷无情，同全身不相称，不像长在自己身上，他们的面容反映了无情的物换星移。石面孔藏在粉红色的、和蔼可亲的、天真无邪的毫无表情、僵死的假面具背后。创造黑夜吧，把黑色的风帆吹得鼓鼓的吧，闭上你的眼睛吧，阿尔特米奥·克罗斯……

（1919 年 5 月 20 日）

他谈到贡萨洛・贝尔纳尔在佩拉雷斯监狱里临死前的情况；正是靠了这件事，他才敲开了这家人家的大门。

"他这个人总是那么地单纯，"做父亲的老加马里埃尔・贝尔纳尔说，"他总是以为有了行动就能打动人心，就能迫使我们背叛自己，而其实这种行动并没有一种明确的思想支配着它。我觉得他是因此才离家出走的。当然，我觉得这只是部分的原因，因为大风把我们全都卷进去了，甚至包括我们这些没有离开原地的人。不，我要说明的是：在我儿子看来，他的责任就是要走过来解释，提出能自圆其说的思想。是的，我觉得这是为了免得这项事业同一切事业一样经不起行动的考验。我不清楚是怎么一回事，他的思想是十分复杂的。他是鼓吹宽容的。我很高兴地知道他死得很勇敢。我很高兴地看见你到这里来。"

他并不是一到这里来就来探望老头子的。他事先去过了普埃布拉的某些地方，同一些人交谈过，打听出了要打听的事情。所以，当他现在听着老头子大发空洞的议论时，脸上一条筋肉都没有动。而老头子呢，把自己斑白的脑壳紧靠着那光亮的皮靠背，侧对着这缕被冷静的藏书室的浓厚灰尘分出了无数细点的黄色阳光。藏书室里的书架很高，一架底下装有滑轮的小梯子在漆成米黄色的地板上划出了一条条的痕迹，靠着它才够得着那些又厚又大的精装本书籍。这是地理、美术、自然科学的法文英文书，老加马里埃尔阅读时，常常需要使用放大镜。他这时正一动不动地把放大镜拿在他那丝绸般松软的老人的手里，没有注意到斜射的光线透过放大镜炽烈地集中到了他那件仔细熨过的条纹上衣的褶纹上。他同老头面对面，倒是发现了。他们两人之间隔着一阵尴尬的静默？

“对不起，您喝点什么吗？干脆您留下同我们一起吃晚饭吧。”

他张开双手，做了一个邀请与好客的姿势，放大镜掉到了这个瘦瘦的老人的怀里。他的肌肉在硬化了的骨骼上绷紧；他的脑壳上、脸颊上、嘴唇上长着发黄的闪亮的白色鬓毛。

“光阴过得这样快，我并不惊奇，”他说，他的声音总是清楚而又彬彬有礼，在这类腔调里算得上抑扬顿挫，但仍显得平淡无奇，“如果我受了教育但仍然不懂得变通，”他拿着放大镜向满是书籍的书架做了个手势，“那么我从事的教育又有什么用呢？不管我们愿意不愿意，事物总是要变换外形；我们何必硬要视而不见，硬要留恋过去呢？想开点，接受不可逆转的结果吧，就不会那么别扭了！换一个叫法也可以吧？您，先生……请原谅，我忘记了您的军衔……对了，上校，上校……您听我说，我不了解您的经历，您的职业……我尊敬您，是因为您在我儿子的最后时刻同他一起共患难过……话又说回来，您当时这样干的时候，能把结果全都预料到吗？我没有这样干，我也不能这样干。咱们不管是干了还是不干，也许在这一点上是共同的，那就是干与不干都是盲目的、徒劳的。虽然也许有某种区别……您不觉得这样吗？反正……”

他目不转睛地瞧着老头子那双琥珀似的眼睛，这双眼睛显示了非创造一种亲切气氛不可的决心，同时又在那个摆出父辈那样的慈祥面容的假面具后面流露出自己的信心。老头子双手流露出上流人模样的动作，他侧面的脸型与留着胡须的下巴摆出固定不动的凛然姿态。他这种有意识地摆出的点头的姿势，也许都是自然的。但是，他在老头子面前觉得，一个人若要装得很自然也是装得出来的；有时候，离开了假面具，或是躲在了假面具背后，就不会另外有一副单独的面孔。这时候，面容就完全被假面具掩盖起来了。而老加马里埃尔的假面具同他的真脸是如此相似，以至于很难分辩界线，像是有一道把二者区分开来的捉摸不定的暗影。他倒是想到了，说不定哪一天他可以直言不讳地告诉老头子。

这座房子的所有时钟同时响了。老头子站了起来，去点着那盏放在书桌上的有罩的乙炔灯。他慢慢地把罩子拉开，摸弄了一些纸张。他把其中一张拿在手里，转过身来，对着客人坐的靠椅。他微笑了一下，皱了一下眉头，又微笑了一下，一面又把这张纸放到别的纸上面。他轻轻地把食指伸到耳朵上。有一只狗在吠着，用爪在抓着门的另一边。

他趁老头背对他的机会，偷偷地打量了他一下。贝尔纳尔先生的外表没有什么东西能破坏他整体的、和谐的高贵风度。从背后看，他走路的姿势很优雅、很稳健。白色的头发有点散乱，长在这个向门口走去的老人的头顶上。这副样子使人看了心乱——他再一次想到这一点心里就乱；老头子的这样子太完美了。也许老头子的确是天真烂漫的，这种彬彬有礼的风度同他的天真烂漫性格形影不离，相辅相成。一想到这一点，他就觉得很不自在。老头子拖着缓慢的脚步走向门口，狗在吠着。斗争太轻而易举了，这就没有什么味道。不过，老头子这样殷勤好客，会不会是背后隐藏着什么阴谋诡计呢？

加马里埃尔的衣摆停住，不再一起一伏，苍白的手摸到门上的铜把手时，侧过头来用琥珀般的双眼瞧了他一眼，同时，空着的那只手摸了一下自己的下巴。他的目光好像猜透了陌生人的心事；他那略微弯扭的笑容，像一位马上就要把出人意料的结果揭晓的魔术师。虽然来客从老头子的表情中可以理解老头子是在请他去不声不响地充当同谋，但是，老加马里埃尔的动作是那么地优雅，掩盖得那么地巧妙，同谋者甚至没有机会向他回应一下目光，同他订下心照不宣的协定。

夜幕已经降临，那盏灯悠忽不定的亮光只照出了书籍的金黄色书脊和藏书室墙上裱纸的银色花纹。门打开的时候，他想起了这座古老的乡下房屋从门厅到藏书室的一串长长的房间，每间房都通向那用瓷砖砌成的院子。狗高兴地跳了起来，舔了舔主人的手。狗的后面，出现了那个白衣姑娘，她的衣服的白色，同她背后一大片的暮色，形成强烈的对照。

姑娘在门槛上停住了一会儿，狗则向来客跳过去，嗅他的手和脚。贝尔纳尔先生笑着，抓住了狗的红皮颈圈，嘴里喃喃地说了一句道歉的话。这句话他没有听懂。他站着，以久经行伍的军人的准确动作把上衣扣子扣好，衣襟抹平，好像仍然穿着军服一样。他面对着这位留在门框外面的美人，一动不动。

“这是我的女儿卡塔琳娜。”

她也一动不动。光滑的棕色头发垂落到修长而温暖的脖颈（从远处都可以看见后脑勺光洁照人），眼睛既严肃又水灵，目光在颤动；这是一对玻璃水泡，像父亲的眼睛一样是黄色的，但是比父亲的眼睛更坦率，没有那么习惯于假装若无其事。这双眼睛的神态也呈现在她苗条丰满的身躯上另外一些成双的部位：表现在她那润湿的半张着的双唇上，表现在她那高耸而鼓起的胸脯上。双眼、双唇、结实而柔软的胸脯，都是既哀恻而又幽怨的。她双手交叉在胸前，细软的腰肢在走路时使那在背后结扣子的白纱长衣飞扬。这宽宽的长衣包住了她那结实的臀部，一直垂到纤细的小腿肚。她向他走过来，这是一团苍白而又散发金黄色光泽的肌肤。她的前额和双颊集中代表了全身的玲珑浑圆。她向他伸出了手，他想在她的手中寻找润湿感，寻找持久的激动，但是没有找到。

“他在你哥哥的最后时刻同你哥哥在一起。我以前同你提到过他。”

“先生，您真有运气。”

“他同我谈到了你们，叫我来看你们。他表现得十分勇敢，一直到最后。”

“他算不上什么勇敢。他太喜欢这……这一类东西了。”

她的手碰了一下自己的胸膛，然后把手拿开，在空中画出了一条抛物线。

“理想主义，是的，十分理想主义。”老头子喃喃地说，然后叹了一口气，“这位先生今天留下同我们一起吃晚饭。”

姑娘挽住了父亲的一条胳膊。客人身边则跟着那条狗，随着父女二人穿过那一间间堆满了瓷瓶、茶几、时钟、玻璃橱、有轮子的家具与廉价大幅宗教画的又狭窄又潮湿的房间。椅子和小桌子的金黄色的腿就立在没有地毯只油漆的木头地板上。灯都是灭了的；只在餐厅里点了一盏大吊灯，用玻璃切割而成，它照亮沉重的红木家具和一幅方整的静物画，画中的陶器和火红的热带水果闪闪发亮。加马里埃尔拿着餐巾把那些在真正的果盘（没有画中的果盘那样丰盛）周围盘旋的蚊子赶开。他做个手势请客人入座。

客人坐在姑娘的对面，他现在终于可以定睛注视她那双一动不动的眼睛了。她知道他的来意吗？她从他的眼神里猜出了他由于能同这位姑娘相处而洋洋得意的胜利感吗？她分辨出了他这种有把握的微笑吗？她觉察出了他这种隐藏不住的占有者的姿态吗？她的一双眼睛，只是向他回应了一种奇怪的听天由命的信息，仿佛她对一切都愿意逆来顺受，但是又仿佛决心要把这种逆来顺受的态度变为自己的一个胜利，战胜这个静悄悄、笑容满面地着手把她据为己有的男人。

她对自己虽然有力却又顺从、虽然坚强却又软弱的表现也感到迷惑不解。她抬起目光，大方地观察来客的鲜明的轮廓。她无法避免同他绿色眼睛的视线接触。他并不英俊，也不漂亮。但是他脸上橄榄色的皮肤、嘴唇边起伏的曲线以及太阳穴露出的青筋，一直扩展到全身，使人感到和这个来客肌肤相亲会是愉快的。在桌子底下，他把脚伸出去，一直碰到她的鞋尖。姑娘垂下了视线，斜视一下自己的父亲，然后把脚向后缩回去。那位细心周到的主人微笑着，显露出他通常的和蔼态度，手指间玩弄着一只玻璃杯。

印第安老女仆端上一锅米饭，打破了沉寂。加马里埃尔说，今年的旱季结束得迟一些，幸亏云团已经围着山峰积起来了，年景是好的；虽比不上去年好，但还是算好的。他说，很奇怪，这栋旧房子总是保持着它的湿度，使阴暗的墙角显出斑痕，并且使院子里的羊齿植物和红头鸟得以维持生命。这对于一个靠土地兴旺起来的家族来说，也许是一个好兆头。这个家族从十九世纪初叶就定居在普埃布拉的谷地——他边说边用叉子十分准确地叉起米饭送进嘴里——尽管这个国家不让人安居乐业，总是喜欢动乱，但是，这个家族却顶住了这一切荒唐的动荡。

“我有时简直觉得，一旦不流血、不死人，我们这些人就好像惶惶不可终日似的。仿佛我们这些人唯有看到周围一片毁灭，看到周围处处枪毙人，才会感到自己是在活着，”老头子用亲切的声音说着，“但是我们会继续下去，永远继续下去，因为我们学会了活下去，永远活下去……”

他把客人的酒杯拿过来，往里面倒满了浓郁的葡萄酒。

“但是，要活下去，就要付出代价。”客人毫无表情地说。

“最合适的价钱总是可以商量出来的……”加马里埃尔给他女儿的杯子里倒酒时，轻轻抚摸了她的手，“全部问题，”他继续说，“都在于要干得巧妙。不必惊动任何人，不必伤别人的感情……必须保存面子。”

客人又搜索姑娘的脚。这一次，她不再把被碰到的脚缩回去了。她举起了酒杯，瞧着来客，没有脸红。

“要善于区别清楚，”老头子一面用餐巾揩嘴唇，一面喃喃地说，“比方说，做生意是做生意，宗教是宗教。”

“你看见他那么虔诚地天天带着女儿去领圣体吧？但是，在那边，他所有的一切，都是从神父那里抢来的，当时华雷斯[1]把教士的财产拿来拍卖，随便哪个稍有积蓄的商人都买到了大片的土地……”

他在登门拜访加马里埃尔·贝尔纳尔之前，在普埃布拉待了六天。部队被卡兰萨总统[2]解散了，他还记得他在佩拉雷斯同贡萨洛·贝尔纳尔的谈话，所以到普埃布拉来了。这完全是凭本能办事，但是他也有把握地相信，经过革命之后，天下大乱，百废待兴，只要知道一点点线索——一个姓名、一个地址、一个城市——就可以大有作为。回到普埃布拉的竟是他，而不是被枪毙了的贝尔纳尔，这简直是个讽刺。他一想到这样滑稽的事就觉得有趣。在某种意义上说来，这是一次化装舞会，是一次冒名顶替，是一次可以郑重其事地开的玩笑。但这又是一份生存证明书，证明某人有能力活下去，并且有能力利用别人的命运来改变自己的命运。当他进入普埃布拉时，当他从卓鲁拉的大路上看到了谷地里遍布的蘑菇似的红红黄黄的屋顶时，他感到自己好像是个两位一体的人，因为贡萨洛·贝尔纳尔的生命仿佛融入了他的生命之中，死者的命运仿佛融入了他的命运之中。仿佛贝尔纳尔临死时把自己未完成的生命的种种机遇交托给他的生命。也许别人的死亡起着延长我们生命的作用吧，他思索着。但是，他到普埃布拉来，并不是为了来思索。

“今年他连种子也买不起了。他的债务越来越多，而且去年农民造他的反，跑到休闲的地里去播了种。他们对他说，如果他不把荒着的地送给他们，他们就不再在要耕作的地上播种。他死要面子，拒绝了，结果没有收成。要是在从前，乡警们就会来镇压造反的人，但是现在……现在世道已经变了。”

---

1 华雷斯（Benito Juárez，1806—1872），墨西哥前总统（1858—1872），抵抗法国侵略的英雄。又译胡亚雷斯。

2 卡兰萨（Venustiano Carranza，1859—1920），墨西哥首任立宪总统（1917—1920），在任上被暗杀。

“不光是这样，连欠他债的债户们也不买他的帐了；他们不再肯把钱还给他。他们说，他已经收取的利息足够收回本金有余。上校先生，你看，现在人人都一心一意地相信世道要变了。”

“唉哟，可是这老头子还是那样地死脑筋，一点不肯认输。他宁可死，也不肯退让，真是人各有志啊。”

他最后一盘骰子输了，就耸耸肩头，向酒吧掌柜做个手势，再要了几杯酒。于是，大家都感谢他慷慨请客。

“是谁欠了这位加马里埃尔的钱呢？”

“嗯……有谁不欠呢？”

“他有很亲近、很知心的朋友吗？”

“当然有啰，就是帕埃斯神父，在从这里一拐弯的地方住。”

“他也这样对付教会的人吗？”

“啊哈……神父给加马里埃尔以天上的拯救，而加马里埃尔则给了神父以尘世的拯救。”

他们走上大街时，被阳光照得眼花。

“真是天生的好命啊！”

“那个女的是谁？”

“上校先生，还能是谁呢……就是刚才讲的那个人的女儿。”

他边走边瞧着自己的鞋尖，在棋盘般纵横交错的古老街道上向前走。当他再也听不到鞋后跟在路面石块上的声音、看见双脚扬起了干燥灰色的尘土时，抬起眼睛看见了像古老城堡似的教堂的杏色墙壁。他越过了宽阔的空地，走进寂静的、长长的、金黄色的中堂。脚步声又响了起来。他向着祭坛走去。

神父圆滚滚的身体包着一层死人似的皮肤，唯一发亮的地方是潮红的颧骨上方那双炭火似的眼睛。他躲在自由派革命期间从墨西哥城逃出来的修女们唱经的一条走廊上，看着陌生人穿过中堂向前走来。他偷偷地打量着这个陌生人，从他独特的举止中看出了一个习惯于警戒、口令与冲锋的人无意之间流露出来的行伍作风。这不光是指他久骑鞍马而令腿弯略有变形，还在于他的拳头天天同手枪和缰绳打交道，因而有一种神经质的力量；即使这个人现在只是这样握着空拳走路，帕埃斯单凭这一点也足以辨别出他有一种使人不安的力量。正站在修女们躲藏过的高处的他，觉得这样的一个人到这里来，不会是来敬神的。他掀起了自己的法衣，慢慢地走下无人居住的旧修道院的螺旋梯子。他提着衣裾，肩头耸到齐耳朵那样高，一身黑衣，面容发白，毫无血色，目光炯炯，小心翼翼地一步步走下楼梯。梯级需要马上修理。他的前任于一九一〇年在梯子上失足，结果送了命。但是，像一只吹涨了的蝙蝠似的雷米希奥·帕埃斯，似乎能用他那双小眼睛看穿这个乌黑潮湿的朽败立方体的每一个阴暗角落。阴暗和危险迫使他全神贯注，迫使他思索。一个军人穿着便服，没有人陪伴，没有人护卫，到他的教堂里来干什么呢？唉，这真是一件非同小可的大新闻。这一点他早已经预料到了。一旦等到烽火连天、金戈铁马、亵渎神明的岁月过去——他想到了，就在两年前，有一支军队把所有的祭披和一切圣器全都抢走了——为了千秋万代而建立起来的永恒的教会，一定可以同人间的市政当局找到共同语言。一个穿着便服的军人……没有护卫……

他一只手扶着鼓起来的墙壁，慢慢走下来。墙上涓涓地渗着一条细细的水流。神父记起雨季即将来临。他已经凭着自己的职权，在布道坛上、在每次听忏悔时都提醒信徒们注意这件事：如果不肯接受上天的恩赐，就是一种罪孽，一种违抗圣灵的严重罪孽；谁也不能违背上天的旨意，一切事情都是上安排好了的，人人都必须接受；人人都必须下地去耕种，去收庄稼，去把土地上的产物交给它的合法主人。这位信基督的主人总是按时不误地把什一税奉献给神圣的教会，以感谢上天给予的恩宠。凡是犯上作乱的，必受上帝惩罚，魔鬼撒旦总会被打败的，胜者总是天使长拉斐尔、加百列、米迦勒、加马里埃尔……加马里埃尔。

“但是这样公平吗，神父？”

“孩子，最后在天上的赏赐是公平的。在人间这个眼泪之谷，你就别去寻找什么公平了。”

说话呀——神父终于走到了坚实的地面，抖了一下法衣上的尘土——说话呀，一说话就会从嘴里吐出一串串该死的音节，那些本应安分守己迅速度过短促的一生、以尘世的考验为代价换取天上永恒的幸福的人，听到这样的说话，血液就沸腾起来了，种种幻想就被挑动起来了。神父穿过回廊，走进了一条柱廊。什么公平不公平！对谁公平？又能公平多久？明明人人都能够高高兴兴地过日子，只要大家都能安贫知命，不生邪念，不再作乱，不再犯上……

“对，我看是这样的；对，我看是这样的……”神父轻声地说，接着，把圣器室的雕花门打开了。

“真是精巧的手艺啊，对吗？”他走到那个站在祭坛前面的人身边说，“修道士们把印好的神像给印第安工匠们看，这些工匠就把自己的爱好用基督教的形式表现出来……据说每个祭坛后面都隐藏着一个神像。如果真的如此，这一定是个善良的神，因为它不像异教的神祇那样要求人们用鲜血来祭献……”

“您是帕埃斯吗？”

“我就是雷米希奥·帕埃斯，”他苦笑着说，“您呢，将军、上校、少校……？”

“我叫阿尔特米奥·克罗斯。”

“嗯。”

当上校和神父在教堂大门口分手时，帕埃斯叠起双手放在肚子上，瞧着客人慢慢走远。晴朗的蔚蓝色早晨使那两座火山的轮廓格外分明，显得格外靠近：这是一对儿，一个是睡着的美女，一个是孤寂的守卫者。[1]他眨了一下眼睛。他不能容忍这种透明的亮光。他感激地观察着聚集的乌云；这些乌云不久将会在每天下午都以自己的灰色雷雨使山谷湿润，使太阳黯然无光。

他把背转向山谷，回到了修道院的暗影中。他擦了擦手，对这个无赖盛气凌人的架势和出口伤人的言语都不在乎了。只要这样做能够挽救大局，让加马里埃尔安度余生，不冒任何风险，那么，雷米希奥·帕埃斯这位上帝的使者就决不会跳出来干预，不会以十字军战士的侠义心肠把事情弄糟。恰恰相反，他现在自我欣赏地想道，自己当时忍气吞声，多么明智。如果这个人愿意保留加马里埃尔的面子，帕埃斯神父今天和明天都一定会恭敬地听着，不断点头称是，仿佛自己把这位有实力的土包子加于教会身上的种种罪名都统统忍吞下去。他拿下挂在钩子上的帽子，漫不经心地戴在自己长着栗色头发的脑袋上，信步向加马里埃尔·贝尔纳尔的家走去。

"当然啦，他可以这样做！"老头子同神父谈过之后，当天下午这样说，"但我弄不明白，他以什么借口到这里来？他对神父说，他今天就要来找我。不……卡塔琳娜，我不明白……"

她把脸抬起来，一只手支在那块细毛布上。她正在这块布上细心地画着花卉图案。三年前，他们接到了消息：贡萨洛死了。从那时候起，父女俩就越来越亲近，终于促使两人每天下午坐在院子里的藤椅上慢慢地聊天，这不但起了一种慰藉的作用，而且成了一种习惯。在老头子看来，这种习惯将要保持下去，一直到他死。昨天的权力与财富正在崩溃，这没什么要紧；也许这是他为时间的消逝和人生的易老而付出的代价。加马里埃尔采取了消极的姿态。他不出去压制农民，但也决不同意他们非法占地。他不向债户逼债逼息，但是他们也永远休想再借到一个铜板，永远休想。

---

1 指墨西哥城与普埃布拉城之间的伊斯塔克西瓦特尔火山和波波卡特佩特尔火山；前者是"白色女人"之意，后者是"冒烟的山"之意，相传两座火山是一男一女变成的。

他期待着有一天他们会迫不得已，低着头，跪着回来。

到那时他一定坚持到底。但是现在呢……来了这个陌生人，夸下海口要借款给所有农民，利息比加马里埃尔规定的低得多，而且他还胆敢建议把这位老庄园主的债权无偿地转到他的手中，由他担保，收回多少债款就把四分之一归还老头子。要么这样做，要么两手空空。

“我猜得出来，他的要求并不到此为止。”

“是要土地吗？”

“是呀，他正在策划什么阴谋，想把我的土地抢走。对此不用怀疑。”

她照平时下午那样把院子里那些红漆的鸟笼都查看了一遍。鸟笼里模仿鸟和知更鸟在太阳下山前最后一次啄着鸟食，吱吱地叫着。她看了看这些鸟的神经质动作后，用帆布把鸟笼盖住。

老头子没料到会遇到这样的难题。这是最后一个看见贡萨洛的人，是他的狱中难友，是替他把临终遗言带给父亲、妹妹、妻子和儿子的捎信人。

“他告诉我，你哥哥临死前想念路易莎和孩子。”

“爸爸，咱们已经说好了不要……”

“我什么也没有对他说。他不知道她已经再嫁，我的孙子已经跟了别人的姓。”

“你已经三年不提这个了，为什么现在又提？”

“你说的对。我们不是已经原谅他了吗？我现在觉得我们应该原谅他投降敌人。我觉得我们应该努力去了解他……”

“我还以为每天下午你和我都是在这里静悄悄地原谅他呢。”

“是的，是的，是这样。不用说话，你都了解我。这多么令人快慰！你了解我……”

因此，当这个令人畏惧的、预料中的客人来到——这是预料中的，因为总有一天会有个人来说："我看见过他。我认识他。他想念你们。"——连提也不提一下农民造反和停还债款的实际问题，就给了他这个难题。加马里埃尔把来客带进藏书室，请原谅失陪一下，就急忙——本来这个老头子是慢吞吞的，在他身上，慢条斯理同温文尔雅难舍难分——跑进卡塔琳娜的房间。

"打扮一下。脱掉这身黑衣服，穿上点鲜艳的。钟响七点的时候到藏书室来。"

他没多说别的话。她一定会服从他的。这将是对日日忧闷的下午的一个考验。她会明白的。挽救大局就剩下这一张牌了。加马里埃尔一感到这个人的存在，一猜测到这个人的意志，就马上明白——或者是对自己说——任何拖延都等于自杀，要违抗这个人很难，要做出的牺牲也很小，而且在某种意义上说也并不太难堪。帕埃斯神父已经通知了他：高个子、精力充沛、双眼发出绿色的催眠般的目光，讲话斩钉截铁。阿尔特米奥·克罗斯。

阿尔特米奥·克罗斯。那么，这就是一个从内战中产生出来的新世界；这就是来代替这场内战的人。多灾多难的国家啊——老头子现在又慢条斯理地走向藏书室，走向这个他不愿意遇到但又十分有吸引力的人，边走边想着——多灾多难的国家，它的每一代都要把从前的一批拥有财产的人消灭掉，代之以同旧的一样贪婪凶残、一样野心勃勃的新主人。老头子想到自己好像是一个非常有本地特色的文明的最后产物：这个文明就是有教养的土豪们的文明。他高兴地想到自己像个父亲，有时严厉，但到头来总是提供了，并且总是保存着一种情操高尚的、崇礼尚义的、有文化的传统。

正是因为这样，他才把来客带到了藏书室。藏书室可以更加清楚地展示加马里埃尔的为人和他所代表的一切是多么地可敬——几乎可以说是多么地神圣。但是客人并没有被打动。老头子把脑袋向后仰，靠着皮椅背，半眯着眼睛，以便把对方看得更清楚，这时候，他凭自己锐利的眼光，看出了这个人拥有千锤百炼的新经验，习惯于孤注一掷，因为他一无所有。他连自己来访的真正目的都不提。加马里埃尔觉得这样倒还好些：也许来客对事情的认识同他一样细致，尽管来客的动机更强烈：他有野心——老头子一想到这种对他自己已是个空洞字眼的情感就微笑起来——他有一种强烈的欲望，要立刻取得他以牺牲、战斗、受伤——请看他前额上的刀疤——换得的权利。这并不是加马里埃尔的想象。对方默默无言的嘴唇和雄辩的目光，和盘托出了他的内心活动。这种内心活动，老头子一边拿着放大镜玩弄，一边就能看出来。

加马里埃尔走到书桌前，拿出那张纸——他的债户的名单——客人连一根手指都没有动。那更好。这样做，双方会更合得来；也许就不必提到那些讨厌的事情了，也许一切都可以通过更加体面的途径解决。加马里埃尔心里一再考虑着：这个年轻军人很快就懂得了这套权术。这种后继有人的感觉，使得老头子虽然逼于形势而不得不采取这种痛心的措施，但心里多少总算有点释然。

“你没看见他是怎样盯着我吗？”客人道过晚安走了之后，姑娘叫嚷起来，“你没有觉察到他的欲望……他那双眼睛里冒出来的邪念吗？”

“看见了，看见了。”老头子伸手抚慰他的女儿，“这是很自然的。你长得十分漂亮，你知道吗？但你很少出门。这是很自然的。”

“我一辈子都不出门！”

加马里埃尔慢慢地点着了雪茄烟，烟把他浓密的上须和络腮胡子的根部都染成了黄色。“我原先还以为你懂事呢。”

他慢慢地在藤椅里摇晃，瞧着天空。这是旱季末期的一个晚上，天空十分晴朗，眯着眼睛可以看出星星的真正颜色。姑娘用双手掩住了涨红的脸颊。

“神父是怎样对你说的？这是一个异端分子，是个不敬上帝、不敬尊长的人……你还相信他编的这个故事吗?”

“安静点，安静点。讲仁义道德，不一定总是能够荣华富贵。”

“你相信这个故事吗？为什么贡萨洛死了而这位先生却活着呢？既然两个人被关在同一间牢房，为什么不是两个人都死了？我不明白，我不明白。他告诉我们的事不是真的；他编造了这个故事，为的是欺骗你，并且使我……”

加马里埃尔在椅子里不再摇晃。原先事情办得多么顺利，多么安稳妥当！但是现在，他从女儿的直觉中觉察到了自己原先也有过的顾虑，不过他权衡了这些顾虑，觉得没必要而打消掉了。

“你有你二十岁年纪的想象力，”他坐直了身子，把雪茄烟弄灭了，“但是，你要我说真话，我就说真话。这个人有能力拯救我们。任何别的考虑都是多余的……”

他叹了一口气，伸出了双臂，碰到女儿的手。

“你要为你父亲的晚年着想。难道你认为我不配得到……”

“你应该得到，爸爸，我没说什么呀……”

“你也要为你自己着想。”

她垂下了头。“是的，我知道。自从贡萨洛离家出走之后，我就知道一定会发生什么事。要是他活着……”

“但他已经死了。”

“他没有为我着想。天晓得他想的是什么。”

加马里埃尔高高举着煤油灯，把周围照成了一个光亮的圆圈。他女儿只好勉强自己把这一大堆昔日的杂乱无章束诸高阁，放到这个光亮的圆圈之外，收藏到那些古老的寒冷的走廊里去。她回忆起贡萨洛的同学们紧绷着的流汗的脸，那些在最里面的房间里进行的长时间的辩论；她回忆起她哥哥炯炯有神、坚定而热切的目光，他那神经质的、似乎存在于现实之外的身躯；他喜欢过舒适的生活，喜欢美食、美酒、书籍，但也偶尔发顿脾气，鄙视这种沉溺于逸乐的、无所作为的倾向。她回忆起她的嫂嫂路易莎的冷淡态度，回忆起了他们夫妻吵架直到小姑走进房间才平息下来的情景，回忆起他们收到贡萨洛死去的噩耗时他妻子由痛哭转为狂笑的情景，回忆起某天清早似乎人人都在熟睡时她这个小姑从厅堂的窗纱后面看到她嫂子静悄悄离开的情景。那个戴着呢帽、拿着手杖的男人伸出了结实的手，握着路易莎的手，扶她带着孩子登上那辆装载着寡妇行李的黑色马车。

报杀兄之仇的唯一办法——加马里埃尔吻了一下女儿的前额，打开了她的房门——就是拥抱这个人，拥抱他而又拒绝把他企图在她身上找到的爱情献给他。要把他掩死，把自己的苦水一一挤出来，变成毒汁，把他毒死。她照了照镜子，想找出这个新念头在自己脸上留下的痕迹，但是找不到。这样做，他们父女俩原先对贡萨洛的弃家出走、对他愚蠢的理想主义不以为然的态度，就仍可以得到证明——说明他们果然对了；这样做，就要把这位二十岁的姑娘——为什么她一想到自己，一想到自己的青春，就不禁流下为自己痛惜的泪珠呢？——委身给这个男人。他同贡萨洛一起度过了最后的时刻，这些她已记不起来了；她委身给他时，要排除掉对自己的怜惜而倾注到死去的哥哥身上，不发出一声愤怒的哭泣，脸上的肌肉一点也不抽搐。既然谁都不把真相告诉她，那她就紧紧抓住她相信是真的说法不放。她脱下了黑袜。手碰到腿时，她闭上了眼睛。她无法继续回忆晚饭时那只粗鲁健壮的脚如何寻找她的脚，使她胸中充满了一种说不出的无法抑制的心情。也许她的肉体不是上帝创造的——她跪下来，把交叉的手指按在眉头——而是别人的身体创造的，但是她的心灵是上帝创造的。既然她的心灵指引她要走一条正道，她就不会允许自己的肉体走上一条任性享乐、渴望抚爱的道路。她把毯子掀起来，闭着眼睛钻了进去。她伸出手灭灯，把枕头压在脸上。这件事她不应该想。不，不，她不应该想。再也没有什么好说的了。说出另外那个人的名字，告诉父亲。不，不。没有必要使父亲丢脸。下个月，越快越好，就让这个人享用利息，享用土地，享用卡塔琳娜·贝尔纳尔的肉体吧……有什么办法呢……拉蒙……不，这个名字不行，已经不行了。她睡着了。

“加马里埃尔先生，你自己也说过了，”客人第二天早上又来时说，“大势所趋，是阻挡不住的。咱们把那些地陆续分给农民；这些地反正是靠天吃饭的旱地，收成很少。咱们把地分成一小块一小块的，使得他们只能种零星的小庄稼。到时候你瞧吧，他们一定会不得不感谢咱们的这一恩典，留下女人去照应那些劣等的土地，自己重新再来耕种咱们肥沃的土地。你看，这样一来，你不损失一根毫毛，就可以充当一名土地改革的英雄了。”

老头子兴致勃勃地瞧着他，浓浓的络腮胡子后面藏着笑容：“你已经同她谈过了吗？”

“谈过了……”

她忍不住了。他把手伸过来，企图把她闭着双眼的脸抬起来时，她的下巴在发抖。他是第一次触到这光滑如凝脂、丰润如水果的肌肤。院子里那些花草的香味伴随着他们，这是被湿润的空气闷住了的草和腐败的泥土的气味。他爱她。他在触到她时知道了自己爱她。他必须使她明白，他的爱情是真诚的，即使表面看来并非如此。他可以像前一次，即第一次那样爱她。他知道自己是这种经过考验的爱情的主人。他又去抚摸这姑娘灼热的脸颊。感觉到这只陌生的手碰到自己的皮肤时，她虽然倔强，紧闭的眼睑仍禁不住流下了眼泪。

“你不会吃亏的，我决不会亏待你，”这个男人一面喃喃地说，一面把自己的脸贴上她的嘴唇，但她努力躲开这种接触，“我是懂得如何爱你的……”

“我们必须感谢你看上了我们。”她以最低的声音回答说。

他伸手抚爱卡塔琳娜的头发。

“你真的懂得吗？你将要生活在我身边。你必须忘掉许多东西……我答应不过问你以前的那些事情……你必须答应我，永远不再……”

她抬起了视线，以一种从未感到过的恨意，眯起眼睛。她口干舌燥。这个恶魔是什么人？这个对自己的一切都了如指掌、把一切都据为己有、把一切都糟蹋掉的人，是什么人？

“住嘴……”姑娘边说边挣脱开他的抚爱。

“我已经同他谈过了。他是一个软弱的小伙子，并不真正爱你，一下子就被吓跑了。”

姑娘用手把脸上被他触摸过的部位擦了一下。

“是的，他没有你强壮……他不像你是个畜生……”

当他抓住她的胳膊，微笑一下握紧时，她真想叫出来；他说：“这个叫什么拉蒙的要离开普埃布拉了，你永远不会再看见他……”

他放开了她。她走到院子里那些红色的鸟笼那里，正是众鸟齐鸣的颤音大合唱。他一动不动地瞧着她一个个地把涂了漆的笼子栅栏打开。一只知更鸟伸出头来，飞走了。模仿鸟在笼里喝它的水，吃它的鸟食，习惯了，不肯走。她把它放在自己的小指上，吻它的一只翅膀，把它放飞走了。当最后一只鸟飞走时，她闭上了眼睛，任这个人把她挽着，带往藏书室。老加马里埃尔正在那里等着，这次又是不慌不忙的。

我感觉到有人伸手扶住了我的腋下，把我拉了起来，使我更舒服地靠在柔软的靠垫上。我又冷又热的身体碰到了新换的亚麻布，像是抹上了一层香油；我感到了这一点，但是一睁开眼睛，眼前看到的却是这份摊开的报纸，它把读报人的脸遮挡住了。我觉得，《墨西哥生活报》就在那里，天天都在那里，天天都出版，没有什么人力能阻止它。特蕾莎——是她在看报——吃惊地放下了报纸。

“你怎么啦？不好受吗？”

我只好伸出一只手叫她安静些，她又把报纸拿起来。没什么；我觉得很满意，我因自己开了一个大玩笑而得意。也许是吧。也许一个巧妙的做法就是留下一份个人遗嘱，让报纸发表，把我廉洁的新闻自由事业的真相和盘托出……不行；腹部的刺痛又来了，使我不得安宁。我试着要把手伸向特蕾莎，求她安慰我一下，但我这个女儿又埋头看起报纸来。从前我曾见过白天在窗外变为黄昏，听见拉动窗帘的小心翼翼的窸窣声。现在呢？在这个天花板交叉、壁上有橡木壁橱的卧室阴暗处，我看不大清楚最远处的那一批人。房间很大，但她是在那里的。她一定在那里正襟危坐，手里拿着花边手绢，脸上脂粉零乱，没有听到我的喃喃自语：

“那天早上我高兴地等着他。我们骑着马渡过了河。”

听我说话的只有这个我从未见到过的陌生人，他的双颊刮得光光的，有两道浓黑的眉毛。我想到那个木匠和童贞圣母，他听我忏悔，他愿意把进入天国的钥匙给我。

“你遇到这样的场合……又会怎么说呢？……”

我给了他一个出其不意。但是特蕾莎用叫喊声把事情全弄糟了：“别理他，神父，别理他！你没看见我们一点办法都没有吗？他自己愿意沉沦孽海。怎样活，也就怎样死。他总是冷冰冰的，嘲笑一切……”

神父伸出一条胳膊把她推开，然后把嘴唇贴近我的耳朵。他几乎是在吻我。“她们没有必要听咱们交谈。”

我终于喊出了声音：“那就请你鼓起勇气，把所有的女人全赶出去。”

他在女人们气愤的声音中站了起来，拉住她们的胳膊。巴迪亚也走过来，但是她们不愿走开。

“不，硕士，我们不能允许这样做。”

“夫人，这是多年的老传统。”

“你担当得了这个责任吗?”

“阿尔特米奥先生……我给你带来了今天上午的录音……”

我点点头。我努力要弄出笑容，照每天惯常的那副模样。这个巴迪亚真是个信得过的人。

“插销就在办公桌旁。”

“谢谢。”

是的，没错，是我的声音，是我昨天的声音——到底是昨天还是今天上午?我也弄不清楚了——我问问我的编辑主任彭斯——哎呀，录音带在吱吱发响；巴迪亚，你把它调整一下，我听到了我反转过来的声音：像一只澳洲鹦鹉一样吱吱怪叫——我就在这里：

“‘彭斯，你看情况如何?’

“‘不妙呀，但目前还是容易解决的。’

“‘现在是容易的，你好好把报纸办下去，要大刀阔斧。别留什么余地。’

“‘你说怎么办就怎么办，阿尔特米奥。’

“‘幸亏公众已经有了思想准备。’

“‘翻来覆去讲了那么久了。’

“‘我想把所有的社论和第一版都看一下。你到我家来找我吧，时间随你的便。’

“‘你知道，全都是那一套。赤色分子的阴谋猖獗、同墨西哥革命本质格格不入的异端邪说渗透……’

“‘好一个墨西哥革命!’

“‘……由外国代理人操纵的工会领袖。坦布罗尼的文章口气很厉害，布朗科写了整整一栏，把那个领袖比作反基督，在漫画上大画特画……你身体怎么样啦?’

"'不怎么好。老毛病。他们这些人多么想念从前的好日子啊!'

"'是的，多么想念……'

"'请科克利先生进来。'"

我在录音磁带上发出咳嗽声。我听到那道门打开和关上时铰链的吱吱声。我感觉到我肚子里一点动静也没有，一点也没有，一点也没有，气体排不出去，我怎么使劲挤也挤不出去……但我看见了他们。他们进来了。桃花心木的门打开又关上，脚步声在厚厚的地毯上听不见了。他们把窗关上了。

"把窗打开。"

"不行，不行。你会着凉的，那就麻烦了……"

"开窗……"

"'Are you worried，Mr. Cruz？'[1]"

"'很不放心。请坐下，听我给你讲一讲。你要喝点什么吗？请把手推车拉到你那边去一些。我身体不太舒服。'"

我听到了小轱辘的响声和玻璃瓶的碰撞声。

"'You look O.K.'[2]"

我听到冰块放进玻璃杯的声音和苏打水从龙头射进杯子的声音。

"'你听我说：我要把问题牵涉的程度告诉你，因为他们也许还没有弄明白。请报告总公司，如果这个所谓工会清洗运动得逞的话，咱们就可以散伙收摊了……'

"'散伙收摊？'

"'是呀，用一句墨西哥土话来说，也就是：咱们要完他妈的……'"

"把它关上！"特蕾莎走到录音机前叫起来，"多么粗野无礼！"

我终于能挪动一只手，比画了一个手势。放出的录音里我有几

---

1 英语：克罗斯先生，你不放心吗？

2 英语：你看来不错呀。

句话听不到了。

“‘……这些铁路工会领袖的目的是什么呢？’”

有人神经质地缩了一下鼻子。是什么地方？

“‘……你向各公司解释一下，免得他们太糊涂，竟相信这是一个清除腐化领袖的什么民主运动。不是的。’

“‘I'm all ears，Mr. Cruz.’[1]”

是的，打喷嚏的一定是那个美国佬。啊哈。

“不行，不行。你会着凉的，那就麻烦了。”

“把窗子打开。”

我，不单是我，还有别的人，本来可以在微风中寻找别的土地吹来的香味，从异国吹来的空气香味。我在嗅着，嗅着。在离我远远的地方，在离这股冷汗远远的地方，在离这些着了火的气体远远的地方。我逼令她们把窗子打开了。我可以随意呼吸了，可以随意挑选风带来的种种气味而自娱了。的确是秋天的树林，的确是烧焦了的叶子，的确是熟透了的李子，的确的确是那霉烂的热带，的确是坚硬的盐田、刀劈开的菠萝、阴影中摊开的烟叶、盖着雪的松树。啊，金属和鸟粪，这种永不停息的气流，带来又带走多少种气味！不，不，她们不会让我活的；她们又坐了下来，又站起来，踱一回步，又重新坐到一起，好像两人共有一个影子似的，好像她们两人已经不能分开各自的思想和行动了。她们又同时坐下来，背着窗，要挡住我的空气，要使我气闷，要逼我闭上眼睛，使我对东西只能回忆，因为她们不让我看见东西，触摸东西，嗅到东西。这该死的一对，她们要等到什么时候才会带来一位神父、催我快点死、逼我的供？她还在那里，跪着，脸洗过了似的。我努力要把背对着她。但腰部很痛，我转不过身来。唉。大概事情结束了吧？我已得

1 英语：我在注意听着你呢，克罗斯先生。

到赦罪了吧？我想安睡了。现在刺痛又来了。又来了。唉，唉。女人。不，不是这两个。女人。是爱我的那些。怎么了？是的。不，我不知道。我已经忘记了那张脸了。天呀，我已经忘记了那张脸了。不，我不应该忘记。它在哪里？唉，那张脸多么漂亮，我怎么能把它忘掉呢？唉，唉。我那时是爱你的呀，我怎么能把你忘掉呢？你那时是我的，我怎么能把你忘掉呢？你是怎么样的，对不起，你是怎么样的？我怎么追忆你呢？什么？为什么？又要打针了吗？嗯？为什么？不，不，不。有别的事，快点，有别的事；这个很痛；唉，唉；这个很痛。这个睡着了……这个……

你闭上了眼睛，你知道你的眼皮不是密不透光的，你尽管把它闭上，亮光还是会透到视网膜上。这是太阳的亮光，它被打开的窗户框起来，停在你闭着的眼睛上。你这双闭着的眼睛排除了景象的细节，改变了它的亮度和颜色，但是并不排除亮光本身，就是那个在熔化的圆形铜币大的亮光。你闭上了眼睛，你相信自己会看到更多东西。你只看到你的头脑想叫你看到的东西；但这比外部世界让你看到的东西多。你闭上眼睛，外部世界就再也不能同你想象中的景象比赛了。你闭上眼皮，太阳的这种寂然不动反复射来的亮光，就在你的眼皮背后造成另一个运动中的世界。运动中的亮光，可能使人疲倦、恐惧、困惑、高兴、伤心的亮光。在你闭上的眼皮的背后，你知道，透射到这块小小的、不完善的片膜的底部的亮光，它的强度可能会在你心里引起不以你的意志和状况为转移的感情。你可以闭上眼睛，人工制造暂时的双目失明状态。但却无法闭上你的耳朵，造成虚假的双耳失聪状态；你也无法使你的指头不接触东西，连空气也不接触，你无法想象一种绝对无感觉的状态；你也无法制止唾液不断地经过舌头和上颚，无法压住你自己的味觉；你也无法制止那吃力的呼吸——它继续给你的肺、你的血补充生命——无法选择一种局部的死亡。你总是有视觉，总是有触觉，总是有味觉，总是有嗅觉，总是有听觉。当他们把这支盛满了镇静剂的针穿透你的皮肤时，你喊叫了；你在还未感到任何痛苦之前就已经喊叫了；在疼痛本身被你的皮肤感觉到之前，疼痛的讯息就已经传到了你的脑子。它传过来，让你注意你将要感觉到的疼痛，使你警觉起来，注意起来，使你更加尖锐地感觉到你的疼痛，因为意识到疼痛，所以对疼痛的抵抗力减弱。一旦我们知道了只有我们自己才认识的那些不同我们商量不把我们当作一回事的力量，我们就变成了牺牲者。

是啊。疼痛的感官传导慢，却战胜了反映预感的感官。

你感到自己分裂了，是个被动者又是个主动者，是个感受者又是个施行者，是个由种种器官组成的人。这些器官感觉着，把感觉传递给千百万条微细的纤维，这些纤维伸向你的感官皮层，伸向上半个脑子的那个表面；这个表面七十一年来一直在积蓄着、消耗着、剥褪着、恢复着世界的五颜六色、肉体的触觉、生活的种种滋味、土地的各种气息、空气的种种音响。然后又把这一切交还给前面的发动机，交还给那些对你的身体和你所遇到的那一部分世界实行改造的神经、筋肉和腺体。

但是在你半梦半醒中，把亮光的推动力传导过来的那根神经纤维同视觉部位并不相联。你听到颜色，你尝到接触，你碰到声音，你看到气味，你嗅到口味；你伸出双臂要避免落入混乱的深井，要恢复你的全部生活的程序。这程序就是：你收到外界的一个行动，就传到神经那里，再传遍大脑的正确部位，然后又回到神经那里，此时已经变成为效果，或是又一次变成为行动。你伸出了双臂，你在闭着的眼睛后面看到了自己心灵的种种颜色，最后，你看不见但感觉到你所听到的触觉的来源。毯子，在你弯曲的手指当中的毯子的摩擦声；你张开了手，你感觉到了手心的汗，也许你还记得，你生下来时，掌心是没有生命纹或时运纹、生命纹或爱情纹的；你生下来，也许是你将来生下来时，手掌心是光滑的。但是只要你一生下来，那么，不消几小时，这个空白的表面就会布满了符号、条纹和预兆。你死时，掌心会密布条纹，但是只要你一死，不消几小时，你手上的一切有关命运的痕迹都会消失得一干二净：

混乱，这是个浑然一体的概念。

秩序，秩序；你紧握住毯子，静悄悄地在自己体内重温你脑子的程序所传达出来、所显示出来的感觉。你努力用心思找出把干渴与饥饿、出汗与寒噤、平衡与下跌的感觉向你发出通知的各个部位。你在大脑下方找到这些部位，它是个服务员，是个仆人，干最紧要的活，让另一位，让它的上司，能腾出精力来思考、想象、追求。世界是人工、必然性和偶然机缘的产物。你如果消极无为，一任事情在你身边发生，你就无法认识世界。你必须想办法使得种种危难统统凑到一起也打败不了你，想办法使得那些可以猜测的变幻波折否定不了你，想办法使得任何不测风云都吞噬不了你。你就得以生存了。

你认出了你自己。

你认出了别人，让他们——也许是她——也认出你。你知道你同每一个人作对，因为每一个人都是妨碍你达到你所想往的目标的一个障碍。

你有欲望。你恨不得你的欲望和你的意中物合二为一。你多么渴望马上实现你的欲望、占有你的意中物，使它们互不分离地彼此等同起来。

你闭着眼睛休息，但你仍然在看，你仍然有欲望。你仍然有记忆力，因为这样你就能把你的意中物占为己有。回到从前，回到从前去；在怀念中，你可以把你所渴望的一切都占为己有。不是向日后去，而是回到昔日去。

回忆，就是获得了满足的欲望。

你趁早靠你的回忆来维持生存吧，别等到混乱一来，你就无法回忆了。

（1913 年 12 月 4 日）

他感觉到她润湿的膝弯碰着他的腰。她总是这样轻轻地凉爽地冒汗。当他的胳膊离开雷希娜的腰时，他感到一种水晶般的潮湿。他伸出手慢慢地轻抚她整个背部。他觉得自己睡着了。他可以一直这样好多个钟头，什么都不干，只是轻抚着雷希娜的背部。闭上眼睛时，他感觉到这个同他的身体拥抱在一起的青春的肉体充满着无限柔情。他觉得一辈子的时间也不够让他来领略与发现这个肉体的一切，不够让他来探索这个像地形起伏那样有黑色和粉红色地貌的轻柔肉体。雷希娜的肉体在等待着。他说不出声音也看不见东西，在床上挺直了，指尖和脚尖碰到了床架的铁栏杆。他向床头床脚伸出去。他们生活在这个黑色的玻璃罩里。离拂晓还早。蚊帐一点重量也没有，把他们同两个肉体以外的一切完全隔绝。他睁开了眼睛。姑娘的脸颊靠到了他的脸颊这边，蓬乱的胡子擦到了雷希娜的皮肤。不够暗。雷希娜长形的眼睛半开半闭，在发亮，好像一块黑色而闪亮的伤痕。他深深呼吸了一下。雷希娜的双手合到他的后脑勺上，两个人的轮廓又在一起了。大腿的热气合成了一团单独的火。他呼吸了一下。房间里堆着女衬衣和浆过的裙子，桃木桌子上摆着切开的木瓜，烛台上的蜡烛已经熄灭。近处就是这个潮湿而软绵绵的女人海洋般的气息。指甲在毯子里发出了猫抓似的声音。双腿又轻轻地抬起来，围住了他的腰。嘴唇寻找着脖子。当他拨开那蓬乱的毛发，笑着把自己的嘴唇凑上去时，她乳峰的尖头在愉快地抖动。雷希娜想要说话，他一感到她的气息扑着脸，就用手按住了她的嘴唇。别动舌头，别用眼睛，只要静默无声的肉体欢娱。她明白了，更加紧紧地抱住他的身体。她的手往下伸去，他的手也伸到了她那坚实的几乎光洁的小丘。他记起了她赤裸地站着的样子。站着不动时是年轻而又稳重的，但是只要一走动就摆着身躯，婀娜多姿。她走着去洗身子，去拉窗帘，去给炉子扇风。他们又睡着了，各自占据着对方的中心。只有手，一只手，在微笑的睡梦中挪动着。

"'我要跟着你去。'

"'那你住在哪里呢？'

"'你们每进攻一座村镇，我都先溜进去。我就在那里等着你。'

"'你把一切都抛下不要了吗？'

"'我随身带几件衣服。你只要给我钱买水果和吃的就行。我等着你。你每走进一座村镇，我都会在那里等着你。穿着我的这套衣服。'"

那条裙子现在放在租来的房间的椅子上。他醒过来时，喜欢摸摸这条裙子，也摸摸别的东西：放在桌上的插发梳、黑拖鞋、小耳环。他希望在这样的时刻里比在彼此分离、难得见面的日子里给她更多的东西。在别的场合，由于某个突如其来的命令必须去追击敌军，或是吃了败仗而不得不北撤，使他们彼此分离几个星期。但是她像一只海鸥一样，好像能透过战斗与命运的千变万化，分辨出革命潮汐的运动方向。如果不是预先约好的那座村镇，她也早晚会出现在另一座村镇。她可以挨村挨镇地去打听那一营人的下落，听那些留在家里的老年人和妇女的回答：

"'他们大约半个月前经过这里。'

"'据说他们全军覆没了。'

"'天晓得，也许他们会回来。他们忘了几门炮在这里。'

"'小心提防联邦军，他们对所有帮助起义军的人都大发雷霆。'"

但他们总是会重逢，像这次一样。她总是把房间准备好，有水果，有吃的，裙子扔在了椅子上。她就以这个样子等待着他，一切就绪，仿佛她不愿在不必要的事情上浪费一分钟。但没有什么是不必要的。看着她走路、整理床铺、把头发散开；脱掉她最后一点衣服，吻她的全身，让她站着，而他逐渐弯下腰，用嘴唇吻遍她，品尝她的肌肤、细毛、蜗牛似的湿润的肌肉；他把她的抖动都收纳在自己嘴里；她挺立着，最后用双手捧住他的头，逼他停住，把嘴唇留在那个地方。她紧捧着他的头，上气不接下气地喘息，站着任他所为，直到他觉得她已经就绪，再把她抱起来放到床上。

"'阿尔特米奥，我能再看到你吗？'

"'别这么说。你只要想想，咱们起码认识了一场。'"

她后来再也不问他了。她很羞愧自己竟然这样问过，竟然曾经以为他们的爱情可能会有个尽头，或是可以像别的事情一样以时间长短加以推测。她没有必要去回忆她是在哪里又是为什么认识了这个二十四岁的青年。每当部队拿下一个据点、停下来休整、使自己在从独裁政权那里夺来的土地上站稳脚跟、筹办给养、计划下一步的攻势的时候，没有必要管别的事，只要在这几天难得的休整日子里纵情作乐就是。他们就是这样决定的，但从来不明说。他们从未想到过战争的危险和分离时间的长短。如果其中一个在下次约会中没有出现，那就各走各的路，一声不吭：他朝着南方，朝着首都；她回到北方，回到辛那洛阿的海边，也就是她结识并首次委身于他的地方。

"'雷希娜……雷希娜……'

"'你还记得那块像艘石船似的伸进海里去的岩石吗？它一定还在那里。'

"'我是在那里认识你的。你那时候常去那地方吗？'

"'每天下午都去。众多岩石之间形成了一个小湖，可以在洁白的水中照见自己的影子。我在那里照自己，但有一天，你的脸出现在我的脸旁边。晚上，星星的影子也在海里照出来。白天，可以看到火红的太阳。'

"'我那天下午不知道怎么办才好。我们原先一直在打仗，但忽然，一切都垮了，别人都投降了，但我已经习惯了那种生活。于是我想起了别的事情，发现了你坐在那块岩石上，腿都湿了。'

"'我也喜欢那样。你出现在我身旁，我们的影子一同照在海里。你没有看出我也喜欢那样吗？'"

拂晓过了很久才来临，但是将明未明的那片灰色纱幕出现时，手臂互相紧抱着的两个身体还在睡梦之中。他先醒来，看了看雷希娜的熟睡姿态。睡梦像是多少世纪的蜘蛛网上最细微的一条丝，像是与死亡在一起的双生子。腿弯着，闲着的手臂放在他的胸前，嘴唇是润湿的。他们喜欢在黎明时相爱。他们把这个当作庆祝新的一天来临的一场盛会。暗淡的亮光刚刚照出了雷希娜的轮廓。再过一小时就会听到镇上的嘈杂声了。现在呢，只听得到这个安详地熟睡着的姑娘的呼吸声。她是静止中的世界的活生生的一部分。唯有一件事有权把她喊醒，唯有一种幸福有权打断这个在毯子上像戴孝的月亮一样光洁地蜷曲着安详休息的肉体的睡眠幸福。有权吗？他的想象超越了恋爱的范围。他看看熟睡着的她，仿佛她是为了几秒钟后将把她弄醒的再一次相爱而在休息。什么时候最幸福呢？他轻抚着雷希娜的胸脯。他想象再一次相爱将会是什么样子；先是相爱本身，然后是在疲倦中回忆，接着是由于相爱而增加了新的欲望，要求再爱：这就是幸福。他吻着雷希娜的耳朵，凑近去看她脸上出现的第一个笑容。他把脸靠近，以免看不到她快乐的表情。他感觉到她的手伸过来抚爱他。感情从内部迸发出来，带着沉重的水滴。雷希娜光滑的腿又靠上阿尔特米奥的腰。他们又接触了世界，触到了理性的种子。两个声音在寂静中呼唤着名字，给一切东西都取了名字。但是他偏偏不想这件事，他盘算着种种别的事，以免这件事太快结束。他想用大海、沙滩、水果、风、房屋、牲畜、鱼和庄稼塞满自己的头脑，以免这件事太快结束。他抬起了双眼紧闭的脸，脖子使劲伸长，青筋暴露。雷希娜则如醉如痴地一任他征服，喘着气，皱着眉，嘴唇露出微笑，一面说着：好，好；她喜欢这样，好的，别放开，好的，别结束，好的。一直到她发觉一切同时发生，他们谁也无法看对方一眼，因为双方都一样，说的话也一样：

"'现在我很快活。'

"'现在我很快活。'

"'雷希娜，我爱你。'

"'我的男人，我爱你。'

"'你同我过得快活吗？'

"'快活得没完；多么长久啊，你使我多么满涨啊。'"

这时街上响起了一桶水倒向尘土的声音，大雁叫着飞过河边。一声哨子宣布了谁都无法挡住的事情：靴子拖响马刺的声音，马蹄声重新"嘚嘚"作响，门与门、房屋与房屋之间传出了阵阵动植物油的气味。他伸出了手，在衬衣的补缝里寻找香烟。她走到窗前，把窗打开。她用脚尖站在那里，双臂张开作深呼吸。一圈棕色的山岭随着阳光的来临向着这对情人的眼睛进逼。镇上的面包房冒出了香味，再远处，传来了破毁的山涧上那些同野草混杂在一起的桃金娘的气味。他看见她那赤裸的身体张开双臂，像要抱住黎明的背，把黎明拉到床上去。

"你现在要吃早餐吗？"

"现在太早了。先让我把烟抽完。"

雷希娜的头偎依在这青年的肩头。细长的、青筋暴露的手指轻抚着她的背。两人微笑起来。

"我还是个小女孩的时候，生活是很美满的。有许多美好的时刻。假期啦，休假啦，夏季的日子啦，玩耍啦。我不知道为什么我一长大成人就开始期待一些东西。小女孩的时候可不是这样。所以我开始去那个海滩。我对自己说，最好还是等着。我不明白自己为什么在那个夏天变得这样厉害，再也不是个小女孩了。”

“你仍然是个小女孩，你知道吗？”

“同你一起还是个小女孩？咱们这样子我还是个小女孩？”

他笑了，吻着她。她弯下了膝，以合上翅膀的鸟儿的姿势，偎依在他的胸怀里。她又笑又哭地双手钩住他的脖子：

“那么你呢？”

“我记不起来了。我发现了你。我爱你。”

“告诉我。为什么我一看见你，我就知道别的一切都不要紧了？你可知道，我当时对自己说，马上就要卜决心。如果当时让你走了，我这辈子也就完了。你不是吗？”

“我也一样。你不觉得我只不过是个寻欢作乐的普通军人吗？”

“不觉得，不觉得，我没有看见你的制服。我只看见你那双映照在水里的眼睛，当时我就已经不能光看自己的影子而不看见你的影子同我在一起。”

“美人儿，心肝，你去看看咱们有没有咖啡。”

这天早晨，正如七个月来的青春日子里每天幽会的早晨一样，他们分手时她又问他，队伍会不会很快就开拔？他说不知道将军有什么打算。他们也许出发去把这个地区残余的小股联邦军击溃，但无论如何，军队还会驻在这个镇上。这里水源丰富，周围有牲口。这是值得留驻一阵的好地方。他们从索诺拉来到这里时都疲惫不堪，休息一阵是应该的。十一点钟，全体官兵要在广场上的指挥部前集合点名。每经过一座村镇，将军就打听劳动条件，下令把工作日缩短为八小时，把土地分配给农民。如果当地有庄园，他就下令把商店（指庄园主开设的商店）烧掉。如果有高利贷者（只要没有跟着联邦军外逃，那里总是有的），将军就宣布废除一切债务。但糟糕的是，大部分居民都有了武装，而且几乎全是农民，所以没有谁来负责把将军的命令付诸实施。这一来，更好的办法就是立即没收还留在每一座村镇里的富户们的钱财，至于土地和八小时工作制，就留待日后革命大功告成时再合法地解决。现在要做的是打到墨西哥城去，把杀害马德罗[1]的凶手韦尔塔[2]这个酒鬼赶下总统宝座。辗转地打了多少个转啊（他一面把卡其布衬衣塞进白长裤中一面自言自语地说），打了多少个转啊！从韦拉克鲁斯到墨西哥城，又到索诺拉，因为塞巴斯蒂安老是劝他去干老人们干不了的事：往北方去，拿起武器，解放全国。他当时已经是个四海为家的流浪汉了，虽然还未满二十一岁。真的，他甚至未同女人睡过觉。塞巴斯蒂安老师教会了他三件事：认字，写字，憎恨神父。

雷希娜把两杯咖啡放到桌子上，他停住嘴不说话了。

“多烫啊。”

天色还早。他们互相搂着腰出发上路。她穿上了浆好的裙子，他戴着呢帽，穿上白色的外衣。他们住的那一带的房子就在山壑附近；牵牛花悬空垂吊，一只被野狼的牙齿咬得血肉模糊的兔子在叶丛中腐烂。山壑深处流着一条小河。雷希娜想看看这条河，她仿佛希望又一次看到她的那个故事里的水影。他们互相拉着手。通往镇上的路上升到洼地边缘，山谷传来画眉叫声的回响。不，是轻轻的，埋没在一阵阵尘土中的马蹄声。

“克罗斯中尉！克罗斯中尉！”

将军的副官洛雷托的坐骑喑哑地叫了两声停住了，他那副永远笑容可掬的面孔已被厚厚一层汗水和尘土盖住。“快点回去，”他一面用一条手绢擦脸，一面喘着气，“有情况！咱们马上要出发。你吃过早餐了吗？营房里正在吃鸡蛋。”

“我已经吃过了。”他微笑着回答。

---

1 马德罗（Francisco Madero，1873—1913），墨西哥前总统（1911—1913）。

2 韦尔塔（Victoriano Huerta，1845—1916），曾任独裁者迪亚斯（Poifirio Diaz，1830—1915）的军事助手，马德罗推翻迪亚斯后，他又任马德罗手下的将领。1313 年，他发动政变，推翻并杀害了马德罗，自任总统。但在农民起义军的强大压力下，1913 年被逼辞职。

雷希娜拥抱了他，但这是一次被尘土埋起来的拥抱。直到洛雷托的马跑远了。大地安静下来，这个紧抱着自己情人的女人的轮廓才完全显现出来。

“你在这里等着我吧。”

“你看那会是什么事？”

“一定是附近有小股敌人流窜，没什么了不起的。”

“我在这里等你？”

“对，你别离开。我今天晚上，最迟明天清早就回来。”

“阿尔特米奥……咱们会有一天回到那地方去吗？”

“哪晓得。哪晓得要拖多久？你别想这个了。你知道我很爱你吗？”

“我也很爱你，很爱。我相信永远会是这样。”

在外面，在营房的中心院子，在马厩，士兵们都接到了新的行军命令，正在以仪式似的镇静态度收拾东西。排成一列，由眼圈发黑的骡子拉着的白色炮车在滚动，后面是装满了炮弹的弹药车，沿着由院子通到车站的车辙向前移动。骑兵们在套缰绳，取下挂着的一包包草料，检查马鞍缚得牢不牢，轻抚着这些对人百依百顺的战马的蓬松鬃毛。这些马的身子沾上了火药，肚皮被平原的扁虱咬过。两百匹马慢步走向营房，有桃色的，有带圆斑的，有土黑色的。步兵们给步枪擦油，列队走过分发弹药的、笑容满面的矮个子面前。北方的宽边帽，灰色的，边缘翻起的呢帽。脖子上围着围巾。腰上系着子弹带。很少有人穿靴子，通常是薄混纺布裤加黄皮鞋，有时是土制皮凉鞋。有些地方——街上、院子里、车站上——兵士们戴着披上了树枝的雅基族[1]帽子。军乐队队员手里拿着手杖，金属乐器背在肩上。最后喝几口热水。大盆里堆满了煮豆子，还有

1　雅基族（Yaqui），墨西哥索诺拉州的印第安民族。

一盘盘煎鸡蛋。车站那边发出了一阵叫喊声：一列满载着马约族印第安人的平板车正在开进车站，他们敲出刺耳的鼓声，挥动着彩色的弓和粗制的箭。

他挤了进去。在里面，就在一幅马马虎虎地钉在墙上的地图前，将军在解释：联邦军已经在我们背后，在被革命军解放了的领土上发起了一场反攻。他们企图从后方包抄我们。今天清晨，一个哨兵从山上发现希门尼斯上校占领的几座村镇那边升起了浓烟。他下山作了报告。我记起了，这位上校在每一座村镇都曾下令堆起一大堆木板和枕木，一旦受到袭击就点燃，以通知我们。情况就是这样。我们必须分散兵力。一半兵力回到山的那一边去增援希门尼斯，另外一半去迎头痛击那几股昨天已被我军击溃的敌军，还要看看他们会不会从南方大举进攻我们。这座村镇只留下一个旅。但他们打到这里来看来是不容易的。加维兰少校……阿帕里西奥中尉……克罗斯中尉，你回北方去。

中午，他快经过山峡口的监视哨时，希门尼斯原先点起来的火堆已经逐渐熄灭。就在那边的低处，可以看到载满着人的火车。火车行驶时不鸣汽笛，带着迫击炮、大炮、弹药箱和机枪。骑兵吃力地沿着陡峭的山腰直下，大炮干脆从铁路上就向那些估计已被联邦军再次占领的村镇轰击。

“咱们走快点，”他说，“这场枪战会持续两小时，之后咱们进去侦察。”

他永远也无法明白为什么他的马的马蹄一碰到平坦的土地他就低下了头，忘掉了原先交付给他的具体任务。完成某个目标的那种实在感消失了，同时，他手下的兵士也不见了，代之而起的是一种缠绵凄恻的心情，一种因为失去了什么而暗自悲哀的心情，一种掉头往回走扑到雷希娜的怀抱中把一切都忘掉的愿望。炽烈的圆太阳仿佛盖过了近处的骑兵形象和远处的隆隆炮声。占据着他心头的不是眼前这个现实的世界，而是梦幻中的另一个世界。在那一个世界里，只有他和他的意中人才有活下去的权利和拯救自己生命的理由。

“你还记得那块像艘石船似的伸进海里去的岩石吗？”

他又瞧着她，想吻她，又怕弄醒她。他相信，仅仅瞧着她就已经是把她据为己有。只有一个人——他想——是雷希娜所有隐秘形象的主人，这个人占有着她，永远不会放弃她。他瞧着她也就是瞧着自己。他双手放松了缰绳：他的一切、他的全部爱情都陷进了这个女人的肌肤里；她的肌肤已经把两人都包含在内了。他恨不得往回走……恨不得对她说自己是多么爱她……把自己的感情详详细细、一五一十地向她倾吐……让雷希娜知道……

马发出了嘶叫，高举前足；骑马的人跌倒在坚硬的地上，是片硬土层，有长满刺的灌木丛。联邦军的手榴弹像雨点般落到了骑兵阵中。他站起来时，在重重硝烟之中只分辨出替他挡住了敌人火力的那匹战马的炽热胸膛。在这匹倒下的马体的周围，有五十多匹战马在胡乱地翻动身体。往上看，没有亮光；天空降下了一级，是个布满火药的天空，只和人等高。他跑向一棵矮树。一阵阵的硝烟盖住了这些光秃秃的树枝。在离他三十米开外，是一个又矮又密的树林的边缘。一阵没有意义的呼喊声传进了他的耳中。他跳起来抓住一匹走散了的马的缰绳，一条腿跨上了马的后臀。他把身体躲到马后，把马刺踢了一下，马奔跑起来。他垂着脑袋，眼睛里都是自己散乱的头发。他死命抓住马鞍和缰绳。清晨的明亮忽然消失了，暗影使他能够睁开眼睛，放开马，在地上打了几个滚，碰到了一棵树的树干。

在那里，他重新产生上一次的感觉。一场混战的种种混杂声围绕着他，但是，一边是近处，一边是传到他耳中的响声，两者之间出现了不可逾越的距离。近处是树枝的轻微抖动声、小蜥蜴的来往窜动声，非常细微，却都声声入耳。他单独一个人倚着树干，又重新感到那种温柔的生活，那种生活在他的血管里懒洋洋地流动。身体的这种舒适感压住了思想上任何蠢蠢欲动的企图。他的士兵们呢？他的心脏跳得很均匀，没有猛跳。他们在找他吗？他的胳膊和腿都感到很舒适，很利索，很累。没有他的指挥，他们在干些什么呢？他的双眼在枝叶编成的这一大片天花板当中寻找某只飞鸟偷偷飞过的踪迹。他们会不守纪律了吧？他们也会逃跑，逃到这一片天赐的小树林里来躲藏吧？他已经不能想了。一声呻吟透过了树枝。就在中尉的脸旁边，一个人倒在他的怀里。他想用胳膊把他推开，但马上又扶住了这个有气无力、像一条红色破布似的挂在他身上的人。伤者把头挨到他这位难友的肩上：

“他们……真是……厉害……”

他感觉到那条毁了的胳膊触到了他的背，流着一股冷血。他动手把对方疼痛得抽搐的脸推开。他的颧骨很高，张着口，眼睛闭着，胡须蓬乱，很短，同他自己的一样。如果对方的眼睛也是绿色，那就是他的孪生兄弟了。

“有出去的路吗？咱们被打败了吗？你知道骑兵的情况吗？他们撤退了吗？”

“不……不……他们上……上前线去了。”

伤者努力用自己那条还是完好的胳膊指一下另一条被弹片打坏了的胳膊，同时脸上一直保持抽搐状。他似乎是靠这副形状维持着自己的生命。

“他们在前进吗？怎么了？”

“水，兄弟……很难受啊……”

伤者晕过去了，但以一种充满着无声要求的奇特力量紧抱着他。中尉把这铅一般沉重地压在他躯体上的重物扶住。炮轰的震动声又回到了他的耳中。一阵悠忽不定的风摇晃着树梢。寂静和安宁又一次被炮弹片打破。他抓住伤者健全的手，挣脱了这个压到他身上来的身躯。他扶住伤者的头，把他平放在布满有节树根的地面上。他打开了军用水壶的盖，喝了一大口。他把水壶送到伤者的嘴唇旁；水流到了伤员发黑的下颚。但是心脏还在跳动。就在伤者的胸旁，他跪着，心中忖度着伤者的心脏还会跳动多久。他松开了伤者腰带上的银扣子，然后转过身背对着他。外面在发生什么事呢？谁打赢了呢？他站了起来，向树林里面走去，远离了伤者。

他摸索着走，有时把一些长得很低的树枝拨开，总是在摸索着。他并没有受伤。他不需要救护。他停在一处冒着泉水的地方，把军用水壶盛满了水。一条还未形成源头就已经快要干涸的小溪，从泉眼里流出水来，流到树林外面的太阳光下干掉。他脱掉了外衣，用手洗刷一下胸膛和腋窝以及又热、又干、又脏的肩头，洗刷胳膊上绷紧的筋肉，发青的、光滑的、像长了硬鳞的皮肤。潺潺的水泡使他无法在出水口照到自己的影子。这个身体不再是他的。雷希娜已经使它有了新的主人。她以每一次爱抚来申明自己对这个身体拥有的权利。这个身体不再是他的了。毋宁说这是她的身体。拯救这个身体是为了她。他们已经不是各自单独地分开活着，分隔的墙已经被打破，他们已经是两位一体，永远是两位一体。革命会过去，村镇和生命会过去，但这一点不会过去。这已经是他们的生命，他们两人的生命。他擦洗了一下脸，重新走出平原。

革命军的骑兵正从平原往树林和山上奔来。他们迅速地跑过他的身边，而迷了路的他却向着那些火光熊熊的村镇走去。他听到了鞭子打在马屁股上的声音、步枪射击的哑声；他一个人孤单地停留在原野上。他们在逃跑吗？他反转过身子，把手伸到脑袋上。他不明白。总得记住个出发地，记住个明确的任务，这条金色的线索是千万不能丢掉的。唯有这样，对于现在发生的情况，才有可能弄清来龙去脉。只要稍一分心，战争的整盘棋就会变成一局不可理喻的、无法理解的、由一些支离破碎离奇突兀毫无意义的运动组成的比赛。这一大片尘土……这些奔腾飞驰的怒马……这个在马上呼喊着挥舞一把雪亮军刀的人……这列停在远处的火车……这阵越来越逼近的尘土……这个离他浑浑噩噩的脑袋越来越近的太阳……这把擦过他前额的军刀……这群跑过他身旁把他摔到一旁的骑兵……

他摸摸自己额上的伤痕，站了起来。他必须赶紧回到树林中，那里是唯一安全的地方。他摇晃了一下。太阳将他的视线熔化了，使地平线、干枯的草原、山峰的轮廓都模糊起来。他到达树林时抓住了一根树干；他解开了外衣的扣子，撕下了衬衣的一只袖子。他在袖子上吐口唾沫，润湿一下有伤痕的前额。他用这块破布把头团团围起来，而当他旁边的枯枝被陌生人的靴子踩得沙沙响起来时，他的脑袋几乎炸裂。他痛苦的目光沿着面前的那双腿朝上看。这是个革命军的战士，肩上背着另一个人的身体，像一个满是血污的布袋子，血肉模糊，一条胳膊已经僵硬。

“我是在树林边上发现他的。他当时快要死了，胳膊被炸坏了……中尉。”

这名又高又黝黑的战士定睛细看，看清了他的肩章。

“我看他已经死去了。像个死尸，不好背。”

他把那躯体放了下来，让它背靠着一棵树。中尉在半小时前，十五分钟前，也是这样做的。这个战士把自己的脸靠到伤者的嘴边；中尉认出了这张开的口、高高的颧骨和紧闭的眼睛。

“是的，已经死了。如果我早点来到，也许他会有救。”

他用手把死者的眼睛闭上。他还把死者的银腰带扣上。他低下头时，从洁白的牙缝中透出声音说：“唉，中尉，要不是世界上有一些像他这样勇敢的人，咱们这些人现在又会到了哪里呢？”

他转过身背朝那士兵和死者，再次向平原跑去。宁可这样做。虽然他什么也听不到，什么也看不见，虽然整个世界就像一个散了架的暗影从他身旁掠过，虽然战争的种种嘈杂声与仍然响着的种种和平喧闹声——模仿鸟、风、远方的吼声——全都统一变成这阵暗哑的擂鼓声，把一切响声全都包含在内，使一切响声全带上千篇一律的悲怆声调。他碰到了一具尸体。不知道为什么，他跪倒在尸体旁，几分钟后，一个人的声音穿透百响千声组成的暗哑擂鼓声，传进了他的耳中。

“中尉……克罗斯中尉……”

一只手按上了中尉的肩头。中尉抬起了头。

“您受伤不轻啊，中尉。跟我走吧，联邦军跑了。希门尼斯守住了阵地。骑兵部队打得很漂亮；他们的人数增加了，真的。来，您这样子不行。”

他扶住了这个军官的肩头，喃喃说道：

“回营房去吧。好的，走吧。”

线索又断了。原本这条线索曾使他走遍这场战争的弯路而不致迷失，不致迷路，不致掉队。他没有力会拿起缰绳。但是他的马是拴在加维兰少校的马上的，一路慢慢地走，越过山岭，从平原的战场到她等待着他的那个谷地。线索断了。在山下那边，这村镇如旧：还是他今天早上离开的那些破瓦和土墙，四周是粉红色的、朱红色的、白色的仙人掌。他觉得自己在山壑的裂口上认出了雷希娜原定要在那里等待他的那座房子、那个窗口。

加维兰骑着马走在他前面。黄昏的暗光把山影投到这两名军人疲倦的身体上。少校的马停了一下，等着中尉的马跟上前来齐头并行。加维兰递给他一根香烟。火绒刚熄灭，马又重新轻步前进了。但他在点燃香烟时已经看到了少校脸上的痛苦表情。他垂下了头。他自己是罪有应得。人们可能知道他从战场上逃跑的真相，可能会撕掉他的肩章。但是他们不会知道全部的真相；他们不会知道他之所以要保住性命是为了能回去同雷希娜继续相好。即使他对他们说明这一点，他们也不会理解，更不会知道他本来能够拯救一个受伤士兵的性命却抛弃了他。如果能同雷希娜继续相好，抛弃那个士兵就是值得的。应该是这样。他垂下了头，觉得自己有生以来第一次感到羞愧。但是加维兰少校那双明亮的、直视的眼睛里显露出来的并不是鄙视。这位军官用那只闲着的手摸了摸自己混和了尘土和阳光的金黄色胡须。

“中尉，多亏你们救了我们的性命。您和您的人挡住了他们的前进，将军要把你当作英雄来欢迎……阿尔特米奥……我可以叫您阿尔特米奥吗?”

少校试图微笑。他把闲着的手按在中尉肩上，轻声笑着说：“咱们一起作战这么久了，但是您看，咱们甚至还没有以你我相称呼过呢。”

加维兰少校以眼神请他回答。夜幕带着没有质感的玻璃降临了，最后一点阳光从山后射出，这些山已经移到远方，蜷缩着，藏在黑暗中。营房里点着下午时分从远处看不见的火。

“这些人简直是狗!”少校忽然以哽塞的声音说，“他们出其不意地窜进了镇里，大概是在一点钟左右。当然，他们没能攻入咱们的营房。但是他们在周围的街区大肆报复，在那里为所欲为。他们扬言要对一切帮助过我们的村镇施加报复。他们抓了十个人质，派人传话，说如果我们不投降，就要把人质绞死。将军对他们的回答是迫击炮的炮火。”

街上挤满了士兵和老百姓，还有没人管的狗和像狗一样没人管的孩子。孩子们坐在门框上哭泣。有些地方着了的火还未熄灭，女人们坐在街中心抢救出来的床垫和藤椅上。

“是阿尔特米奥·克罗斯中尉。”加维兰弯下身子，对着一些士兵的耳边轻声说。

“是克罗斯中尉。”这话在士兵和女人当中传开了。

人们给这两匹马让开了路。少校的那匹是深棕色的，它在挤着它的人群当中显得很神经质；中尉的那匹是黑色的，脖子低垂，让前一匹马牵着走。有些手伸了出来；那是中尉所指挥的那批骑兵当中的一些人。他们捏他的腿，表示问候；他们指指他那被流出的血染红的、包着破布的前额，他们轻轻地说出祝捷的话。两个人穿过了市镇，尽头是那峻峭的山壑，树木迎着夜风在晃荡。他抬头一看，是那片白色的房屋。他寻找那个窗口，所有的窗口都闭着。蜡烛的亮光照着一些房子的门口，披着披肩的乌黑的人群蹲在各处的门前。

“别把尸体解下来！”阿帕里西奥中尉一面在马上叫喊，一面勒马半转身子，挥舞鞭子把那些伸出来的央求的手赶开，“让大家全都记住！让大家都晓得我们是在同什么人打仗！他们逼镇上的人杀死自己的兄弟。看清楚了吧？他们就是这样屠杀了雅基部落，因为这个部落不让他们夺去自己的土地。他们也是这样杀害了里奥布朗科和卡纳内阿的工人，因为这些人不肯活活饿死。如果我们不消灭他们，他们会把一切人统统杀死。你们看呀！”

阿帕里西奥中尉的手指指着靠近山壑的那一大片树：用生剑麻纤维草率制成的绞索仍然从脖子上勒出血来；但是那些睁开的眼睛、紫黑的舌头、寂然不动却被山上吹来的风吹得摇晃的身体都是死的。人们的目光（一些人的目光是茫然的，另一些人是充满怒火的，大多数是温和的、莫名其妙的、寂静而哀伤的）所至之处，只看到沾了泥的粗皮凉鞋、一个男孩的光脚、一个女人的黑色拖鞋。他下了马。他走了过去。他抱住了雷希娜浆洗过的裙子，嘶声地发出带痰的吼叫：这是他长大成为男子汉以后的第一道哭声。

阿帕里西奥和加维兰把他带到那姑娘原先待的房间去。他们强迫他靠着躺下，把他包头的脏布换成绷带，给他洗净了伤口。他们走后，他抱着枕头，把脸藏了进去。他想睡，只想睡。他心里暗想，也许睡梦能重新使他们幽冥相会。他明白了，这是不可能的；现在，在这张挂着发黄蚊帐的床上，那润湿的头发、那光滑的身躯、那温暖的大腿虽然不在，却反而比在时更加强烈地使他感觉到香味。他现在比以往任何时候都觉得自己身临其境，这个现实在他年轻的狂热头脑中比任何时候都更加活生生。他现在回忆她，她比任何时候都更是她，更加属于他。在他们相爱的短短几个月中，也许他从未如此激情地看到过她双眼的美丽，也从未像现在这样把她的眼睛同类似明亮的东西相比：黑色的珠宝、太阳下平静的深海、被岁月反复荡涤的沙滩、一棵长着热肉和脏腑的树上结出的暗黑色樱桃。他从未对她讲过这些。他没有时间向她倾吐这么多情话。他总是来不及把话说完。也许他一闭上眼睛，她就会整个人栩栩如生地回来，回来重温那些在他的指头上跳动着的热烈爱抚。也许只要想象她，她就可以永远在他身边。谁晓得对往事的追忆是不是真的可以使往事存在的时间延长、真的能让他们交股而眠？推开清晨的窗户，梳头，重温那些气味、闹声、感触。他坐了起来。他在黑暗的房间里暗中摸索，找那瓶龙舌兰酒。但他又发现龙舌兰酒并不像大家所说的那样能使人把往事忘却，反而使种种回忆更快地涌现出来。

当酒精在他胃里点燃起火焰时，他想回到那个海滩的岩石边。回去。回哪里去？回到那个根本不存在的虚构的海滩去？回到那位可爱姑娘的那套谎话中去？回到她为了使他在相爱时问心无愧、自认清白、理直气壮而编造的海滩邂逅的故事里去？他把那杯龙舌兰酒扔到地上。酒正是起了这样的作用，起了打破谎话的作用。而这是一个美丽的谎话啊！

“‘咱们是在哪里认识的？’

“‘你记不起来了吗？’

“‘那你告诉我吧。’

"'你不记得那个海滩吗？我每天下午都到那里去。'

"'我记起来了。你在水中看到了我的脸贴在你的脸旁边。'

"'你记着吧：没有你的脸在旁边，我就再也不愿照自己的脸了。'

"'好的，我记着。'"

他必须相信这个美丽的谎话，永远相信，坚持到底。这全都不是真的：并不是他进入辛那洛阿州的这个村镇时如同进入别的许多村镇一样在街上随便找到一个不小心的女人就要了她。并不是这个十八岁的姑娘被他硬抢上了一匹马，在远离海边的军官宿舍里对着荆棘丛生的干枯山坡默不作声地强奸。并不是他由于雷希娜的善良而静悄悄地得到了宽恕。不应该说当时她是由于快感而停止了反抗，她那双从未接触过男人的手臂第一次愉快地触到了他；她那张湿润的、张开的嘴像昨夜一样，翻来覆去地说，好，好。她喜欢这样，她喜欢同他这样，她还想再干下去，她原先害怕的事情原来是这样地美妙。目光像梦一样燃着火光的雷希娜，接受了带给她快感的既成事实，承认自己爱上了他；她编造了海边邂逅与静水倩影的故事，目的是把他们相遇的真正经过忘掉，以免日后他同她相爱时可能感到羞愧。雷希娜，这个他一辈子的女人、浑身美味的小母马、纯洁的下凡仙女、做事不遮遮掩掩不讲一番大道理的女人。她从来不厌倦，从来不拿埋怨诉苦的话来烦恼他。她总是在那里，不是在这个村镇就是在那个村镇。也许，吊在绞索上的那寂然不动的身体是个幻觉，现在这个幻觉可以打消了，她……她也许在另一个村镇吧？她只不过是先走了一步。是的，向来是这样。她不声不响地走了，往南方去了。她穿越了联邦军的防线，在下一个村镇里找到了一个小房间。是的，因为她没有他就活不下去，他没有她也活不下去。是的，只消走出去，骑上马，拿起手枪，继续进攻，在下一次休整时找到她就行了。

他在黑暗中寻找外衣。他把子弹带斜挂在胸前。在外面，那匹安详的黑马拴在一根柱子上。人们围着被吊死的人，但他再也不往那边看了。他骑上了马，往营房奔驰。

“那些婊子养的跑去哪里了？”他大声喝问营房里的一个值班士兵。

“朝山壑的那一边去了，长官。据说他们在桥头设了防，等待援军。他们打算再次攻下这座市镇呢。请进来吃点东西吧。”

他下了马，不慌不忙地向院子里的篝火走去。篝火上，土锅在支起的木棍架上摇晃，传来女人用手拍打面团的声音。他把大勺子伸进杂烩汤里，舀起了洋葱、辣椒粉和野牛膝草；他嚼着北方又硬又新鲜的烙饼，还有猪腿。他还在人间。

他从锈铁圈中拔出了那支照亮营房入口的火把。他把马刺深深刺进那匹黑马的肚皮；还在街上走着的人闪到了一旁，受惊的马企图把前足顿起，但是他勒紧缰绳，又把马刺刺进马肚皮。终于，他觉得马明白了他的意思。这已经不是今天下午那个翻越山岭、受伤彷徨的人所骑的乏马了，而是另外一匹马，它解人意了。马把鬃毛甩了几下，让他明白他现在骑着的是一匹战马，是同骑马的人一样怒气冲天，一样迅猛的。骑马的人举着火把，照亮着村镇旁边的田野，直向山壑上的桥冲过去。

桥头也亮着一堆篝火，联邦军士兵们的军帽反射出泛红的苍白色。但是黑马的马蹄把土地的全部力量带动了，一路把野草、尘土和荆棘拉到一起，一路留下火把溅出的一串火花。马上的人握着火把，冲向桥头的阵地，跳过篝火，向那些惊恐的眼睛、那些暗黑的后脑勺、那些莫名其妙把炮往后撤的单枪匹马的人开枪。他应该向南去，到下一座村镇去，在那里，他的意中人在等待着他……

“让开，你们这些婊子养的混蛋！”他好像长了千百个嗓子似的高声喊叫。

他发出哀痛与爱欲的声音；他的手枪在砰砰作响；他的手臂把火把投向弹药箱，把炮炸坏，把无人骑的马炸得东奔西跑。到处是混乱的号叫、火光和爆炸；这些声音现在从远方传来回响，是远处村镇上那些几乎听不见的叫喊，是教堂朱红色塔楼上响起来的钟声，是革命军骑兵的马蹄踏过土地的“嘚嘚”声。这些骑兵越过这座桥时发现一切都被打得稀巴烂，敌军已经溃逃，篝火已经熄灭，但是既看不见联邦军也看不见中尉。中尉正骑着马向南奔驰，手里高举着火把，马的双眼冒着火。向南，手里拿着线索，向南。

我活下来了。雷希娜。你叫什么名字？不。你是雷希娜。无名的士兵，你叫什么名字？我活下来了。你们死去了。我活下来了。啊，人家让我安宁了。他们以为我已经睡着了。我记起了你，记起了你的名字。但是你没有名字。你们两个都向我走过来，手牵着手，眼窝空空的，以为这样就能打动我的心，引起我的同情。啊，不行。我并不是靠了你们才活下来的。我靠的是我的荣誉感，听到了吗？我靠的是我的荣誉感。我挑战了。我大胆地挑战了。美德吗？谦卑吗？慈善吗？唉，没有这些也能活下去，也能活下去。没有荣誉感，就活不下去吗？这对谁有过用处？谦卑？你卡塔琳娜又会把我的谦卑变成什么呢？要是我谦卑的话，你就会把我看得一文不值，你本来就会抛弃我。我已经知道，你是拿这次婚姻的神圣来原谅你自己。嘻。要不是我成了个大富翁，你本来会很轻易就同我离婚的。你呢，特蕾莎，虽然我养着你，但是你恨我，你骂我，但如果我贫困潦倒，你们又会怎样恨我、骂我呢？你们这两个伪善的女人，你们设想一下，假使我不争一口气；假使你们沦落在那些肿腿的芸芸众生当中，老是要在城里的某个街角等候公共汽车；假使你们是一家商店、一家办公室里的女职员，敲着打字机，包着货物；假使你们不得不节衣缩食才能分期付款买辆汽车；假使你们要在圣母像前点燃蜡烛来保持这个幻觉，每月要交付一块地皮的费用，望洋兴叹地渴望得到一台电冰箱；假使你们每个星期六只能到街上一家小电影院看看电影，嚼着花生，出门时设法打一辆出租车，每个月只能在外面吃一顿午饭；假使你们没有我替你们避免了种种麻烦，假使你们唯有叫嚷“墨西哥独一无二”[1]时才感觉自己活着；假使你们非得要有斗篷、坎丁弗拉斯[2]、马里亚齐舞曲[3]的音乐和家乡风味的辣子肉才能感到自己活着，嘿嘿；假使你们非得真的相信许愿、圣地朝圣、祷告等等才能感到自己活着。

“Domine，non sum dignus……”[4]

“‘你好。首先，他们打算把各家美国银行贷给太平洋铁路公司的贷款统统赖掉。你知道太平洋铁路公司每年支付的贷款利息有多少吗？三千九百万比索。其次，他们打算把从事铁路整顿工作的全体顾问都赶走。你知道我们挣了多少钱吗？每年一千万。第三，他们要把我们管理美国对铁路贷款的人统统赶走。你知道你去年挣了多少？你知道我去年又挣了多少吗？’

“‘Three million pesos each…’[5]

“‘是呀。而且事情还没有完。请你发电报告诉国营水果快运公司，这些共产党领袖要取消冷藏车的租金，公司每年从租金中可以获利两千万比索，我们也会拿到丰厚的佣金。你好。’”

哈哈。解释得够清楚了。这些蠢猪。我不是在维护你们的利益吗？蠢猪。噢，全给我滚出去，让我好好听一下。看看他们懂我的意思没有，看看他们对于我这样弯着胳膊表示什么意思究竟懂不懂……

---

1 “墨西哥独一无二”是当时一首流行歌曲中的一句歌词。

2 坎丁弗拉斯（Cantinflas，1911—1993），墨西哥著名电影演员莫雷诺的艺名。

3 马里亚齐舞曲，墨西哥哈利斯科州的一种民间舞曲。

4 拉丁文，意为“主啊，我对不起你……”

5 英语：每人三百万比索。

"'请坐吧，好小了。我马上就来照应你的事。迪亚斯：你要十分注意，对于警察镇压这些捣乱分子的事，千万一句话也不要泄漏出去。'

"'但是好像打死了一个人呀，先生，而且又是在市中心。恐怕很难……'

"'不行，不行。这是上面的命令。'

"'但我知道有一份工人小报要发表这个消息。'

"'你的脑子是干吗用的？我给你钱，不正是要你动脑子吗？'消息来源'给你钱，不正是要你动脑子吗？通知检察官办公室把这家印刷厂封掉……'"

我多么会动脑子。只需要一点火花，只需要一点火花，就能点燃整张巨大的复杂的网。别人需要很大的发电量才能把脑子发动起来，我碰到那样大的电量早就活不成了。我需要在浑水中行船，隔着远距离同人家打交道，把敌人赶走。哦，到了。把录音带快进过去。我对这个不感兴趣。

"'玛利亚·路易莎。这个胡安·费利佩·寇托还是那副老样子，还是想要弄小聪明……没别的了，迪亚斯……乖乖，把那杯水递给我。听我说：他又想要弄小聪明。像上一次对付费德利科·罗布雷斯一样，你记得吗？但他遇到我就不行了……'

"'什么时候，上尉？'

"'他靠我的帮助取得了在索诺拉修筑这条公路的经营权。我甚至还帮助他设法使一个报价比工程实际成本高出大约两倍的预算案得以通过，默契是这条公路要经过我从村社社员们那里买下的水浇地。我刚得到消息说，那个老奸巨猾的家伙也在这条路线上买了一块土地，打算把公路的设计线路改动一下，去经过他的地……'

"'这个猪猡！他表面看来多么正人君子。'

"'那么，乖乖，你现在知道了；你可以在你的专栏上散布一些

谣言，说咱们这位老兄即将离婚。要十分轻描淡写，只要替我把他吓一跳就够了。'

"'而且我们有一些照片，上面是寇托在一家夜总会同一个女人在一起，而那女人根本不是寇托夫人。'

"'把照片保存好，万一他不服管就……'"

据说海绵的细胞里没有什么东西把它们结合在一起，但海绵仍然是个结合的整体。人们是这样说的，我也记得是这样，因为据说即便猛使劲把海绵撕碎，碎裂的海绵还是会重新结合在一起。它永远不会丧失整体状态，总是设法把分散开的细胞再一次结合起来。它永远不会死亡，啊，它永远不会死亡。

"那天早上我高兴地等着他。我们骑着马渡过了河。"

"你控制了他，把他从我这里夺走了。"

他在女人们愤怒的声音中站了起来，他挽着她们的手臂，我却仍然在想着那位木匠，接着又想到他的儿子，想到要是当时人们任由他的儿子连同他的那十二名社交经纪人（指耶稣之父、耶稣及其十二门徒）一起逍遥法外，像一只母羊那样自由自在，靠讲述施神迹的故事为生，取得人们免费供应的食物，免费提供的床铺住宿，同神圣的江湖郎中们挤在一起睡觉，直到他们最后老死，被人遗忘——要是那样的话，我们本来可以省却多少麻烦事，但是现在卡塔琳娜、特蕾莎和赫拉尔多都坐到房间深处的安乐椅上了，他们要等到什么时候才会带个神父来催我快点死、逼我的供？啊，他们想打听。我本可以多么开心呀！多么，多么……卡塔琳娜，你为了软化我，打听出这件事，甚至可以把你从未向我说过的话向我说出来。啊，不过我知道你要打听的是什么事情。你女儿的细长脸蛋并不隐瞒这一点。那个可怜虫很快就会到这里来，打听呀，流泪呀，为的是看看自己最后是否能够享用这一切。唉，你们太不懂得我是什么人了。你们难道以为这样大的一笔家财会断送在三个小丑，三只连飞都不会飞的蝙蝠手上吗？三只没有翅膀的蝙蝠！三只耗子！你们瞧不起我。是的。你们摆脱不了求乞者的妒恨。你们厌恶披在你们自己身上的皮裘、你们自己住的房子和你们佩戴的珠宝，因为那都是我给你们的。不，现在你们别碰我……

“放开我……”

“是赫拉尔多来了……小赫拉尔多……你的女婿……瞧瞧他。”

“哦，是那个可怜虫……”

“堂阿尔特米奥……”

“妈妈，我受不了，我受不了！我受不了！”

“他是个病人嘛……”

“算了，我现在就爬起来，让你们瞧瞧……”

“我已经告诉你，他想动。”

“让他休息吧。”

“我告诉你，他想动！他一向装出这样子，现在也是，要愚弄咱们，一向这样子，一向这样子。”

“不，不，医生说……”

“医生懂得什么？我对他更加了解。这又是在愚弄我们。”

“别说了！”

别说了。这些油。他们把这些油涂上我的嘴唇，涂上我的眼皮，涂上我的鼻孔。她们不知道多么贵。用不着她们来决定。涂上我的手，涂上我已经失去了感觉的脚。她们不知道。用不着她们豁出一切。涂上我的眼睛。他们把我的腿分开，把这些油涂在我的大腿上。

“Ego te absolvo.”[1]

他们不知道。她没有说话。没有说话。

1　拉丁语：我赦免你的罪。

你活了七十一岁还不知道。你没有静下来想一下，你的血液在循环，你的心脏在跳动，你的胆囊流出汁液，你的肝脏分泌出胆汁，你的肾脏在产生尿液，你的脾脏在调节着你血液中的糖分：这些运动，都不是你通过自己的心思主动引起的。你知道你在呼吸，但你不想它，因为它并不取决于你的思想。你不理会它，但还是继续活着。你也许能控制自己的身体机能，假装死去，穿过火焰，忍受躺在碎玻璃床上的痛苦。你反正是活着，让自己身体的机能凑合着维持下去。直到今天。但是今天，这些无意识的机能迫使你觉察到它们在控制着你，最后终于结束你的人格地位。每当空气困难地通往你的肺时，你就想到了自己原来是在呼吸；每当肚皮上的血管疼痛地蹦跳，你就想到了自己的血液原来在循环。这些机能战胜了你，因为它们迫使你觉察到生命的存在，但又使你享用不到这生命。它们凯旋了。你努力去想象它（你是多么地清醒，因此，你是对哪怕最轻微的一点点跳动都不得不感觉到，对所有相互吸引、相互分离的运动，甚至是最可怕的已经不动了的东西的运动，你都不得不感觉到），在你身体里面，在你的内脏，那块带浆液的薄膜，蒙着你的腹腔，在内脏周围折叠起来，其中一处皱褶，那个由组织、血管与淋巴管组成的，把胃、肠同你的腹腔壁联结起来的皱褶，那个由一些脂肪细胞组成的皱褶，已经不再由那条把你充沛的血液向你的胃和腹腔内脏输送的粗动脉来灌溉了。它深入皱褶的根源，斜斜地落到中肠的根部，而在此之前，它通过脾脏的后方，形成了另一条动脉，它供血给你的十二指肠的三分之一和脾脏的入口；它穿越你的十二指肠，你的大动脉，你的下静脉，你的右尿管，你大腿的生殖神经和你睾丸的静脉。七十一年来，这条动脉都一直在污浊地、浓稠地、肉红色地流动，但你却不知道。今天你知道了。它要停止了。河床要干涸了。七十一年来，这条动脉做出了艰苦的努力。在它向下流的过程中，有一阵子，它在你的脊椎骨某段的压力下，不得不同时挤向下面，挤向前面，并且又一次猛然往回挤。七十一年来，你的肠系膜动脉在压力下经历着这个考验，经历着这个翻着的筋斗。今天它已经不能了。今天它顶不住压力了。今天，在那活塞式的往下、往前、往回的迅速运动中，它痉挛着，堵塞着，气力用尽，成了瘫痪不动的血块，成了堵塞你的肠子的暗紫色石块。你感觉到血压升高的跳动；你感觉到这是你的血第一次停住，这一次它到不了你生命的岸边。它停下来，在你温热的肠子里凝结了，腐败了，停滞了，没有到达你的生命的岸边。

这时候卡塔琳娜走到了你身边，问你想要办什么事，而你这时候只顾得自己越来越剧烈的疼痛，努力想用入睡和休息的意志来把疼痛排除掉，但是卡塔琳娜无法不作这样的表示，无法不伸出这只手，然后马上胆怯地把手缩回去，同另一只手一起交叠在她那胖妇人的胸前，之后又把双手分开，这一次是把一只手颤颤巍巍地伸到你的前额上。她摸摸你的前额，你却由于疼痛太剧裂而没有觉察到她的手，没有觉察到几十年来卡塔琳娜是第一次把手伸过来抚摸你的前额，拨开你前额上被汗水浸得透湿的灰白鬓发，又抚摸你的前额。她抚摸时胆怯得很，但她终于因觉得这种温情的表示征服了你而感觉得到了补偿。她的这种温情带有一种内疚，而这种内疚的心情又有点释然，因为她看清楚了你根本就没有觉察到她在抚摸你，没有觉察到她把手指放在你前额上等于向你传了一些话，这些话同你回忆的往事总是形影不离地混在一起。那件往事，时至今日，仍在无意中不停地涌现，这不是由于你的意志决定的，但它已经深深印进了你无意的记忆之中，现在它透过你疼痛的每个隙缝冒出来；现在它把你当时听不进去的话重新向你提示。她也想顾及自己的面子。这就产生了星星之火。你就在这面共同的镜子里，在这个照出两人的脸的池塘里听她说话。但是在这个池塘里，两个人如果一想起在两张脸的倒影中接吻，这个倒影马上就被打乱。你何不往旁边瞧瞧呢？活生生的卡塔琳娜就在那里；你又何必非要在寒冷池水的倒影中吻她呢？她为什么不把自己的脸靠到你的脸旁？为什么她同你一样把自己的脸藏到死水里？你不听她，她还是要说："我被他玷污了？"也许她的手向你显示出一种由于过分强烈的自由而使自由被否定掉。这种自由筑起一座永远到不了顶的高塔，到不了天那么高，但它划出了鸿沟，裂开了地面。你一旦要这个自由，就只好同她分离。你不干，因为你要面子。你活下来，阿尔特米奥·克罗斯，你活下来，是因为你冒了险；你冒了自由这个风险；你战胜了风险，但是，你变成了自己的敌人，继续为荣誉感去战斗。你把别人都打败了，就差打败你自己了。你的敌人走出了镜子，作最后的战斗。这是同你为敌的仙女，是气息浓馥的仙女。她的父母都是天神，她又是那个勾引妇女的单身母亲，唯一在人类的时代死去的那个天神的母亲。从镜子里走出来的是潘[1]的母亲，她是个讲究荣誉感的仙女，是你的又一化身，又一次作为你的化身。是这块已把那些被你的荣誉感征服的人清除掉的大地上的最后一个敌人。你活了下来；你发现讲道德只是件好事而已，而高傲却成了非有不可的东西。不过，现在这时候抚摸你前额的手随着她那微细的声音触到了尽头，它使叫嚷挑战的声音平息下去。她提醒你，唯有到尽头时，高傲才是多余的，谦虚才是必要的。而且，即使到了尽头，事情仍是如此。她苍白的手指碰到了你发高烧的前额，这些手指想减轻你的疼痛，要把四十三年前别人没有向你说过的话告诉你。

---

1 潘（Pan），罗马神话中的半人半羊神。

（1924年6月3日）

当她从失眠中醒过来说出这句话时，他并没有听见。“我被他玷污了。”她在他旁边躺着，栗色的头发盖住了她的脸，她在自己肌肤的每一处皱纹中都感到了这种疲乏的润湿，这种夏暑的困倦。她伸手擦擦嘴巴，预感到又要来一个烈日高照的白天，又要来一次下午的暴雨，又要来一次夜间由闷热转为凉爽的过渡。她不愿回忆夜间发生的事。她把脸藏在枕头里，又一次说：“我被他玷污了。”

黎明，曙光扫除了黑夜苍穹的羽饰，凉飕飕而又明亮地透进了半开半闭的卧室窗户。暗影原先把一切细节都拥抱成一团，而现在曙光又重新把一切轮廓都分明地显示出来。

“我还年轻；我有权利……”

她穿上了睡衣，不等到太阳升到山顶的边际，就从那男人的身边躲开。

“我有权利；这权利是教会祝福过的。”

现在，她从自己卧房的窗口，看到曙光笼罩着远方的西特拉尔铁佩特尔火山[1]。她停在窗前，把婴孩抱在手里，哄着睡觉。

“啊，我多么软弱；天天总是没完没了地这样睡醒过来，这样软弱，这样痛恨，这样蔑视……”

她的视线同那个跨过菜园栏杆、笑容满面的印第安人的视线打了个照面；印第安人脱了帽，低下了头……

“……每当我醒过来，瞧见他那在我身旁熟睡着的身躯……”

印第安人露出发亮的白牙齿，尤其是走近前时。

“他真的爱我吗？”

1　西特拉尔铁佩特尔火山（Citlaltépetl Mountain），意为“星之岭”，位于墨西哥维拉克鲁斯州与普埃布拉州之间，高5747米，是墨西哥最高的山。

主人把衬衣塞进了窄窄长裤的腰里。那个印第安人转过了身，背朝着这女人的窗口。

“已经过去五年了……”

她转过了身，背向着田野。

“本图拉，你一清早来有什么事？”

“我的耳朵听到了点事儿。我可以给葫芦灌点水吗？”

“镇上一切就绪了吗？”

本图拉点点头，向池子走去，把葫芦放进水里，喝了一口，然后又把葫芦盛满。

“也许连他自己都忘掉了我们结婚的原因了……”

“你的耳朵听到了什么呢？”

“老皮萨罗同您结了不共戴天之仇呢。”

“这个我早就知道了。”

“我还听说，他要利用今天星期日的混乱来向您报仇……”

“……也许他现在真的爱我了吧……”

“本图拉，你的耳朵真灵啊。”

“这要归功于我的妈妈，她教我一直要把耳朵洗干净，不带耳屎。”

“该怎么办，你已经懂得了。”

“……也许他真的爱我，欣赏我的美丽吧……”

印第安人发出了无声的笑，摸了摸自己帽子的边缘，瞧瞧那个有瓦檐盖着的阳台。在那边，这个美丽的女人已经在摇椅上坐下来。

“……欣赏我的热情……”

本图拉多年来一直记得她总是坐在那里，有时候肚皮挺得圆鼓鼓的，有时候身材苗条，静悄悄地一声不响，对于那些盛满了粮食的大车的熙熙攘攘，对于那些打了烙印的公牛的哞叫，对于那些夏天在别墅周围的果园里被新主人打下的干黑刺李的响声，都毫不在乎。“……爱上了我这样的人……”

她观察着他们两个。她以兔子远远窥看狼那样的目光观察着。加马里埃尔的去世使她忽然失去了婚后最初几个月那种高傲的防护物。她的父亲代表着一脉相承的秩序和等级制度，加上后来她第一次怀孕，使她有理由同他疏远，保持贞洁，不让他侵犯。

“我的天啊，为什么我白天和黑夜恍若两人呢？”

他呢？他转过脸来追踪那印第安人的视线时，发现了他妻子呆若木鸡的脸。他觉得，在最初的几年间，他对她这种冷淡的态度是不介意的；连他自己也不那么愿意去应付这个世界，这个次要的世界，在这里面，一切都在不断地组合着，形成着，定出名称，而在定出名称之前又先为人们所感觉。

“……为什么白天和黑夜恍若两人？……”

另一个世界，更加急迫的世界，在占据着他。

（“阿尔特米奥先生，政府大老爷不管我们，所以我们来请您帮帮忙。”

“小伙子们，我是专干这个的。我向你们保证，你们一定会有一条公路，但有一个条件：你们不能把打下的粮食送到堂卡斯杜洛·皮萨罗的磨坊。你们没有看到那个老家伙连一寸地都不肯分吗？你们别给他什么好处，把粮食都拿到我的磨坊来，让我来在市场上推销。”

“您说的对，但是我们这样做，堂皮萨罗会把我们杀掉的。”

“本图拉，你把步枪分发给小伙子们，让他们学会自卫。”）

她慢慢地在椅子里摇动。她在回忆着，数着自己缄默不语的日子，有时甚至是月份。“我白天对他冷淡，他从不责怪。”

一切都似乎是在与她不相干的情况下运转的。这个手指长着老茧、前额满是灰尘和汗水的壮汉，每天都是下了马，手里拿着皮鞭子走过，然后一头躺倒在床上，太阳未升起他就醒了。然后，每天照常走那段漫长的疲乏的路程，穿越那些应该出产的产品自觉地为他充当垫脚石的土地。

“看来，我在夜里接受他时那样的热情，他已经觉得足够了。”

玉米地就在那些老庄园的居住区周围小小的水浇地里。老庄园有贝尔纳尔的，有拉巴斯蒂达的，有皮萨罗的；远处还有长着龙舌兰的土地，可以酿龙舌兰酒，到那里，又出现了白石层。

（“本图拉，人们有什么不满意吗？”

“主人，他们不满意也不说，因为不管怎么样，他们的日子都比从前好过。但是他们知道，您只是把旱地分了给大家，自己留下了水浇地。”

“还有呢？”

“还有就是您同加马里埃尔过去一样，放出了债务，仍然收利息。”

“本图拉，你听着。你去向他们说明一下，真正高额的利息，我是向像皮萨罗这样的地主和商人收取的。如果他们觉得我贷出的款损害了他们，我可以不再贷款给他们。我原先还以为这样做是帮了他们呢……”

“不，那可不行……”

“告诉他们，我不久就要向皮萨罗索要抵押物，到时候我就真的会把从这老头子手中夺来的水浇地分给大家了。叫他们再忍耐一下，要有信心，到时候一定会看到结果。”）

他是个男子汉。

“但是这样疲劳，这样操心，使他同我有了隔阂。我没有要求他隔一些时候就匆匆忙忙地相爱一次。”

加马里埃尔很迷恋于普埃布拉的社交、舒适和游览之乐，他把乡间的房产置诸脑后，任女婿去随意管理。

“他要怎么样我都接受了。他要求我不要疑心，不要东猜西猜。因我父亲的关系，我是个被卖了身的人，只好将就……”

不过，假使她父亲还活着，假使她还像从前那样，每隔半个月就可以到普埃布拉去一趟，在父亲身边度过一天的时间，壁橱里装满心爱的糖果和乳酪，同父亲一起到圣方济教堂做弥撒，在阿帕里西奥的信徒塞巴斯蒂安的木乃伊前下跪，漫步巴里安市场，在中心广场那里转一转，在埃雷拉式的大教堂巨大的施洗盘中画十字，或者干脆只是瞧着父亲在院子的藏书室里踱来踱去……

“啊，是的，是父亲在保护我，支持我。”

……假使是那样，还算有机会过一下较好的生活，还不至于完全失去人生的乐趣，而那个习惯的可爱世界，那些童年时代，也还都是活生生的现实，使她获得一点力量，让她在回到乡下，回到丈夫那里去时，不至于感到太痛苦。

“既没有发言权，也没有独立的地位，我成了一个卖了身的人，成了他的一个无声的见证。”

她觉得她的丈夫在污泥中堆砌起了一个与她格格不入的陌生世界，而她自己则是这个世界中的匆匆过客。

她有她的现实世界，那就是普埃布拉有阴影的院子，是红桃花心木桌子上新铺的亚麻桌布带给她的快感，是那些手绘的瓷器和银制的餐具，是那股气味。

“……就是那股梨片、榅桲、烩桃子的气味……”

（“我知道您已经把莱昂·拉巴斯蒂达弄得破了产。他在普埃布拉的这三幢房子可值一笔大钱呢。”

“但是，皮萨罗，您瞧。拉巴斯蒂达老是借了钱又借钱，要付多少利息都毫不在乎。他是自己给自己编好了上吊用的绳子。”

“您看到古老世家一个个地垮台，一定很得意吧？但是这样对付我，那可办不到。我不像这个拉巴斯蒂达。我不是个花花公子。”

“您就好好地尽自己的义务吧，将来的事，您就别管了。”

“克罗斯，谁也弄不垮我，我拿脑袋发誓。”）

加马里埃尔感到自己死期快到，就亲自仔细地为自己筹备了葬礼。老头子要一千比索现款，做女婿的没办法拒绝他。慢性感冒越来越厉害，炎症像一只晒在太阳下的炽热玻璃泡，不久，胸口就梗塞住了，肺叶只能吸进稀少的冷空气，这点空气是穿透一大堆痰、发炎组织与血液间的隙缝而钻进去的。

“啊，是呀，只不过是一时供他取乐的对象。”

老头子吩咐准备一辆镶银的马车，上面罩着黑色天鹅绒的车篷，由八匹马拉着，马身上要装上银缰绳，前额毛要扮上黑色的羽饰。他要别人用手推车把他推到大厅的阳台上，用他那发烧的目光看着盛装的马拉着马车一次又一次地在街上走过来又走过去。

“当母亲？那是怎样一种既无欢乐又无痛苦的分娩啊。”

他叫这年轻的、出嫁了的女儿从玻璃橱里取出那四座黄金大烛台，好好擦亮。守灵期间和在教堂做入殓弥撒时，这四个烛台都要放在他遗体的四周。他求她亲自给他刮脸，因为死后几小时内，胡子仍会继续长出来的：只要刮一下脖子和颧骨，再把山羊胡子和髭须剪一下就行了。他还吩咐死后给他穿上硬胸衬衣和燕尾服，给狗服毒药。

“我一动不动，一声不响；只是为了面子。”

他把财产留给了女儿，指定女婿作为财产使用人与管理人。他只在遗嘱里才提到他。他比任何时候都把女儿当作唯一在自己身边长大成人的孩子，从不谈儿子的死，也从不谈到那次，那第一次的来客访问。对他来说，死亡仿佛成了一次机会，可以来个大解脱，最后把失去了的世界恢复起来。

“如果他的爱情是真的，我有权利摧毁他的爱情吗？”

老头子在死前两天离开了手推车，躺到了床上。他靠着一大堆枕头，保持着得体挺直的姿势和鹰一般光滑的轮廓。有时他伸出手来，证实女儿真的在身边。狗在床下呻吟着。终于，他那细窄的嘴唇在恐怖的抽搐中张开，手再也伸不起来了。他仰卧着，一动不动。她留在那里，凝视着这只手。这是她第一次看见人死去。她母亲死去时她年纪还很小。贡萨洛死在远方。

“于是，近在咫尺而又寂然不动；他的手再也不动了。”

大马车先驶到圣方济教堂，然后驶往山上的坟场，只有很少人前来送葬。人们大概是怕遇到他。她丈夫吩咐把普埃布拉的房子租出去。

“这一来，我就孑然一身了。有了孩子还是不行。有了洛伦索还是不行。我想象自己假使是在另一个人身边，在那个铁栏杆外的人的身边，生活又会是怎样；但这种生活被他阻止了。”

（“老皮萨罗整天坐在那里，对着庄园的堂屋，手里拿着火枪。他只剩下这座堂屋了。”

“对，本图拉。他只剩下这座堂屋了。”

“他还有一些小伙子，据说是很厉害的，而且死心塌地效忠于他。”

“对，本图拉。你别忘掉他们的相貌。”）

有一天晚上，她发觉自己不知不觉地在窥视他。她下意识地忘掉了自己最初几年毫不做作的冷漠态度，开始在黄昏时寻找丈夫的目光，窥视他那些不慌不忙的动作，看他如何把腿伸到小皮垫椅上，或是在乡间寒冷的时刻如何蹲下来把壁炉点着。

“啊，我的目光一定是很软弱的，充满了对自己的怜悯，寻找着他的视线；我的目光一定是很不平静的，一定的，因为我死了父亲，孑然一身，孤苦凄凉，这样的心情是控制不住的。这种不平静的心情，我原先还以为只是我一个人的……”

她没有觉察到，同一个时候，他已经成了另外一个男人，已经开始以新的目光，安详而信赖的目光，在瞧着她，好像是要告诉她，艰苦的岁月已经过去了。

（“是呀，人人都在议论您什么时候把皮萨罗的土地分给他们。”

“叫他们忍耐一下。他们没看见皮萨罗还没有投降吗？叫他们忍耐一下，把步枪准备好，提防这老头子来同我拼命。等到事情安定下来，我就把土地分给他们。”

“我为您保密。我已经知道，您正在把皮萨罗最好的土地卖给一些垦殖者，换取普埃布拉那边的地。”

“小土地的主人也会给农民工作机会啊，本图拉。去吧，这是给你的，你安安稳稳的就行了……”

“谢谢，阿尔特米奥先生。您知道，我这个人……”）

现在呢，幸福的基础打下之后，开始出现了另一个男人，这个男人愿意向她证明，他的力量也可以令她享福行乐。那天晚上，他们两人的视线终于碰到一起停顿了下来，两人互相默默无言地凝视了一阵，那时她好久以来第一次想到整理自己的头发，把手伸到了后脑勺的栗色头发上。

“……那时候他站在壁炉旁边，向我微笑着，带着一副那样的神情，一副类似天真无邪的神情……我有权利在自己有可能得到幸福的时候不准自己得到吗……？”

（“叫他们把步枪还给我。本图拉。他们已经不需要这些枪了。现在他们人人都有了自己的一块地，最大的一块地是我的，或者是我所保护的人的。他们已经什么都用不着害怕了。”

“主人，当然行啰。他们都很心满意足，都感谢您的恩惠。有些人原本梦想得到更多的东西，但是现在已经心满意足了，他们说，这总比什么都捞不着好。”

“你从他们当中挑选十到十二个身强力壮的，把步枪分给他们。双方都不要有心怀不满的人。”）

“后来我心中又涌现了仇恨。我被他玷污了……我却得到了快感。多么可耻啊。”

他希望把昔日的回忆磨掉，使她爱他，对那次逼婚就不要旧事重提了。他靠在妻子身边，不声不响地要求——这是她知道的——为此时此刻两人手指的交叉赋予更大的意义，不仅仅视为一时冲动的反应。

“也许同另外那个人在一起可以更加舒畅痛快。我不知道；我唯一经历过的是丈夫的爱。唉，他情焰如火，向我要求强烈的回报，仿佛如果他不知道我是在回报他，他就连一分钟都活不下去似的……”

但她一想到种种现象所证明的恰恰与她所想的相反，就责备起自己了。她怎么能相信他自从看见她走过普埃布拉的马路时——虽然连她是谁都不知道——就爱上了她呢？

“但是当我们分开时，当我们入睡时，当我们又过着新的一天时，我就没有了这些姿态和动作，无法在每天的生活中把夜间的这种爱情延长下去。”

他本来可以把话向她讲明，但是，解释一件事就势必跟着要解释另一件事，而到头来，一切的解释都会汇合到某天和某个地方，某间牢房，十月的某个夜晚。他想避免这种追忆。他懂得了，要做到这一点，唯一的办法是在默默无言中占有她。他对自己说，相爱就是无声的语言。但这时候他又产生了另一个顾虑。在他把这位姑娘抱到怀里时，她能够领会他要表达的意思吗？她懂得体会相爱的用意吗？她在性欲上的反应难道不是太过度、太近乎模仿、太像是学来的吗？即使她答应了真的给他以谅解，这种诺言难道不会消失在女人这种无意识的行为之中吗？

“也许是因为感到羞耻，也许是因为希望黑暗中的缱绻成为例外。”

但是他不敢问，不敢讲。他相信既成事实最后总是会占上风；另外，习惯也会成为自然，人们只能各安天命，加上人非木石，总有所需。她又能把视线投向何方呢？她唯一的出路就是待在他的身边。也许这样一件明摆着的事会终于使她忘掉那件事，忘掉最初的事。他睡在妻子身旁时就是抱着这样的愿望，这已经成了他的梦想。

“我恳求上帝宽恕我在享乐中忘掉了仇恨……我的上帝啊，我怎样才能应付他的这种力量、他的这双绿眼睛的亮光呢？这个凶猛而又温柔的身躯把我抱到他的怀里，不问我是否允许，不因为我可能咒骂他而请求我原谅，这时候，我自己又有什么力量呢？唉，真说不清楚是怎么一回事；事情发生了，还说不清楚是什么……”

（“卡塔琳娜，今天晚上很安静……你怕把宁静打破吗？你觉得这样有意思吗？”

“不……你别说了。”

“你从不向我要求什么。我倒希望有时候……”

“我让你说吧。你知道，事情就是……”

“我知道。不必多说了。我喜欢你，我喜欢你……我从来没有想到……”）

她会情不自禁地任他所为的。她会让他欲望得逞的。但是只要一醒过来，她就会把一切都记起来，就会以默不作声的怨恨来同这个男人的力量对抗。

“我不会告诉你。你在夜里战胜我，我在白天战胜你。我不会告诉你。也就是说，你向我们讲的那番天花乱坠的话，我从来都不相信。我父亲是个懂得礼貌的人，他懂得把自己的屈辱藏到自己的威严后面，但是我可以不声不响地为他报仇，而且是一辈子、一刻不停地为他报仇。”

她从床上起来，一眼也不瞧那零乱的床铺，把自己的头发梳成辫子。她点起蜡烛，在寂静中祷告，像是在寂静中、在有太阳的时刻表明自己并没有被战胜。虽然夜里发生的事让她第二次怀孕，她鼓起来的肚子表明事实与愿望恰恰相反。唯有在真正单独的时候，唯有当对过去的怨恨和因为享乐而产生的羞愧感不占据她的思想时，她才能诚实地对自己说：他，他的生命，他的力量——

"……都向我提供了这种奇异的冒险，使我的心中充满了恐惧……"

这是一种劝人去冒险的诱惑，叫人一心一意投身于一个陌生的未来。在那里，一切做法都不是靠老规矩得到认可的。一切都是一个没有父亲的亚当、一个没有法典的摩西发明的，都是从下面创造的，仿佛从前什么也没有发生过似的。加马里埃尔所安排的生活、他所安排的世界，却不是这样的。

"他是什么人？他是如何无缘无故地冒出来的？不，我没有勇气陪伴他。我必须抑制住自己。我回忆自己童年的生活时不应该哭。真是不堪回首。"

她把童年的幸福日子同今天相比，今天是一连串不可理解的事物。人们板着脸，野心勃勃，要么倾家荡产，要么平地致富，一会是抵押期满，一会又是利息过期，都谈不上什么面子不面子。

（"他使得我们受了穷。我们不能同你打交道；你对待我们同他差不多。"）

说得对。这个人。

"这个人是我的冤家；他也许真的爱我；这个人，我不知该对他说什么才好，这个人反复地把我从享乐带进羞愧，又从最难堪的羞愧带进最高……的享乐中去……"

这个人是前来摧毁他们这家人的。他们也的确被他摧毁了；她只拯救了自己的身体，但是拯救不了自己的灵魂，她把自己卖身给了他。她倚着朝田野敞开的窗口度过了漫长的时光，瞧着那个有笃薅香树阴影的山谷出神。有时又摇摇孩子的摇篮，等待着第二胎分娩，想象着这个冒险家可能给她提供怎样的前途。他像闯进自己妻子身体中一样闯进了这个世界。他闯进她身体中时，多么洋洋得意地克服了她的羞耻，又多么津津有味地打破了一切礼教的规矩。他把这些男人，这些田地上的监工，这些双目炯炯的雇工，这些不懂得待人接物礼节的人喊来，奉为座上客。他废除了加马里埃尔制定的一切尊卑等级。他把这所房子变成了粗汉们聚集的马厩。这些人谈论的都是一些莫名其妙而又枯燥乏味的事。他开始接待农民代表，听他们的捧场恭维。他一定要到墨西哥城去，到议会里去。他们会提他的名的。除了他，又有谁能真正代表他们呢？如果他和他夫人愿意在星期日巡视一下各个村镇，就会看到自己是多么受爱戴，他要竞选众议员是多么地十拿九稳。

本图拉先低下头，然后戴上帽子。双轮敞篷马车由一名雇工赶到铁栅栏前面，于是他转过身，背朝那印第安人，向那个怀了孕的女人坐着的摇椅走过去。

“难道我的义务是把心中的怨仇一直保持到死吗？”

他把手伸给她，她接住了他的手。她脚下踩着的黑刺李嚓嚓作响。狗吠叫起来，围着双轮敞篷马车转来转去。李树的树枝散发出露水的清新。他伸手扶她上车时，不自觉地捏了妻子的手臂一把，微笑起来。

“我不知道我是否在哪件事情上得罪了你。如果我真的得罪了你，就请你原谅吧。”

他等候了好一会儿。他要等待她至少流露出一点迷惑不解的样子。只要做到了这一点，他也就满足了。随便一个表情，哪怕不是感情亲密的表示，至少暴露出她是软弱的，那就是要求缠绵缱绻的心情、希望得到男人保护的心情的充分标志。

“我真恨不得下个决心，真恨不得下个决心。”

像他们第一次见面那样，他把手伸到她的掌心，又一次触到了毫无感情的肌肉。他拿起了缰绳。她坐到了他的身边，撑开了蓝色的遮阳伞，一眼也不瞅一下自己的丈夫。

“你们好好照应这孩子。”

“我把自己的生活分成了黑夜和白天两部分，好像是为了满足两个不同的理由。我的天呀，我为什么不能只选择其中的一个理由呢？”

他凝视着东方。玉米地里到处是一条条的水沟，农民们用手挖开了这些水沟，把水引到青嫩的玉米苗那里，水沟包围着一个个藏着种子的小土堆。现在，这片玉米地从路旁闪到车子后面去了。远处有鹞鹰在翱翔。一棵棵翠绿的龙舌兰伸了出来，枝干上有砍刀砍出的一道道刀痕，流出了浆汁。只有在高空飞翔着的鹞鹰才能看清楚这位新主人庄园住宅周围那一大片润湿而又肥沃的田野；这些土地从前都是贝尔纳尔、拉巴斯蒂达和皮萨罗的。

“是的，他是爱我的，他一定是爱我的。”

一条条小溪流的银白色汁水很快就消失了，原先偶尔才出现的景象现在到处都是了。出现了一片长着龙舌兰的石灰质平原。马车所过之处，工人们放下了砍刀和锄头，赶车的使劲鞭打驴子。变得很干燥的另一片土地扬起了阵阵尘土。马车前面出现了黑压压的一大群人，这是一支迎神的游行队伍。马车很快赶上了这支队伍。

“我本来应该承认他有一切理由爱我。我难道不是因为他对我的激情而感到快慰吗？我难道不是因为他的情意绵绵的言语、他的大胆放肆、他陶醉于快感之中的表现而感到快慰吗？即使到了这个地步，到了怀孕的地步，他都不放过我。是的，我是感到快慰的。”

迎神者的缓慢行列停住了。儿童们披着镶了金边的白色长袍，乌黑的头上晃动着银白色的纸制光环和铁丝，手牵着他们的是一些用披肩遮着脸的妇女。她们双颊发红，眼睛像玻璃珠似的，手画着十字，口中念念有词，背诵着古老的祷词。她们跪下，赤着脚，手紧紧握着念珠。有些人把一个前去还愿的、两腿满是伤痕的男人挡住。有些人则在鞭打一个罪人，那罪人却乐意接受绳子抽打背脊和被带刺枝叶缠绕腰身的痛苦。刺冠在一些人的黝黑的额头刺出了伤痕，用仙人掌编成的无袖法衣在光滑无毛的胸膛上磨出了伤痕；一滴滴鲜红的血滴到土地上，缓慢地走着的脚马上把地踩平，把血迹盖上；印第安语的念念有词的声音，只能在紧贴地面的一层空气中发出声响；这些脚是结了硬痂的脚，长了茧子的脚，习惯于带着第二层皮，即泥泞的皮的脚。马车前进不了。

"我为什么不能心中坦然、毫无保留地接受这一切呢？我希望把这一切理解为一个证据，证明他抗拒不了我的肉体的吸引力。我只能把这理解为一个证据，证明我征服了他。我天天晚上都可以逼他向我献殷勤，到了白天，又以冷淡疏远的态度鄙视他。我为什么下不了决心呢？我为什么必须下决心呢？"

病人们把一片片洋葱切成的圆片当作膏药贴在太阳穴上，或是让妇女们用圣枝扫遍他们的身体；成百的人群，成百的人群；只有一阵不停的叫声划破那片低沉的静寂；连那些流着唾沫的癞皮狗也在轻声地喘气，在那群缓慢行进着的人中穿来穿去；人群遥望着远处隐现的涂着粉红色石膏的高塔、嵌着瓷砖的大门和装饰着黄木细雕花纹的穹顶。葫芦端到了悔罪者的细薄的唇边，龙舌兰酒的浓液沿着他们的下颚流下来。呆视着的、像被蛆虫蛀空了的眼睛；长着癣的脸；害病的儿童剃光的头；长满了天花麻点的鼻子；因为梅毒而掉光了毛的眉头。这些都是征服者在被征服者身上留下的痕迹；这些被征服者跪着，爬着，走着，向那个为了崇拜白人之神而竖立起的教堂前进。数以百计的人、数以百计：脚、手、标志、汗水、叹息、疙瘩、跳蚤、泥泞、嘴唇、牙齿——数以百计。

"我必须下决心了；我这一辈子除了做这个人的妻子一直到死，

再也没有别的可能了。为什么不能接受他呢？是的，这样想是容易的。但要把我的冤仇忘掉，就没那么容易了。上帝啊，上帝啊，告诉我，我是不是在自己毁坏自己的幸福？告诉我，我应不应该为了要他，即使放弃了自己作为妹妹和做女儿的责任也在所不惜……”

马车在尘土飞扬的道路上吃力地挤出一条通道，前后左右全是缓慢迟钝的人体。他们跪着，走着，爬着，向圣堂挪移。路边的龙舌兰挡住了他们，使他们无法离开道路抄小路走。这位白皙的夫人手指拈着遮阳伞，为自己挡住烈日的暴晒，被迎神进香者的肩头挤得摇摇晃晃。羚羊般的眼睛，发红的耳朵，匀称白皙的皮肤，蒙着鼻子和嘴巴的手帕，蓝缎子衣服里高耸的胸脯，鼓起的肚子，小小的交叉的双脚，缎子的便鞋：

“我同他已经生了一个孩子。我父亲和我哥哥都已经死了。我为什么还被往事弄得神魂颠倒呢？我本来应该向前看，但我下不了决心。我能允许既成事实、命运和我控制不了的力量来替我下决心吗？也许是这样。上帝呀，我又怀了孩子……”

人们的手向她伸去。首先是一个头发斑白的印第安老人长了茧子的手，然后是女人们从披肩下面伸出的赤裸的手臂；人群中发出一阵轻轻的赞叹和爱戴的声音，人们渴望触到她，有人发出了像笛子般的声音：“妈妈，妈妈。”马车停住了，他跳了起来，拿起皮鞭子在人们乌压压的头上挥舞，喝令他们让出一条路来。他身材高大，穿着黑色衣服，镶边的帽子一直压到眉毛上……

“……上帝啊，你为什么使我这样难堪？……”

她把缰绳拿了过来，猛然把马引向右方，使迎神的人们纷纷跌倒在地上。马嘶叫起来，抬起前蹄，打破了那些陶器，那些里面有母鸡咯咯叫着翻来滚去的笼子；踢破了跌倒在地上的印第安人的脑袋，他们满身闪烁着汗珠，转过身来，脖子上的神经绷得紧紧的，眼睛瞪得像两个圆球。她感到所有这些汗味和创伤，所有这些嘶哑的叫喊声，所有这些虫豸，所有这些冒出来的龙舌兰酒味，全都袭击到了她的身上。她站了起来，靠怀孕的肚子的重力保持着平衡，挥动手中的缰绳鞭打马背。人群发出轻微的叫屈与惊讶的喊声，举起了手臂，把身体投到了路旁龙舌兰筑成的屏障上，让开了路。她往回奔驰。

“为什么上帝给了我不得不下决心作选择的生活？我并不是生下来注定要如此！”

她气喘吁吁地离开了这些人，向那个藏在他种下的果树林中、在种种光线的反射下模糊不清的庄园住宅奔驶。

“我是个弱女子。我原先只希望过一种宁静的生活，由别人来替我作选择。不……我不会下决心……我下不了……下不了……”

圣堂附近摆开了长桌子，就在烈日之下；苍蝇密集成群地在一锅锅菜豆和堆放在铺了白报纸的桌子上的点心上飞来飞去；一瓶瓶泡了樱桃的龙舌兰酒、晒干的嫩玉米棒子、带有三色杏仁的奶制甜食使得这次聚餐以及锅盘的暗淡颜色得到了一些点缀。市长登上了神龛，为他作了介绍，还恭维了一番。他于是同意接受提名，竞选联邦众议员。这个提名是几个月之前就在普埃布拉和墨西哥城同政府商定了的，因为政府承认他对革命有功，承认他从军队中退役转而致力于实现土地改革的主张是树立了一个榜样，承认他在区当局缺席时挺身而出，担当风险，建立了秩序，立了一大功劳。在他和市长周围，迎神进香者不断地轻声交头接耳，在圣堂里进进出出，高声向他们的圣母和他们的上帝痛哭，饮泣着，听着演说，捧着大瓶子喝酒。有人喊叫起来，有几声枪响。但候选人脸不变色，镇定自若。印第安人咀嚼着硬点心。他又让本地的另一位饱学之士发言，而同时，一个土制的大鼓在敲着向他致敬，太阳则正在山后隐没。

“我已经向您报告过，”当准时下降的雨点滴到他的帽子上时，本图拉说，“皮萨罗的那批打手就在那儿，您一登上神龛，他们就向您瞄准了。”

他没有戴帽子，从头上套下了那件用玉米叶子编成的蓑衣：“他们后来怎么样了？”

“全都冰冷僵直，”本图拉微笑说，“开会之前，我们就把他们团团围住了。”

他把脚伸进马镫里：“把他们全都扔在皮萨罗家的门口吧。”

他走进那间粉刷了石灰的光秃秃的房间，看见她靠在摇椅里摇晃着，抚摸着自己的手臂，仿佛他的到来使她浑身感到不可捉摸的寒冷，仿佛他呼吸的气息、他身体的干掉的汗渍、他声音的可怕声调给她带来了一股冷风。他一看到这种情景就恨她。她那细巧而笔直的鼻子在抖动。他把帽子扔在桌子上。他向前走时，踢马刺在砖地上划出了道道。

“我……我被他们吓坏了。”

他没有说话。他脱下了蓑衣，把它摊放在壁炉旁边。屋顶上的瓦片流水潺潺。她还是第一次找理由为自己分辩。

“他们问起我的妻子。今天是我的大日子。”

“是的，我知道……”

“你叫我怎样对你说好呢……我们……我们需要别人看见我们是怎么生活的，以后才能够过得好……”

“是的……”

“你……”

“这样的生活并不是我自己挑选的！”她提高了声音说，一面紧握着摇椅的扶手，“你既然强迫别人按照你的意志办事，那就别要求任何人对你感恩戴德……”

“违背了你的意志吗？那么，为什么你喜欢我？为什么你在床上那样放浪，事后又对我板起面孔？你这种做法，谁能明白？”

“下流的东西！”

“说吧，你这个虚伪的人，回答我，为什么？”

“同任何一个男人，都会是这样。”

她抬起视线，同他面面相觑。话已经说完了，她宁可将就。“你知道吗？我可以把你当成有另一副面孔、另一个名字的人……”

“卡塔琳娜……我爱你……我能做的都做到了。”

“放开我吧。我已经永远被你掌握在手心里了。你的愿望已经达到了。你该知足，不要过分苛求。”

“你为什么拒绝我？我知道你是喜欢我的……”

“放开我吧。别碰我。别欺负我是个弱者。我向你发誓，我再也不会情不自禁地任你……干那件事。”

“你是我的妻子。”

“你别靠近我。你不会失去我的。这是属于你的……是你的战利品的一部分。”

“对呀，你下半辈子一直都要受这个罪呢。”

“我现在已经懂得怎样安慰自己。有上帝与我同在，与我的孩子在一起，我不会找不到安慰……”

“你真会装模作样，为什么非得上帝与你同在不可呢？”

“你骂我，我也不在乎。我已经懂得如何找到安慰。”

“你有什么伤心事要找安慰呢？”

“你别打岔。伤心事就是我知道了我是跟一个欺侮了我父亲并出卖了我哥哥的人同居。”

“卡塔琳娜·贝尔纳尔，你会后悔的。你正在使我想到你每次同我睡在一起时都要想起你的父亲和你的哥哥……”

“你已经不能侮辱我了……”

“你可别把话说死。”

“你爱怎么办就怎么办吧。你听到真话心里难受？是你杀害了我的哥哥。”

“你的哥哥当时还来不及被别人出卖。他渴望当个殉道者。他不想保全自己的生命。”

“他死了，你却在这里，活得好好的，而且享用着他本应得到的遗产。我知道的只是这一点。”

“那么你就去生你的气吧。你想想，我永远不会放弃你，永远不会，到我死时都不会，但是我也懂得如何使别人丢脸。你将来一定会懊悔为什么没懂得……”

“你以为你对我说什么你爱我时我没有看出你那副狰狞的面目吗？”

“我不想让你离开我的生活，而且想让你参与到我的生活中来……”

“你别碰我。这是你永远买不到的。”

“忘掉那一天吧。你想想，咱们是要一辈子共同生活的。”

“你走开。是的，我也想到了这一点。今后很多年都会是这样。”

“那么你原谅我吧。我再一次求你。”

“你会原谅我吗？”

“你没有什么需要我原谅。”

“我原先真正喜欢的那个人，我现在越来越记不起他来了；这是你造成的，我不能原谅你。你能原谅我不原谅你吗？我真恨不得能回忆起他的面容……我之所以恨你，这也是一个原因，因为你使我连他的面容也忘记了……假使我享受了那次初恋，我还可以说我多少也算尝到过人生的乐趣……你要了解我，我恨他比恨你还厉害，因为他胆怯，一去不复返……也许我之所以告诉你这些话，是因为我无法告诉他……是的，你也可以说，这样想是怯懦的……我不知道是不是……我……我是个弱者……你呢，你如果想要的话，你可以去爱许多女人，我却被绑在你身上了。假使他当时硬把我抢去，今天我就不至于既回忆他，又恨他，但又记不起他的脸是个什么样子。这是我的终身之恨，你明白吗？……听着，你别走开……我既然没有勇气把发生了的一切事情都归罪于自己，他又不在我身边，使我无法恨他，就只能把一切都归罪于你。我恨你，你是强有力的，你一切都担当得起……告诉我，你原谅不原谅我这一点？因为我只要一天不能原谅我自己，不能原谅那远走高飞的他，我就一天不能原谅你……他是多么地软弱……但是我既不打算思考也不打算说话；你就让我安安静静地生活下去吧，让我向上帝请求宽恕，而不是向你请求……”

“别说了。我宁可看到你心事重重，沉默不言。”

“你已经知道你想伤害我多少次都办得到。连这样的武器我都给了你。因为我希望你恨我，我们索性把幻想都打消……”

“本来，把一切都忘掉，从头开始，更加简单好办。”

“我们没有这样的条件。”

这个女人一动不动，回忆起加马里埃尔第一次把情况告诉自己时，自己是怎样下决心的。下的决心就是忍辱负重，让父亲拿自己做牺牲品，以便能够报仇。

“没有什么东西能阻止我，知道吗？你若有什么能阻止我的理由，就说吧。”

“理由就是：这样做更简单。”

“我告诉你，你别碰我，你别抚摸我！”

“我说的是：恨比较容易，爱比较困难，而且要求更高……”

“这是天经地义的。我也正是这样呀。”

“感情是不用培养、不用追求的，它会自然而然地冒出来。”

“你别碰我！”

她再也不瞧自己的丈夫，一言不发，这就使得这个高大而阴沉的、嘴上长着浓胡子的男人近在咫尺的身躯好像竟然消失了。他感觉到自己的眉宇间和后脑勺有一阵硬石般麻木的痛感。他在自己妻子水汪汪的美丽眼睛中猜到了某种含意。这张闭着的嘴在咒骂他，发出隐约的苦笑，好像在说着永远不会说出口的话：

“你以为你干了这一切事情，竟然还有权利取得我的爱吗？你以为人生的规则可以改变，让你不管怎样照样可以拿到奖赏吗？你在外边的世界里已经丧失了你的天真。你在这里面，在感情的世界里，决不能把天真再恢复过来。你也许有过自己的花园。我也曾经有过我的花园，那是我的小天堂。现在你我两人都失去了自己的天堂。你记着。你已经拿去作了牺牲的东西、你自己亲手永远抛弃了的东西，是不可能在我身上找回来的。我不知道你是从哪里来的。我不知道你干过些什么事。我只知道你在自己的生活中丢掉了你后来也使我丢掉了的东西：梦想、天真。你和我以后都不再是原来的样子了。”

他想细看他妻子一动不动的脸。他不知不觉感到自己进一步靠近了她还未说出的那个理由。他心里暗暗害怕的那个字眼又来了：卖友求荣者。这个可怕的字眼不应该从她的嘴里说出来，因为尽管他对她的爱情已经绝望，但她在今后的岁月中将成为他的一个见证，一个沉默不言的多疑的见证。他咬紧了牙关。也许只有一个行动可以解开这个使他们相互隔离的疙瘩，解开这种冤仇。有几句话能起这个作用，但这番话要么现在说，要么再也没有机会说。如果这些话她听得进去，他们就可以忘掉前事，一切从头开始。如果她听不进去……

“是的，我活着，而且就在你身边，就在这里，因为我让别人替我死去了。我之所以现在能向你谈到那些死去的人，正是因为我自己脱了身，耸了耸肩头。你对我将就一下，将就一下我的这些过错吧，就把我当作一个你需要……的男人吧。你别恨我了。你要怜悯我，亲爱的卡塔琳娜。因为我爱你；你衡量一下，一边是我的过错，另一边是我的爱，你如果好好衡量一下，你就会看到，我的爱的分量更重……”

但他没有把这些话说出来的胆量。他问自己为什么没有胆量。他为了自己得救而希望同她和好，这样就可以一起分担这个过错的责任。至于事情的真相，他是不能泄露天机的。虽然他也明白，他现在这种怯懦的态度正在使他们彼此的隔阂更深，而且使爱情失败的责任全落到自己身上，但他还是不能吐露真情。而她呢？她如果逼他说出真相，就可以使他为了自己得救而迫使她同他共同分担的罪责一了百了，但她干吗不那样做呢？

“我自己不说；不能说。”

就在这夜半无人、万籁俱寂的片刻……

“我已经有了力量。我的力量在于不作反抗地去接受这些命中注定的事。”

……他无法追溯往事，无法回到昔日去，也就死了心……她站了起来，嘴里嘟囔地说，孩子一个人睡在卧室里。现在只剩下他一个人；他想象她一定是跪倒在象牙的耶稣十字架像前，完成最后一个令自己解脱的行动。

“这行动使我能得到解脱，摆脱我自己的命运，也摆脱这种同你的得救拴在一起的大错。这样我就可以拒绝同你夫唱妇随，尽管我一声不响地顺从了你；你也就不能再跟来了……”

他交叉着双臂，走入夜间的旷野，抬起头来迎接明亮的金星，这是迅速布满天空的那些星星中最先出现的一颗。从前的某个晚上，他也向星星眺望过；回忆这件事毫无用处。他已经不是从前的他了，星星也已经不是他年轻时的目光所看到的星星了。

雨已经停住。果园散发出浓郁的番石榴、黑刺李、李子和沙果的香味。园子里的树是他栽下的。把他住宅领地的房屋和果园同大田隔开的那道围墙也是他筑起来的。

当他的靴子踩着那潮湿的土地时，他把手伸进外衣的口袋里，慢步向着铁栅栏走去。他把铁栅栏推开，向隔壁的房子走去。在他妻子第一次怀孕的时候，这个年轻的印第安姑娘曾经偶尔接待过他。她接待他时一声不响，一句话也不问他，也从不提这样做的后果。

他一下子就把门推开，不打一声招呼就进入这座用土坯盖成的小房子。他抓住了她的臂膀，使她从睡梦中惊醒过来。他触到了她那暗色的、睡梦未醒的温暖肌肤。姑娘吃惊地瞧着主人那张变了形的脸、那一绺垂到绿玻璃珠似的眼睛前的鬈发，那两片四周长着蓬乱而粗糙的髭须的嘴唇。

"来，你别害怕。"

她举起胳膊，穿上了白衬衣，伸出一只手去拿斗篷。他把她带到外面。她轻声地哼着，像一只被套获的小牛犊。他抬起头来，脸对着这天晚上的满天星斗。

"你看见那颗明亮的大星没？好像就在手边似的，对吗？但连你也懂得，这颗星你是永远摸不着的。凡是我们用手摸不着的东西，就应该说摸不着。走吧；你到大宅里去同我一起住吧。"

姑娘低着头走进了果园。

经过一场大雨刷洗过的树在黑暗中闪闪发亮。发酵着的大地散发出阵阵泥土味。他深深地呼吸。

在楼上，在卧室里，她把门半掩着，靠了下来。她点着了烛台。她脸朝着墙壁，双手交叉按住自己的肩头，腿蜷曲起来。过了一会儿，她又把腿伸直，寻找地板上的拖鞋。她站了起来，从房间的一端漫步到另一端，一会儿抬起头，一会儿低下头。她自己不知不觉地在哄那躺在小床上的孩子入睡。她轻轻地抚摸自己的肚子，然后又躺下来，就停留在床上，等待着他从走廊传来脚步声。

我任他们爱怎样干就怎样干。我既不能思想，也不能有什么愿望；我对这种痛苦已经习以为常；什么东西时间一长，就一定会习惯成自然；我感到肋骨下方、肚脐周围、肠子里面的疼痛已经成了我自己的一部分，这是一种蚕食人的疼痛。呕吐的味道在我的舌头上，已经成了我自己的味道；我肚子的膨胀是我的分娩；我把它比作分娩，真好笑。我试摸一下肚子。我从肚脐摸到耻骨上。是新的。圆滚滚的。黏糊糊的。但是冷汗退了。特蕾莎走过我床前时，我在她手提包上那些不对称的玻璃里看到了那张苍白的脸。她一直不放开她的手提包，好像卧室里有小偷似的。我虚脱了。我已经不知道了。医生已经走了。他说他去找别的医生。他不想对我负责了。我不知道了。但我看见他们。他们进来了。桃花心木的门开了又关上，脚步声在厚厚的地毯上听不见。他们把窗关上了。他们"嗖嗖"地把灰色的窗帘拉上了。他们进来了。唉，有一个窗。窗外有一个世界，有这股古老的、来自高原的、把又黑又细小的树吹得东摇西摆的风。要呼吸一下……

"把窗打开……"

"不行，不行。你会着凉的，那就麻烦了。"

"打开……"

"Domine，non sum dignus ..."[1]

"去他妈的上帝……"

"……因为你是信奉上帝的……"

很合适，事情办得很妥当。他让我安静下来。我不想这些事情了。是呀，既然上帝不存在，我又干吗骂他呢？这样做对我很好。我还是同意他这样做吧，因为如果我反对，就等于承认这些东西是存在的。我还是同意他这样做吧。我不知道刚才我想到哪里去了。请原谅。神父是明白我的意思的。我才不拿我的反对来证明他们有

1 拉丁文：主啊，我对不起你……

道理呢。这样更好些。我要摆出一副厌倦的面孔，这样的神态最合适。人们对这桩事看得多么重要。对呀。这样对大家都好。对的。明明知道一切都会成为过眼烟云，别人却拼命要使它变成再重要不过的大事：自己的哀伤，别人灵魂的得救。我从鼻孔里发出了这个空虚的声音，任他们爱怎样干就怎样干。我把胳膊交叉放在肚子上。啊，你们全都走开，让我听一听。看看听懂了我的话没有。我把一条胳膊这样弯过来是什么意思，他们不知懂了没有……

"'……他们说在墨西哥也能制造同样的车子。但是我们要阻止他们这样做，对吗？二千万比索就是一百五十万美元啊……'

"'Plus our commissions ...'[1]

"'你患了感冒，吃冰不合适吧？'

"'Just have fever. Well，I'll be ...'[2]

"'我还没说完呢。他们还说，从共和国中部运到边界，向矿业公司收的运费非常非常低廉，简直等于津贴，运蔬菜都比运我们公司的矿石还要贵……'

"'Nasty，nasty ...'[3]

"'当然是这样。如果提高运费，我们办矿就不上算了……'

"'Less profits，sure，less profits，sure less less less ...'[4]"

怎么啦，巴迪亚？哎呀，巴迪亚。怎么出了这种怪声音？哎呀，巴迪亚。

"录音带到头了。等一等，转过另一面再放。"

"硕士，他是听不见的。"

巴迪亚一定在像往常一样摆出笑容。巴迪亚了解我，我在听着。噢，我在听着，唉。这种吵闹声使我的脑子里充满了电。这是

1 英语：加上我们的佣金……
2 英语：只不过是发烧罢了。行，我会……
3 英语：可恶，可恶……
4 英语：利润就减少了，一定会减少，一定会减少……减减减少……

我自己声音的吵闹声，是我的倒过来的声音，是的，又吱吱地吵起来了，倒过来也可以听见，发出像松鼠一样的嘶嘶叫声。但是我的声音同我的名字一样，我的名字只有十一个字母，却可以有上千种排列组合：Amuc Reoztrir Zurtec Marzi Itzau Eri-mor，但是它有它的规范，有它的标准样式：阿尔特米奥・克罗斯，啊，我的名字，我的名字在我耳边嘶嘶作响，它又停下来了，又向相反的方向回转：

"'科克利先生，麻烦您一下。请您给美国的母公司发个电报，叫它们动员一下那边的报纸，抨击墨西哥的共产党铁路工人。'

"'Sure，if you say they're commies，I feel it is my duty to uphold by any means our ...'[1]

"'对呀，对呀，对呀。咱们的理想同咱们的利益恰恰一致，这多好啊，不是吗？还有一件事：请您同你们的大使谈一谈，请他对墨西哥政府施加压力，这个政府刚上台不久，还不明事理。'

"'Oh，we never intervene.'[2]

"'请您原谅我直率。请您劝他平心静气地考虑一下，拿出他的无私意见，因为他十分关心美国公民在墨西哥的利益。请他向他们解释一下，必须保持有利于投资的氛围，而现在这样乱……'

"'O. K，O. K.'[3]"

唉，这些符号、字眼、刺激，都在轰击着我的耳鼓；啊，多么令人厌倦；啊，这是什么没有语言的语言？噢，不过这是我讲过的话，是我的亲身经历，我必须听一听；噢，他们对我的手势是不会懂的，因为我连手指也几乎动不了。就在这里停住吧，我已经厌倦了，这有什么相干？多讨厌，多讨厌……我有话要告诉他们：

"你控制了他，把他从我这里夺走了。"

---

1 英语：行，如果你说他们是共产党，那么，我觉得我有义务以一切手段来维护我们的……

2 英语：啊，我们从来不干预。

3 英语：行，行。

“那天早上我高兴地等着他。我们骑着马渡过了河。”

“我把过错都诿之于你。你是祸首。”

特蕾莎手中的报纸掉了下来。卡塔琳娜走到床边时，以为我听不见，她说：“他的神色很不好。”

“他说出那东西放在什么地方了吗？”特蕾莎压低声音问。

卡塔琳娜摇摇头：“律师们手里没有，一定是手写的。但他有可能不留遗嘱就死去，这么一来，咱们的日子就不好过了。”

我闭着眼睛听她们说话；我假装听不见，假装听不见。

“神父不能问他一下吗？”

卡塔琳娜一定是摇头了。我感觉到她在床头跪了下来，以缓慢而断断续续的声音说：“你觉得怎样了？……你不想说几句话吗？……阿尔特米奥……有件十分要紧的事……阿尔特米奥……我们不知道你是不是留下了遗嘱……我们想知道放在哪里……”

疼痛正在过去。她们没看见冷汗正沿着我的前额淌下来，也没看见我是多么紧张地挺在那里一动不动。我听到讲话声，但是直到现在才重新辨别出人影。一切都有了正常的焦点，我把她们的整个身影都辨清了，包括她们的脸和手势。我又希望疼痛回到肚子里来。我对自己说，我清醒地对自己说：我不爱她们，我从来没有爱过她们。

“……我们想知道放在哪里……”

贱货们，你们设想一下吧，假使你们遇到一个不肯赊账的店主，假使你们沦为被房东逼迁的房客，假使你们受到一个讼棍的腌臜盘剥，假使你们被一个江湖医生诈骗，假使你们这两个贱货生活在腌臜的中产阶级之中，动不动就要排队，连买点儿掺了假的牛奶、交房产税、请求接见、申请贷款也要排长队；一面排队，一面胡思乱想有朝一日能获得一个略高的社会地位，对坐在汽车里飞驶而过的阿尔特米奥·克罗斯的夫人和千金小姐啧啧称羡，对查普尔特佩克的洛玛斯山上的豪宅啧啧称羡，对貂皮大衣、翡翠项圈、出国观光的机会啧啧称羡。假使你们生活在一个我扮演正人君子的世界里，生活在一个我处境寒伧的世界里，那么，要么下降到我原先的出发点，要么上升到我现在这样高人一等的地位。我要告诉你们，只有这样才能活得像个样子。不能停留在中间，不能老是啧啧称羡，不能老是单调枯燥，老是排长队过日子。要么全赢，要么输光；你们懂得我的这个道理吗？你们懂得吗？要么全赢，要么输光；要么骰子全黑，要么全红，横下一条心，对吗？孤注一掷，拼了老本，甘冒被上面的或下面的人枪毙的风险，这才是一个男子汉大丈夫。我就是这样的人，不能照你们原先所希望的那样，要我做一个不上不下的半吊子男人，一个哭鼻子的懦夫，一个大惊小怪的胆小鬼，一个在妓院和酒吧间混日子的酒色之徒，一个印在明信片上的英俊小生。啊，不，我可不干！我可不干那种回家向你们生气吼叫的事，不干那种喝得酩酊大醉把你们吓坏的事，不干那种把你们揍一顿显显威风的事，也不干那种向你们低三下四来求你们好好对待我的事。我给了你们财富，并不图报答，也不要求你们为此谅解我。正是因为我对你们一无所求，你们才无法抛弃我，只好跟我一道荣华富贵，却又咒骂我。假使我是领用马尼拉纸包着的工资过活的人，你们也许还不至于咒骂得这样厉害，但你们不得不尊重我。假使我是个庸才，你们就不见得这样尊重了。唉，你们这些贱骨头，你们这些装模作样的女人，你们这些不中用的女人，你们尽管享尽了人间富贵，但你们的头脑还是那么庸俗。可惜你们没有好好利用我给你们的一切，没有懂得这些豪华物品有什么用途、如何使用，而我却要什么就有什么，听见了吗？用钱买得到的和用钱买不到的都应有尽有。我曾经占有过雷希娜，听着，我爱过雷希娜，她叫雷希娜，她爱我，她不要钱，爱上了我，她跟着我，她在那边为我送掉了性命，听见了吗？卡塔琳娜，我听到了你的声音，我听见你有一天对他说：

“洛伦索，你父亲，你父亲……你以为……你以为能允许……吗？我不知道，那些圣人……那些真正的殉道者……”

“Domine，non sum dignus ...”[1]

你在疼痛的深处，闻到这股一直不散的香味。你的双眼虽然闭着，但你知道窗已经关上，你已经呼吸不到下午的新鲜空气了。只有这股香味，只有这个神父走过来给你赦罪时留下的痕迹，这个最后的仪式并不是你自己要求的，但你还是接受了，为了免得在最后的时刻反抗，这正合他们的心意。你希望你对任何人的账都一清百清，你希望能在回忆一生时看到对谁都没有欠什么债；但是她令你做不到这一点，一想到她，你就做不到这一点，她的名字是雷希娜；她的名字是劳拉；她的名字是卡塔琳娜；她的名字是莉莉亚。这个她在你的回忆中无所不在，迫使你承认她；但是你把这种感激之情改变了（你在每一次剧痛的叫声后对这一点都是明白的），你把它变成了对你自己的怜悯，变成了对你的灭亡的惋惜。世界上再也没有什么人比这个女人，比这个你用过四个不同的名字爱过的女人给了你更多的东西，又从你身上取去更多的东西。还有谁呢？

你在抗拒：你暗中打定了主意，对自己的旧债概不认账；你把特蕾莎和赫拉尔多都一股脑儿忘掉，你也有忘掉他们的理由，因为这女儿是跟着母亲长大的，远远离开了你，你只对你儿子来说才是一个有生命的活人，因为特蕾莎嫁的那个小伙子，他的脸你从来都记不住；那个形状模糊的小伙子，那个灰色的男人，他不应该占据与耗费你用来回忆的时光。还有塞巴斯蒂安，你不愿回忆起塞巴斯蒂安老师；你不愿回忆起他那双扯你耳朵、拿戒尺打你的方正的

1　拉丁文：主啊，我对不起你……

手，你不愿回忆起你挨打后疼处隆起的疙瘩，你沾了粉笔灰的手指，你站在黑板前学写字，学乘法，学画最简单的东西，画房屋与圆圈的情景。你不愿意；这是你欠下的债。

你喊叫，但是几条胳膊按住了你。你想起床下地走走，减轻疼痛。

你嗅到香味，

你嗅出了废弃花园的气味，

你觉得，不能挑选，不应该挑选，那天你并没有挑选。你是被动的，不是你的责任；那天人家要你创造出两种道德，但两种都不是你创造出来的。你对不是由你自己创造出来的为人之道是不能负责的。你超脱了自己这个呼喊着、抽搐着的肉体，超脱了这把扎进了你的胃里使你疼得眼泪直流的利剑，沉湎在梦想之中。你按照你自己创造的对人生的次序安排，沉湎在梦想之中。但你永远说不清这种次序安排是什么样子的，因为世界没有给你这个机会，因为世界只向你提供现成的表格和各种彼此矛盾的规范。你不是在做梦，你不是在思考，你不是在生活：

烧的香只发出一时的气味，这气味是有限的。

帕埃斯神父住在你家里，卡塔琳娜把他藏到了地下室；你没有责任，你没有责任。

你记不起那天晚上你同他在地下室谈话的内容。你记不清是他说的还是你说的：那个自愿化装成女人、自愿阉割、自愿用上帝的假血当作酒喝醉的恶魔，叫什么名字？是谁说的？但我可以向你发誓，他也是有爱心的，因为上帝的爱太伟大了，每个人的身体中都分得一份。这种爱成了每个人的肉体存在的理由：我们之所以拥有我们的肉体，是由于上帝的恩赐，生活想把爱的时刻从我们手中剥夺去，而我们有了肉体，就能把爱的时刻加于肉体；你别害羞，你一点不动感情，就能忘掉自己的痛苦。这不可能是什么罪孽，因为我们这种匆匆过客短促的爱——我说的是今天之爱，而非明天之爱——它的一切行动，只不过是你我给自己的一种安慰，是对生活中一些必然的坏事采取的既来之则安之的态度，这才能说明我们为什么需要忏悔，因为如果我们不承认自己身上有真正的恶，那么真正的忏悔又从何谈起呢？假使我们不是事先犯下某种罪孽，我们又怎能知道有这个罪孽而跪下来恳求宽恕呢？忘掉你的一生吧，让我把灯灭掉，你把一切都忘掉，然后咱们一起为恳求宽恕而祈祷，念一篇把咱们爱的时刻都一笔勾销的祷文。这就可以使上帝创造的这个肉体变得神圣。而在每一个没有实现或是已经满足的欲望之中，都有上帝讲话的声音；在每一下暗中的爱抚之中，都有上帝讲话的声音；在每一次交付上帝放在你身体里的精液之时，都有上帝讲话的声音。

活着，就是背叛你的上帝；每一个生活的行动，每一个确定我们是生物的行动，都被要求违反你的上帝的诫命。

你那天晚上在一家妓院里同加维兰少校，同所有的老战友交谈过。你记不起那天晚上谈的是什么了，你记不起是他们说的还是你说的，说话的声调不像人类的声调，而是权势与利益的声调：我们希望祖国繁荣昌盛，只要那能同我们个人的幸福相容不悖。我们要聪明些，我们可以大有作为，我们要按需要行事，不要干那些办不到的事。我们一次就定下来有哪些强暴残酷的行动是对我们有利的，免得要三番五次地重复这些行动。我们可以把种种好处逐渐施加于人，让老百姓陆续尝到甜头，革命就可以一下子搞起来。但是到了明天，老百姓会得寸进尺，向我们提出一次比一次多的要求，如果我们什么好事一下子全办完了，什么好处一下子全施行了，到时候我们就拿不出什么东西来了，到时候唯一能拿出来的说不定就剩下我们个人的牺牲了。既然我们瞧不见自己英勇行为的好处，那又何必把命送掉呢？我们倒不如一直留一手；我们是人，不是烈士；我们如果能保持住权力，就可以为所欲为。失去了权力，就倒霉了。你要懂得我们有我们的本钱，我们年轻，有这场胜利的武装革命的余威可凭；我们当时在枪林弹雨中出生入死是为了什么？难道是为了日后饿死吗？如果有必要，权力就是正义：权力是不能共享的。

至于明天？克罗斯众议员，到那时我们已经一命归西了，谁来接替我们，就让他们自己来收拾吧。

domine non sum dignus，domine non sum dignus[1]：对，这是一个能同上帝痛苦地交谈的人，一个因为自己犯了罪愆而能够宽赦罪愆的人，一个神父，他之所以有资格当上神父，是由于他缺乏人性，因而能够先拯救自己的肉体再拯救别人：domine non sum dignus[2]。

你拒绝承认过错；你对自己所创造的道德并不承担罪过；这种道德是你现在遇到的。你本来是希望

希望

希望

希望

啊，跟着塞巴斯蒂安老师的日子是幸福的，你已经不愿回忆他了。想当年你坐在他膝盖上，学着必须懂得的基础知识，为的是能够当一个自由人，而不是当那些未同你商量就用书面形式固定下来的诫命的奴隶。啊，那时候学习的日子也是幸福的，他教会了你那些手艺，让你能够挣口饭吃。那是在铁砧与锤子当中度过的日子；塞巴斯蒂安老师每天回来时已经很疲乏，他还单独为你开了这些课程，好让你的生活能自己料理，并且树立你自己的准则。你是叛逆的，又是自由的；你是新来的，又是唯一的。你不愿意回想：他命令你，你就去参加了革命。这样回想不会出离自我，也不会触

1 拉丁文：主啊，我对不起你。主啊，我对不起你。

2 拉丁文，同上。

及你。

你的那两个信息得不到答复；一个是相反的，另一个是勉强的；

你清白无辜，

你希望做个清白的人，

那天晚上你并没有选择。

（1927 年 11 月 23 日）

他那双碧绿的眼睛瞧向窗外，对方问他是不是要点什么东西，他只是眨眨眼，一双碧绿的眼睛又瞧向窗外。到这时候，对方一直保持着十分的安宁，现在却猛然从腰带上拔出那把手枪，啪的一声放在桌子上。他听到了玻璃杯和瓶子震动的响声，把手伸了过去，但是对方已经在微笑。他还没来得及体会这种突如其来的动作，来不及给这一碰击以及给这些蓝玻璃杯和白瓶子在他的胃里引起的肉体感觉取个名称，对方已经微笑起来。小巷里，一辆汽车在嘘声和骂骂咧咧声中飞驰而过，车前灯照亮了对方圆圆的脑袋。对方把左轮手枪的子弹滚轮转了一下，让他看清只有两颗子弹，然后又把滚轮转了一下，手指抠上扳机，把枪口对准自己的太阳穴。他努力想把视线移开，但是这个小房间里没有一处能把注意力固定的地点。只有光秃秃刷成靛蓝色的墙壁，匀称火山石铺成的地面，桌子，椅子，以及他们这两个男人。对方一直等到他那双碧绿的眼睛把小房间上上下下打量了一圈，再转回到对方握着的拳头、手枪和太阳穴，对方在微笑，但也在冒汗；他也一样。他努力在寂静中分辨背心右口袋里怀表的嘀嗒声。也许这嘀嗒声没有他的心跳得那么快；不管怎么说，手枪的响声早已在他的耳鼓中荡漾，而同时，所有其他的闹声，甚至包括一把手枪可能发出的（但还未发出的）响声，全都被一片沉默的气氛压住了。对方等待着。他看见了。对方抠了扳机，一声干哑的金属碰撞声，散失在一片沉寂中；在外面，黑夜保持着原样，没有月光。对方仍然拿手枪对着自己的太阳穴，现在又开始微笑，而且哈哈大笑起来。胖胖的身躯从内部开始抖动，像一个圆圆的奶油蛋糕；抖动是从内部动起来的，因为外面还是纹丝不动。两人就这样相对坐着，有好几秒钟，他也不动；现在，他呼吸着自今天上午以来一直陪伴着他的这阵香味。他透过这阵想象中的烟雾看清了对方的脸。对方仍然从里面笑着，然后又把手枪重新放到桌子上，伸出扁平而发黄的手指，把手枪慢慢地往他这边推过来。对方眼睛里那种含混的快乐神色也许预示着那些忍住的泪水将要冒出来；他不打算弄清楚。他一回忆起（其实还不是回忆呢）这个胖子把手枪对准太阳穴的模样，胃里就作疼；他一想到对方的恐惧，尤其是那强忍着不露出来的恐惧，他的肠子就抽搐，连话都说不出来。万一出了事，那就一切都完蛋。如果人家发现他在这房间里同那个死去的胖子在一起，就会抓住对他不利的口实。他已经认出了自己这把一向藏在柜子抽屉里的手枪，但是直到现在都没想到那胖子会用粗短的手指拿着这手枪对准自己。枪柄用一块手帕包着。只要对方一……手帕就会离开手。不过如果不离开手，那么，自杀还是一望而知的。谁看得清楚呢？一个警官死在一间空房间里，面对面的是他的仇敌。是谁摆弄了谁？对方松了松腰带，一口气把玻璃杯喝干。他腋下冒汗，汗水流遍他的脖子。短得离奇的手指仍然把手枪向着他推过来。这是什么意思？意思是表示自己那一方面已经接受考验了；他不会胆怯吧？真的不会吗？他问，是什么已经考验过了？对方就说自己那一方面已经全都做到了，已经证实了，即使对方想寻死，他也不会胆怯的，事情不能反复纠缠，没完没了，是怎样就是怎样。既然连这一招都不能说服他，就不知道还有什么高招能说服他了。这是一个证据（对方向他说），证明他应该站到他们一边；他那一边的人又有谁会拿性命来冒险，向他表明他们是多么希望他留下呢？对方点着了一支烟，又递了一支给他。他自己把烟点着，然后把火柴伸到胖子的咖啡色的脸前。但是胖子一口气把火柴吹灭了，他于是感到自己很为难。他拿起了手枪，把香烟勉强摆稳在玻璃杯的边上，没有注意到烟灰掉进了龙舌兰酒里面，沉到杯底去了。他把枪口顶着太阳穴，但根本感觉不到冷暖，虽然他想象枪口一定是冰冷的。他又记起了自己已经三十八岁，但这对谁来说都是无关紧要的，对他来说更是无关紧要。

这一天的早上，他曾在照着自己卧室的椭圆形大镜子前穿衣服，烧香的气味扑进了他的鼻子，他装作根本没嗅到。从花园里也升起了一股栗子的气味，笼罩着干燥而洁净的土地。他在镜子里看见了这个身体结实、胳膊粗壮、肚皮平坦不长脂肪的人，暗黑色的肚脐周围是一块块结实的筋肉，肚子上的体毛沿至肚脐处就消失了。他伸手摸摸自己的颧骨、弯曲的鼻子，又闻到了烧香的气味。他在衣柜里挑选了一件衬衣，不知道左轮手枪已经不在里头。他穿好了衣服，打开了卧室的门。“我没时间；我的确没时间。我告诉你，我没时间。”

花园里种着装饰菜蔬，排成马蹄形和百合花形，还有月季花和灌木，绿草地带围住了这座按照佛罗伦萨风格建起来的、大门入口处有匀称石膏柱及柱顶纹饰的平房。外墙刷成粉红色，他今天早上把所有房间走了一遍，那一时刻的模糊光线把一盏盏油灯花纹的侧影、一尊尊大理石像、一块块天鹅绒的帷幕、一张张高背锦缎靠椅、一座座玻璃橱柜、一张张有爱神形象的安乐椅的金条纹都彼此分隔开来。但是他停在客厅深处的侧门旁边，手放到了铜门把上，但又不想把门打开，走下楼去。

“这原是一个离开这里搬到法国去的人的产业。我们低价买了下来，把它复原却花了不少钱。我对我丈夫说：全都让我来办吧，全让我包了吧，我懂得该怎么办……”

胖子轻轻地像充满了空气一样从椅子上跳了起来，推开了那只握着手枪的手。谁都没有听见枪声，因为时间已经不早了，他们又是孤零零的两个人；是的，也许就是这个原因，谁也没有听到枪声，子弹打进了房间的蓝色墙壁。这位警官笑着说，这次玩够了，别玩下去了，冒险玩命，何苦来这一手呢？事情本来是十分容易办理的嘛。他想：十分容易；是该到了事情十分容易办理的时候了；难道我永世不能过安宁日子吗？

“你们为什么不让我安宁？为什么？”

“这本来是十分容易的呀，老兄。就看你的了。”

“这是什么地方？”

他不是自己来的，是人家把他带来的；虽然是在市中心，但是司机把他弄得晕头转向，一会儿穿出左边，一会儿穿出右边，把这张由许多长方块组成的西班牙式马路设计图变成了一个迷宫，不知不觉，一吸进去就看不见出来。一切都是不知不觉的，对方也是在不知不觉中用那只又短又老朽的手拿走了他的手枪，一直笑着，又回去坐下来，现在又恢复了原先又重又胖又汗流满面的形象，双眼炯炯发光。

“我们难道不是真正的能人吗？你知道不知道你要挑选朋友就在能人当中挑选，因为只要你同他们在一起，就没有谁能使你吃亏。来，咱们干一杯吧。”

他们干了一杯。胖子接着又说，世界上的人分成能人和傻瓜两种，要当哪一种，该打定主意。他又说，如果众议员（他）不及时打定主意，那就十分可惜，因为他们是一些说到做到的人，对谁都给予选择的机会，只不过并非所有人都像众议员那样聪明，他们往往以为自己很了不起，就举兵造起反来，而其实若无其事地改换门庭是易如反掌的，第二天一觉醒来，已经重新站了队。难道这是他第一次改换门庭吗？他最近十五年来是怎样过的？对方的声音同他的肥肉一样饱满，又像贴地滑行的蛇一样簌簌作响，使他昏昏入迷。这个人的喉咙是用可以收缩的圆环接成的，再加上酒精和哈瓦那雪茄作为润滑剂：“你不喜欢吗？”

对方定睛注视着他。他继续无意识地抚摸着腰带的扣子，直到最后把手指缩了回去，因为那块银子制的扣板使他想起了手枪的冷或热，而且他想腾出双手。

“明天，神父们会被枪毙。我给你报这个信，是为了表示友谊，因为我相信你不是这些脓包当中的一个……”

他们两人把椅子推开了。对方走向窗口，用手指关节使劲敲打窗玻璃，发了一个讯号，接着向他伸出手来。他沿着那又臭又黑的楼梯往下走时，对方就在门口。他碰翻了一只垃圾箱，传来浓烈的腐烂橘子皮和湿报纸的气味。那个站在门口的人伸出一只手指，摸摸白帽子，指点他九月十六日大街就在那一边。

“你有什么想法？”

“我想，咱们应该从一边转到另一边去。”

“不过我不干。”

“你呢？”

“你们先讲，我听。”

“咱们讲话没别人听见吗？”

“‘土星’是可靠的，他家里从没传出谣言……”

“如果他们不出来，我就得把他们拉出来了……”

“咱们是同领袖一道起家的，领袖垮了，咱们也会垮。”

“他已经输定了。新领袖已经给他安排好了圈套。”

“你的建议是什么？”

“我说的是：识时务者为俊杰。”

“我宁可让人家割掉我的耳朵。咱们究竟算不算男子汉？”

“怎么了？”

“有办法。”

“但是这样的办法不光彩，不是吗？”

“当然。但是机不可失……”

“不，不，我说的不是这个意思。”

“你怎么一会儿说是，一会儿又说不是……”

“我说的是：要当个十足的男子汉大丈夫，无论是跟着这个人或是跟着那个人……”

“我的将军，你醒醒吧，天快亮了。”

“那又怎么了？”

“那么……问题就在这里。人各有志嘛。”

“但是……天晓得。”

“我是这样看的。”

“你真的认为我们的领袖成不了大事？”

“我有这个感觉，有这个感觉。”

“什么？”

“我只不过是有这个感觉。”

“那你自己又怎么样？”

“我开始感觉到……”

“只要到了关键时刻别记住今天咱们讲的话就行了。”

“谁有闲工夫记住这些话？”

“我说是为了以防万一。”

“去他妈的万一。”

“你别说了。去给我们端点东西来吧，去，去。”

“去他妈的万一，先生。”

“那么，不能一起干吗？”

“一起是可以的，只不过是各走各的路……”

“……平常什么地方有油水，最后还是那个地方有油水……”

“就在那地方。是这样的。”

“我的希门尼斯将军，你不去吃饭吗？”

“人各有志嘛。”

“现在，如果有谁嘴巴管得不牢……”

“但是，我的兄弟，你在想些什么？难道咱们现在不就是兄弟了吗？”

“也可以算是，但是，一遇到困难记起妈妈的时候，老实说，猜疑就开始了……”

“他妈的有什么好猜疑的，正像‘土星’说过的……”

“真是他妈的有什么好猜疑的，我的加维兰上校。”

“但总会有遇到困难的时候呀。”

“自己干，自己决定就行了嘛。”

“但是人总是想保住一条命吧？”

“也要干得体面，众议员先生，也要干得体面。”

“也要干得体面，将军。”

“那么……”

“就当什么都没发生过吧。”

“什么都没发生过。”

“但是咱们的领袖是不是真的要完蛋了？”

“你指的是哪个领袖，是从前的还是现在的？”

“从前的，从前的……”

“芝加哥，芝加哥，那闲荡的城市——”“土星”把唱头从唱机上提了起来，拍拍手，“姑娘们，姑娘们，各就各位……”他这时候戴上了扁草帽，笑着把幕布拉开。他只斜眼看见她们映在这面客厅肮脏镜子里的形象。她们肤色黝黑，却厚施脂粉，脸颊、乳房、嘴边都点上了假痣，脚上穿着缎子衣裳和漆皮的便鞋，裙子短短的，眼皮青蓝色。那个打扮得妖里妖气的看门人也是涂脂抹粉：“先生，我的礼物呢？”

在这里会过得十分痛快，他心里明白，用右手揉揉肚子，停在这个妓院前的小花园里，呼吸植物茸毛上的露水和淤泥中冒出来的泉水的清新气味。好呀，希门尼斯将军想必已经摘下了蓝色的眼镜，大概正在揉着自己那干燥的眼皮和因害了结膜炎而在下巴上长着的一片片发白的鳞片。他大概正在叫人家给他脱靴，叫一个什么人来给他脱靴，因为他累了，而且他叫别人脱靴已经习惯了。大家看到将军趁着姑娘弯下腰来给他脱靴时的姿势，把她的裙子往上一撩，露出了百合花般的丝绸蒙住的深色的浑圆屁股，哈哈大笑起来。不过其他人却更喜欢另一个难得见到的场面，就是这双总是半闭的眼睛，一张开就像淡而无味的牡蛎。所有人，朋友、兄弟、哥儿们……统统伸出了胳膊，让“土星”家的这些年轻姑娘给他们脱下外套。但是她们总是像蜜蜂一样围着那些穿军人制服的人转，仿佛她们不知道这件制服、这些有鹰蛇国徽的纽扣以及金色的穗带底下藏的是什么东西。他曾亲眼看见过她们这样飞来舞去，香汗淋漓，像是刚刚从蚕茧里脱颖而出似的，把混血肤色的手臂高高举起，手里拿着香粉盒和粉扑，把这些朋友、兄弟、哥儿们的头弄得雪白。这些人靠在床上，双脚分开，衬衣上沾满了白兰地酒，太阳穴湿透，手却是干的。这时候，查尔斯顿舞的节奏又传来，她们慢慢地给他们解衣，吻着裸露出来的每个部位；当他们动起手指时，她们就发出嗔叫。他瞧瞧自己的指甲，指甲上有白点，据说这是撒谎的证据；又瞧瞧大拇指的半月形，狗在他身边吠叫起来。他翻起外套的领子，向自己的家走去，虽然他更喜欢回到那个地方，睡在那些厚施脂粉的肉体的怀抱中，发泄出那些使他神经紧张的酸水，以免辗转反侧不能成眠，只能无聊地瞧着周围那一排排又低矮又灰暗的阳台上摆着瓷花盆和玻璃花盆的小房子和大路旁那一列列满是尘土的棕榈树，无聊地嗅着朱红色玉米棒和醋拌葱头末的残渣。

他伸手抚摸一下颊上刺手的胡子。他在那一大串的钥匙当中寻找了一下。她这时候一定是在那里。她在铺了地毯的楼梯上上下下时总是不发出声音，一看到他走进来，总是吃一惊：“欸！你吓了我一跳。我没想到你会来。不，我没想到你会这样快就来。”他心中忖度，为什么她以心照不宣的态度来向他讲这些昧心的话。但这些全是一些名称，而他们的相会，他开始行动之前挑逗而又碰壁的遭遇，她那种反而使两人更加接近的冷淡的态度，无论在之前或者之后，都叫不出名称，因为两种做法是一样的。有一次，在黑暗中，他的手指和她的手指在楼梯扶手上碰到一起，她捏住了他的手。他亮了灯，以免她滑倒，因为他不知道自己上楼时她正在下楼，但是她脸上的表情同手上的感觉大不一致。她把灯灭了。他真想把这种做法称为邪恶，但这个名称也不确切，因为习惯了的行为是不能称为邪恶的；它已不是深思熟虑的例外的行为了。他所认识的只是一件东西，一件包在丝绸和亚麻被单中的柔和的东西，一件触觉碰到的东西，因为卧室的灯在这种时候是从来不点亮的。只有在楼梯上的那一刹那，她才没有把脸藏起来，也没有假装。只有那一次，那就不必回忆了，但是，他肚子里总是有一个又苦又甜的愿望翻滚打转，总是想再来一遍。再来一遍之后，他又考虑了这件事，感到后悔，那是在一个上午发生的，同一只手碰到了他的手，不过这一次是在通往家中地下室的楼梯扶手上，而且根本没有亮灯，她问他："你在这里找什么？"然后马上改口，用平淡的口吻又说了一遍："欸！你吓了我一跳！我没想到你会来。我发誓，我没想到你会这样快就来。"平淡的口吻，一点也没有嘲笑；他只闻到这股几乎是肉红色的气味，这股用单调的语气说出话来的气味。

他打开了酒窖的门，开始没有看清那个人，因为那个人好像也是由缭绕的香火组成的；她挽住了这个秘密客人的胳膊；客人正企图把道袍的褶襟藏到两腿当中，挥舞手臂把神圣的气味驱散，但他终于知道了一切都是无济于事的（无论是她的保护或是黑袖子的挥动），于是低下了头，做出一种认命的表情。这种表情本来一定使他自己感到安慰，使他相信他正在做出听天由命的姿态而使自己感到满足，甚至也使那些对他并不尊重的见证人感到满足。他希望，他也请求那个刚刚进来的人瞧着他，认出他。神父斜着眼看到他那双眼睛离不开这个女人，而女人的那双眼睛也离不开他，虽然她使劲抱住挡住这位上帝的代理人；神父在自己内脏的痉挛中，在黄肿的双眼和舌头中，预感到一种恐怖，时间一到（一定是马上就到，因为不再有时间），他就会无法掩盖这种恐怖。神父心想，只剩下眼前这一刹那来接受命运的安排了，但是眼前又没有见证人。这个眼睛碧绿的男人原来是在要求，原来是在求她出面向他求饶，要她鼓起勇气来求饶，要她是好是坏碰碰运气，而她却无法做出反应；她已经无法做出反应。神父猜想，她既然在那一天放弃了做出反应或求饶的机会，也就是从那时候起，把这个生命，把神父的生命牺牲了。烛光下，又透明又闪亮的皮肤的暗影格外分明；烛光使白色的脸、脖子、胳膊统统多出了一个暗黑的双生兄弟。他等待她向他提出这个要求。他看到了他想吻的那个喉部的微动。神父叹了一口气：她是不会求饶的，而他呢？面对着这个眼睛碧绿的人，现在只剩下眼前这一刹那来得及装作听天由命，接受命运的安排，因为到了明天就不行了，到了明天他一定办不到，到了明天，这种听天由命的态度就会忘掉自己的名称，改称为脏腑，而脏腑是不懂得上帝的言语的。

他一觉睡到中午。把他吵醒的是街上一架八音琴的琴声；他无心辨明是哪一首曲子，因为前一夜的静寂（或者是他的记忆使然，反正他的记忆中只剩下黑夜和静寂）在他心中留下了一段段漫长而死寂的时刻。曲调断断续续，每次断了之后，这个缓慢而忧郁的旋律又重新响起来，黏在半开半闭的窗户上，接着又被一阵无声的回忆打断。电话响了，他拿起电话，听到了对方忍住笑，说了一声：

“好的。”

“众议员先生，我们已经把他弄到了司令部。”

“真的？”

“总统先生也知道了。”

“那么……”

“你是知道的。一个姿态。一次访问。什么话也不必说。”

“几点钟？”

“你两点左右到这里来吧。”

“回头见。”

她在隔壁卧室听到了他的话，贴着门哭了起来，再往后就什么也听不到了。她揩干了双颊，坐到镜子前面。

他从一个报童手中买了一份报纸，边开车边看，但只能瞧一眼大标题，上面谈到那些暗杀另一位领袖即候选人的人被枪毙的消息。他记起了这位领袖在关键时刻，在讨伐比利亚，在就任总统时，人人都宣誓向他效忠的情形，便瞧了一眼普洛神父张开双手迎受枪弹的这张照片。新汽车的白篷就在他身旁掠过；擦过他身边的还有妇女们的短裙、钟形的帽子、新贵的灯笼裤，还有那些围着青蛙水泉席地而坐的擦皮鞋者。但是，从他玻璃般固定不动的眼珠面前掠过的，不是这个城市，而是那个字眼。他回味了一下那个字眼，处处看到那个字眼：在那些从人行道上投射过来并同他的视线交会的短促的目光当中，在人们的态度当中，在人们使的眼色当中，在那些短暂的姿态当中，在那些耸起的肩头当中，在手指做出的粗俗符号当中。他感到自己的思维太活跃了，活跃到了危险的地步，手扶着方向盘，被街上人群的面容、姿态和路标弄得眼花缭乱，随着钟摆的摆动在晃荡。一片玻璃的反光使他睁不开眼睛；他伸手摸摸眼皮。他一直都选对了主人，总是选择最有出息的，选择新兴的领袖，抛弃穷途末路的领袖。宽阔的索卡洛广场展现在面前，拱廊之间摆满了货摊，大教堂的铜钟发出了深沉的声响，报时为下午两点钟。他向莫内达宫入口处的卫兵出示了众议员身份证。高原水晶般的冬天衬托出墨西哥旧城虔诚的轮廓。应试的一群群学生沿着阿根廷路和危地马拉路而下。他把汽车停在院子里，坐笼子式的电梯上楼。他穿越了那些装有光彩夺目的枝形吊灯的桃花心木房间，在前厅坐了下来。他周围只有低低的声音，全都毕恭毕敬地说出这几个字：

“总统先生。”

“总统先生。”

“总统先生。”

“是克罗斯众议员吗？请进。”

胖子张开了双臂迎接他，两人互相拍背拍腰，摇着屁股。胖子像往常一样笑了起来，从里面笑起，又往里面笑去，用食指做出了向脑袋开枪的姿态，然后又无声地笑起来，肚皮和深色的脸颊不声不响地起伏。他费了大力气才扣上了领子上的纽扣，问他看过报纸没有。他说看过了；他已经懂得其中的奥秘，但这一切都没什么要紧。他今天来，只不过是来向总统先生表示拥戴之忱；他的这种拥戴是无条件的。胖子问他有什么愿望，他便同胖子谈到了城郊的几处荒地，这些荒地值不了多少钱，但日后有可能分配。胖子答应这件事可以办，因为他们毕竟是哥儿俩，是兄弟，又何况众议员先生，嗯，自从一九一三年以来就一直参加斗争，现在也该有资格摆脱政海的浮沉，过点安稳的日子了。胖子向他讲了这一番话，轻抚着他的胳膊，又拍拍他的背和屁股，以示友好。那扇有金色把手的门开了，从办公室里走出昨夜在“土星”那里玩了一宿的希门尼斯将军和加维兰上校，他们走过时低着头，没看见他。胖子又笑了，对他说，他的许多朋友已经前来表示愿意在这个团结的时刻为总统效力。说着，胖子伸出胳膊，请他进去。

在办公室的深处，在绿色的灯光下，他看见了这双嵌在头颅骨深处的眼睛，这双虎视眈眈的眼睛，他低下头来，说：“总统先生，为您效劳……总统先生，我保证忠心不二地为您效劳……”

我闻到他们在我的眼睛上、鼻子上、嘴唇上、冰冷的脚上、发蓝的手上、大腿上涂抹的油膏的气味。我叫他们把窗打开：我要呼吸。我透过鼻孔，发出空虚的声音，然后随他们爱怎么办就怎么办。我把手放在肚子上。亚麻布的被单凉凉爽爽的。这倒真是重要的。他们，卡塔琳娜、神父、特蕾莎、赫拉尔多，他们懂得什么？

“放开我……”

“医生晓得什么？我才更了解他。这是又一次捉弄我们。”

“别说话。”

“特蕾莎，别顶撞你父亲……我说，别顶撞你妈妈了……你没看见……”

“哼。你同他一样有责任。你是软弱胆小，他是……是……”

“算了，算了。”

“你们好。”

“在这里。”

“算了，看在上帝的面上。”

“说吧，说吧。”

她在想些什么？在回忆些什么？

“……把我们当成讨饭的，为什么强迫赫拉尔多工作？”

他们这些人，卡塔琳娜、神父、特蕾莎、赫拉尔多，他们懂得些什么？他们装模作样地表示哀痛，明天在报上登载一番颂扬死者的话，这有什么意义？谁能像我现在这样实话实说，指出自己唯一所爱只是对物的占有、只是这种占有所产生的快感？这正是我所喜好的。我所抚摸的被单，还有现在在我眼前的其他一切东西。绿黑交错条纹的地板，把远方的夏天保存下来的瓶子，油彩剥落的旧画，把太阳光和烛光收集成一束慢慢地观赏和抚摸，坐在白皮革做成的铺有金片的沙发上，一手拿着一杯白兰地酒，一手拿着一支雪茄烟，身上穿着薄薄的丝织晚礼服，脚上穿着柔软的漆皮便鞋，踩着一块不发出响声的美利奴羊毛厚地毯。在那里，一个人可以把风景据为己有，把别人的面容也据为己有。或是坐在面对太平洋的平台上，观赏日落的景致，以自己的感官最紧张的，唉，以最美妙的感官来回味这银白色海波同润湿的沙子来回冲刷和摩擦。土地：可以变成金钱的土地。城里那些已经开始搭起了脚手架的方格形地皮。乡下那些总是最肥沃、靠近水坝、有嗡嗡叫的拖拉机在上面穿来穿去的绿黄参差的土地。像棕色保险箱一样的矿山土地。机器：香喷喷的卷筒印刷机，高速地吐出了纸张……

"'唉，阿尔特米奥先生，您不舒服了吗？'

"'不，是太热了。晒得厉害。梅纳，怎么样了？把窗打开好吗？'

"'马上给您打开……'"

啊，街上的喧闹声。一下碰击声。两种声音是分不开的。啊，街上的喧闹声。

"'阿尔特米奥先生，您想要什么？'

"'梅纳，你知道咱们在这里曾多么积极地为巴蒂斯塔总统辩护过，一直到最后一刻。但是，现在他已经不掌权了，要替他辩护已经不那么容易了；要替特鲁希约将军辩护更不容易，虽然他仍然掌权。你是代表他们两位的，你应该理解……这是起码的。'

"'好吧，阿尔特米奥先生，请您放心，我设法安排一下。虽然吃了国有化亏的人是这么多。谈到这件事，我给您带来了一些介绍大恩人事业的稿件……没有别的了……'

"'行呀。把稿子放在我这里吧。嗯，迪亚斯，你来得正巧。把这篇稿子登在社论栏，署一个化名……梅纳，再见，我等着你的消息……'"

你的消息。消息。我等着你的消息。我的苍白的嘴唇的消息，唉，唉，一只手，给我一只手，给我另外一副脉搏，使我自己的脉搏跳动起来，使我苍白的嘴唇……

“我都怪你。”

“你怪了我就心里舒畅吗？那就随你吧。我们骑着马渡过了河。我们回到了我的家乡。我的家乡。”

“……我们想知道放在什么地方……”

终于，终于她们让我痛快了一下，亲自前来，跪着向我求这东西了。神父已经先走一步。她们也走到我的床头，连我都觉察到她们的身子在轻轻颤抖，一定有件什么事情在我身边转来转去。她们想猜测我的这种嘲讽，这种我十分自我欣赏的最后的嘲讽，这种嘲讽给她们的最后一次羞辱，我已经不能够欣赏它了，但是对它的最初的痉挛，我现在正在津津有味地欣赏。也许这是最后一点胜利的温热吧……

“哪里……”我假装温和地嘴里喃喃地说……“哪里……让我想一想……特蕾莎，我想我记起来了……不是有一只桃花心木的匣子吗？……是我放雪茄烟的……它的底是夹层的……”

我用不着把话讲完。她们两个猛然站起来，向那张马蹄形的大桌子跑去。她们以为我夜里有时就是在这张桌子上看书，度过失眠的时刻：她们希望如此。这两个女人把抽屉翻遍，纸张散到各处，终于找到了那只木匣子。哦，就是在那里了。还有另外一只。她们的手指一定在匆忙地打开那双层的匣底，把它从底座那里抽出来。什么也没有。我最近一次吃东西是什么时候？上一次小便已经是很久以前了。但是，吃东西呢？我吐过。但是，吃东西呢？

“‘阿尔特米奥先生，现在是副部长给你打电话……’”

他们拉上了窗帘，真的吗？已经是晚上了，真的吗？有些植物需要夜光才能生长。这些植物总是盼望着黑暗来到。旋花是黄昏时绽开花瓣的。旋花。这座茅屋里有过一棵旋花，就在河边的茅屋。它是黄昏时才开花的，真的。

"'谢谢，小姐……是呀，我就是阿尔特米奥·克罗斯。不，不，不，没有妥协的余地。明明是企图推翻政府。他们已经使得工会大批脱离政府党；长此下去，副部长先生，你们还有什么可以依靠的呢？……对呀……唯一的办法就是宣布罢工不合法，把他们征入军队，用大棍大棒来消灭他们，把为首的关到监牢里……事情怎能不严重呢，先生……'"

含羞草，我记得含羞草也是有感情的；它可以是敏感而又羞怯的，贞洁而又生动活泼的，含羞草……

"'是呀，一定……还有，先把话说明白：如果你们表现软弱的话，我和我的合股者就要把我们的资本投到墨西哥境外去了。听着，举个例子，假使两个星期之内竟有一亿美元资金逃往国外，那会怎样呢？……呃……不，我已经明白了。真是岂有此理！……'"

完了，结束了。啊。结束了。结束了吗？天晓得。我记不起来了。我已经有好久不听这台录音机了。我已经有好久假装在应付而实际上却在想着我喜欢吃的东西，是的，更加重要的是想到吃，因为我已经有好久没吃东西了。巴迪亚关上了录音机，我一直闭着眼睛，不知道卡塔琳娜、特蕾莎、赫拉尔多、女孩子——不，格洛丽亚已经走了，她已经同巴迪亚的儿子一起走了好久了，现在正趁着没人，在一个房间里亲嘴——会想些什么，说些什么，因为我的眼睛仍然闭着，心里只想到煎猪排、烤里脊、野餐烤肉、填馅火鸡和我喜欢的汤。我喜欢极了，几乎同喜欢饭后甜食一样喜欢，啊，是的，我一直是个爱吃甜食的人。这里的糖果是十分可口的，有杏仁糖和菠萝糖，椰子糖和奶酪糖。啊，啊，也有焦糖牛奶，有萨莫拉甜食，我想念着萨莫拉甜食和结冻的水果，还有尖口鲷、狼鲈、鳎鱼，我想念着牡蛎和大螃蟹。

"我们骑着马渡过了河。我们一直到了那浅滩和海边。在维拉克鲁斯。”

藤壶螺和墨斗鱼、章鱼和橘汁大海鳗。我想念着那像海水一样苦的啤酒，啤酒，我想念尤卡坦烧鹿肉。我想到，我并不老，不，虽然有一天我照镜子时曾经是老的。我又想念到那些霉干酪，我是多么喜欢吃呀。我想着喜欢吃的东西，从中得到了多大的安慰。可是我听到自己真实的、有刺激力的、有权威的声音，听到自己老是在扮演这个角色时，我感到多么烦闷、多么枯燥呀！本来我在那时候可以好好吃它一顿：吃呀，睡呀，偷情呀，其他的事？管他什么？管他什么？管他什么？谁想拿我的钱来吃、睡、偷情？你巴迪亚和你卡塔琳娜和你特蕾莎和你赫拉尔多和你帕科·巴迪亚，你的名字是这样叫的吗？你一定正在我的房间或是这个房间的暗处吮我外孙女的嘴唇。你仍然年轻，因为我不生活在这里。你们年轻，我不会过好日子，所以我不生活在这里，我是个老头子了，嗯？一个有许多怪癖的老头子。这个老头子有权利保持这些怪癖，因为他受过罪，看见了吗？他使别人受罪也就使自己受罪，他及时在那天晚上，啊，我记起来了，那天晚上，选择了那个字眼、那个女人：给我吃点东西吧：滚开：唉，痛啊：滚开：操他妈的：[1]

你念出了这个字眼。这是你的字眼，而你的字眼也就是我的字眼；是说到做到的字眼，男子汉大丈夫的字眼，像车轮般旋转的字眼，像磨盘般旋转的字眼。诅咒，目的，喧嚣，生活的计划，所属的关系，回忆，绝望挣扎者的呼声，穷人的解放，有权有势者的命令，打架和工作的号召，纪念爱情的铭文，出生的记号，威胁和嘲笑，作见证的圣徒，吃喝玩乐的酒友，象征勇敢的利剑，代表权势的宝座，象征奸狡的犬齿，家族的族徽，山穷水尽的救生圈，历史

1 此处及下一段中的一连串冒号为原文标示，在此予以保留。

的概括：墨西哥的标志：你的字眼：

“他妈的”

“他妈的儿子”

“我们是他妈的能人”

“别来他妈的这一套”

“我马上就来收拾他妈的这家伙”

“去他妈的吧，慢慢地来”

“别上他妈的当”

“我把他妈的……”

“你把他妈的……”

“您把他妈的……”

“好好地来他妈的，别管是谁”

“我从他那里弄到了他妈的一个比索”

“他妈的宰掉你们也是活该”

“我真是他妈的笨蛋”

“上司他妈的把我整了一顿”

“别他妈的给我煞风景了”

“咱们都去他妈的”

“他妈的他弄上瘾了”

“我他妈的倒了霉，但我不退缩”

“他妈的那个印第安人被干掉了”

“我们上了他妈的这些家伙的当”

“他妈的洋鬼子欺侮咱们”

“他妈的儿子们，墨西哥万岁！”

悲哀，清晨，烤面包片，油烟，番石榴，失眠：这些都是那个字眼的产物。它露面，它分纸牌，它碰运气，它替吞吞吐吐的口吻和口是心非的言词打掩护，它暴露勾心斗角、尔虞我诈并使人迷醉，它叫喊，它消失，它生活在每张床上，它贯穿着友谊、仇恨和权力的编年史。我们的这个字眼。你和我都是这个他妈的互济会的成员。你之所以是你，是因为你会捞他妈的一把，而又不让别人从你身上捞他妈的一把；你之所以是你，是因为你不会捞他妈的一把，反而被别人从你身上捞了他妈的一把；你捞我一把，我又捞他一把，我们没有一个人能逃脱这个连锁关系。上面是锁圈，下面也是锁圈，把我们同前辈的他妈生的以及后辈的他妈生的都联成一片。你从上辈继承了捞他妈的一把的本领，你又把这种本领传给下辈。你是那些他妈的生的儿子的儿子；你又将是更多的他妈的生的儿子的父亲；我们的这个字眼，藏在每一张面孔后面，每个记号后面，每个下流的行动后面。这件他妈的事使你办事顺利，这件他妈的事能破你的千年道行，你就他妈的去胡闹吧，这件他妈的事让你开眼界。你没有母亲，但你有这个他妈的。有了这件他妈的事，哪一个妈你都可以带走了。这件他妈的事，是你的老搭档，是你的亲人，是你的弟弟，是你的老婆，是你的爱人。干他妈的；你干他妈的那事时骨头都要酥了，你干他妈的那事时痛快舒畅，你干他妈的那事时放个了不起的屁，你干他妈的那事时皮肤皱起来了，你干他妈的那事时向前冲，你干他妈的那事时不畏缩，你干他妈的那事时抓紧了那个身子。

你干他妈的那事，要往哪里去呀？

噢，神秘啊，噢，虚幻啊，噢，惆怅啊。你以为干那事就可以返本还原，还什么原呢？你不会的。谁都不会希望回到那个骗人的黄金时代去，回到那凶险的洪荒时代去，再去听那些猛兽的吼叫，再去为了猎熊取肉而战斗，再去过穴居野处、钻木取火的日子，再去干杀人祭神等疯狂的傻事，再去进入那原始的无名恐怖状态，再去牺牲祭物，再去害怕太阳，再去害怕暴风雨，再去害怕日蚀月蚀，再去害怕火，再去害怕神灵的古怪面饰，再去在偶像前面诚惶诚恐，再去害怕青春期，再去害怕水，再去害怕饥饿，再去害怕孤苦伶仃，害怕宇宙剧变。这个他妈的，是历代兴亡留下的金字塔，是恐惧的神庙。

奥秘啊，欺骗啊，幻像啊：你以为有了这个字眼你就可以畅通无阻，你就可以稳如磐石了。但你会通到一个怎样的未来呢？除了你，没有谁会愿意在走路时身上背着诅咒、猜疑、幻灭、怨恨、冤仇、妒意、愤懑、蔑视、徬徨、贫困、欺凌、辱骂、恫吓、虚荣、男性至上主义、你他妈的那件事的堕落。

你就在半路上把它抛弃掉算了，你就借他人之刀把它杀掉算了。这个字眼既有偶像，又有十字架，两毒俱全，它离间我们，使我们僵化，使我们腐化，我们把它杀掉算了。

不过，当神父正在你的嘴唇上、鼻子上、眼皮上、胳膊上、腿上涂上最后的油膏时，你祈求吧。但愿这不是我们的回答，不是我们难逃的劫数。他妈的那件事，他妈的那件事生下来的，他妈的那件事毒化了爱情，使友谊解体，把柔情蜜意糟蹋无余；他妈的那件事分裂人们，他妈的那件事离间人们，他妈的那件事摧残人们，他妈的那件事毒害人们。那个石头母神的绕着蛇纹的没有毛的像金属一样光滑的生殖器官；他妈的那件事。祭司在金字塔上酒醉的呕吐物，领主在宝座上酒醉的呕吐物，教主在教堂里酒醉的呕吐物。烟雾，西班牙和阿纳瓦克[1]，烟雾，他妈的肥料，他妈的粪土，他妈的高原，他妈的献祭品，他妈的礼仪，他妈的奴役，他妈的庙堂，他妈的语言，你为了生存今天他妈的又要去搞谁呀？明天又去搞谁呀？搞谁呀？使用谁呀？那些他妈的那件事生下来的，就是这些东西，这些人，你把他们沦为你使用的东西，供你使用，供你取乐，供你统治，供你蔑视，供你获胜，供你过生活。他妈的那件事生下

1 阿纳瓦克（Anahuac），是墨西哥的古名，现指墨西哥城周围的沃土。

来的，是你使用的一件东西，是你的形影不离的伴侣

你累了

你战胜不了它

你听到别人不听你的祷告而在做祷告的喃喃细语：但愿这不是我们的回答，不是我们难逃的劫数：你把他妈的那件事洗刷干净了吗。

你累了

你克服不了它

你一辈子都拖着它：这件东西：

你是他妈的那件事生下来的

是污辱所生的，你又以污辱别人来洗掉污辱

你是遗忘所生的，你需要遗忘才能记忆

你是我们这一连串无穷无尽的不平的事所生的

你累了

你使我累了；你战胜了我；你迫使我陪你下到地狱；你想回忆别的事，不回忆这件事。你迫使我忘掉事物将来永远不会像现在这样，永远不会像从前那样：你靠他妈的那件事战胜了我

你累了

休息吧

做你的天真的梦吧

你说吧，你试过，说你会再试试看：你侵犯人家，终有一天会自作自受：如果你年老时要感谢的事你在年轻时却要糟蹋它：如果有一天你知道了一点道理，知道了有些事已经到了尽头：如果有一天你一觉醒来（我在战胜你），照照镜子，终于发现你已经在人生历程中留下了点东西，那一天你就会记得：这是你已经失去青春的第一天，是一个新时代的第一天。你把这个时代固定住吧，你把它固定住了，像一个石像一样固定，以便于四面八方把它看清楚。你

把窗帘拉开，让清晨的微风吹进来。啊，这股微风向你扑面而来，使你忘记那阵香的气味，这阵气味直逼着你，啊，风把你吹净了：它甚至不让你暗示一下你的疑问，它也解答不了你的第一个疑问。

（1947 年 9 月 11 日）

他把窗帘拉开，呼吸了清新的空气。清早的微风已经吹了进来，把窗帘吹得摇摇晃晃，让人家知道它来了。他向外瞧瞧：清晨的这个时刻是最好的，是最清新爽快的，是一天中的春天。过不了多久，炽热的太阳就会把这样的时刻扼杀。但是，在早上七点钟时，阳台对着的海滩却是一片明媚清新、宁静安详的气氛。海浪只发出轻微的唧唧私语，少数洗海水浴的人说话的声音不足以扰乱初升的太阳同宁静的海洋与被潮水洗刷过的沙子孤寂的会面。他把窗帘拉开，呼吸了新鲜空气。三个小男孩沿着海滩走，手里拿着小桶，边走边捡起夜里留下的宝贝：海星、海螺、光滑的木片。一艘帆船在离岸不远的地方随波晃动；透明的天空如同通过淡绿色的滤光器，把自己的光亮投向大地。旅馆和海滩之间的马路上，没有一辆汽车驶过。

他把窗帘放了下来，向那个铺有摩尔式花纹瓷砖的卫生间走去。他瞧瞧镜子里的这副面孔，这副面孔在睡了短暂而又不安的一觉后，有点浮肿。他轻轻地把门关上，把水龙头拧开，塞住了瓷脸盆的下水口。他把上身的睡衣扔到了抽水马桶盖上。他挑选了一张新刀片，剥掉了包刀片的蜡纸，安到金黄色的刮脸刀架上。然后他把刮脸刀放进热水里，弄湿了一条毛巾，用毛巾蒙住脸。水蒸气把镜子弄模糊了。他伸手抹亮了镜子，打开镜子上圆柱形的日光灯。他把一管美国新出品的可直接使用的剃须膏挤出了一点，在双颊、下巴和脖子上涂上这种白色的、凉爽的油膏。他从热水中把刮脸刀拿出来时烫到了手。他露出一个不舒适的表情，用左手把一边的脸颊扯长，刮起了脸；从上往下刮，刮时十分仔细小心，嘴扭来扭去。蒸气把他熏得直冒汗；他感到汗珠沿着肋骨往下流。随后，他慢条斯理地刮着胡子，然后摸摸下巴，检查皮肤是否光滑。他又打开水龙头，再次把毛巾浸湿，用毛巾蒙住脸。他把耳朵擦干净，在脸上洒了一种使人兴奋的药水，爽快舒畅地呼气。他把刮脸刀片擦干净，重新放回刀架，再把刀架放回皮匣子。他把瓷洗脸盆底部的塞子拔掉，瞧了一下这一片由肥皂水和掉下的须根混成的灰色如何被吸掉。他又观察了一下面容：他想发现这个每次都如此的人，因为他在又一次把那模糊了玻璃的水汽擦掉时，不知不觉地感觉到（在这个清早的时刻，在这个要办一些琐碎但又少不了的小事的时刻，在这个胃里感到不舒服、肚子感到一阵说不清楚的饥饿的时刻，在不招自来的难闻气味笼罩了睡梦中的无意识生活的时刻），他好久以来每天在卫生间里照镜子时都没有看见过自己。这个由水银和玻璃造成的长方形，是他那张眼睛碧绿、嘴角有力、额头宽阔、颧骨耸起的脸的逼真的肖像。他张开了嘴，伸出了长着白斑点的舌头；接着又在影像中找寻那些失去的牙齿的空洞。他打开了手提箱，拿出放在水里的假牙。他很快地把假牙洗刷一遍，背对着镜子装上假牙。他在牙刷上涂抹了一层青绿色的膏状物，刷起牙来。他漱了几下口，脱掉睡裤，打开了喷头，用手掌试试水温。在给自己瘦削的身体擦肥皂时，他感到了那股变化不匀的水流射到了后脑勺上。他这副身体，肋骨露出，肚皮松软，筋肉还保持着某种神经质的紧张状态，但是现在已有内陷的样子。这样子他觉得有点怪诞，要保持警惕，使劲地装出来……但也只能在被人家注意时才这样，例如这几天，旅馆里和海滩上的人就向他投来了唐突的目光。他脸对着喷头，关上了水管，拿毛巾擦身。他用熏衣草香水擦了胸部和腋窝，还用梳子梳那鬈曲的头发，又一次感到了畅快。他从壁橱里拿出了蓝色游泳裤和白色长袖运动衣。他穿上了系带子的意大利帆布便鞋，慢慢地打开了卫生间的门。

微风吹拂着窗帘，太阳一刻不停地照射着。如果这一天糟蹋掉，就可惜了，太可惜了。九月的天气是谁也说不准的。他瞧了一下双人床。莉莉亚仍然在睡着，姿势自然而随意。头挨在肩上，伸出的胳膊压住枕头，背朝天，一个膝盖弯曲着，伸到了被单外面。他走到了这青春的肉体旁边，清晨的阳光正在这个肉体上轻巧地闪动，照亮了手臂上的金黄色汗毛和眼皮的潮湿角落，还有嘴唇和麦秆色的腋窝。他蹲下身子，瞧瞧她嘴唇上的汗珠。他感到这个被太阳光晒着的、不知羞耻而又不在意地安睡着的小动物的躯体正在冒着一阵温暖。半开半闭的嘴唇闭上了，姑娘叹了一口气。他下楼去吃早饭。

他喝完咖啡，用餐巾擦干了嘴唇，环顾四周。孩子们似乎总在每天这个时候由保姆陪着来用早餐。那些禁不住诱惑、在早餐之前先下水玩一下的孩子，头发是平滑的，湿漉漉的。他们吃过了早餐后，正准备就穿着还湿着的裤衩再到海滩上去。在那海滩上，时间不算时间，每一个孩子都可以随意为时光的流逝规定一个速度。时光可以拖得漫长，也可以缩得很短，随想象而定。在这期间，他们可以玩堆砌城堡和城墙的游戏，玩把人埋在沙里的游戏，互相泼水，在水里翻来滚去；或是躺着晒太阳，不管时光的流逝；或是全身浸在水中吵吵嚷嚷。看到他们年纪小小就已经懂得在开阔的空间为一次假葬礼寻找独特的安息场所或是寻找一个用沙子堆成的宫殿，真是令人惊奇。现在，孩子们陆续走开，旅馆的成年顾客们接踵而至。

他擦了一根火柴，为这一天吸第一口烟时会感到的轻微晕眩做好思想准备。他有这种感觉已经好几个月了。他把目光投向远离饭厅的地方，投向那个弧形海滩，它从那开阔的海的一端蜿蜒而来，一路是浮沫，直伸到海湾的半月形弓背上。整个海湾里到处都有斑斑点点的帆船；人们活动的响声阵阵传来。一对熟悉的夫妇走过他身边，做手势向他打招呼。他点头回礼，又吸了一口烟。

饭厅的声音更加嘈杂起来：盘子上的刀叉声、小勺在杯子里的搅拌声、开瓶子声和矿泉水的泡沫声、椅子拖来拖去声、一对对男女的切切私语声、一群群游客的交谈声。还有那海浪的声音也逐渐加大，它不甘心被人类发出的响声盖过。从桌子这地方可以看到阿卡普尔科[1]新的现代化的海滨部分，这是为了满足大批美国旅客对舒适的要求而匆匆兴建起来的，因为战争使这些人享受不到怀基基、波尔托菲诺或是比亚里茨的风光[2]。但是兴建这个现代化海滨还有另外一个目的，就是要把那个破破烂烂满地泥泞的后院挡住。那里有赤裸的渔夫和他们的茅舍，孩子们的肚皮鼓鼓的，癞皮狗到处乱跑，水里长满了旋毛虫的乌黑小溪在流着。两个不同的时代凑在了一起，像是长了两副面孔的守门神，离原本的样子很远，离想成为的那个样子也很远。

他坐着抽烟，双腿略微有点麻木，他的双腿即使在上午十一点钟也忍受不了这种避暑度夏的衣服。他偷偷地擦擦膝盖。他身体里一定有寒气。这时候，莉莉亚戴着墨镜进来了。他站了起来，给姑娘推过一把椅子。他向侍者做个手势。他觉察到那对熟悉的夫妇在交头接耳。莉莉亚要了木瓜和咖啡。

"睡得好吗？"

姑娘点了一下头，嘴唇紧闭着微笑一下，摸了摸他在桌布的衬托下格外黝黑的手。

"墨西哥城的报纸还没送到吧？"她一边把木瓜切成碎块，一边说，"你去瞧瞧好吗？"

"行呀。你快一点，游艇十二点钟等着咱们呢。"

"咱们在哪里吃中饭呀？"

"在俱乐部。"

1　阿卡普尔科（Acapulco），墨西哥太平洋沿岸的著名海滨城市。

2　指第二次世界大战期间不能到夏威夷、意大利、法国的海滨胜地游览。

他向柜台走去。对的，今天同昨天一样，都是话不投机，只是闲聊几句。但是，夜间，尽管不说什么话，却是别有风味。他何必多求呢？他同她的契约是心照不宣的，并不要求真正的情投意合，甚至也不要求两人的个人兴趣有什么相似之处。他需要一个女人来陪他度过假期。他算是有了。到下星期一，一切都会结束，他也再不会看见她了。何必多求呢？他买了两份报纸，上楼去穿上了一条法兰绒裤子。

在汽车上，莉莉亚一心看报，对某些电影报道发表了议论。她交叉着晒成古铜色的双腿，让一只便鞋挂在脚上。他点着了今天上午的第三支烟。他并没有告诉她，这份报纸正是他出版的。他出神地看着新建筑顶上的广告，看着车外的景物从十五层楼高的旅馆和肉饼饭馆转到那个光秃的山头。山头的脏腑已被电铲剖开，发红的肚皮仿佛要压到公路上。

莉莉亚轻盈地跳上了甲板，他倒是吃力地努力保持平衡，终于在游艇上站住了脚跟。但是另一个男人早已在艇上，是这个人伸手给他们，扶着他们从摇晃着的浮动码头走上船来的。

"我叫哈维尔·阿达梅。"

他几乎是赤裸的，游泳裤十分短小；脸色黝黑，蓝色的眼睛和飞舞似的浓眉周围涂了油。他以天真的、狼似的动作，伸出了手：大胆，天真，心照不宣。

"罗德里戈先生说，如果你们两位同意，我可以跟你们共同使用这条船。"

他点了点头，在那遮阴的船舱里找了个位置。阿达梅对莉莉亚说：

"……那老头子一个星期前就答应了我，但后来又忘了……"

莉莉亚微笑着，把毛巾摊开在太阳晒着的船尾。

"你不想喝点什么吗？"他问莉莉亚，这时，艇上的招待员推着盛有各种饮料和小吃的小车，走到他们面前。

躺着的莉莉亚用一只手指示意她什么也不要。他却把小车拉过来，随手拿起了杏仁吃，而同时，招待员给他调了一杯掺健身露的杜松子酒。哈维尔·阿达梅已经不见，到了舱顶的篷上。可以听到他稳重的脚步声，听到他同码头上某个人的交谈，然后又听到他躺在船篷上的声音。

小小的游艇慢慢地离开了海湾。他拿起了有透明帽檐的帽子，侧身靠着，喝他那杯杜松子酒。

在他面前，太阳光笼罩着莉莉亚。这姑娘解开了胸罩的扣子，把背朝外，整个身躯做出了畅快的姿态。她举起双臂，把散开的发亮的黄铜色头发束到脑后。一层极为纤细的汗水流过她的脖子，湿润了双臂细嫩光滑的肌肤和那明显地分成两半的背脊。他从船舱深处注视着她。她现在又要摆出同今天早上一样的姿势入睡了：头侧在肩上，弯着一个膝头。他看到她已经把腋窝剃光。发动机开动起来，波浪分成两条迅速的洪峰，掀起了一阵带咸味的、均匀的、短促的毛毛雨，纷纷落到莉莉亚的身上。海水弄湿了她的游泳衣，使它紧贴着屁股，使把臀部分成两半的一道沟陷了进去。海鸥叽叽喳喳地飞到了这条快速的游艇旁边。他慢吞吞地吮吸他那杯饮料的吸管。这副青春正旺的肉体不但没有挑起他的欲望，反而使他充满了克制，一种恶意的禁欲。他坐在船舱深处的帆布椅子里，欣赏着自己如何把欲念往后推迟，如何把欲念储藏起来，留待静寂无人的深夜，到那时，两个人的身体就会消失在黑暗中，也就无法互相比较其美丑了。到了夜里，他对于她来说，就只剩下那双经验丰富的手了。这双手喜欢慢慢地来，但也喜欢突如其来。他把视线向下移动，看到了自己黝黑的露出青筋的手；这双手代替了当年旺盛的精力和性急的冲动。

他们驶到了大海上。无人烟的海岸上长满了杂乱的灌木，矗立着一个个碉堡似的岩石，上面蒙着一层热乎乎的反射光。游艇在波涛起伏的海上转了个弯，一个浪打上来，打湿了莉莉亚的身体：她发出快乐的叫声，挺起胸脯，那两颗粉红色的小珠好像螺丝钉一样，把那对结实的乳峰紧紧钉牢。她又躺倒下来。招待员端着一盘散发出香味的熟透了的李子、桃子和去了皮的橘子走过来。他闭上了眼睛，露出一个苦笑，心里想：这副淫荡的肉体，这把细细的纤腰，这双丰满的大腿，也在一个现在仍然十分微小的细胞中包藏着时间之癌。这昙花一现的动人姿色，到头来，若干年以后，同他这个享用着它的身体又会有什么区别呢？只不过是一个在阳光下流着脂膏和汗水的尸体，正在把自己短促的青春流掉，转瞬之间流得精光；它的毛细作用将要凋谢，这双大腿将会因为生儿育女和在地球上生活得苦闷、千篇一律、毫无新鲜感而枯萎。他睁开了眼睛，瞧着她。

哈维尔从船篷上爬下来。他先看见哈维尔毛茸茸的腿，然后看见他裹住身体的裤子，最后看见他发烫的胸膛。是的：哈维尔走起路来像只狼。他弯下腰走进这敞开的船舱，从放在一盘冰上的碟子里拿了两个桃子。哈维尔向他微笑了一下，手里握着桃子走了出去，然后在莉莉亚面前蹲了下来，张开双腿对着她；他碰了一下她的肩头。莉莉亚微笑起来，从哈维尔递给她的桃子当中取了一个，说了一句话，但他没有听清，因为船的发动机、微风和飞驰而过的波浪很响，把说话声盖过了。现在，这两张嘴在同时咀嚼着，汁液流到他们的下巴。哪怕是……是的。那个年轻小伙子把腿合拢，又躺在左舷，把腿伸直。他皱着眉头，把笑眯眯的视线投向中午白色的天空。莉莉亚瞧着他，动着嘴唇。哈维尔用手指点了一下，动着胳膊，指向海岸。莉莉亚用手遮着胸部，抬头向那边眺望。哈维尔转过身来，靠近她，两人笑着。他替她系上胸罩，她就坐起来，胸脯是湿漉漉的，轮廓分明。她用一只手遮住前额，要看清楚他指给她看的远方一处小小海滩上的一件东西，像是密林深处一个黄色的贝壳。哈维尔站了起来，向舵工下了一个命令。游艇又转了个弯，向海滩驶过去。姑娘也躺到了左舷，把手提包拉过来，拿出一支烟递给哈维尔。他们在交谈。

他看着这两个身体并肩坐着，都是一样黝黑，一样光滑，都是由一条连续不断的线画成的，从头到伸直的脚。他们一动不动，但是很紧张，一定是在等待着什么；他们两人都爱新鲜，彼此尝试一下、见识一下的愿望，已经不加掩饰。他又把吸管吸了一下，把墨镜戴上，再加上那顶带帽檐的便帽，就完全掩盖住了他的面容。

他们两人在交谈。他们啃光了桃核，也许是在说：

“你可知道……”

或是说：

“我喜欢的是……”

他们大概是说：

“咱们为什么从前没见过面？我一直在俱乐部出入……”

“不，我可不……算了，咱们把桃核扔掉吧。一、二、三……”

他看见他们一齐把桃核扔掉，笑声直传到他耳鼓里；他看到了胳膊的力量。

“我赢了你！”哈维尔说，此时桃核在远离游艇的地方碰到水面，但一点响声也没有。她笑了。他们又重新躺下。

“你喜欢滑水吗？”

“不会。”

“来，我教你……”

他们在谈些什么呢？他咳了一声，把小车拉过来，给自己再调了一杯饮料。哈维尔准保会打听莉莉亚同他在一起是什么关系。她准保会向哈维尔介绍自己渺小的下贱的丑事。他准保会耸耸肩头，强迫她选择他这个狼似的身体，哪怕只是一夜，也可以换换口味。

但是，相爱吗……相爱吗……

“只要胳膊保持硬直就行，看见了吗？别弯胳膊……”

“我先看看你是怎样滑的……”

“行呀。等咱们到了那个小海滩吧。”

啊，对呀！既要风华正茂，又要家财万贯，要两全是很难的。

游艇在离开那隐蔽的海滩几米的地方停住。它像是累了，在摇晃着，像呼气一样流出了一些汽油，弄污了白底碧绿的海水。哈维尔拿起了滑水板，扔到水面上；接着他纵身跳到水里，笑着冒出身子来，把滑水板系到脚上。

“把绳子扔给我！”

女的找到了绳子的柄，扔了给他。游艇又开动了，哈维尔从水中站起身来，跟着游艇划开的一道水浪前进，一条胳膊举起，像在敬礼。莉莉亚在注视着哈维尔，而他则在喝着他的杜松子酒。这一片把两个年轻人隔开的海水，其实却是在神秘地使他们彼此靠近；像是在一次紧紧搂抱的欢乐中使他们结合在一起，使他们固定在身子贴住身子的位置上，仿佛游艇不是在太平洋上破浪前进，仿佛哈维尔是一个在游艇后面拉着的永恒的塑像，仿佛莉莉亚已经停住在一个浪头上，随便哪一个浪头上。这些浪头似乎空虚无物，一会儿高起来，撞击着，一会儿又消失下去，重新组合起来（又是原来的浪头，又不是原来的浪头），总是不断地在运动，又总是那副样子，时间对它们不起作用，它们是自身的镜子，照出了最原始的浪头，已经消逝的千年万载同尚未到来的千年万载的浪头。他把身子再深陷进这张又矮又舒适的躺椅里面。他现在有什么好选择呢？这种偶然性中充满了不为他的意志所左右的必然性，他又如何能逃脱呢？

哈维尔放开了手中的绳柄，就在海滩前面翻倒在水里。莉莉亚对他，对这个他，瞧也没瞧一眼，就纵身跳进水中。不过，她回头会解释的。如何解释呢？莉莉亚会向他解释吗？哈维尔会叫莉莉亚向他做出解释吗？莉莉亚会向哈维尔做出解释吗？当莉莉亚被阳光和海水照耀得像千道霞光似的脑袋从水里冒出来，出现在那个小伙子的脑袋旁边时，他懂得了，除非是他，谁也没有胆量要她做出解释；他懂得了，在那下面，在这个避风湾的透明的海水里，谁也不会去寻找什么理由，谁也不会阻止这次命中注定的幽会，谁也不会给这件事、这件顺理成章的事煞风景。这两个年轻人当中横亘着什么障碍呢？是他这副深陷在椅子里、穿着白色长袖运动衣和法兰绒长裤、戴着有檐帽子的身躯吗？是他这种无可奈何的目光吗？在那底下，两个人的身体在静静地游着，船舷挡住了他的视线，使他看不清正在发生什么事。哈维尔打个口哨，游艇又开动起来，莉莉亚又在水面上出现了一下。她又翻倒了；游艇又停下来。圆润的、爽朗的笑声传到了他的耳鼓。他从未听到她这样笑过。仿佛她是刚生下来似的，仿佛她没有留下一块块史碑、一件件丑闻、一桩桩由她自己也由他干下的风流韵事似的。

其实，所有的人都有份干风流韵事。这个“所有的人”是不能容忍的字眼。所有的人都有份干。这几个字一到了他的嘴边，他就感到一阵酸溜溜，受不了。这几个字把权势与罪责的所有操纵杆统统打断，把对别人，对某人，对一个被他购买了的、供他享用的姑娘的控制权统统打破，使大家全都进入一个广阔的世界，行动是共同的，命运是相似的，经历是不挂上占有人的标签的。但是这个女人难道不是已经被打上了印记吗？她偶尔被他占有过，难道不会留下永久的痕迹吗？她之所以成为她，是因为在某个时刻曾被他占有，这难道不就是她的本质、她的命运吗？莉莉亚还能像他从未存在过那样去爱别人吗？

他站了起来，走到船尾，高声喊叫：

“天不早了。要赶回旅馆吃饭呢。”

当他发现谁也没听他的喊叫声时，感到自己的脸、自己的整个形象，都蒙上了一层苍白色的黏糊。那两个在乳白色的水下并排游着、互相不碰、好像浮在另一层空气上似的身体，是听不见什么声音的。

哈维尔把他们送上码头，自己回到游艇上，因为他还想继续滑水。他站在船头向他们告别。哈维尔挥动着衬衫，目光中丝毫没有他希望看到的表情。在避风湾的岸边，在棕榈树皮的屋顶下，他们吃中饭时，他也想在莉莉亚的目光中看到那种表情，但看不到。哈维尔并没有打听。莉莉亚并没有向哈维尔介绍自己那矫揉造作的风流艳史，而他呢？他现在边喝着法国奶油浓汤边津津有味地回忆她的这段历史。无非是中产阶级小市民的一门亲事，照例同一个无赖汉结了婚，一个小白脸，欢喜冤家，活宝；然后离婚，接着是皮肉生涯。他真想告诉（他本应告诉）哈维尔。但他怎么费劲也回忆不清楚莉莉亚的历史，因为这段历史今天下午已经离开了她的眼睛，仿佛今天上午经过的一切也曾一度离开了这女人的历史。

但是，现在的一切，是不会离开的，因为他们正在经历着这一切，坐在这些草编的椅子上，机械地品尝着专门订制的午餐：法国奶油浓汤、龙虾、罗纳酒、阿拉斯加烤饼。她就坐在那儿，紧挨着他。他那叉着龙虾的叉子，还没有送到嘴边就停了下来。她拿了他的钱，却在离开他。他再也不能占有她了。今天下午，就在今夜，她会去找哈维尔的。他们会秘密幽会，他们已经约好了。莉莉亚的眼睛瞧着远方的帆船和平静的水面的景致，目光毫无表情。但他可以逼她说出来，跟她大闹一场……他感到胆怯、尴尬，于是继续吃他的龙虾……现在，走哪一条路……都是他的意志左右不了的一次命中注定的机缘……唉，到了星期一，一切都会结束的，他再也不会看见她，他再也不会赤裸裸地在黑暗中摸索她，有把握地触到被单里这个温暖的肉体，他再也不……

“你不困吗？”甜食端上来时，莉莉亚嘴里喃喃地说，“你喝了葡萄酒，不觉得困吗？”

“有点儿。你喝吧。”

“不，我不想喝冰镇的……我想睡个午觉。”

回到旅馆门口，莉莉亚做了个手势，向他告别。他穿过了大街，叫一个男孩子给他端来一张椅子，放在棕榈树荫下。他好费劲才点着了烟：在这个炎热的下午，一股无名无形的风一再把他的火柴吹灭。现在，一些年轻的情侣正在他身边睡午觉，彼此拥抱着，有些互相交叉着腿，有些用毛巾盖着头。他又产生了一个愿望，巴不得莉莉亚下楼来，把头靠在他那包着法兰绒裤的瘦瘦的坚硬的膝盖上。他伤心，感到受了损害，彷徨。他伤心是因为不能触及这种爱情的秘密。他伤心是因为他回忆起这种在他的视线下一言不发而订下的默契。他们订下默契时的态度本身一点也不说明什么，但是，竟然当着他这个人的面，当着他这个深陷在帆布椅中、藏在帽檐下面、藏在墨镜后面的人的面……躺着的姑娘当中，有一个伸出胳膊懒洋洋地伸了伸腰，伸手把一阵雨点般的沙子撒到她的男伴的脖子上。男伴跳起来，假装生气，抱住她的腰，她就尖叫起来。两人在沙子上翻滚；女的站了起来，跑了；男的追上去，追着她，把她抱住；她喘着气，激动；男的把她抱起来向海走去。他脱掉意大利便鞋，脚板下感到了沙子的烫热。他走遍海滩，一直走到底，单独一个人。他边走边瞧着自己留下的脚印，没有注意到潮水正在把脚印冲得无影无踪。他每一个新的脚印都只不过是昙花一现般的短暂证据。

太阳在同眼睛一样高的地方。

那双情侣从海水中露了出来——他糊涂迷惘，计算不出他们这次几乎就在海滩面前、只有西边银白海水权充被单的长时间相爱一共延续了多久——这一次他们进入水里时，唯一淘气地炫耀的东西就是两人静静地贴在一起的头部，和那个漂亮黝黑的年轻的……年轻的姑娘低垂的视线。他们又躺下来，就在靠近他的地方躺下来，又用原来的毛巾遮住脑袋。出租椅子的黑人开始收椅子。他站了起来，向旅馆走去。

他决定先在游泳池里泡一阵再上楼。他走进了池水旁边的更衣室，坐在一张长凳上，开始把便鞋脱下来。那个供客人存放衣物的铁柜子把他挡住了。可以听到他背后有人湿着脚在橡胶垫上走动的声音；几个喘不过气的声音笑了起来；人们用毛巾在揩干身体。衣柜的另一边升起了一股刺鼻汗水、黑色烟草和花露水的混合气味。一阵火山似的浓雾冲上了天花板。

“美人和野兽今天没出来。”

“没有，今天没有。”

“那个女的可风骚呢……”

“可惜，那个无赖一定满足不了她。”

“那是个随时会得中风死掉的家伙。”

“对。你快点吧。”

说话的人又走了出去。他穿上了便鞋，边穿衬衣边出去。

他乘电梯上楼到卧室去。他把门打开。他没有什么可惊异的。睡午觉时零乱的床上，莉莉亚已经不在。他走到房间的正中停住。电风扇像一只被逮住了的秃鹰一样转着。外边，在露台上，又是一个蟋蟀与萤火虫的夜晚。又一夜。他把窗关上，以免气味逃逸。他的感官感受到了这种新倾泻出来的香气：汗水、湿毛巾、化妆品。这些东西有了别的名称。仍然深陷的枕头，是花园、水果、湿土、海洋。他慢慢地走到她……的抽屉，双手拿起了一个绸的胸罩，把它捧到脸颊上，用刚长出的一点胡须把它擦了擦。他必须准备好。他必须洗个澡，再刮一次脸，为今晚做好准备。他把胸罩放下，高高兴兴地以新步伐的姿态向卫生间走去。

他亮了灯，打开了热水龙头，把衬衣扔到抽水马桶的盖上。他打开了小箱，看见了那些东西，他们两人的东西。几管牙膏，薄荷剃须膏，玳瑁梳子，冷霜，一管阿司匹林，解胃酸片，卫生棉，熏衣草香水，蓝色的刮脸刀片，发蜡，胭脂，治痉挛药片，黄色漱口剂，避孕套，镁乳，橡皮膏，碘酒，洗发水，小镊子，指甲剪子，口红，滴眼药，桉通鼻管，止咳糖浆，去腋臭剂。他拿起了刮脸刀。刀上布满褐色的、厚厚的短须，塞在刀片与刀架的隙缝之间。他手拿着刮脸刀，停住了。他把刮脸刀放在嘴唇边，无意识地闭了眼睛。当他睁开眼睛时，这个眼睛发胀、颧骨高高、嘴唇枯萎的老头子已经不是另外的那个人了，不再是那个形象了，这个他从镜中向他回报了一个鬼脸。

我看见他们。他们进来了。红桃花心木的门开了，又关了，脚步声在那厚厚的地毯上听不见。他们关上了窗。他们嗞嗞地拉上了灰色的窗帘。我真恨不得叫他们打开，把窗打开。外面有一个世界。有这股来自高原的高空的风，它吹动着一些黑色的纤细的树。要呼吸一下……他们进来了。

“走过去，孩子，让他认认你。把你的名字告诉他。”

一阵香气。她的一阵香气。啊，是啊，我还能分辨出她绯红的脸颊，明亮的眼睛，整个青春娉婷的姿势。她碎步走到我床前。

“我是……我是格洛丽亚。”

“那天早上我高兴地等着他。我们骑着马渡过了河。”

“你看见他的下场吗？看见吗？看见吗？同我哥哥一样。是这样的下场。”

“你觉得舒服些吗？就这样做吧。”

“Ego te absolvo...”[1]

一阵新钞票和债券的清脆声音；凡是一个像我这样的人拿起

1　拉丁文：我赦免你的罪……

这些钞票和债券时，就会发出这样的响声。一辆豪华汽车轻轻的开动声；这辆汽车是特制的，有空调、酒柜、电话、腰垫和垫脚小凳。喂，神父，在天上也有吗？那个天，是专门统治无穷无尽的把脸藏起名字又被忘掉的人们的。他们的姓氏出现在矿山、工厂、报纸的上千份名单上。就是这个无名的脸，在我的命名日使我听到祝贺的歌声，使我在视察开掘工程时把眼睛藏到头盔底下，使我在巡视田庄时低下脑袋表示答礼，使我在在野党杂志的漫画里受到讥讽。喂，喂？这的确是有的，这的确是我的脸。这的确是当上了上帝，喂？这的确是使人又畏又恨；这的确是当上了上帝，对吗？告诉我，我怎样可以挽救这一切？我让你把所有的仪式全都办好，我可以捶胸顿足，可以双膝跪着，一直爬到神龛前，可以喝酸醋，可以戴上棘冠。告诉我，我怎样才能挽救这一切，因为圣灵……

“……圣子，圣灵，阿门。”

他仍然在那里，跪着，脸洗干净了。我真恨不得把背转过来对着他。但是腰身发疼，我动弹不得。唉，唉。大概是办完了吧。我大概得到了赦免吧。我想睡觉。刺痛又来了。来了。唉，唉，呀。还有，女人。不，不是说这两个。女人。是说那些有爱情的女人。怎么？是的。不。我忘记了那张面孔。天呀，我忘记了那张面孔。是我的，我怎么能忘记呢？

“巴迪亚……巴迪亚……替我把新闻部主任和社会新闻编辑喊来。”

你的声音，巴迪亚，你那通过对讲电话变得虚泛了的声音……

“是的，阿尔特米奥先生。阿尔特米奥先生，有一个紧急的问题。这些印第安人在闹事。他们因自己的森林被砍伐，要求赔偿。”

“什么？要多少？”

“五十万。”

“没别的吗？告诉村社专员，叫他替我把他们管束一下。我给他钱就是叫他干这个的。真是岂有此理……”

“梅纳来了，就在前厅。我怎样对他说好呢？”

“叫他进来。”

啊，巴迪亚，我睁不开眼睛，看不见你，但是我可以看出你巴迪亚藏在悲伤的假面具后面的思想的活动：正在垂死的人名叫阿尔特米奥·克罗斯，只是阿尔特米奥；只有这个人在垂死，嗯？只是他。仿佛别人都因此而走了好运，推迟了死期。这一次死的只有阿尔特米奥·克罗斯。他的死可以代替别人，也许是代替你巴迪亚的死……啊，不。我还有事情要办呢。你们别这样高枕无忧，别……

“我早就对你说过，他想动。”

“让他休息吧。”

“我告诉你，他想动。”

我看见她们，远远地。她们的手指匆忙地掀开第二层夹底，毕恭毕敬地把它从匣底掏出来。什么也没有。但是我已经在挥舞胳膊，指向那橡木的墙，那占了卧室整整一面墙的壁橱。她们马上往那边跑过去，把所有门都打开，把所有挂着的蓝色的、间道条纹的、双粒扣的、爱尔兰毛呢衣服的衣架都推到一边。她们忘记了这些并不是我的衣服，我的衣服在家里。她们把所有的衣架都推到一边，而同时，我伸出我已经动弹不得的双手，向她们表示，文件可能保存在某件衣服上衣右边的一个暗兜里。特蕾莎和卡塔琳娜更加急忙了，她们乱翻乱掏，把空空的上衣扔到地毯上，把衣服全检查了一遍，才把脸转过来朝着我。我板起了再严峻不过的面孔。我周围布满了由枕头堆成的防御工事，我呼吸得很吃力，但是我的目光明察秋毫。我感到我的目光是又迅速又贪吝的。我伸手叫她们过来：

“我记起来了……在一只鞋子里……我记起来了……”

看见她们两人在那一大堆上衣和裤子上面四足爬行，把她们那宽阔的臀部对着我，在猥亵的喘息中摇晃着屁股，翻寻我的鞋子。这时候，我才感到眼前一阵又酸又甜的气息。我把手伸到胸前，合上了眼皮。

“雷希娜啊……”

这两个女人气冲冲、手忙脚乱的响声慢慢在黑暗中消失。我动着嘴唇，要念出那个名字。再也没有多少时间去回忆了，再也没有多少时间去回忆那个名字、那个爱过我的名字了……雷希娜啊……

“巴迪亚……巴迪亚……我想吃点清淡的东西……我的胃不大舒服。你一办完那件事就来陪我去吧……”

干什么？你选材，构思，写作，保存，续写。没别的了……我……

“好的，再见。谢谢你。”

“好说好说。打垮他们是很容易的。”

“不，巴迪亚，并不容易啊。把那盘东西递给我……那盘……那盘三明治……我看见过这些人游行。他们一旦下了决心，就很难抵挡得住……”

那首曲子是怎样的？我被充军，流放南方，政府把我充军，过了一年我又还乡；唉，晚上缺少了你，缺少了你，多么不安宁；连一个伤心的朋友、一个亲人都没有；只有爱情，只有爱情，只有那个女人的爱情才使我还乡……这是一九一〇年革命时期的一首墨西哥民歌。

“所以，当人们对我们的不满正在增长的时候，应该动手把他们斩草除根。他们还缺少组织，正在孤注一掷。吃吧，吃三明治吧，够两个人吃的……”

“是白白地闹事……”

我有我的一对象牙柄手枪，可以同那些铁路上的人真枪实弹地比个高低。我是养路工的老婆，我的丈夫是胡安，他是我的命根子，我是他的心肝。你如果看见我穿靴子就以为我是军人，那就错了，我是中央铁路一个可怜的养路工。另一首墨西哥民歌。

“不，闹事也总得有个理由。他们可没有什么理由。不过，你年轻时曾是个马克思主义者，你一定更明白这个道理。你怕这件事，就怕你的吧。我可不……”

“康巴涅拉在外面等着。”

他们说了些什么？囊肿？出血？疝气？闭结？穿孔？肠梗阻？肠炎？

啊，巴迪亚，我要按个电钮，因为你进来了，巴迪亚，我看不见你，因为我的眼睛是闭着的；我闭着眼睛，是因为我信不过我的视网膜这片小小的不完善的补丁。万一我睁开了眼睛而这片视网膜仍然什么都吸收不了，什么也传递不到脑子里，那该怎么办？那该怎么办？

“把窗子打开。”

“我全都怪你。同我哥哥一样。”

不错呀。

你不知道，你不懂得为什么坐在你身旁的卡塔琳娜想同你一起回忆这件往事，这件势必把其他往事都盖过的往事。是你在这片土地上而洛伦索在那片土地上如何如何吗？她要回忆什么呢？是你同贡萨洛在这监狱中如何如何吗？是洛伦索在那山上看不见你时如何如何吗？你不知道，你不懂得，你不是他，而他不是你；不懂得那一天你有没有同他一起经历那件事，不懂是他替你经历的还是你替他经历的。你回忆起来。是的，最后的那一天，你同他是在一起的（当时不是他替你经历那件事，也不是你替他经历那件事，你们是在一起的），就在那地方。他问你，是不是一起到海边去；你们是骑着马的；他问你是不是一起去，骑着马，到海边去。他问你，在哪里吃饭；他对你说，爸爸，他笑了，举起那拿着猎枪的胳膊，上身赤裸走出了浅水，手里的猎枪和帆布背包高高举起。她不在那里。卡塔琳娜记不起这件事了。所以你总是想回忆起来，为的是把她希望你记起的事忘掉。她闭门闷在家里，战战兢兢地等待他回墨西哥城待几天，向她告别。她不相信这件事。他也没有回来。他在维拉克鲁斯乘上了轮船，走了。他走了。她一定记得那间卧室，在那里，虽然春天的气息从打开的阳台透进来，但是惺忪的睡意还是拼命赖在那里。她一定记得那两张分开的床，那两个分开的房间，那些丝绸的枕头，两个分开的房间里零乱的被单，床垫上的深陷部分，在这两张床上睡的人留下的长期的身形。她不会记得那匹母马被泥泞的河水洗过后像两颗黑宝石似的臀部。你可是记得的。渡河时，你和他两人看出了对岸清晨薄雾中隐现的一个泥土的怪物。阴暗的杂草同炽烈的太阳彼此搏斗，形成了一切事物的一个映象，形成了一个同反射光拥抱在一起的潮湿鬼怪。有一股香蕉的气味。那就是科库雅。卡塔琳娜永远不会知道这地方过去、现在、将来都叫科库雅。她坐在床沿等待着，一手拿着镜子，一手拿着刷子，没精打采，嘴里发苦。她说她就一直这样下去，坐着，目光发愣，什么也不想做。她自言自语地说，她总是会落得这样的下场：空虚。不，只有你和他感觉到河岸松软土地上的马蹄声。从水里出来时，你们还感觉到同丛林的热气混杂在一起的清凉气氛；你们回头向后一看：那条缓慢的河温柔地冲刷着对岸的苔藓。再远些，在那紫云英盛开的小径深处，重新粉刷过的科库雅庄园的庄屋矗立在林荫的平地上。卡塔琳娜重复地说："我的天呀，我不该遭受这样的命运。"她把镜子拿起来，问洛伦索如果回来，回来时看到的是不是就是这副面孔？越来越畸形的下巴和脖子。她看到已经开始出现在眼皮上和脸颊上的皱纹了吗？她在镜子里看到了一根白头发，把它拔掉。你呢，你同你身边的洛伦索一起，进到丛林里面。你在自己面前看到你儿子赤裸的后背，背上交相反映着沼泽地的暗影和阳光的颗粒状光线。太阳正透过密密的树枝形成的屋顶躲进丛林里来。多节的树根冲破了地表，沿着大砍刀所辟出的小径茁壮地、弯弯曲曲地伸出来。过了一会儿，这条小径又马上被藤条缠起。洛伦索头也不动，挺着身子骑马慢步走着，挥打着那匹母马的侧腹，把嗡嗡叫的苍蝇赶跑。卡塔琳娜一再说，他不会相信她，他如果看不到她像从前他小时候看到的那样，就不会相信她。她呻吟一声，张开双臂，视线模糊，让脚上的绸便鞋掉下来。她想着自己的儿子，他是多么地像父亲，多么地瘦，多么地阴郁。枯枝在马蹄下轰轰地响，眼前展开了白色的平原，上面芦苇的波浪在起起伏伏。洛伦索使劲用马刺刺着马。他转过头来，他的嘴唇分开，露出微笑；这微笑传到你的眼睛时，还带来一阵欢喜的叫声。他举起了手臂：健壮的手臂，橄榄色的皮肤，雪白的笑容，同你年轻时的笑容一样。你因为他和这些地方而回忆起自己的青年时代，但你不愿告诉洛伦索这片土地对你来说有多大的意义，因为你如果告诉他，你就等于人为地硬把一种好感强加于他了。你自己回忆往事，只是为了在回忆中回忆。卡塔琳娜躺在床上所回忆的是自从老加马里埃尔之丧的痛苦日子以来洛伦索对她的赤子之心的抚慰，是这个男孩子如何跪在母亲身边，头埋在她的怀里。她把他唤作自己生活的乐趣，因为她在生他之前经受了很多痛苦，但有苦又说不出，因为她负有神圣的义务。孩子望着她，不能理解：因为，因为，因为。你把洛伦索带到这里来居住，是要他自己学会爱这片土地，而不必由你来向他解释你自己为什么这样一往情深地把这庄园被烧毁了的四壁重新兴建起来，并且把平原上的地开垦起来。不是因为，没有什么因为，因为。你们走出阳光照耀之处。你拿起了宽边遮阳帽，戴到头上。宁静的、反射着阳光的空气，被奔跑的马掀起了一阵风，这阵风塞满了你的嘴巴、眼睛、脑袋。洛伦索走在前头，掀起一股白尘土，在苗地中冲出一条路。你骑着马在他后面奔驰，你相信两人都有共同的感觉：跑马使血管扩张，使血液流动，加强了视力，使视线伸展到这片宽阔而又润湿的土地上。它同高原，同你所认识的沙漠大不相同，它分成大块的方块，红的、绿的、黑的，上面伸出了高高的棕榈树；它又混浊又深沉，发出一股混合了粪便和果皮的气味；它把自己经过加工的敏锐感官还给了你的儿子和你自己，来补充你们刚刚觉醒的、兴奋的感官，你和你儿子正在快马飞奔，使所有的神经都摆脱了迟钝状态，使全身一切被忘掉的肌肉都振奋起来。你用马刺刺着你骑的小公马的肚子，直到使它出血。你知道洛伦索喜欢跑马。他若有所询的目光打断了卡塔琳娜的一句句话。她自己停下来，思忖着究竟能讲到什么程度；她心里想，这只是个时间问题，只消把道理逐步摆出来，是呀，直到他明白这些道理就可以了。她坐在安乐椅里，他靠在她脚边，双臂压在膝盖上。大地在马蹄下轰轰地响；你低下头来，仿佛是要把脑袋贴着马的耳朵，对马说一些催促它快跑的话，但是有这件重物，有这个雅基人压在那里，他脸朝下，躺在这匹马的臀部，这个雅基人伸出一条胳膊抓住你的腰带。你感到一阵酸麻；你的胳膊和腿都动弹不得地垂着，而那个雅基人却仍然在抱着你的腰，脸上充血发红，呻吟着。经过一堆又一堆的石山；你们在石山的阴影下行进，穿过大山的峡谷，发现山中的石谷，发现矗立在干涸的河床上的悬崖，发现长满荆棘和灌木的道路。谁会同你一起回忆呢？是在山里找不到你的洛伦索吗？是同你一起关在牢房里的龚萨洛吗？

（1915 年 10 月 22 日）

他用蓝色的斗篷把身体裹住，因为这个时辰冰凉的风把茅草吹得沙沙作响，同白天太阳当头的炎热大不一样。在离此不到两公里的地方矗立着山脉的玄武岩山峰，它们的根基深深埋进坚硬的沙土里。三天以来，这支侦察队一直不靠别人的指点而仅仅靠上尉的嗅觉来指引，在这里行军。上尉相信，弗朗西斯科·维亚的那些已经七零八落仓皇逃窜的队伍现在会要些什么花样、走什么路径，他自己是了如指掌的。在背后六十公里的地方留下了大部队，他们一俟侦察队派人飞马回去通风报信，就会向维亚的残部发动攻击，阻止他们在奇瓦瓦同生力军会师。但是，维亚的残兵败将在什么地方呢？他相信自己是知道的：是在山里的某条小径上，走一条最难走的路。到了第四天（也就是这一天），侦察队应该进入山区，而忠于卡兰萨的部队则正在向他和他的人马预定要离开的地点进发。从昨天起，袋子里装的玉米炒面已经吃光了。天黑时，他派了一名军曹，带着全队所有人的军用水壶，骑马往那条沿着岩石山往下奔流但一遇到沙漠就干涸的小溪而去。但军曹找不到那条河。他只看到那条有红色矿脉的、洁净而皱巴巴的空空河床。他们曾在两年前水量充足的季节经过这个地方，而现在，只有一颗圆圆的星，从黎明到黄昏在士兵们的沸腾着的头上摇晃。他们扎了营，没有生起火；如果生火，山上敌人的哨兵可能发现他们。更何况也没有这个必要。没有什么食物要煮，而且在一望无际的沙漠平原上，孤零零的一堆篝火根本不足以让任何人取暖。他全身包在斗篷中，抚摸着自己消瘦的脸，鬈曲的上颌胡子最近几天伸延到下颌去，尘土布满了唇边隙缝、眉毛和鼻梁。这支队伍有十八个人，离队长几米远。他睡觉或是单独警戒时总是同自己的士兵隔一段距离。近处，马匹的鬃毛迎风飘舞，它们的黑色侧影呈现在土地的黄皮肤上。他想登高：小溪的源头就在山上，是在山的岩石当中形成这股清凉孤单的水流的。他想登高：敌人肯定离此不远。他这一夜感到身体很紧张。饥饿和干渴使他的眼珠，使他这双碧绿的、目光呆板而冷淡的眼珠深陷下去，张得更大。

他蒙着一层尘土的假面具似的脸仍然呆若木鸡。他等着天一破晓就马上出发：这是预先约好的第四天。几乎没有谁在睡觉，因为大家都从远处瞧着他。他弯着膝盖坐着，身上披着斗篷，一动不动。那些打算闭上眼睛的人正和干渴、饥饿、疲劳斗争着。那些不瞧着上尉的人就瞧着那一列鬃毛鬈曲的马匹。马缰拴在一棵像断指一样从地上伸出来的粗牧豆树上。疲乏的马匹低头望着地面。太阳马上就要从山后冒出来了。是时候了。

大家等待着的时刻到了，带队的站了起来，扔开了蓝色的斗篷，露出挂着子弹带的胸膛、军官制服上的闪亮扣袢和猪皮裹腿。全队人一句话也不说，都站了起来，往马匹那边走去。上尉做得对：扇形的晨光已经出现在最矮的山峰后面，发出了一片光弧，远方看不见的小鸟纷纷唱起歌来迎接朝阳。这些鸟儿虽然没有露面，却是这片荒凉静寂的大地的主人。他向雅基人托比亚斯做个手势，用雅基语说："你留在后面，一等到我们发现敌人，你就马上跑回去报信。"

雅基人点点头，戴上了圆形的矮扁帽子，上面有一根红羽毛插在缎带上。上尉纵身跳上了马鞍，全队人骑马轻步出发，走向山脉的大门：那个黄褐色的峡谷。

峡谷的峭壁上飞悬着三层檐口般的小径。人马紧紧沿着第二层小径在走：这条小径最窄，但仍可容马匹排成单行通过，也就是这条小径通往泉口。军用水壶空荡荡地碰击着人们的大腿；被马蹄踢开的小石块落下的响声又同水壶空空的碰击声相呼应，但是这些响声没引起回响就消失了，像只长鼓一样在漫长的峡谷中嘎哑地响了一下。从悬崖的高处往下看，可以看到这支短短的队伍是低垂着头摸索着在前进。只有他在注视着山顶，对着太阳眨眼睛，让马自己去对付路面的崎岖。他走在全队的前头，既不感到恐惧，也不感到得意。恐惧早已过去了。虽然不是在最初几仗中就克服了恐惧，但后来仗一次又一次地打多了，危险已成了家常便饭，安逸反倒成了件怪事。因此，峡谷里这种一片静寂的气氛反而使他暗中感到担心，所以，他拉紧缰绳，而且自己也不知不觉地让胳膊和手的肌肉做好准备，随时可以拔出手枪。他相信自己是不会疏忽的。最初时的恐惧心理、后来的习惯，都使他不至于疏忽。初上战场时，子弹就在他耳边嗖嗖飞过，但总是打不中他，他这条奇异的生命总是得胜，他也没有自鸣得意；他只能对自己的身体为什么竟有这种本能的智慧，懂得躲闪、懂得站起来或是蹲下去、懂得把脸藏在一棵树的树干后面感到惊奇。每当他想到自己的身体竟能比意志更加迅速地设法自卫，就感到惊奇和满不在乎。当他后来连对这种不断习惯了的嗖嗖声也不去听时，也没有自鸣得意。而这个时候，周围是一片意想不到的宁静，他反而感到一种说不出的不安，尽管他对这种心情也加以了控制。他做出怀疑的表情，挺出了下颚。

他背后一个士兵发出了连续不断的口哨声，证实了在峡谷这条通道上行军的危险。口哨声被突如其来的一阵射击声和一个熟悉的叫喊声打断。维亚军队的马匹被骑马的人赶着，笔直地从峡谷的顶部往下直冲，像自杀跳崖一样不顾性命。而从第三层小径上筑好了的工事后面，步枪又向着侦察队的人开起火来，流着血的马腾起前足跳起来，翻滚在地，被一层乱尘包着，一直滚到怪石嶙峋的底部。他只来得及转过头来，看见托比亚斯也仿效维亚军士兵的做法，沿着陡峭的山坡往山谷直冲下去，打算马上去执行原定的报信命令。但是已经做不到了：这个雅基人的马失了前蹄，它飞起来一秒钟，就摔到悬崖的底部，把骑马的人压在自己沉重的身体下面。喊叫声更响了，射击的火力也更密集了；他从马的左边下了马，往底下滚去，用翻跟斗和抓住支撑物的方法控制住自己的下坠：眼前断断续续地看见那些前足腾起的马的肚皮在高处徒劳地抖动着，遭到突然袭击的人也在徒劳地向那狭窄的岩石缝里射击，而他们自己则连隐蔽身体和整顿马鞍的可能都没有。他抓着山坡的地面往下掉，而维亚的那些骑兵则向第二条小径猛扑过来，要来一次肉搏战。现在，扭抱在一团的人们的身躯和发了狂的马匹在继续翻滚，他那双鲜血淋漓的手则碰到了阴暗的峡谷的底部，正在拔出手枪。等待着他的，是又一次沉寂。部队已经被歼灭了。他移动着酸痛的胳膊和腿，向一块巨大的岩石爬过去。

“克罗斯上尉，出来，投降吧……”

他用嘶哑的声音回答：“出来让你们枪毙吗？我在这里守得住。”

但是那痛得发麻的右手几乎连手枪都握不住。他举起胳膊时，感到肚子上一阵剧烈的刺痛，他垂着头开枪，因为痛得太厉害，抬不起头来瞄准。他开枪一直开到扳机只发出金属的响声才停下来。他把手枪扔到岩石的另一边，上面的声音又喊叫起来：

“把双手搭在后脑上，走出来。”

岩石的另一边躺着三十多匹或死了的或垂死的马。有些马还挣扎着要把头抬起来；另一些则靠在一条弯着的腿上；大部分都在前额、颈子、肚子上开了红花。有的在马上面，有的在马下面，都有双方的人摆着漫不经心的姿势：有的脸朝上张着嘴，仿佛在寻找那条干涸的小溪的水流。有的脸朝下，抱着岩石不放。他们全都死了，唯一的例外是一个被母马的身体压住、正在呻吟着的人。

“你们先让我把这个人拖出来吧，”他对上面的一群人喊叫说，“他可能是你们的人。”

怎样拖呀？用什么胳膊来拖呀？有什么力气呀？他刚刚弯下身来想抓住托比亚斯那动弹不得的身体的腋窝，就飞来了一颗子弹，打到了岩石上。他抬头一看。敌军领队（他的白通帽[1]从山峰的暗处可以看得很清楚）挥舞手臂止住了那个开枪的人。黏糊糊和着尘土的汗水流到了他的手腕上。一只手腕几乎已经不能动弹，另一只手腕却还能使尽吃奶的气力抓住托比亚斯的胸膛。

他听到背后响起了快步的马蹄声，有几个维亚士兵离开了队伍，奔下来活捉他。当他把那雅基人的断腿从马的身体下拽出来时，那几个士兵已经来到了他的面前。维亚士兵们伸手扯掉了他胸前的子弹带。

这是上午七点钟的事。

当他下午四点钟走进佩拉雷斯的监狱时，他已经几乎记不起维亚军的萨加尔上校是如何强迫自己的士兵和这两名俘虏急行军在九小时内离开山区的羊肠小道上、下山到达奇瓦瓦州的这个小镇的。他的头痛得很厉害，所以对走过的路线辨认不出来。看来这是一条最难走的路。但萨加尔这样的人，自从被追捕以来就一直跟随潘乔·维亚[2]，在这些山地间来来回回走了二十年，对山地的藏身处、关卡、峡谷、捷径都一清二楚。对于像他这样的人来说，这条路算是最容易走的了。那顶白通帽的蘑菇式样把萨加尔的半个面孔挡住，但他又长又密的牙齿总是在笑容中显露出来，周围是黑色的胡须和下巴。当他被吃力地放到马身上而那雅基人受伤的身体被脸朝下横放在同一匹马的臀部上时，大家都笑了。托比亚斯伸出胳膊抓住上尉的腰带时，大家又都笑了。一行人上路出发，进入一个黑暗的入口、一个两边开口的洞穴时，大家也都笑了。这个洞穴是他和其他卡兰萨派军人都不知道的，而走这条近路，就可以用一小时

1　西式白色阔边的遮阳帽。
2　潘乔是弗朗西斯科的昵称。

走完大路四小时的路程。但是，对这一切，他只是一知半解。他知道，在这场派别战争中，双方俘虏的对方军官都是被就地枪决的，所以，他大惑不解：为什么现在萨加尔上校却把他带往一处他不熟悉的地方？

疼痛使他麻木。胳膊和腿在滚下悬崖时受了伤，无力地下垂着，那个雅基人仍然抱着他，呻吟着，脸充着血。嶙峋的石山一个接着一个，他们在暗影的保护下，在山的底部前进，一路发现山中的石谷、荒芜的河床旁边深深的山壑、道路上的荆棘和灌木，都给前进中的人马提供了掩蔽。他想，也许只有潘乔·维亚的人才能穿越过这片土地，所以他们才能在前一阶段取得了一连串游击战的胜利，打断了独裁政权的脊梁骨。他们是突袭、围攻、打了就走的能手。这同他学的一套军事本领，同阿尔瓦罗·奥布雷贡将军的那一套军事本领恰恰相反。他学的这一套是正规战，在平地上摆开阵势来打，军队的部署都是严格按照条令，地形都是侦察过了的。

“大家排整齐，别分开。”萨加尔上校每隔一段时间就离开队伍的前列，骑马往后面来，吞咽着尘土，露出牙齿，喊叫说，“现在咱们要走出大山，天晓得有什么在等待着咱们。大家都准备好，弯下腰；眼睛盯住，看清楚尘土；大家一起帮着看，就可以比我一个人看得更清楚些……”

一块块的岩石在陆续分开。大队人马到了一个平坦的山顶，长满了牧豆树、起伏不平的奇瓦瓦沙漠在他们脚下展开。高处的一阵阵气流把太阳光遮断：这些气流是清凉的空气，它永远接触不到大地的炽热边缘。

“咱们从矿场那边走，可以下去得快些，”萨加尔叫喊，“克罗斯，你把你的同伴拉紧，下去的路是很陡的。”

雅基人的手抓紧了阿尔特米奥的腰带；但是，这股力量不仅仅显示了他想避免掉下去的愿望，这里面还有一种暗示。阿尔特米奥低下头来，抚摸了一下马脖子，接着又转过头去对着托比亚斯充血发红的脸。

那印第安人用自己的语言轻声说：“咱们马上就要经过一个早就废弃的矿井旁边。等到咱们经过其中的一个进口前时，你就从马上滚下来，往里头跑；里面到处是坑道，他们是找不到你的……”

他不断地抚摸马的鬃毛。他又抬起了头，在往下向沙漠进发的路上，极力要找出托比亚斯所说的那个进口。

那雅基人又轻声说：“别管我了。我的腿已经断了。”

是十二点钟吗？是一点钟吗？太阳光越来越厉害了。

一道悬崖上出现了几只山羊，有些士兵举起步枪瞄准山羊。一只山羊逃跑了，另一只从它站着的地方滚了下来。一个维亚军的士兵下了马，把山羊背在背上。

“这是最后一次打野味了！”萨加尔用他那嘶哑的微笑声音说，“巴扬上士，这些子弹你有一天是会用得着的。”

接着，他站在马镫上伸直了身子，向全队的人说：“弟兄们，你们要明白，敌军正在步步紧追我们。你们别再给我浪费弹药了！你们是怎么看的？你们以为咱们现在是像从前那样凯旋南下吗？不是的。咱们吃了败仗，正在向咱们出发的北方退却。”

“上校，你听我说，”上士以低沉的声音叹气说，“咱们现在总算有了点吃的。”

“咱们有的是胆小气馁。”萨加尔说。

全队人都笑了，巴扬上士把打死了的山羊拴到自己的马的屁股上。

“未到下面那地方之前，谁也别动这点水和炒玉米粉。”萨加尔下命令。

但是他已经一心一意地在想着下山时的那些小路。就在这一道弯的那边，出现了矿井的入口。

萨加尔的马蹄碰到了从井口伸出半米来的窄铁轨。这时，克罗斯纵身跳下了马，沿着略斜的坡面滚下去，吃了一惊的士兵们还没来得及举枪，他就已经跪着掉进了黑暗中。响起了最初几声枪响，维亚军的士兵中人声沸腾。突然的一阵寒意使他的头脑轻松了些；但黑暗使他发晕。他朝着前面，双腿忘记了疼痛，使劲奔跑，直到身体碰到了岩石。他伸开双臂时，双臂碰到了两股分开的坑道。一条吹着一股劲风；另一条则是一股湿闷的热气。伸出的手指感到了这两种截然相反的温度。他又开步跑，往热的那边跑，这边一定会更深些。后面那些维亚军的士兵也在跑，脚上的踢马刺响出了音乐似的叮当声。划着的一根火柴发出了橙黄的亮光。他滑倒了，沿着一条垂直的坑道滑下去，感觉到自己的身体哑然撞到几条朽木上。上方，踢马刺的响声还未停，鼎沸的人声碰到矿井四面八方的墙壁上，发出回响。这个被追捕的人吃力地站起来；他努力想分辨清楚他掉进来的这地方前后左右的地形，从哪个出口可以继续逃走。

“最好还是在这里等一下……”

上面的人声更嘈杂了，好像他们在争论。接着清楚地听到了萨加尔上校哈哈大笑的声音。人声离去了。有人在远处吹口哨：这是仅有的一下打招呼的口哨，是一声严厉的叱喝。别的一些含糊不清的深沉响声持续好几分钟，传到了他的匿身之处。然后是万籁俱寂。眼睛开始习惯了：一片漆黑。

“看来他们已经走了。但也许是个圈套。我最好还是在这里等一下。”

在那废坑道的闷热中，他摸了摸自己的胸膛，摸了摸摔痛了的腰身。他现在是在一个没有出口的圆形的空间中。这大概是坑道的终点了。地上横七竖八地摊放着一些破木柱子；另一些柱子则支撑着那脆弱的坑顶。他试了一下一根柱子，看看稳固不稳固，发现它是稳固的，就靠着它坐下来，等待时间的过去。木柱当中有一根一直伸到他刚才掉进来时的坑口：沿柱子往上爬并不难，这就可以回到刚才矿井的入口处。他摸到自己的长裤和丢失了穗子的军服都有几处被撕破了。又累，又饿，又困。年轻的身体伸直了腿，感觉到大腿上的血脉在猛烈地跳动。一片漆黑，万籁俱寂，只有他在轻轻地喘气，闭着眼睛。他想到了他想占有的女人；那些曾经占有过的，她们的肉体已经不属他的想象的范围了。最近的一个是在弗雷斯尼约，是个浓妆打扮的妓女。像她那样的人，每当别人问她“你是哪里人？你怎么到这地方来的？”就哭起来。这是一个照例一定要提出的问题，是个照例的开场白，而且她们这些人全都喜欢编造故事。但她不；她只是哭。战争打个没完。当然，现在已经是最后的几场仗了。他把手臂交叉在胸前，努力想呼吸得平稳些。等到收拾了潘乔·维亚的败军，和平就会来到。和平。

“这一切结束后，我去干些什么呢？但何必想到这一切会结束呢？我从来不这样想。”

也许和平降临后，就有机会找到个好差使。他在墨西哥领土上南征北战、纵横驰骋时，到处看到的只有毁灭。但是，毁灭了的田野是可以重新种上东西的。有一次，他在低地区[1]看到了一片十分好的田野，那旁边可以盖上一幢有柱廊和花园的房子，在那里守护着庄稼。看着种子怎样长出来，照料它，管理秧苗，收割果实。也许这是惬意的生活，惬意的生活……

“你可不能睡倒，醒着点……”

他捏捏自己的大腿。脑后的肌肉在把他的脑袋往后拉。

上方没有传下来任何响声。他可以侦察一下。他以那根往上伸的木柱子为依撑，用脚去够坑口的嶙峋岩石。他像打秋千一样，一面用健壮的胳膊撑着木柱，一面用脚尖从一块岩石跳上另一块岩

1　低地区，指墨西哥高原中的一大片平原，主要在瓜纳华托州境内。

石，终于，他的手指甲抓住了最上层的平地。他探出了头。他还是在那条闷热的坑道里，但是现在似乎比刚才更加暗，更加闷。他向大巷道走去。他马上认出了大巷道，因为这不通风的坑道在此处同那有风的另一条坑道相交。但是，在更远处，最初的那个入口并没有光射进来。是不是已经入夜了呢？是不是他已经失去了时间观念呢？

他双手盲目地摸索着入口。堵住亮光的原来不是黑夜，而是维亚军的士兵们临走时用沉重的巨石堆成的障碍。他们把他困在这个挖尽了矿苗的坟墓里。

他在腹部神经中感到了这一点：他被压垮了。他不由自主地把鼻孔张大，好像要使劲呼吸似的。他把手指伸到太阳穴上，摸摸太阳穴。有另一条坑道，通风的坑道，这空气是从外面来的，是从沙漠来的，是太阳光把它赶来的。他往第二条坑道跑去。他的鼻子贴着了这种香甜的流动空气。他双手扶着石壁，在黑暗中不断地被绊着脚。一滴水滴湿了他的牙。他把张开的嘴伸向壁上，寻找水的来源。这些缓慢的、零星的水珠是从暗黑的顶部漏下来的。他用舌头接住了另一滴水；他等待第三滴、第四滴。他的脑袋朝后仰着。这坑道似乎到了尽头。他嗅嗅空气。气流是从下面来的，他感到气流就在小腿肚子周围。他跪下来，伸手寻找。气流就是从这个看不见的开口处，就是从那里进来的。由于坑道狭窄，所以气流的力量比原来大。石头是松散的。他就动手把石头扔开，使空隙扩大，最后，障碍倒塌了；倒塌了的碎石后面展开了一条新的巷道，上面银色的矿脉闪闪发光。他弯身钻了进去，到了新巷道才发现不能直着走，只能肚子贴地爬。他就这样爬了一段，也不知道这种爬虫式的路程会把他引向何处。灰色的矿苗像是军官制服金穗的反光。只有这些零乱的亮光照耀着他这种像死蛇一样缓慢的爬行。他的一双眼睛反映着黑暗中最黑暗的角落，一条唾沫流到了下巴上。他感到嘴里好像塞满了罗望子果；也许这是因为他不知不觉地回忆起了这种水果，从而刺激了唾腺的分泌，但也许远处的确有一个果园发出了这样一股香味，而沙漠上寂然不动的空气又把这种香味确实无误地传到了这里，一直传进了这狭窄的坑道。灵敏起来的嗅觉还嗅到了一点别的东西。他满满地吸了一口空气。肺吸满了。附近有千真万确的泥土气息，这种气息对于一个这样长时间困在岩石气息中的人来说，是不会嗅错的。下面的坑道向下倾斜；现在突然又停住了，然后笔直地落到里面一处很宽敞的地方，有一片沙地。他离开了高处的坑道，纵身落到了这柔软的床铺上。有些植物的枝叶伸进了这地方。哪里来的？

“对，现在再往上去。但这是亮光啊！像是沙子的反光，是亮光啊！”

他挺起胸膛，奔向那个沐浴着太阳光的洞口。

他跑时没有听也没有看。他没有听到那缓慢的吉他声和那个疲倦的士兵用闲逸的多情的调子伴着吉他的歌声。

> 杜兰戈的妙龄姑娘，穿着蓝色绿色的衣裳，
> 从八点钟的时候算起，不捏一把也咬你不放……

他也没有看到那里有一小堆篝火，火上正烤着那只猎获的山羊的骨架，人们的手指正在从它身上扯下一条条的肉。

他视而不见、听而不闻地扑倒在第一片光亮的土地上。在下午三点钟的太阳光下，那顶军帽被晒得要熔化了似的，像一只石灰蘑菇，白得耀眼，他又怎能看得见呢？但是，戴这帽子的人笑着，向他伸出了手：

“走吧，上尉，你已经耽误了我们的行程。你看那个雅基人，吃得多么津津有味。现在可以了，可以动用行军水壶了。”

奇瓦瓦的妙龄姑娘，
神魂颠倒芳心荡漾，
毕恭毕敬祈求上苍，
垂怜赏赐如意君郎……

俘虏抬起了头，但他首先看见的不是萨加尔上校这一队横七竖八躺着靠着的人，而是这片枯干的景物，那些石头和带刺的植物。整片风景一望无涯，一切都是慢吞吞的、静悄悄的、四平八稳的。接着，他站直了身子，走到那小营帐去。那雅基人定睛注视着他。他伸出了胳膊，扯下了山羊背上一条烤焦了的肉，坐下来吃。

佩拉雷斯。

这是一座土坯房的小镇，同别的小镇没多大区别。只有一条街，即镇公所前面的那条街才是砖石地面的，其余的街道全是尘土，靠小孩子的赤脚、那些在十字路口自鸣得意地走来走去的火鸡的脚、那些有时睡在太阳光下有时又漫无目的地成群结队边跑边吠的狗的腿，把泥土夯平。也许有那么一两座好一点的房子，有大门、铁锁、白铁的落水管：那往往是高利贷者或是政界领袖（如果两个身份不是合于一身的话）的家，而他们现在正在外逃，躲避潘乔·维亚的正义惩罚。部队已经占据了这些住宅。从街上看来，它们的围墙给人以要塞城堡之感，围墙后面的院子里挤满了马匹和干草、一箱箱的弹药和武器。都是吃了败仗的北方师在退回老家的行军中抢救下来的东西。这个市镇的颜色是土色的，只有镇公所的正面有点粉红的色调，但是一到侧面和院子那里，就消失在同土地一样的灰色调之中。附近有一处水源；也是因为它才建起了这个小镇。它的财富，只限于若干火鸡和母鸡、若干满是尘土的小巷两边种上的干燥玉米地、几家打铁铺、一家木工店、一家杂货店和几处家庭作坊。人们勉强度日。他们的日子都是在不声不响中度过的。同大多数墨西哥村庄一样，很不容易知道居民究竟藏在什么地方。上午或是下午，下午或是晚上，有时可以听到铁锤不断敲打的响声或是刚出生的婴儿的啼哭声，但是，在热得发烫的街上，要找到一个活生生的人可是难上加难。赤脚的小孩子有时会探身出来。连部队的人马也都躲在被征用的房子的围墙后面，或是躲在镇公所的院子里。现在这队疲惫不堪的人马也正在往镇公所去。他们下马时，一小队人走上前来，萨加尔上校用手指着那个雅基族的印第安人说：

“把他关到牢房里。克罗斯，你跟我来。”

现在上校不笑了。他打开了抹了石灰的办公室的门，用一只袖子揩了揩额上的汗。他把腰带放松一点，坐了下来。俘虏站着，定睛瞧着他。

“拉张椅子过来吧，上尉，咱们随便谈谈。抽支烟吗？”

俘虏把烟接了过去，两张脸同时向灯火凑去，互相靠近了。

“好吧，”萨加尔又笑起来，“事情再也简单不过。你可以把追击我们的计划告诉我们，我们就释放你。我对你是有一说一有二说二的。我们知道自己是打输了，但我们还是要自卫。你是个出色的军人，你应该懂得。”

“当然懂得。正是因为这样，我才不说。”

“对。但我们要你说的内容并不多。你和死在峡谷里的所有这批人属于一支侦察队，这是一望而知的。这就是说，你们的大队人马离这里不会很远。你们甚至嗅到了我们向北撤退的路线。但是，你们对这个隘口不熟悉，就只好穿过整片平原，这就要花掉好几天。那么：你们究竟有多少人？有没有乘火车先走一步的？你估计你们储存的弹药有多少？你们拉来了几门大炮？你们决定采用什么战术？你们那几个紧紧咬住我们屁股的旅预定在什么地方会师？你看，多简单：你把这一切告诉了我，就恢复你的自由。一言为定。”

“你有什么保证呢？”

“哎呀，上尉，我们反正是要打输的。我同你说实话。我们这个师已经瓦解了。它已经分割成许多小股，就要七零八落地消失在山里，因为沿途经过家乡，人会陆陆续续回自己的村子去。我们已经厌战了。从我们起来反对波菲里奥[1]的时候起已经打了好多年的仗。后来我们又同马德罗打，后来又同奥罗斯科[2]的红衫兵打，后来又同伍埃尔塔的联邦军打，后来又同你们这些卡兰萨派打。打了很多年了。我们已经厌倦了。我们的人已经像蜥蜴一样蒙上了和土地一样的颜色，回到原来离开的茅屋去，重新穿起长工的衣服，等下一次厮杀的时刻到来，哪怕要等上一百年。他们已经知道这一次我们是打输了，同萨巴塔派在南方打输了一样。你们打赢了。你的人打了胜仗，你干吗要同我们拼掉这条命呢？我只求求你，让我们败也败得留点面子。”

“潘乔·维亚不在这镇上吧？”

“不在。他走在前面。我们的人越走越少。我们现在的人已经很少了。”

“你们给我什么保证？”

“我们可以让你活着留在这里的监狱里，等到你的朋友们来，把你救出来。”

“这是假设我们的人打赢了。假如打不赢呢……”

“如果我们打败了他们，我就给你一匹马，让你逃走。”

“但我一跑出去，你们就可以从背后把我枪毙。”

“这就由你自己拿主意了……”

“不。我没有什么好告诉你们的。”

1　指波菲里奥·迪亚斯（Don Porfirio，1830—1915），墨西哥军人，曾任总统（1876—1911）。

2　奥罗斯科（Orozco，1883—1949），1910 年曾参与马德罗反对迪亚斯的革命，后来又拥兵反对马德罗。

“牢房里有你的那个雅基人朋友和卡兰萨派来的使者贝尔纳尔硕士，你同他们一起等待枪决令吧。”

萨加尔站了起来。

他们两人都毫无任何感情。他们各自站在自己的一边作战，天天不断地盲目厮杀，耳濡目染，早已变成了心如木石的人了。他们彼此的谈话都是机械的，丝毫不动感情。萨加尔要求他提供情报，给他机会，在恢复自由与被枪毙之间作选择，而他这个俘虏则拒绝提供情报。但是他们两人并不是以萨加尔和克罗斯的身份在交谈，他们只不过是两个对立的战争机器中的齿轮而已。所以，对于枪毙，俘虏满不在乎。恰恰是这种满不在乎的心情使他知道自己是多么泰然地接受了死亡。于是，他也站了起来，咬紧了牙关。

“萨加尔上校，咱们很久以来一直都是服从命令的，根本没有时间来做……怎样说好呢……做自己的私事，没有时间来说一声：这是我以阿尔特米奥·克罗斯的身份干的。我是自己拼自己的命运，不是以陆军军官的身份来拼。你如果要杀死我，就把我作为阿尔特米奥·克罗斯杀死吧。你刚才已经说过，这一切很快就要结束，咱们都已经厌倦了。我不愿意作为一项胜利事业的最后一个牺牲者而死去，你也不愿意作为一项失败事业的最后一个牺牲者而死去。上校，你就拿出男子汉的气概来，也让我拿出这种气概来。我建议咱们用手枪拼一个你死我活。你在院子里画一道界线，咱们各自拿着枪从两边的角落走出院子。如果你在我还未跨过界线之前把我打中，我死了也活该。如果我跨过了界线而你还没有把我打中，你就要恢复我的自由。”

“巴扬上士！”萨加尔眼睛冒光，喊叫起来，“把他带回牢房去。”

接着，他又把脸转过来对着俘虏：“不会把行刑的时刻预先通知你们的，所以你们要时刻准备好。也可能是一小时后，也可能是明天或后天。想想我对你讲的话吧。”

西斜的太阳透过铁窗栏杆射进来，把两个人的身影照成黄色，他们一个靠着坐，一个站着。托比亚斯努力想说出一句打招呼的话；另一个人则在神经质地踱来踱去，但当牢房的门吱吱响着关上，守卫的上士的钥匙转动了锁时，这个人就向他迎面而来。

“你就是阿尔特米奥·克罗斯上尉吧？我是贡萨洛·贝尔纳尔，是最高统帅维努斯蒂亚诺·卡兰萨的特使。”

他穿着平民服装：一套咖啡色开司米的衣服，背后缝着一条假腰带。克罗斯像打量那些走到厮杀得满身大汗的军人身边看热闹的平民那样打量了他一下：用一种嘲笑的、满不在乎的、瞬息即逝的目光看了一眼；贝尔纳尔则一面用手帕揩着宽阔的前额和金黄色的胡子，一面说：

“这个印第安人伤势很重，他有一条腿断了。”

上尉耸耸肩头：“就拖一段时间吧。”

“你知道什么消息吗？”贝尔纳尔说着，把手帕放在嘴唇上，因而说这句话的声音是蒙着的。

“他们要把我们都枪毙，但是没说什么时刻。我们命中注定是不会死于感冒的。”

“咱们的人不可能先赶到这里吗？”

现在是上尉自己停住不说话了——他刚才一直在转着身子，打量房顶、墙壁、装了栏杆的小窗、泥土的地面。他是在本能地寻找一个可以越狱的出口——他瞧瞧这个人，这可能是个新的敌人，可能是个安插在牢房里的告密者。

他问：“难道没有水了？”

“雅基人把水都喝光了。”

印第安人呻吟起来。他靠在一张既当床又当椅子用的光秃秃的石条凳上。上尉走到了他的面前。上尉的脸颊就在他的脸颊旁边停住。从前，他的这张脸向来都只不过是一堆暗黑的浆膏，只是士兵群中的一部分，给人的印象向来都是同他那神经质的、敏捷的战士身躯而不是同这种寂静气氛和这种痛苦表情联系在一起的。可是现在，上尉的脸一靠近他的脸，就遇到一种不可抵抗的力量，不得不缩回去，他第一次感觉到了这张脸的存在。原来托比亚斯是有面孔的；他现在看见这副面孔了。好几百道白色的条纹——嬉笑和怒气的条纹，加上对太阳光眯着的眼睛——布满了他眼皮的角落，把他宽阔的颧骨分成许多方格。厚厚的隆起的嘴唇在甜蜜地微笑；那双窄窄的棕色眼睛，好像里面有一口井，从里面射出混浊迷人的柔顺亮光。

“你真的来了。”托比亚斯用自己的语言说。上尉天天同辛那洛阿山区的士兵打交道，已经学会了这种语言。

他握紧了这个雅基人的青筋暴露的手：“对的，托比亚斯。有件事还是让你知道的好：他们要枪毙咱们。”

“那是一定的。换作是你，也会这样做的。”

“说得对呀。”

他们停住不讲话了，太阳正在消失。三个人准备一起过夜。贝尔纳尔在牢房里慢慢地踱来踱去；他则站了起来，很快又坐到泥地上，在地上划了一些道道。外面的走廊上，挂起了一盏汽灯，听到了值班上士的嘴巴在吃东西的响声。沙漠原野上空吹起了一股冷风。

他又站了起来，走到牢房门前：门是粗木条拼成的，木材是没有刨光的松木，同眼睛一样高的地方有一个小窗孔。门外，上士的用烟叶卷成的雪茄烟冒出了一股烟雾。他用拳头紧握着生锈的窗孔栏杆，打量这个守卫的扁平轮廓。这个守卫的帆布帽子下面冒出一绺绺的黑头发，垂到那不长胡子的方脸颊后。俘虏用目光来寻找他的目光，上士做了一个迅速的姿势回答他，用脑袋和一只闲着的手默不作声地问了他一句：“你要什么？”另一只手则按照本职习惯紧紧握着步枪。

“明天的事，已经下达命令了吗?”

上士用自己狭长的黄眼睛瞧了他一眼。没有回答。

“我不是本地的。你呢?”

“我是那上边的。”上士说。

“这地方怎么样?”

“什么地方?”

“枪毙我们的地方。从那地方看得见什么?”

他停住了，做个手势，请上士把灯火递给他。

“看得见什么?”

直到这时候他才记起，他自从那天晚上穿越了大山，逃出了维拉克鲁斯那座古旧的庄屋以来，一直都是向前看的。从那时以来，他就从未回头向后看过。从那时以来，他就喜欢知道自己是孤单的，单单只靠自己的力量……但是现在……他忍不住提出这个问题——那地方怎么样，从那里能看到什么——也许是为了掩盖回忆过去的欲望，掩盖这一条下坡路，沿着它，可以一直滑到那样一种景象；茂密苍翠的蕨类植物、慢慢地流着的潺潺河水、茅屋上开着喇叭形状的鲜花、一条浆洗干净的裙子，还有一把柔软的发出榅桲气味的头发。

“到时会把你们押到后面的院子里，”上士慢慢地说，“从那里能看到的又能是什么呢?光秃秃的高墙，全都像麻子脸，因为我们在这里枪毙的人太多了……”

“那座大山呢?看不见那座大山吗?”

“说真的，我记不清了。”

“你见过许多?……”

“唔，唔……”

“也许枪毙别人的人比被枪毙的人对周围的事物看得清楚些。”

“你难道从未枪毙过人吗？”

（“枪毙过的，但我没有注意，从没有想到可能会有什么感觉，没有想到事情会落在我自己身上。所以我没有权利问你了，对吗？你只是像我一样杀人，别的什么也没有注意。所以谁也不知道到时候会有什么感觉，谁也说不上来。假使能死而复生，也许可以讲一下，听到一排枪响，感到子弹打中自己胸膛、自己脸上时是什么滋味。如果能把这件事的真相说出来，也许我们就不敢杀人，永远不敢再杀人了；或者对死亡会不在乎了……也许是很可怕的……但也许会像生下来一样自然……你和我又能知道些什么呢？”）

“上尉，你听我说，你的这些金穗子已经用不着了，给我算了。”

上士把手伸进铁栏杆，但他转过身来背朝着他。这个士兵压低声音笑了起来。

现在，雅基人用自己的语言在喃喃自语，他则拖着脚步走到雅基人那硬硬的铺边，伸手摸了摸他的烧得发烫的额头，听他说些什么。他说的话是一连串轻柔的单调背诵。

“他说些什么？”

“他在讲从前的事。讲的是政府怎么样夺去他们祖祖辈辈的土地，交给一些外国人。他们又怎样为了保卫土地而战斗，于是联邦军队开来了，把男人的手砍掉，漫山遍野地追捕他们。雅基人的首领又是如何被押上一艘炮艇，绑上重物，扔到了海里。”

那雅基人闭着眼睛在说话。

“我们这些剩下来的，被绑在一条长长的绳子上牵着，他们从那地方，从辛那洛阿，赶着我们一路步行到另一个天涯海角，直到尤卡坦。

“讲的是他们怎样不得不走到尤卡坦。一路上，这个部落的妇女、老人、孩子，走着走着便在路上死掉。能够走到那些龙舌兰种植园的，就被卖作奴隶，夫妻骨肉分离。妇女被迫去同混血种人睡觉，让她们忘掉本族的语言，多生些劳动力……

“我回来了，我回来了。我一知道战争爆发就赶紧同兄弟们一起回来打仗，反抗这种压迫。”

雅基人平静地笑起来，他则感到自己小便急了。他站了起来，解开了卡其布长裤；他找了一个角落，听到尿溅泥土的响声。他一想到那些勇者死时总是军裤上湿了一片的下场，就皱起眉头。贝尔纳尔现在交叉着双手，好像要透过那高处的铁窗栏杆寻找一线月光，来冲淡这夜间的寒冷和黑暗。有时候，镇上阵阵锤击的声音也传进他们的耳鼓；狗在吠叫。有些模糊不清的、没有意义的交谈声也透过墙壁来。他抖抖军服上的泥土，向那位年轻的硕士走去。

“有雪茄烟吗？”

“有……我想大概会有的……原先是有的。”

“给这雅基人抽一支吧。”

“我已请他抽过。他不喜欢我的烟。”

“他有自己的烟吗？”

“看样子已经抽光了。”

“也许士兵们有扑克牌吧？”

“不，我集中不了精神。我觉得我不能……”

“你困了吗？”

“不。”

“你说得对。不应该睡觉。”

“你觉得你有一天会后悔吗？”

“后悔什么？”

“我是说后悔睡了觉……”

“这话说得可真有意思。”

“是呀。那么，咱们不如回忆一下过去。据说，回忆过去是很有好处的。”

“没什么好回忆的。”

“有的。这就是这个雅基人的优越条件。也许他正是因为这样才不愿说话。”

“对的。不，我不懂你的意思……”

“我是说这个雅基人要回忆的往事很多。”

“也许用他自己的语言回忆起来就不一样了。”

“从辛那洛阿出发，步行走了多远的路程。那就是他刚才告诉咱们的。”

“对。”

“……”

“雷希娜……”

“什么？”

“没什么。我只是在背出一些人名。”

“你多大了？”

“快二十六了。你呢？”

“二十九了。我也没有多少往事好回忆的。更何况生活这样风云多变。”

“比如说，要等到什么年纪开始回忆童年才好呢？”

“说得对，现在回忆是不容易的。”

“你知道吗？刚才咱们谈话的时候……”

“什么呢？”

“没什么，我背诵了一些人名。你知道吗？这些人名我都已经生疏了，已经没有什么意义了。”

“快天亮了。”

“你别管了。”

“我背后汗出得很厉害。”

“把雪茄烟给我。你怎么啦？”

“对不起。拿去吧。也许到时候不会有什么感觉。”

“据说是这样的。”

“克罗斯，这是谁说的？”

“一定是这样。是杀人的人说的。”

“你很在乎吗？”

“嗯……”

“你为什么不想想……？”

“想什么？想想虽然他们杀掉我们，但是一切都照样吗？”

“不，你别想以后的事，想想以前的事吧。我想到的是所有在革命中死去的人。”

“是呀；我也回忆起布列、阿巴里西奥、戈麦斯、蒂布尔西奥·阿马里雅斯上尉……好几个人。”

“我可以打赌，你连二十个人的名字都叫不出来。不光不知道他们的名字，不光是这一次革命中的死者，还有历次革命、历次战争中的死者。甚至还有寿终正寝的死者。谁会记得他们？”

“喂，给我一根火柴。”

“对不起，忘了。”

“现在月亮真的出来了。”

“你想看看吗？你如果靠在我的肩头上，你就够得着……”

“不，不值得费那个劲了。”

“幸亏他们拿走了我的表。”

“说得对。”

“我的意思是说，我不会算时间了。”

“当然是的。我听懂了你的意思。”

“一夜过得似乎更加……更加漫长了。”

“真讨厌，夜长尿多。”

“你看看这个雅基人。他睡着了。幸好，谁都没有惧色。”

“现在到了关在这里的第二天了。”

“天晓得。也许他们忽然就进来了。”

“他们不会这样干的。他们喜欢变变花样。黎明时执行枪决已经太常见了。他们会拿咱们来变变花样的。”

“他这个人不是很喜怒无常吗？”

“维亚是这样的，但萨加尔可不是。”

“克罗斯……这难道不是太荒谬了吗？”

“什么？”

“对哪一个领袖都不信仰，却死在他们当中的一个手上。”

“咱们三个是一起去，还是一个个被喊出去？”

“一起干更省事些，不是吗？你是个军人。”

“你没有想出什么计谋吗？”

“你想我告诉你一件事吗？你听了要把肚子笑破。”

“什么事？”

“要不是我确实知道了我再也不会从这里出去，我是不会告诉你的。卡兰萨派我来办这件事，唯一的目的是让他们把我抓起来，由他们来对我的死负责。他认为宁可要一个死去的英雄，也不要一个活着的叛徒。”

“你竟会是叛徒？”

“这就要看你怎么看了。你是过惯戎马生涯了；你只会服从命令，对上级从来没有怀疑过。”

“当然了，就是要打赢这场仗。怎么，你不是拥护奥布雷贡和卡兰萨的吗？”

“也可以是拥护萨巴塔和维亚的。我对谁都不信仰。”

“但是你现在呢？”

“难办就难办在这里。除了他们，再也没有别人可以投奔了。我不知道你还记得不记得开头时是怎样的。只不过是不久以前的事，但看来已经很遥远……当时大家对于领袖是谁是不在乎的。当时大家那样干，不是为了把一个人捧起来，而是为了提高大伙儿全体的地位。”

“难道要我把我们的忠心不贰贬得一文不值吗？既然革命就是这样，那就没别的办法：只能对领袖忠心不贰。”

“对的。甚至是这个雅基人，虽然他一马当先挺身而出，为自己的土地而战斗，但现在也只能为奥布雷贡将军打仗，反对维亚将军。不，从前不是这样的。从前没有演变为派别之争。那时候，凡是革命所经之处都为农民废除了债务，剥夺了投机商的财产，释放了政治犯，打垮了旧的土豪。但是，你看，那些当时认为革命不是为了吹捧领袖而是为了解放人民的人，却陆陆续续掉队了。”

“来日方长呢。”

“不，已经积重难返了。革命是从战场上开始的，但是革命一旦腐化，那么，即使它在军事上继续打胜仗，它也已经失败了。我们大家都有责任。我们让那些贪婪之徒、那些野心勃勃的家伙、那些庸碌之辈来分裂我们，领导我们。而那些想搞一场真正彻底不妥协革命的人却又不幸是一些无知而残忍的人。文人们则只希望搞一场半吊子的革命，以符合他们唯一关心的前途：飞黄腾达，享福作乐，取波菲里奥的那个特权集团而代之。墨西哥吃亏就吃亏在这里。你看看我。我从小就看克鲁泡特金、巴枯宁、老普列汉诺夫的书，辩论又辩论。但是到了关键时刻，我却不得不投奔卡兰萨，因为只有他还像个正派人，不那么使我害怕。你看这是多么怯懦！我害怕那些土包子，害怕维亚和萨巴塔……‘只要那些今天好对付的人一天继续好对付下去，我就继续当一天一个不好对付的人……’对呀，有什么不对呢？”

“你是临死吐露真言吧……”

“‘我的性格的根本毛病就是：喜欢标新立异，喜欢前所未见的冒险事业，喜欢一些能开辟无限不可预料之前景的事业……’对呀，有什么不对呢？”

“你在外面为什么从不把这些话说出来呢？”

“从一九一三年起，我就对伊图尔贝特，对露西奥·布朗科，对布埃尔纳，对一切从来没有领袖欲的正直的军人讲过了。正是因为他们没有领袖欲，他们也就不懂得制止卡兰萨要的把戏，卡兰萨一辈子专门干挑拨离间的勾当，因为不然的话，又有谁不会抢去他这个老朽昏庸之徒的职位呢？所以，他提拔那些昏庸之徒，提拔巴勃罗·龚萨雷斯之流，提拔那些不会使他相形见绌的人。这样，他就分裂了革命，把革命变成了一场派别斗争。”

“他是因为这个缘故才把你派到佩拉雷斯来的吗？”

“给我的使命是说服维亚派投降。其实我们大家都知道，他们正在落荒败退；他们在挣扎中凡是遇到卡兰萨派的人就格杀勿论。但老头子不愿弄污自己的手。他宁可假敌人之手，借刀杀人。阿尔特米奥，阿尔特米奥，这些人对不起人民，对不起他们的革命。”

“那么你干吗不倒戈到维亚那边去呢？”

“再投奔另一个领袖吗？投奔一段时间，再倒戈投奔另外一个，又另外一个，一直到最后还是被关到另一个牢房里等候枪毙的命令吗？”

“但你起码这一次可以保住性命呀……”

“不……克罗斯，你相信我。我本来是想保住性命，回普埃布拉去，看看我妻子、儿子的。看看路易莎，看看班卓林。还有我的妹妹卡塔琳娜，她是多么地依赖着我。还想看看我父亲老加马里埃尔，他是多么地高尚，又是多么地盲目。我真恨不得向他解释清楚我为什么投身参加了这项事业。他从来都不明白，有些义务，哪怕预先知道一定要失败，也是非履行不可的。在他看来，那个秩序是永恒的：庄园，伪装的投机买卖，这一切的一切……我真恨不得能委托某个人，请他去看看他们，替我向他们讲两句话。但是从这里是不会有人活着出去了，我是知道的。不；这一切都是一场互相倾轧互相残杀的大悲剧。我们是生活在罪犯和侏儒当中，因为大的领袖庇护着一批侏儒，免得自己相形见绌；小的领袖则不得不杀掉大的领袖，自己才能爬上去。多么可惜啊，阿尔特米奥。这场正在发生的事是多么必要，而把它弄坏又是多么不必要。我们在一九一三年同全体人民一起搞革命的时候，并不希望是这样的……你呢？你打个主意吧。等到萨巴塔和维亚都消灭了，就只剩下两位领袖，他们都是你现在的上司。你跟哪一个走呢？"

"我的上司是奥布雷贡将军。"

"幸亏你已经打定了主意。看看会不会因此送掉性命吧；看看会不会……"

"你忘了他们快要把咱们枪毙了！"

贝尔纳尔恍然大悟似的笑了起来，仿佛他原先打算飞起来，但是忘记了身上的镣铐拽住了他，使他飞不起来。他捏了一下另一个俘虏的肩头，说：

"可恶的政治狂热！也许是本能的直觉吧。你自己为什么不倒戈投奔维亚去？"

他看不清楚贡萨洛·贝尔纳尔的脸，但是在黑暗中感到了他那双眼睛讥讽的目光，他那副洞察一切的神情；他们这些硕士都是这副神情，他们从不打仗，但是别人打了胜仗，他们却大讲风凉话。他猛然使自己的身体挣脱开了贝尔纳尔。

"怎么了？"硕士微笑说。

他嘴里嘀咕了一声，又点着已经熄灭的雪茄烟。"这算什么话？"他从牙缝里说，"你要我向你直说吗？谁要是别人不问他，他就信口开河，而且是在临死前信口开河，谁就是同我过不去。硕士，闭上你的嘴巴，你有什么话，就在肚子里对自己说好了，但你可得让我安安静静地去死。"

贡萨洛的声音蒙上了一层金属声："听着，老兄，咱们三个都是死囚。这个雅基人也向咱们谈了他的生平……"

他现在的怒气是冲自己发，因为他刚才竟然情不自禁同对方谈起了心里话，向一个不值得自己信赖的人推心置腹。

"他的生平是个男子汉大丈夫的生平，所以他有资格说。"

"那么你呢？"

"我只不过是打打仗。生平干过什么别的，我已记不起来了。"

"你爱过某个女人……"

他握紧了拳头。

"……你有过父母；也许你有个儿子。你没有吗？我可是有的，克罗斯；我可是觉得我有过男子汉的经历。我真恨不得恢复自由，继续过那种生活；你不想吗？你不想现在能抚爱……"

克罗斯的手在黑暗中寻找贝尔纳尔，一声不响地把他猛然往墙上撞去，贝尔纳尔的声音哽塞了，撞击时发出了喑哑的响声。克罗斯的指甲抓住了这个以思想和感情武装起来的新敌人的开司米上衣的衣襟，他听不得这个人一再把他这位上尉、他这个俘虏的内心想法说穿：咱们死了之后情形会怎么样呢？贝尔纳尔不顾被他用握紧的拳头敲打，仍在反复地说穿他的内心活动：

"……如果他们在咱们年满三十岁之前不杀咱们的话又怎么样？……咱们的生活又会是什么样呢？我有多少事情想做啊……"

他背上全是汗水，脸离贝尔纳尔的脸很近，连他也在念念有词地说："……一切都会如常，你难道不知道吗？太阳照样出来，孩子照样生下来，虽然你和我都早已被枪毙掉了，你难道不知道吗？"

两人原先扭打成一团，现在分开了。贝尔纳尔倒在地上。他下了决心，向牢房的门走去；他要把一个假的计划告诉萨加尔，要求不杀那个雅基人，但是让贝尔纳尔听天由命。

当值班警卫哼着曲调把他带往上校那里去时，他感到丧失雷希娜的哀痛；那种又甜蜜又苦楚的回忆一直深藏在他心底，但现在一下子冒了出来，求他继续活下去，仿佛一个死去的女人需要一个活着的男人的回忆才能继续存在，才不至于成为区区一个埋在某个无名小村的无名墓穴中被蛆虫蛀空的尸体。

“你如果想骗我们，那是办不到的。”萨加尔上校照例用微笑的声音说，“我们现在马上就派两支队伍去看看你告诉我们的是不是真的，如果不是真的，或者如果进攻来自另一个方向，那么你就把性命交托给上天吧。你想想，这只能给你多延长几小时的生命，代价却是失去荣誉。”

萨加尔伸直了腿，顺次活动活动穿着袜子的脚趾。靴子放在桌子上，好像是疲软的，没有东西把它撑起来。

“那个雅基人呢？”

“他不属于咱们这笔交易的范围。你瞧，黑夜太漫长了。何必拿又一个白天的阳光来迷惑这些可怜的人呢？巴扬上士！……咱们把那两个囚犯送上西天吧。把他们从牢房里拖出来，带到后面去。”

“雅基人已经不能走路了。”上士说。

“给他吸点大麻叶。[1]”萨加尔哈哈大笑，“那么就用担架把他抬出来，然后设法让他靠墙站直了吧。”

托比亚斯和贡萨洛·贝尔纳尔看到了些什么呢？同上尉看到的一样，虽然上尉站的地方比他们高，因为他是在镇公所的阳台上，站在萨加尔的旁边。在下面，雅基人被放在担架上抬出来，贝尔纳尔则垂着头走着。两个人被押到墙根，两边各有一盏汽灯。

仍然是黑夜，黎明的曙光迟迟不出现，群山的轮廓一直看不清，即使是在步枪打响、发出带红色的颤抖亮光、贝尔纳尔伸出手来摸雅基人的肩头时，四周还是一片漆黑。托比亚斯仍然倚靠着

1　这句话模仿墨西哥一首名为《蟑螂》的民歌的歌词：“蟑螂蟑螂走不动了，因为它没有大麻叶来抽。”

墙，前面放着担架。汽灯照亮了他那张被子弹打得血肉模糊的脸。贡萨洛·贝尔纳尔倒下的身体上只有腿肚被照亮，身体开始出现血流。

“他们死了。”萨加尔说。

给他的话作呼应的，是另一阵步枪声，却是自远方来的，密集的，接着还有一下轰隆的大炮声。炮弹轰掉了这座建筑物的一个角落。维亚军士兵们的叫嚷声一直传到白色阳台上面来。萨加尔在那里上气不接下气地叫喊起来：

“他们来了！他们发现我们了！是卡兰萨分子！”这时候，他却把萨加尔推倒，用双手，复活了的双手集中了全身的气力，紧紧抓住上校的手枪套。他感到自己的手接触到了手枪的坚硬金属。他把手枪顶住萨加尔的背，用右臂绕住上校的脖子，使劲勒紧，一直不放，让他躺在地上。他从飞檐上可以看到刑场上一片混乱。行刑队的士兵们奔跑着，踩过了托比亚斯和贝尔纳尔的尸体，碰翻了汽灯。炮弹的爆炸声遍及整个佩拉雷斯镇，其中掺杂着呼喊声和火焰声、奔马声和马嘶声。又有好些维亚军士兵走到院子里，边穿上军服，边扣上裤子。掉落地下的灯光给每个人的轮廓、每条腰带、每一排扣子都描画出一条金色的线。人们纷纷伸出手去取步枪和子弹带。马厩的门闩给匆匆拔开，嘶叫着的马匹冲到了院子里。骑马的人骑上了马，从洞开的大门跑了出去。有些赶不及的就跟在马后面追。最后，院子里全空了。只剩下贝尔纳尔和雅基人的尸体，还有两盏汽灯。叫喊声远了；他们去迎击来犯的敌军了。俘虏把萨加尔放开。上校跪着，咳着，抚摸自己被勒过的脖子，好容易才发出声音：“别，投降，我在这里。”

黎明终于在沙漠上空露出了蓝色的眼皮。

近处的闹声停止了。街上有维亚军士兵继续往前方跑去。他们的白衬衣染上了蓝色。院子里一点声音也没有。萨加尔站了起来，解开了灰色的军服，做出袒露胸膛让对方射击的姿态。上尉也向前走去，手里拿着手枪。

“要决斗，我仍然奉陪。”他冷冷地对上校说。

“咱们到底下去吧。”萨加尔说着，垂下了双臂。

在办公室里，萨加尔从一只抽屉里拿了支柯尔特手枪。

两人都手持武器，穿过寒冷的走廊，到了院子里。他们把四方形的院子大致分成两半。上校站到了一边，贝尔纳尔的脚和头也在那一边。上尉把两盏汽灯支了起来。

两人各自在自己的角落里站好，然后开步前进。

萨加尔先开枪，子弹又打到了雅基人托比亚斯身上。上校站住了，他的黑眼睛油然冒出了希望之光：对方只是前进，没有开枪。这种行动是顶天立地的荣誉之战。上校——有一秒钟，两秒钟，三秒钟——紧紧抱着一个希望，就是希望对方会尊重他的勇敢，两人能不再开枪，在院子的中央相遇。

两人走到院子的中央时停住了。

上校的脸上重新露出了笑容。上尉跨过了假想中的分界线。萨加尔笑着，伸出手做出友好的姿势，但这时接连两响枪声，打穿了他的肚皮。对方看着他弯下腰来，倒在自己脚前。对方此时把手枪放在上校满是汗珠的头盖上，站着一动不动。

沙漠的风把他前额上几绺鬈曲的头发、他那沾满了汗水的军服裂口和他那双皮护靴被撕破的裂条吹得摇来晃去。脸颊上五天没刮的胡子像乱草丛一样，碧绿的眼睛消失在蒙上尘土的睫毛和干枯的眼泪背后。他这个站着的人，是一个站在周围躺着死人的战场上的孤独英雄。他这个站着的人，是一个没有见证人的英雄。他这个站着的人，四周是一片荒凉，而同时，市镇外面正在厮杀，响出敲鼓似的声音。

他把视线转向下方。萨加尔上校死去的胳膊伸向贡萨洛死去的脑袋。雅基人坐着，身子倚着墙根；他的背在担架帆布上留下一道道印痕。克罗斯在上校身边蹲下，为他合上眼睛。

然后他猛然站起来，吸了一口气，想在这一口空气中找到自己的生命和自由，感谢它，给它取个名称。但他只是孤单一个人。他没有见证人。他没有同伴。他从嗓子里冒出了一声喑哑的叫声，但这叫声被远方齐发的枪炮声压住了。

“我自由了。我自由了。”

他把两个拳头都抵着肚子，脸上痛苦得变了形。

他抬头一看，终于看到了一个在黎明时被处死的人应该看到的景象：远方山峰的轮廓、鱼肚白色的天空、院子边的土坯墙。他听到了一个在黎明时被处死的人应该听到的声音：躲着的鸟儿的吱吱叫声、婴儿肚子饿的尖叫声、镇上某个工匠奇特的锤打声，同他背后仍然响着的那千篇一律的单调的枪炮声是互不相干的。这种默默无闻的劳动比枪炮声更强，因为它相信，等战斗、死亡、胜利都成为往事时，就会每天都有旭日普照……

我自己不能希望什么了；我让他们爱怎么办就怎么办。我想摸摸它。我从肚脐到耻骨，摸遍了它。圆圆的。黏黏的。我已经不知道了。医生已经走了。他说他要去找别的医生。他不想为我负责。我已经不知道了。但是我看见他们。他们进来了。桃花心木的门开了又闭上，脚步声在厚厚的地毯上听不见。他们把窗户关上了。他们把灰色的窗帘嗞嗞地拉上了。他们进来了。

“孩子，走过去……让他认认你……把你的名字告诉他……”

一阵香气。她发出香气。啊，是呀，我还能分辨出她那绯红的双颊、亮晶晶的眼珠、用碎步朝我的床走来的整个青春优雅的身段。

“我是……我是格洛丽亚……”

我努力想喃喃念出她的名字。我知道我说话他们是听不见的。起码这一点我要感谢特蕾莎。她把她女儿的年轻身体送到了我身边。我能仔细看清她的脸就好了。她一定会觉察到这种死鱼鳞、呕吐物和血污的气味；她一定在注视着这个深陷的胸膛、这些灰白零乱的胡子、这双蜡一般的耳朵、这些止不住的鼻涕、嘴唇上和下巴上干了的唾沫、这双漫无目的地看了一处又一处的眼睛、这双……

他们把她从我身边喊走了。

“可怜的孩子……她看了难受……”

“什么呀？”

“没什么，爸爸；您休息吧。”

据说她是巴迪亚儿子的未婚妻。巴迪亚儿子一定会怎样地吻她，一定会对她说些什么话，唉哟，多么难为情啊。他们进进出出。他们摸摸我的肩膀，摇摇头，嘴里喃喃说出一些鼓励的话。是的，他们不知道我不管怎么样还是在听着。我在听着最远处的交谈、卧室角落里的交谈，但不听那些近处的话，那些在我床头讲的话。

“巴迪亚先生，你看他的样子怎么样？”

“很不好，很不好。”

“他留下一个帝国。”

“是的。”

“他管理自己的事业管理了这么多年！”

“很难找到人来代替他。”

“你听我说。除了阿尔特米奥先生之外，没有谁比您更加合适了。”

“是的，我对他的这一套是熟悉的……”

“那么，又由谁来接替您的位置呢？”

“有的是胜任的人。”

“那么，预计会提拔几个人吗？”

“当然。所有的职务都要重新分派。”

喂，巴迪亚，你走过来。你把录音机带来了没有？

“这件事由你来管吗？”

“替阿尔特米奥……我给他带来了……”

“是的，老板。”

“‘你可得准备好。政府要采取铁腕政策，你应该准备好夺取工会领导的位子。’

“‘是的，老板。’

“‘我提醒你，有几只老狐狸也在准备。我已经向当局暗示，你是得到我们信任的。想吃点什么吗？’

“‘谢谢，我已经吃过了。我刚吃过。’

“‘别让人家占了上风。你该转那么一圈，到部里去活动一下，到墨西哥劳工联合会去活动一下，到那边去……’

“‘是的，老板。请您放心。’

“‘再见吧，康巴内拉。要点手腕。要小心。别上当。巴迪亚，咱们走吧……’。”

好了。结束了。啊。一切都到此为止了。是一切都到此为止了吗？天晓得。我记不起来了。我好久没有听到这台录音机的录音了。我已经假装了好久了。是谁碰我？是谁离我这样近？多么徒劳呀，卡塔琳娜。我自言自语地说：多么徒劳呀，多么徒劳的抚摸。我自言自语地说：你有什么要告诉我的？你以为你找到了那个你从来都不敢说出来的字眼了吗？啊，你当时是爱我的？但你那时候干吗不说出来呢？我当时是爱你的。我已经记不起来了。你的抚摸迫使我正面瞧着你，我不知道，我不明白你为什么坐在我身边同我一起回忆这些事，而这一次回忆时，你的目光中不再带有责备之意了。面子。救了咱们的是面子，把咱们置于死地的也是面子。

“……只给这一点点少得可怜的薪水，他自己却娶了这样一个老婆来气我们；拿自己的奢华来向我们炫耀，给我们的东西却像是打发叫花子似的……”

他们没有弄明白。我什么都没有替她们干。我根本没把她们放在眼里。我是替自己干的。我对这些故事不感兴趣。我对回忆特蕾莎和赫拉尔多的生活不感兴趣。我不放在心上。

“赫拉尔多，你为什么不要求他把你的位子给你？你同他一样有责任……”

我不感兴趣。

“镇静些，特蕾莎，你要明白我的处境；我不怨天尤人。”

“有点骨气也好，但连这也不……”

“让他休息吧。”

“你别站在他那边了！你受他的害比谁都深……”

我活下来了。雷希娜。你的名字是怎么叫的？不。你，雷希娜。无名的士兵，你的名字是怎么叫的？贡萨洛。贡萨洛·贝尔纳尔。一个雅基人。一个可怜的雅基人。我活下来了。你们却都死了。

“……我也受害不浅。我怎么能忘记呢？他连婚礼都没有参加。我的婚礼，他亲生女儿的婚礼……”

她们从来都不明白。我并不需要她们。我成了孤家寡人。士兵。雅基人。雷希娜。贡萨洛。

“妈妈，他连自己心爱的东西都亲手毁掉了，这你就可想而知了。”

“别多说了。看在上帝的分上，你别多说了……”

遗嘱吗？放心吧：有一张写好了、贴了印花、经公证人公证过的纸条；我谁都没有忘记。我又何必忘掉你们、恨你们呢？如果忘掉你们、恨你们，那你们岂不是会暗中感谢我吗？我岂不是让你们过了一下瘾，觉得我直到最后一刻还想到你们、同你们开玩笑吗？不，亲爱的卡塔琳娜、可爱的女儿、孙女、女婿，我是记着你们的，但我以公事公办的冷漠态度来记着你们。我把一份奇特的家产分给你们。你们在公开场合也只好把我这份家产的来源归功于我的勤奋、我的恒心、我的责任感、我的个人品质。你们就这样做吧。你们心安理得吧。你们可以忘掉我之所以得到这份家当是我不知不觉地经过一场连自己也不愿理解的斗争、冒了生命的危险才弄来的。我当时不愿理解那场斗争，因为知道它、理解它对我并无好处，因为唯有不希望从自己的牺牲中捞到点什么的人才可能知道它、理解它。这才算是牺牲，对吗？献出一切，换来的却是一无所有。那么，献出一切、换来一切该叫作什么呢？但是他们可没有为我献出一切。她倒是为我献出了一切的。我没有要。我不懂得要。她叫什么名字？

"'O. K. The picture's clear enough. Say, the old boy at the embassy wants to make a speech comparing this Cuban mess with the old-time Mexican revolution. Why don't you prepare the climate with an editorial？'[1]

"'行，行。我们就这么办。大约两万比索吗？'

"'Seems fair enough. Any ideas？'[2]

"'有。请你叫他做一个明显的对比，一方是无政府主义血腥破坏私有财产和人权的运动，另一方则是墨西哥那场有秩序的、和平的、合法的、由信奉杰弗逊学说的中产阶级领导的革命。总之，人们是健忘的。请你叫他把我们墨西哥人恭维一番。'

"'Fine. So long，Mr. Cruz，it's always...'[3]

---

1 英语：好哇。情况再清楚不过了。喂，大使馆的那家伙想发表一篇演说，把古巴这个烂摊子同当年的墨西哥革命做一个比较。你为什么不发表一篇社论来造一下舆论？

2 英语：看来相当公平合理。你有什么想法吗？

3 英语：很好。再见，克罗斯先生，总是……"

唉，多少符号、字眼、刺激在我疲倦的耳鼓里轰鸣；唉，我多么累；他们不明白我做的手势，因为我连手指也几乎动不了；把录音机关上吧，我已经厌烦了，有什么相干，真讨厌，真讨厌……

“以圣父、圣子之名……”

“那天早上我高兴地等着他。我们骑着马渡过了河。”

“为什么你把他从我身边夺走了？”

我留给你们的是一些人的无辜的死亡：雷希娜、雅基人……他们死去的名字。他叫托比亚斯，我现在想起来了，人家管他叫托比亚斯。……还有贡萨洛·贝尔纳尔的名字，一个无名士兵的名字。还有她呢？另一个女人。

“把窗打开。”

“不行。你会着凉的，那就麻烦了。”

劳拉。为什么？这一切是为什么发生的？为什么？

你活下来了：你又一次接触到毯子，知道自己活下来了，虽然时间和运动每时每刻都在不断地缩短你的幸运：生命之线就位于瘫痪和放肆之间。谈到冒险，你觉得最安全的就是永远一动不动。你设想自己是一动不动的，不冒危险，不冒风波，不受无把握的因素左右。你的安宁并没有使时间停下来，时间没有你也一样在流逝，尽管是你把它无中生有地制造了出来并在量着它的长短；时间否定了你的不动状态，使你也落到它那万物俱灭的危险之中。冒险家，你还是以时间为尺度来衡量自己的速度吧。

时间是你自己无中生有地制造出来的，你把它制造出来是为了自己能活着，假造出一个幻象，仿佛你能在地球上多停留一阵。这时间是你自己的脑子创造出来的，这是因为你老是在睡梦的四方象限中看到无数反复交替的亮光和黑暗。你的脑子创造出时间，是因为你保留了这些被密布的乌云威胁的恬静气氛的景象；乌云后面就是雷鸣、闪电、滂沱大雨，但最后一定出现彩虹。你的脑子创造出时间，是因为你老是听到荒野上的野兽周而复始的叫声，是因为你老是呼喊出时代的符号：战争时的怒吼、哀丧时的嚎啕、喜庆时的欢呼。你的脑子创造出时间，最后还是因为你老是说时间，谈时间，想到这个宇宙里其实不存在的时间；这个宇宙实际上是没有时间的，因为它没有开端，也永远不会有尽头。它既无始，也无终，它并不知道你无中生有地为无限的东西制造了一个衡量的尺度，制造了一种备用的比例。

你制造并且衡量着其实不存在的时间；

你知道了，辨别了，评价了，估计了，想象了，提防了，最后想到了其实不存在的只是你脑子创造出来的东西；你学会了控制自己的暴力，好去控制你的敌人的暴力；你学会了摩擦木头，使它着火，因为你需要向你自己的洞穴的入口处扔一个火把，把那些不会把你的肉同别的动物的肉辨别开来、区分开来的野兽吓跑。你要兴建成千上万座殿堂，颁布成千上万部法律，写出成千上万本书，供奉成千上万尊神，绘出成千上万幅画，造出成千上万台机器，征服成千上万个民族，打破成千上万颗原子，最后向你自己洞穴的入口扔进一个燃烧着的火把。

你之所以做这一切，是因为你有思想，是因为你在脑子里堆积形成了一种神经壅塞，形成了一层厚厚的网，能摄取信息，把它从前面传送到后面。你之所以活着，并不是因为你是最强者，而是由于经过这个越来越寒冷的宇宙某种莫名其妙的巧合，能在这个宇宙里生存下来的只有那些懂得保存自己身体的温度、不受环境变化影响的有机体，它把这一大片神经集中在一起，从而能够预言危险，寻找食物，组织自己的运动，在这个圆形的、向四面八方扩展的、充满了原始状态的汪洋大海中掌握游泳的方向。死去的、淘汰掉的物种，会沉到海底去，他们是你的兄弟姐妹，他们没有伸出自己的五颗有收缩能力的星、自己的五根手指抓住对岸，抓住陆地，抓住黎明的岛屿，从水里冒出来。你却通过变形虫、爬虫、鸟类的杂交而冒出来了。那些鸟类又从新的高峰飞扑下来，撞到新的深渊去，在失败中学习；而另一方面，爬虫却腾空飞翔起来，大地变冷了。你通过那些有了羽毛保护、靠自己传热的速度而保住温度的飞鸟而活下来了，冷血的爬虫则在睡觉、冬眠，最后死去。你却用指甲抓住坚固的土地，抓住黎明的岛屿。你像一匹马那样冒着汗。你得到了不变的新体温，爬上了新的树。你从树上下来时，已经有了分门别类的脑细胞。你的生命机能已经自动化，已经有了适量的氢、糖、钙、水分、氧。你已经有了自由，可以超越到直接的感觉和物质生活的眼前需要之外去思维。

你从树上下来时已经有了一百亿个脑细胞，脑袋里装上了这样一个电池。你成了一个可塑体，能变化。你可以探险，满足自己的好奇心，给自己提出目标，用最小的努力来实现这些目标，避开困难、预见、学习、忘却、回忆，把概念连结起来，辨认形状，使谋生之外还留下多余的空间。天地升级，使你自己的意志不为物质环境的种种吸引和排斥左右，寻找有利的条件，以最低限度的标准来衡量现实，但又在内心暗自希望到达最高限度，却不冒险去陷进千篇一律的失望。

使你自己习惯于、适应于共同生活的要求。

愿望：愿望你自己的愿望同你所愿望的东西合而为一；梦想愿望马上能实现，马上能使愿望和所愿望的东西合为一体。

认出你自己。

认出别人，也让他们认出你。知道你同每一个人都是对立的，因为每一个人都是妨碍你实现自己愿望的障碍。

你选择，你为了生存而选择，在无数的镜子中单单选择出把你的原形照出来的镜子，它使其他一切镜子都黯然无光。你把它们都杀掉，然后又一次在这些无穷无尽的道路当中做一个选择。

你做出决定，选择出其中的一条道路，把其他道路都牺牲掉。你不再是其他所有人那样了；你希望别的人——别的一个人——替你完成你在做出选择时破坏了的生命。你在做出选择时，不，你并不允许那与你的自由一致的愿望来把你引上一条迷宫般的道路，而是让你的利益、你的恐惧、你的骄傲心来把你引上这条迷途。

这一天，你害怕爱。

但是你可以恢复你的爱。你闭眼安息，但你还是看得见；你还是有你的愿望，因为这样你才能把所愿望的东西变成你自己的东西。

今大，既然你的生活和你的命运成了一回事，记忆就成了满足了的愿望。

（1934 年 8 月 12 日）

他挑出了一根火柴，把它贴着火柴盒粗糙不平的侧面划着了火，瞧一下火焰，然后把火送到香烟的尖端。他闭上了眼睛，吸一口烟，伸直了腿，舒服地坐在天鹅绒沙发上；那只空闲的手在摸着天鹅绒。他嗅到了背后一张桌子上的玻璃瓶里插着的菊花的香味。他听到那台在他背后的唱机放出的缓慢音乐。

"我就要准备好了。"一个女人的声音说。

他用空闲的手去摸索他右边一张核桃木小桌子上放着的一大本唱片集。他碰到了硬纸板，看了一下 Deutsche Grammophon Gesellschaft[1] 的名字，然后听到了大提琴发出雄壮的乐音，它的声音终于压倒了小提琴的齐奏，使它们退居次要的地位。他不再听了。他伸手整了整领带，把那鼓起的丝绸抚摸了几秒钟；手指接触到时，丝绸发出沙沙的轻响。

"要我给你弄点喝的吗？"

他走到那张底下装着小轮子的矮桌子前，桌上摆了各种各样的瓶子和杯子。他从当中挑选了一瓶苏格兰威士忌酒和一只沉重的波希米亚玻璃杯，倒了两手指高的威士忌，然后挑选了一方块冰，再加进一点矿泉水。

"你喝什么我也喝什么。"

于是他把刚才做过的动作再做一次，双手把两只杯子举着，碰在一起，在手掌里端着晃动，让威士忌和水混匀。然后，他走到了卧室门口。

"等一下。"

---

1 德文：德国唱片公司。

“你替我挑选好了吗？”

“挑选好了。你记得吗？”

“记得。”

“对不起，我迟了。”

他回到沙发上，再次把唱片册拿起来，放在膝盖上。是格奥尔格·弗里德利希·亨德尔的作品。他们曾在那个太热的大厅里听过这两首协奏曲，当时两人偶然坐在一起，她听见他讲着西班牙语，正在同他的朋友议论说，大厅的暖气太热了。他又用英语向她借节目单看，她却微笑着用西班牙语回答他说，请随便看吧。两人相视微笑了。《大协奏曲》，作品第六号。

他们约定下一个月再见面，到时候两人都要到这座城市来，就在靠近嘉布遣修女林荫道的这家科马丹路[1]的咖啡馆。若干年后，他自己一个人，没有她，单身再来访问这家咖啡馆时，咖啡馆的确切位置已经记不清了，但他希望再看到这家咖啡馆，再叫原来要过的东西喝。后来他找到的是一家用红色和乌贼墨色装饰起来的、里面摆着罗马式象牙椅子、有一道暗红木栅栏的咖啡馆，不再是一家露天咖啡馆，不过仍然是没有门的、完全敞开的。他们喝了薄荷水。他再要。她说，九月是最好的月份[2]，是暑假的延长。他付了账。她挽着他的手，笑着，喘息着，穿过了王宫的广场，在走廊和庭院之间漫步，在鸽子的陪伴下踩着第一批刚刚枯落的树叶，然后进入了这家摆着小桌子和天鹅绒靠椅的饭馆。饭馆的墙上有边框漆了图案的镜子，还装饰着一幅古画，涂满了金色、蓝色和乌贼墨色。

“我准备好了。”

他侧眼瞧过去，看见她从卧室里出来，耳朵上挂着耳环；她用

1 嘉布遣修女林荫道与科马丹路都是巴黎的街道。

2 九月底和十月初，这是印第安人的夏天。

一只手整理着那蜜色的顺直头发。他把调好了的威士忌递给她。她喝了一口，缩了缩鼻子，坐到红色的沙发上，把右腿架在左腿上，把玻璃杯举到齐眼睛的高度。他也做出同样的姿态，而且向她微笑。她抖了抖自己黑色上衣的衣襟，好像要抖掉什么东西。小提琴伴奏下的古钢琴在这段下降的乐章中带着头。这种下降是轻巧的，觉察不出来的，一碰到地面就变成轻松活泼的对位，由小提琴的高音和低音交织而成。古钢琴只是像翅膀一样在下降和触地时起作用。现在是音乐在地上跳舞。两人对视了一下。

“劳拉……”

她伸出食指示意，两人继续听下去；她坐着，双手捧着玻璃杯；他站着，把天象仪推动旋转，有时又把它停住，端详那些用银制钉子构成的星座：乌鸦座、盾牌座、猎犬座、飞鱼座、半人半马座。唱针在寂静的唱片上擦着；他向留声机走去，把唱针从唱片上提起来，放在唱盘旁边的小架子上。

“这套房子很合适你住。”

“合适，很整洁。但是我的东西没能全放下。”

“算了。”

“我只好租了一个库房，来把所有放不下的东西藏起来。”

“你如果愿意，本来可以……”

“谢谢。”她微笑着说，“假使我要的只是一幢房子，我就跟了他了。”

“你还想听点音乐吗？还是咱们走呢？”

“不听了。把这杯喝完，咱们就走吧。”

他们在这幅画前面停下来。她说她很喜欢这幅画，她常常来看这幅画，因为莫奈画的圣拉扎尔火车终点站停着的这些火车、这股蓝烟、远处背景里的这些蓝色和土黄色相间的房屋、这些模糊不清若隐若现的人形、这个用铁条和不透明玻璃架成的可怕屋顶是她十分喜欢的。这座城市就是这些东西使她喜欢；这里的东西，单独孤立起来细看，也许不太漂亮，合成整体却有一种不可抗拒的魅力。他对她说，她真有眼光；她笑了，摸他的手，对他说，他说得对，她喜欢这画，全都喜欢，她很满意。他过了若干年后再来看这幅已经陈列在热德波姆陈列馆[1]的画时，向导对他说，这是一幅名画，它的价值在过去三十年中增长了四倍，现在已经值好几千万美元了，这是很了不起的。

他走上前，停在她背后，抚摸她沙发的靠背，然后又抚摸她的肩头。她把脑袋斜倚在他手里，脸庞擦着他的手指。她又微笑着叹息一声，走开，呷了一口威士忌。她把头向后仰，眼睛闭着，把口中的酒留在舌头和上颚之间一会儿，然后咽了下去。

“咱们可以明年再来。你看呢？”

“可以，可以再来。”

“我还记得咱们在马路上漫步的情形。”

“我也记得。你原来从未去过维拉日[2]。我记得是我把你带去的。”

“对。咱们可以再来。”

“那座城市够热闹的。你还记得吗？你原先连河水海水混合在一起的气味也分辨不出来。你嗅不出这股气味。咱们一直走到哈得孙河[3]，闭上了眼睛，去辨认这股气味。”

他拿起了劳拉的手，吻她的手指。电话铃响了，他走过去，拿起了话筒，站了起来，听到了反复的声音：“好的……喂，喂？是劳拉吗？”

他把一只手放在黑色的话筒上，把话筒递给劳拉。她把玻璃杯

1 热德波姆（Jeu de Paume）是巴黎的一座印象派绘画陈列馆，又译国家影像美术馆。
2 维拉日（Village）是巴黎的旧城。
3 哈得孙河（Hudson）是流经纽约入海的河流。

放在小茶几上，向电话走去。

“喂！”

“是劳拉吗？我是卡塔琳娜。”

“哦。你好吗？”

“我没打断你什么事吗？”

“我正要出门。”

“不，不，我不会耽搁你多长时间的。”

“你说吧。”

“不耽误你吗？”

“不，真的不。”

“我觉得我犯了个错误。我本来应该告诉你。”

“真的？”

“真的，真的。我本来应该买了你那张沙发就好了，现在我在布置新房子，才发觉到了这一点。你记得那张沙发，那张有针织刺绣的沙发吗？你看，它摆在门厅多么好看，因为我买了一些哥白林双面挂毯来布置门厅，我觉得只有你的那张沙发摆在那里才合适……”

“天晓得。也许刺绣太多了吧？”

“不，不，不。我的那些哥白林双面挂毯是深色的，你的沙发是浅色的，衬托起来十分漂亮。”

“但是你知道，这张沙发我已经布置在我的这套住宅里了。”

“唉，你别这样。你的家具太多了。你不是告诉过我，你把一半家具堆到了库房里吗？是呀，是你告诉我的，对吗？”

“对的。但是我已经把客厅布置好……”

“你就考虑一下吧。你什么时候再来看我这房子？”

“随你的便吧。”

“不，不，别这样地模棱两可。你选定一个日期，咱们一起喝茶聊聊。"

"星期五好吗?"

"不,星期五我不行,星期四倒是可以的。"

"那么就定星期四吧。"

"但是我要告诉你,没有你这件家具,门厅就要毁了,我几乎宁可不要门厅了,你看见吗?就要毁了。大房间到底是容易布置的,你说呢?"

"那么就定星期四吧。"

"我还看见你丈夫在街上走过,他很有礼貌地向我打了招呼。劳拉,你们要离婚,这真是罪过,真是罪过。我看见他很英俊,看得出他是需要你的。劳拉,为什么呢?为什么呢?"

"事情已经过去了。"

"那么就定星期四吧。咱们两个单独谈个痛快。"

"好的,卡塔琳娜。星期四见。"

"再见。"

他请她去跳舞;他俩穿过了普拉萨旅馆那些摆设着大盆棕榈树的大厅,往舞场走去。他把她抱在怀里,她抚摸着他长长的手指,触到了掌心的温热,把头低下来倚在舞伴的肩头上,又抬起头来,定睛瞧着他。他也定睛瞧着她:两人面对面互相瞧着,互相瞧着。他的眼睛是碧绿色的,她的眼睛是灰色的。他俩互相瞧着,舞池里只有他俩;乐队在奏着一支十分缓慢的布鲁斯[1],他俩互相瞧着,手指握着,腰肢抱着,在缓慢地旋转,这条府绸裙子,这条裙子……

她把双手搭在他的脖子上,瞧瞧他,等待了一下。然后她向绣花的沙发走去,摸摸那沙发,又凝目注视着他。

"你愿意亮灯吗?灯就在你旁边。谢谢。"

1 布鲁斯,一种慢四步的美国爵士舞曲。

“她一点都不知道。”

劳拉离开了沙发，瞧着他：“不，太亮了。问题在于我还不会分配灯光。给一大套房子安排明暗是不能这样做的……”

她感到疲倦，坐到了沙发上，从旁边的小茶几上拿起一本皮封面的小书，翻开来一页一页地看着。她把垂下来遮住了她半边脸的金头发捋到一边，把书对准有灯光的地方，嘴里喃喃地念出书上的话，眼眉抬得高高的，嘴唇流露出一丝无可奈何的神情。她念了一段，就把书合上，说：“卡尔德隆·德·拉·巴尔卡[1]。”她又瞧着他，背诵了书上的话：“难道不会有快乐的一天吗？你说，上帝为什么创造了鲜花？难道不是为了让嗅觉能够享受鲜花的馥郁清香吗？……”

她在沙发上用手掩着眼睛，继续用清楚而疲倦的声音、一个自己不愿听到也不愿被人听到的声音，背诵着书上的话：“……难道不是要让耳朵听到这些花的声音吗？……难道不是要让眼睛看到这些花的美丽吗？……”她感觉到他的手按到了她的脖子上，接触到胸脯的肌肤，碰到了那两颗活生生的珍珠。

“不是我逼你这样做的……”

“不是的，跟你没有什么关系。事情是由来已久的。”

“为什么发生了这样的事？”

“哦，也许是因为我对太自负吧……因为我觉得自己有权利得到另外一种对待……不做让别人摆弄的玩物，而是做一个人……”

“那么，你同我一起又觉得怎样？”

“我不知道。我不知道。我已经三十五岁了。要从头再来是不容易的了，除非是有人伸手来帮咱们一下……那天晚上咱们谈过了，你还记得吗？”

---

1 卡尔德隆·德·拉·巴尔卡（Calderón de la Barca，1600—1681），西班牙著名剧作家。

“在纽约。”

“是呀。咱们说过，咱们应该互相认识……”

“……还说，关上门比开着门更加危险……你现在不是已经认识我了吗？”

“你从不说什么话。你从来不向我提出什么要求。”

“本来是应该提出的，不是吗？但又何必呢？”

“我不知道。”

“你不知道。非得等我一个字母一个字母地全告诉你，你才会知道……”

“也许是吧。”

“我爱你。你也告诉过我你爱我。不，你不愿意明白……给我一支香烟。”

他从上衣的口袋里掏出了烟盒。他抽出一根火柴，给她点着了烟。她觉得烟纸在嘴唇上沾湿了，就用手指把掉下来沾住嘴唇的纸片拨掉，在两根手指中间捻了几下，轻轻地扔掉，等待着。他瞧着她。

“现在也许我要恢复我的功课了。我十五岁的时候就喜欢画画，后来忘了。”

“咱们出去走走好吗？”

她把鞋子脱掉，头靠在一只垫子上，把缕缕青烟吹向天花板。

“不，咱们不出去了。”

“你还要一杯苏格兰威士忌酒吗？”

“好的，再给我一杯。”

他从桌子上拿起了空玻璃杯，瞧瞧杯子边缘上口红的印痕，听听摇动杯子时冰块碰击玻璃发出的叮叮声，然后走向矮桌，再倒下威士忌，用银夹子夹起一小块冰……

“劳驾，别兑水。”

她问他，他是不是很想知道画中那个穿着白衣服（有白色也有阴影）、衣服上飘着蓝带、站在秋千上的姑娘注视的是什么方向，注视着什么人还是什么东西。她告诉他，总是会有些东西不放进画面，因为画面所表现的世界应该更大一些，伸展出去，充满别的色彩、别的事物、别的激情，这样，一幅画才能形成，才能算是画。他们走了出去，走到九月的阳光下。他们笑着走着，穿越里沃利路[1]的柱廊。她对他说，他应该看看伏日广场[2]，那也许可以算是最漂亮的了。他们喊住了一辆出租汽车。他在膝盖上摊开了市区地图，她伸出一根手指顺着那条红线和那条绿线指点着。她挽着他的胳膊，两人的气息紧紧贴近。她说，她很喜欢这些名字；她不停地重复念着这些名字：里沙尔·勒努阿尔、勒德吕—罗朗、菲依·杜·卡尔维尔……这些都是巴黎的街道名。

他把玻璃杯递给了她，又重新把天象仪推动旋转起来，读着那些星座的名字：豺狼座、巨爵座、人马座、双鱼座、时钟座、南船座、天秤座、巨蛇座。他任由天象仪自己旋转，让自己的手指擦着这个旋转中的圆球，触到那些冰冷的遥远的星星。

“你在干吗？”

“我在瞧着这个宇宙。”

“嗯。”

他跪了下来，吻她那散乱的头发；她点点头，微笑起来。

“你的妻子想要这张沙发呢。”

“我已经听到了。”

“你给我出个什么主意呢？我应不应该做好人？”

“随你的便。”

“或者不加理睬，好不好？当她没跟我说一样，好不好？我看，

1 里沃利路（rue de Rivoli）是巴黎的一条路，离圣母院不远。

2 伏日广场（Place des Vosges）是里沃利路附近的广场。

不加理睬更好些。有时候，好人难做，自讨没趣。你不觉得吗？”

“我不明白你的意思。”

“放点音乐吧。”

“你要哪一张唱片？”

“原来的那一张，请你就放原来的那一张吧。”

他看了一下两张唱片四面的号码，把次序排好了，按了一下电钮，让唱片自己掉下，让它自己像轻轻拍打着一样掉到麂皮的转盘上。他嗅出了这股由蜡、发热的管子和刨光的木头混合而成的气味，又听到了古钢琴的响声，轻轻掉进欢乐中的响声。这古钢琴离开了，离开了天空，同小提琴一起落到坚实的大地上，落到了支撑着它的大地上，落到了巨人的背上。

“音量合适吗？”

“再大一点，阿尔特米奥……”

“行了吗？”

“我的宝贝，我没有什么办法了，只好由你自己来选择。”

“劳拉，耐心一些。你要知道……”

“知道什么？”

“你别强迫我。”

“知道什么？你怕我吗？”

“咱们这样不是很好吗？还缺什么呢？”

“天晓得，也许什么都不缺吧。”

“我听不清楚你讲的是什么。”

“不，你别把音量拧小了。别管那音乐，听我说。我感到厌倦。”

“我没有欺骗你。我没有强迫你。”

“我没有改变你，如果改变了，那倒是另外一回事。你没有下决心。”

“我同从前一样地爱你。”

“像第一天一样。”

“是的，是那样。”

“但现在不是第一天了，现在你已经认识了我。你说，你说。”

“劳拉，你得知道，这种事是有害处的。应该小心一些……”

“照顾表面吗？或者是害怕吗？不会出什么事情的，你放心，不会出什么事情的。”

“咱们本来应该出去。”

“现在不行了。不，现在不行了。把唱机放响一点。”

小提琴碰到了玻璃杯：欢乐，拒绝。这副在水汪汪的眸子下勉强装出来的面容上的欢乐。他从一张椅子上拿起了帽子。他走向房间的门口。他的手放在门把上，停住了。他朝后面看看。劳拉蜷缩着，双臂抱着靠垫，背朝着他。他走了出去，细心地把门关上。

我又一次醒过来了，这一次却是自己叫喊着醒过来的。有人把一柄又长又冰冷的匕首插进了我的肚子。有人从外边刺我。我自己是不会这样残害自己的。有人，有别人，他把钢刃刺进了我的脏腑。我伸出两臂，极力想坐起来，但是，那些手，别人的胳膊，把我抓得紧紧的，叫我安静点，说我必须安安稳稳地别动。有一根手指迅速地在电话机上拨号，拨错了，又试一下，又错了，最后打通了。喊大夫，快点，早点来，因为我想起床，用动作来压住我的疼痛，但他们不让（他们是谁呢？他们是谁呢？）。肌肉的收缩在上升，我想象中这收缩的样子像是蛇身的环节，一直收缩到胸部，收缩到喉头，使我的舌头和口腔都塞满了这种粉末状的苦味的养料。这是从前的一顿饭，我已经忘掉了，现在我想把它吐出来。我脸朝下找那件瓷器却找不到，我找的不是这块沾上了我胃里这种又浓又臭的液体的小地毯。止不住，它像在撕裂我的胸膛；它苦得很，使我的咽喉忍不住要笑出声音来；它使我痒得要命。它还在流出来，止不住，这是从前消化了的东西，带着血，吐在卧室的地毯上。我用不着照镜子就可以感觉到自己脸色的苍白、嘴唇的青紫、心脏跳动的加速，而脉搏在手腕处却消失了。人家把一柄匕首插进了我的肚脐，就是那个曾经为我输送营养的肚脐。我的手指摸到了这个附在我身体上的肚皮，对于手指的感觉，我简直不能相信，这肚皮附在我身上，但又不是我的。它又肿又胀，里面挤满了这些气体，我感觉到这些气体在流动着，但我怎么使劲，这些气体还是挤不出去。这些气体升到了喉咙口，又降回到肚子里、肠子里，但我还是挤它不出去。不过，我倒是可以呼吸自己带臭味的气息了，因为现在我躺平了，感觉到他们在我身边匆匆忙忙地揩拭着小地毯。我嗅到了肥皂水的气味，湿了的抹布的气味、他们想用这个来压住呕吐物的气味。我想起来。我如果在房间里走走，疼痛就会过去，我知道会过去。

"把窗打开。"

"妈妈，你也知道，他连自己心爱的东西都亲手毁掉了。"

"别说了。看在上帝面上，别说了。"

"他不是害死了洛伦索吗？不是……"

"住嘴，特蕾莎！我不许你说下去。你是在刺着我的心。"

什么，洛伦索吗？不要紧。我不在乎。让她们把话都说了吧。我早就知道，她们这样议论，就是不敢向我当面说罢了。让她们现在说就说吧。就趁这个机会吧。我赢了。他们不明白。他们像石像一样瞧着我，瞧着神父在我的眼皮上、耳朵上、嘴唇上、手脚上、两腿之间涂上油。巴迪亚，你把录音机插上吧。

"我们渡过了河……"

现在是她，是特蕾莎，挡住了我，这一次我倒是真的看见她眼睛里流露出来的恐惧、口红褪掉的嘴唇显示出来的惊慌。卡塔林娜的双臂里藏着一大堆从未说出来而我又不让她说出的话。他们把我扶着躺下了。我不能，我不能，疼痛使我弯着腰，我要用手指的指尖去碰碰脚趾的趾尖，好证实脚确实是在那里，没有消失，虽然已经冰凉了，死了。唉，唉，唉，死了，到现在我才知道，一生中，肠子里总是有一种觉察不出来的运动，不断地在动着。这种运动，我现在才认出来，因为忽然间我感觉不到它了。它停住了，这原来是一种波浪运动，它伴随了我一辈子，但现在我感觉不出来了，感觉不出来了，不过我在伸出手来抚摸已经毫无感觉的冻僵的脚时，我注视着手上的指甲，我注视着我那些新的、发蓝的、暗黑的、为了死去而新长出的指甲。唉，唉，唉，不，算了，我不想要这种发蓝色的皮肤，这种染上了死色的皮肤。不，不，我不要，别的东西可以是蓝色，天空可以是蓝色，回忆可以是蓝色，渡河的马可以是蓝色，光亮的马可以是蓝色，海可以是蓝色，花可以是蓝色，我自己是蓝色可不行啊。不行，不行，不行，唉，唉，唉，我只好仰天掉下来，因为我不知道往哪里去才好，怎样动才好，我不知道把我已经感觉不到的胳膊和腿往哪里伸展才好，我不知道往哪里瞧才好，我已经想不起来了，因为我不知道往哪里去。我只有肚脐上的这阵疼痛，肚子里的这阵疼痛，肋骨旁边的这阵疼痛，还有当我徒劳地使劲挣呀挤呀、挣得心肺欲裂、张开双腿挣呀挤呀时直肠里的这阵疼痛。我什么气味都嗅不到了，我只听到特蕾莎的哭声。我感到卡塔琳娜的手按着我的后背。

我不知道，我不明白为什么你坐在我身边，终于同我一起共同回忆这件往事，而这一次，你的目光里已经不带责备的神情了。啊，我能够明白就好了。咱们能够明白就好了。也许睁开的眼睛后面还有一层薄膜，直到现在咱们才动手把这层薄膜撕破，瞧瞧吧。身体从别人的目光、别人的抚爱中得到多少，就可以从身体中给予多少。你在触摸着我。你在触摸着我的手。我感觉到你的手，却没感觉到我自己的手。她在触摸着我。卡塔琳娜在触摸着我的手。也许是爱情吧，我闹不清楚。我不明白。也许是爱情，是不是？我们原先都十分习以为常了。每当我向她做出爱情的表示，她就以责备来回答我；而每当她做出爱情的表示，我就以摆架子来回答她。也许这是一而二,二而一，是同样的感情，也许是吧。她在触摸着我。她想同我一起回忆这段往事，只是回忆这段往事，理解这段往事。

“为什么呢？”

“我们骑着马渡过了河……”

我活下来了。雷希娜。你的名字怎么个叫法？不，你，雷希娜。无名的士兵，你的名字怎么个叫法？我活下来了。你们死了。我活下来了。

“女儿，走过去……让他认认你……把你的名字告诉他……”

但是我听着特蕾莎的哭声，我感觉到卡塔琳娜的手按着我的后背，听到这个男人以迅速而飕飕发响的步伐走过来，摸我的肚皮，按我的脉搏，猛然掀开我的眼皮，使我的眼睛中灌满了一种点着了又熄灭、点着了又熄灭的虚假的亮光。他又摸我的肚皮，把一只手指探入我的肛门，把温热的带酒精味的体温表放进我的嘴里。其他人的声音都停住了，刚到的那个人在远处讲了几句，像在隧道的尽头似的：

“不可能查清楚。可能是绞窄性疝，可能是腹膜炎，可能是肾炎肠绞痛。我倾向于认为这是肾炎肠绞痛。如果是的话，就要给他注射两毫升的吗啡。不过这可能有危险。我看必须再听听大夫的意见。”

唉，这阵正在自己战胜自己的疼痛。唉，疼痛啊，你拖得太久了，久到我已经不在乎了，你已经久到成了正常状态。唉，疼痛啊，没有你，我反倒受不了了，我对你已经习惯了。唉，疼痛，唉……

“阿尔特米奥先生，你说话呀。请你说话呀。说话呀。”

“……我不记得她了，我已经不记得她了，是的，我怎么会忘记她呢……”

“喂，注意。他一说话，脉搏就完全停止了。”

“大夫，给他注射吧；别让他受苦了……”

“要另找个大夫给他看看。这样做是危险的。”

“……我怎么会忘记她呢……”

“请休息吧。别说话了，就这样。他最近一次小便是什么时候？”

“今天上午……不，就在两小时以前，不知不觉撒出来的。”

“小便没有保存吗？”

“没有……没有。”

“给他放个尿壶。把小便留着，要化验一下。”

“我当时不在那里。我怎么会记住呢？”

又是这件冰冷的东西。又让死了的我在这个金属的入口小便。我一定能学会同这一切打交道。发病，像我这样年纪的老人，发病是随时可能的，发病也没有什么了不起；会过去的；不过去也不行。但是时间只有这样短，为什么不让我回忆这件往事？是的，当身体还强壮的时候；它有一阵曾经是强壮的；曾经是强壮的……啊，身体痛得要死，是脑子却充满了亮光。二者在分开，我知道它们在分开，因为现在我记起了这张面孔。

“请你忏悔吧。”

我有个儿子，我把他培养成人，因为现在我记起了这张面孔，我是在哪里捉住这张面孔的？又是在哪里挡住它、不让它逃脱？在哪里？看上帝面上，在哪里？对不起，在哪里？

你从你的回忆的深处发出呼喊：你把头低下来，仿佛想把头附到马耳朵旁边，用言词来鞭策它。你感到（你的儿子一定也同样感到）这阵凶狂的烟雾般的气息、这些汗水、这些绷紧的神经、这种拼命使劲的、玻璃般的目光。人声被隆隆的马蹄声湮没，他喊叫："爸爸，你从未制服过这匹母马！""喂，是谁教会了你骑马？""我说，你是制服不了这匹母马的！""等着瞧吧！"洛伦索，你应该把话都告诉我，直到现在，同……直到现在，和以前一样，你告诉你母亲时是一点也不会羞愧的；不，不，你在我面前千万别手足无措；我是你最好的朋友，也许是你唯一的朋友……她今天早上又背诵了一遍，躺在床上，在今天这个春天的早上又背诵了一遍自从她儿子小时候以来就准备好了的全部谈话内容。她把儿子从你身边弄走，一整天都照料他，不肯雇个保姆。把女孩子从六岁起就关进了一家教会寄宿学校，好把全部时间花在洛伦索身上，好让洛伦索习惯这种舒适的、没有变化的生活。快马奔驰，风吹得你双眼流泪。你双腿紧夹着那匹雄马。你猛然扑到马鬃毛上，但是那匹母马仍然跑在你前面三匹马身远的地方。你累了，挺直了身子；你放慢了速度。你觉得，看着那匹母马和那年轻的骑士走远，马蹄声湮没在赤鹎的齐鸣中，湮没在从山坡上传下来的羊咩声中，是很有趣的。你不得不眨着眼睛，才能盯住洛伦索骑的母马不放。它现在离开了小路，又向密林中奔跑，回到河那边去。不，没有什么好左右为难的，没有什么不好选择的。卡塔琳娜在自言自语，想到你在开始时那种漠不关心的态度曾经不知不觉地帮助了她，因为你属于另一个世界，也就是那个当你把加马里埃尔的土地接管过来时她所遇到的劳动与实力的世界，她当时就让儿子成了那个由半明半暗的卧室组成的世界的一部分。这是一道天然的斜坡，事物的进进出出几乎是不知不觉的。这样一个世界是她在神圣的喃喃细语中、在静悄悄的掩饰中制造出来的。洛伦索的那匹母马离开了小路，又向密林中奔跑，回到河那边去。这个小伙子举起的手臂伸向东方，伸向那升起了太阳的地方，伸向那个被一个沙洲与海隔开的湖沼。你又一次感觉到那股热蒸气上升到你的脸上，感觉到那个清凉的暗影落到你头上，这时，你闭上了眼睛。你任马匹自己走自己的路，把你在湿透了的马鞍上摇来晃去。在你闭上的眼皮后面，太阳的形状和阴影的形状分散成了无数看不见的波纹，那个年轻力壮的身躯投下了蓝色的影子。你那天早上同每一个早上一样，醒来时充满了预期的快乐。“我总是把另一边脸也转过去让他打，”卡塔琳娜带着身边的孩子，在背诵着，“我总是，我总是把一切都忍受下来，要不是为了你。”你很喜欢这双惊讶的若有所询的眼睛，它们是听人指引的，“总有一天，我会告诉你的……”你在洛伦索十二岁时就开始把他带到科库雅来并没有做错；你也说：没有做错。你是为了他才买下这些土地，重建了那个庄园，把他这个小主人留在庄园里负责庄稼，在马匹与打猎、游泳、钓鱼的生活中经受锻炼。你从远处看见他骑马，就自言自语，说这就是你年轻时的形象：英俊健壮，皮肤黝黑，碧绿的眼睛深陷在高起的颧骨下面。“总有一天我会告诉你的……洛伦索，你父亲，你父亲……”你们在湖沼旁的草地上下了马。两匹马如释重负，低下了头，用舌头舔水，用润湿的嘴唇互相舔着。接着它们又慢慢地跑着，步伐像催了眠似的，跑步时把固定在地面上的草分开，鬃毛飞舞，口吐白沫，太阳光和水的反射光在它们身上蒙了一层金色。洛伦索把手按在你的肩头。“洛伦索，你父亲，你父亲……洛伦索，你真的爱我们的主上帝吗？我教你的一切你都相信吗？你知道教会就是上帝在人间的身体、神父就是主的代理人吗？……你相信……吗？”洛伦索把手按在你的肩头上。你们相视而笑。你搂住洛伦索的脖子，他假装给了你肚子一拳；你笑着把他的头发弄乱；两人抱成一团，假装在角力，可是真的出了力气，累得上气不接下气，最后筋疲力尽，倒在草地上，笑着，喘不过气，笑着……“我的天呀，我为什么问你这个呀？我没有权问，我的确没有权问……我不知道，简直是在培养圣徒般的人……培养道道地地的殉道者……你觉得可以赞成吗？……我不知道我为什么问你……”马匹回来了，像你们一样疲乏。你们牵着缰绳，沿着那条通向海上、通到大海上的沙桥走着。洛伦索和阿尔特米奥走向开阔的海洋。洛伦索轻快地往那边跑，跑向那些打到他腰际就散开的海浪，走向那个热带的、绿色的海洋，这海洋弄湿他的裤子，这海洋有低飞的海鸥在监视着，这海洋只伸出自己疲倦的舌头舐着沙滩，这海洋被你一时冲动地拿到手掌心并送到嘴唇上，这海洋有一股苦啤酒的气味，有甜瓜、山荔枝、番石榴、榅桲和草莓的气味。渔夫们吃力地把渔网往沙滩上拉，你们走到他们身边，同他们一起敲破牡蛎的贝壳，同他们一起吃螃蟹和龙虾，而孤单的卡塔琳娜则想闭上眼睛睡倒，等待着从十五岁起已经两年未见的男孩子回来。洛伦索一面剥碎龙虾粉红色的壳并对渔夫递给他的一片柠檬表示谢意，一面问你是否想到过海的另一边有什么东西，因为他觉得大地全都是一样的，只有海是不同的。你告诉他，有一些岛屿。洛伦索说，海上发生的事情太多了，仿佛我们生活在海上时就不得不变大些、完整些才行。你躺倒在沙地上听着渔夫弹奏简陋的六弦琴时，真恨不得，你真恨不得向他说明，若干年前，四十年前，这里有什么东西中断了，而另一些什么东西开始了，或者是一种更加新的什么东西，因而永远开始不了。在黎明的模糊的阳光下，在正午的烈日的暴晒下，在这条海边的暗黑小径上，在这个现在平静的、浓厚的、绿色海洋旁边，有一个并不现实却是真正的鬼魂在跟着你，它终于……并不是这件事（一个尽管是真的但已经作废了的可能性）使你坐卧不安，并不是这件事使你牵着洛伦索的手回到科库雅去，使你不安，使你把洛伦索带回科库雅去的，是另一件事（你说话时闭着眼睛，嘴里仍带着海产的味道，耳里仍响着维拉克鲁斯的曲调，整个人沉溺在黄昏的广阔空间之中）。一件难以表达、难以单独想象的事；尽管你想把一切都告诉你的儿子，但你又不敢。你听着他如何理解，蹲下来，面对着开阔的海，十指张开，上面是忽然暗下来的阴天："再过十天，就有一艘轮船出发。我已经订了票。"上面是天，下面是洛伦索伸出来接落下来的雨滴的手；他伸手时的表情像是乞讨一样："爸爸，如果是你，你是不是也会这样做？你当时没有留在家里。相信这一套吗？我说不准。你把我带到了这里，你把这一切东西教了给我。我好像重新过起你的生活似的。你懂我的意思吗？""懂。""现在有了那一条战线。我觉得这是唯一剩下来的一条战线。我要去……"啊，这阵疼痛，这阵刺痛，啊，你是多么想起床、跑步，在走路中、劳动中、呼喊中、发号施令中忘掉疼痛。他们不放开你，他们抓住你的胳膊，他们逼你安静下来，逼你继续回忆下去，但你不愿意。你愿意了。唉，你不愿意。你只梦见过自己的日子。你不愿意理会那一个最最属于你的日子，因为如果有这样的一个日子，那就是唯一由别人来替你过的日子，是你唯一能以别人的名义来回忆的日子；一个短暂的恐怖日子，一个白杨树的日子，阿尔特米奥，也是你的日子，你的生活……唉……

（1939年2月3日）

他一个人在平台上，手里拿着步枪；他还记得两人一起去湖边打猎的情景。但是现在他拿着的是一支生锈的步枪，不能用于打猎。从平台上可以看到主教办公楼的正面。只剩下了正面，就像一个空壳，没有楼层，也没有屋顶。背后的一切都已经被炸弹炸塌了。还可以看到一些旧家具埋在里面。街上有一个长着短脖子的男人和两个穿着黑衣服的女人排成一行在走着。他们眨着眼睛，手里捧着一些包裹，在那建筑物的斜对面以令人惊讶的步伐走着，一看就知道一定是敌人。

“喂，往另一边的人行道去！”

他从平台这里向他们吆叫。那个男人抬起了头，眼镜反射的太阳光使他目眩。他挥手叫他们过马路去，这就可以躲开那建筑物马上要倒塌下来的危险。他们过了街道；远处，法西斯分子的炮又在轰隆作响（炮声在群山空谷中回响时，声音是空虚的，炮弹在空中掠过发出的嗞嗞声则是刺耳的）。然后，他坐到一个沙袋上。他身边是米格尔；米格尔怎么也不离开那挺机枪。他们从平台上看得见这个市镇的街道。街上有弹坑、打断的电线杆和乱七八糟的电线（还有炮声引起的连绵不断的回音，一些步枪在啪啪啪地响着，地砖是干的，冰冷的）：只有原主教办公楼还矗立在这条街道上。

“咱们这机枪只剩下一条子弹带了，”他对米格尔说。米格尔回答说，“咱们等到黄昏吧。往后……”

他们倚着墙，点着了香烟。米格尔裹起了围巾，把金黄色的络腮胡子也遮起来。远处山头铺满了白雪；雪下了很多，虽然阳光灿烂。早上，山岭显得轮廓分明，好像是在向他们走过来似的。但是，过后，到了黄昏，它就会像是在往后退；山坡上的小路和松树已经看不清楚了。等到白天结束时，这山脉就会变成遥远的一片紫色。

但是，这一天的中午，米格尔却瞧着太阳眨眨眼睛，对他说："要不是有炮声和枪声，咱们简直可以说是在和平时期。这些冬天的日子十分美丽。你瞧瞧雪落到了什么地方。"

他瞧了瞧米格尔脸上那些从眼皮一直伸到络腮胡子附近的、又白又深的皱纹；这些皱纹就像是他脸上的雪。他永远不会忘记这些皱纹，因为他在这些皱纹里看到欢乐、勇敢、愤怒和镇静。他们有时赢了，但后来被迫后退；有时他们却一直打败仗。不过，无论是打胜仗打败仗，米格尔脸上的皱纹都表明了他们该抱什么样的态度。他在米格尔的脸上学到了很多东西。他从没有看到米格尔哭。

他把香烟按在地面上压灭了；烟头画出一条火花。他问米格尔，他们为什么打败仗；米格尔就指着边界那边说："因为咱们的机枪在那边，过不来。"

米格尔也把香烟压灭了，哼着唱起来：

> 四名将军嗨，四名将军嗨，
> 四名将军嗨，我的妈妈哟，
> 他们造反了……

他也倚着沙袋，回答米格尔说：

> 到了圣诞前夕，我的妈妈哟，
> 他们就要上绞架，上绞架……

他们为了消磨时间，常常唱歌。许多时候都是这样；他们警戒着，但没有出什么事，于是他们唱歌。他们唱时并不通知别人。他们当着别人的面前高声歌唱也不觉得不好意思。正如往年那样，那时他和父亲无缘无故地笑，玩打仗的游戏，在科库雅的岸滩上同渔夫们一起唱歌。只不过现在他们唱歌是为了给自己壮胆，虽然歌词在他们看来简直是一种讽刺，因为那四名将军并没有上绞架，反倒是他们被困在这座市镇里了，边境山就在他们面前。他们已经无处可去了。

大约下午四点钟，太阳提早躲起来了。他摸摸自己橘黄色的枪，枪柄涂成了黄色。戴上了帽子，他又同米格尔一样围上了围巾。好些天来，他一直想向米格尔提出一个建议。他自己的靴子穿旧了，但还很结实。米格尔则穿着用破布包住并用绳子捆着的布鞋。他想对米格尔说，他俩可以轮流穿靴子，你一天我一天。但他不敢说出口。米格尔脸上的皱纹告诉他不应该这样做。现在，他们对自己的手呵呵气，因为他们已经晓得在平台上过一个冬天的夜晚是什么滋味。这时候，从街道的深处跑出了我军，也即共和军的一名士兵，他好像从那里的一个弹坑里出来的。他挥舞着双臂，最后脸朝下倒了下来。他后面还有好几名共和军士兵，他们的靴子把那被炸弹炸得七零八落的人行道踩得嘎嘎作响。原先似乎很远的炮声，现在忽然显得近了。其中一名士兵从街道上发出叫喊声：

“武器，给我们武器！”

“别停下来！”那个走在我军士兵们前面的人喊叫道，“别暴露目标！”

士兵们就从他们两人底下跑过，他们把机枪对准了同伴们背后的地方：他们以为敌人在后面追赶着这些同伴。

“他们一定离这不远了。”他对米格尔说。

“瞄准吧，墨西哥人，好好瞄准吧，”米格尔对他说，说罢，把他们唯一剩下的那条子弹带捧在掌心里。

但是，另外有一挺机枪比他们抢先了一步。在离此两三个街区远处有一个隐蔽的机枪巢，却是法西斯分子的机枪巢，一直在等待着我军撤退，现在正把一梭梭的子弹打遍了这条街道，杀伤着我们的战士。但带队的没有被打着，因为他脸朝下扑倒，吆喝道：

“卧倒！你们怎么也学不会！”

他把机枪掉了个方向，对准那个埋伏的敌方机枪巢射击。太阳隐没在山背后了。他手里机枪的火力使他身体晃动不停。米格尔喃喃地说：“光是勇敢还不够。这些金发的摩尔人[1]的叛乱开始于西属摩洛哥。装备比咱们好。”

这时，他们头上嗡嗡地响起了马达声。

“卡普隆尼飞机是意大利提供给佛朗哥的一种飞机。又来了。”

他们在并肩作战，但是在黑暗中已经彼此看不见了。米格尔伸出了胳膊，碰到了他的肩头。这一天里，意大利飞机已经第二次轰炸这座城镇。

“洛伦索，咱们走吧。卡普隆尼飞机又来了。”

“咱们往哪里走？怎么了？扔下机枪吗？”

“机枪已经没有用了。子弹打光了。”

敌人的机枪也不作声了。他们下面的街道上走过了几个妇女。他们之所以认出她们来，是因为她们不顾一切地边走边纵声高唱：

> 有了利斯特尔和康佩辛诺，
> 有了加兰和莫德斯托，
> 有了卡洛斯少校，
> 就不会有胆小怕死的民兵……[2]

在炸弹的轰鸣声中，这样的歌声是够奇特的了，但这些歌声比

---

1 摩尔人通常是黑头发，“金发的摩尔人”指当地的佛朗哥兵士。

2 西班牙内战时一首流行的革命歌曲。

炸弹声更强，因为炸弹是间歇性地掉下来的，而歌声是一直唱个不停。“爸爸，这些歌声算不上多么威武雄壮，却是深情脉脉的妙龄女郎的歌声。她们唱给共和国的战士听，就仿佛这些战士是她们的恋人。我和米格尔在那上面，在放弃机枪之前互相偶然碰了一下手，大家的想法都是一致的。她们是唱给我们，唱给米格尔和洛伦索听的，她们爱我们……”

这时候，主教办公楼的正面也倒塌了，他们赶紧卧倒在地，浑身盖满尘土。他此时想起了他刚来到时的马德里，想到了那些直到清晨两三点钟都挤满了人的咖啡馆，在那里，唯一的谈论题目就是这场战争，当时他兴高采烈，觉得打赢这场战争十分有把握；现在，他又想到，马德里大概仍然在抵抗，马德里的妇女大概正在用弹片制造开瓶塞的钻子……拿破仑将领苏尔特率兵包围西班牙加的斯城时曾流行过一首民歌：“苏尔特的法国人射来炮弹，加的斯的妇女拿炮弹制造开瓶塞的钻子。”西班牙内战期间，这首歌再度流行一时。他们爬到了楼梯口。米格尔已经没有了武器。他则拖着自己那支橘红色的步枪。他知道，每五个战士只有一支步枪。他决定不扔掉自己的步枪。

他们下了回旋梯。

“我觉得一个房间里有孩子在哭。我不知道是不是，因为我也可能把空袭警报的声音当作了哭声。”

但是他想象这孩子是被遗弃在那里的。他们摸索着走下去，周围一片漆黑。因为原先太黑了，所以他们一走到街上就像回到了白天一样。米格尔说：“不准他们通过！”“不准他们通过！”是西班牙内战时共和军的一句著名口号。姑娘们也回答说：“不准他们通过！”黑夜使他们像瞎子一样，走起路来辨不清方向，因为其中一个姑娘向他们跑过来说：“不是走那边。跟我们一起走吧。”

当他们习惯了黑夜的惨淡微光时，已经人人都匍匐在人行道上了。房子倒塌，使他们同敌人的机枪巢分隔开。街道已经被切断；他呼吸了一下飘散的尘土，但也吸到了倚身在他旁边的姑娘们的汗味。他努力想看出她们的脸，但他只看到一顶贝雷帽、一顶毡帽，后来，那个卧倒在他身边的姑娘抬起脸来，他看到了她那散乱的棕色头发，房子倒塌时的石灰把她的头发弄得有点发白。她对他说：

“我叫多洛丽斯。”

“我叫洛伦索。这位是米格尔。”

“我叫米格尔。”

“我们掉了队。”

“我们原来是第四军的。”

“我们怎么离开这里呢？”

“必须绕个大圈，还要过桥。”

“你们熟悉这地方吗？”

“米格尔熟悉的。”

“对，我熟悉。”

“你是哪里人？”

“我是墨西哥人。”

“啊，那么，交谈就不困难了。”

飞机飞远了，大家都站了起来。努丽戴着贝雷帽，玛利亚戴着毡帽，她们报了自己的名字，他们也再说了一遍自己的名字。多洛丽斯穿着长裤和外套，另外两个穿着罩衣，背着背包。他们排成一行在空无一人的街上走着，紧贴那些高房子的墙，就在那些像夏天一样窗户大开的阳台下走过。他们听到没完没了的枪声，不知道是从何处来的。有时候他们踩着了破碎的玻璃，有时那走在最前头的米格尔又叫大家小心电线。有一条狗在十字路口向他们吠叫，米格尔向狗扔了一块石头。在一个阳台上，有个用围巾把脑袋团团包住的老人坐在自己的摇椅上。他们走过时，老人看也不看他们一眼，他们不明白他是在干什么：是等着什么人回来还是等着太阳再出来？他看也不看他们一眼。

洛伦索深深呼吸了一下。他们离开了这城市，来到一片长着光秃秃杨树的田地。这一年的秋天再也不会有人来打扫落叶了。叶子在他们的脚下沙沙作响，而且由于潮湿的缘故已经变黑了。他瞧了一下米格尔脚上包着的湿透了的破布，又一次想到要把自己的靴子换给米格尔，但是这位同伴走起路来是这样稳重，他的两条腿是这样健壮而又挺拔地支撑着他，所以洛伦索马上看出，他是不需要这双靴子的。他即使提出来要让给他，也是徒劳。远处那些暗黑的山坡在等待着他们。也许走到那里时他会需要靴子吧，现在是不需要的。现在那地方有一座桥，桥下流着一条水又深、流又急的河，大家都停下来察看。

“我起初还以为河是结了冰呢。”他做了一个流露出不快的脸色，说。

“西班牙的河流是从来不结冰的，”米格尔喃喃地轻声说，“总是流着的。”

“什么原因呢？”多洛丽斯问他。

“因为如果结冰，咱们就可以不用过桥了。”

“为什么？”现在是玛利亚在问了；三个女人的目光都带着询问的神情，好像是三个好奇的小姑娘。

米格尔说：“因为通常桥上总是布了地雷。”

这一小群人没有动。他们脚下流着的这条白色的湍急的河使他们好像被催了眠一样。他们没有动。最后，米格尔抬起了脸，向山的方向瞧去，说：

“咱们如果过了桥，就可以到山那边，国界就在那地方。咱们如果不过桥，就会被他们枪毙……”

“但是那就……”玛利亚忍着哭泣说，这时候，这两个男人第一次看到了她那玻璃般疲倦的目光。

“咱们已经打输了！”米格尔叫喊起来，握紧了空空的双拳挥动着，好像要在铺满了一层树叶的地面上找一支步枪，“已经没有退路了！咱们没有飞机，没有大炮，什么也没有！”

他没有动。他仍然在瞧着米格尔。后来多洛丽斯，多洛丽斯的温暖的手，她那刚刚从腋窝下拔出来的五根手指，抓住了这个年轻人的五根手指。他马上明白了。她找寻他的视线，他也是第一次看到了她的眼睛。她眨了眨眼。他看到她的眼睛是碧绿的，就像我们故乡附近的海水一样。他看见她披头散发，没有施脂粉，脸颊冻得透红，嘴唇处处干裂。其余三个人没有注意。大家开步走，她和他手牵着手，踏到了桥上。他犹豫了一下。她却没有犹豫。十根连在一起的手指，给了他们温暖，这也是他这几个月来唯一一次感到的温暖。

“……向加泰罗尼亚和比利牛斯山慢慢撤退的这几个月来，唯一一次感到的温暖……”

他们听到了脚下河水流动的声音和桥上木板的吱格声。虽然米格尔和另外两个姑娘从对岸喊他们，但他们俩没有听见。这座桥似乎在伸长，似乎是在横跨一片大海，而不是横跨这条波涛翻滚的河流。

“我的心跳得很快。我的心跳一定是传到了我的手心，因为她把我的心提了起来，放到了她胸前，让我感觉到她的心跳得多厉害……”

现在，他们已经不用怕了，并排走着，桥缩短了。

河的对岸，出现了一件他们原先没有看见的东西：一棵叶子掉光了的美丽白色榆树。雪没有把它盖住，只覆上一层亮晶晶的冰。它像珍宝一样闪亮，在黑色中显得那么白。他感到了自己的步枪压在肩头上的重量、自己两条腿的重量，感到自己的两只脚踏在桥板上像是灌了铅一样地沉重。而这棵等待着他们的榆树却是这样地轻盈、明亮、洁白。他握紧了多洛丽斯的手指。冰冷的风使他们睁不开眼。他闭上了眼睛。

"爸爸，我闭上了眼睛，又睁开了眼睛，因为担心那棵树不在那里了……"

后来，脚接触到了地面，他们停住了。两人没有朝后看，而是往榆树那边跑，不理会米格尔和两个姑娘的呼喊声，也听不见同伴们继续在桥上跑的脚步声。他们跑上前，拥抱那棵光秃秃的、覆了一层冰的白色树干，摇撼它，让那些珍珠般的冰块落到了他们的头上。他们在拥抱树干时手碰到了手。他们猛然离开了树干；两人，多洛丽斯和他，彼此拥抱起来。他抚摸她的前额，她抚摸他的后脑勺；她离远一点，好让他看清她那双碧绿的水汪汪的眼睛和半张着的嘴，然后她把头埋到他的胸怀中，抬起脸，吻他。接着，同伴们围拢上来，但没有像他们刚才那样拥抱那棵大树……

"……多么温暖啊，洛拉[1]，你是多么温暖啊，我又是多么爱你。"

他们在积雪的山巅底下宿营。米格尔和洛伦索找来了一些树枝，点起了一堆篝火。洛伦索坐到洛拉身边，又拿起了她的手。玛利亚从背包里拿出了一个破罐子，把雪装满，放在火上溶化。她还拿出了一块羊奶干酪。接着，努丽笑着从怀里拿出了几小袋揉皱了的立顿茶叶。大家看见纸袋上做商标的那位英国船长的脸，都笑起来。

努丽告诉大家说，在巴塞罗那陷落之前，曾经来过一些美国人，他们赠送了一包包的烟叶、茶叶和炼乳。努丽身材矮胖，为人乐天，战前她在一家纺织厂工作。玛利亚则谈到并且追忆她在

1 洛拉是多洛丽斯的爱称。

马德里上学的日子，当时她住在学生宿舍区，参加过反对普里莫·德·里维拉[1]的罢课，在洛尔卡的诗歌新作朗诵会上感动得流泪。

“我现在给你写信，是把纸垫在膝盖上写的，同时我又在听着她们说话。我还打算抽出工夫来告诉她们我是多么爱西班牙，但我只想到可以谈谈我第一次访问托莱多城的情形，原先我以为这个城市会同埃尔·格雷科埃尔·格雷科[2]的画那样，是一座高踞在宽阔的塔古斯河畔、笼罩在雷电交加的暴风雨和墨绿色乌云之中的城市，一座——我怎么对你说才好呢——一座正在对自己作战的城市。结果我看到的却是一座阳光灿烂、幽雅安静的城市和一个被轰炸过的要塞，因为格雷科的画（我打算告诉她们）代表了整个西班牙的风光。如果说塔古斯河流过托莱多这一段很窄的话，西班牙的裂口却是很宽的，塔古斯河的西班牙文原名意义是‘裂口’。从海洋直到海洋。爸爸，这是我在这里看见的。我打算把这个告诉她们……”

他果然把这一番话告诉了她们，后来，米格尔谈起他是如何参加了阿申西奥上校的这个旅的，他是多么费劲才学会了打仗。他告诉她们，人民军队里全都是十分勇敢的战士，但光靠勇敢还不能打胜仗，必须懂得如何打。临时入伍的战士要花很长时间才能懂得，要保全自己是有一些要求的，最好继续活着才能继续斗争。更何况即使他们学会了自卫，也还没有学如何进攻呢。即使他们这一切都学会了，他们还差一切当中最难学的还没有学呢，那就是要学会取得一个最难取得的胜利，也就是战胜自己、战胜自己的习惯和舒适感。米格尔谈到无政府主义者时没有好话，因为在他看来，这些人是失败主义者。他也咒骂了那些先把武器卖给了佛朗哥又答应把武

1 莫·德·里维拉（Primo de Rivera），西班牙长枪党创始人。

2 埃尔·格雷科埃尔·格雷科（El Greco，1548—1625），西班牙画家。

器向共和国出售的商人。他说他终身最大的憾事就是不明白为什么全世界的劳动人民没有拿起武器来保卫我们西班牙，因为如果西班牙打输了，我们大家都会倒霉。他说完了，就把一支香烟分一半给墨西哥人，两人抽起烟来。他就在多洛丽斯身边，把烟头递给她，让她也抽抽烟。

他们听到了远处沉重的轰炸声。从他们的宿营地可以看到一片黄色的光芒，在黑夜中形成了一片扇形光亮的烟尘。“那是菲格拉斯，”米格尔说，“他们正在轰炸菲格拉斯。”

大家朝菲格拉斯瞧去。洛拉就在他身边。她并不是对大家讲话，她只是轻声对他一个人讲话。他们瞧着远处的那一片烟尘和轰隆声。她说她二十一岁，也就是比他大三岁。他就多报了自己的年龄，说他已经满二十四岁。她说她原籍阿尔瓦塞特，之所以参加战争，是为了跟她的未婚夫在一起。他们是一起上学的（他们学的是化学），她就跟了他。但是，摩尔人在奥维多把她的未婚夫枪毙了。他告诉她，他是从墨西哥来的，他生活在墨西哥一个炎热的地方，靠近海洋，水果很丰富。她叫他给她讲讲热带的水果。他讲到那些她从未听过的水果名称。她听了就发笑，对他说，“曼密苹果”听起来像是一种毒药，“山番荔枝”听起来像是一种飞鸟。他说，他喜欢马，他刚来这里时是参加骑兵的，但是现在马没有了，什么都没有了。她对他说，她从未骑过马。他就努力向她解释骑马是多么有趣，尤其是清早时在海滩上骑马，空气中有一股碘酒的气味，北边正在宁静下来，但仍有毛毛细雨，马蹄踢起的浪花又同毛毛细雨混在一起，骑马的人赤裸着胸膛，嘴唇上沾满了盐味。她听了很喜欢。她说，也许他嘴唇上还剩下一点留作纪念的盐味吧，就吻了他。其余的人已经在篝火边入了睡乡，篝火正在熄灭。他站起来要把篝火挑旺，嘴上还带着洛拉的味道。他看到了大家的确已经入睡，三个人互相搂抱着取暖，他就回到洛拉身边。她解开了里面垫了羔羊皮的外套，他把双手交叉在她背后，按在她的斜纹布衬衣上，她用外套的衣襟包住了他的背。她在他耳边说，他们应该约好一处地方，万一失散了可以重新见面。他对她说，等到咱们解放马德里时，可以在一家靠近西贝雷斯喷泉的咖啡馆重逢。她回答说，可以在墨西哥重逢。他说行，就在维拉克鲁斯港口的广场，在柱廊下，在“教区”咖啡馆。他们到时候可以在那里喝咖啡，吃螃蟹。

她微笑了，他也微笑。他对她说，他想弄散她的头发，吻她，于是她贴紧了他，摘下了他的军帽，弄乱了他的头发。他同时把手伸进了她的斜纹布衬衣里面，轻抚她的背，寻找她那对放松了的乳房。这时候他心中什么都不想了，她一定也是什么都不想了，因为她的声音已经语无伦次，只是不断地喃喃发声，倾吐着自己的衷情，又是谢谢，又是我爱你，又是别忘了我，又是来吧……

他们在吃力地登山。米格尔第一次显得走路很吃力，但并不是因为往上走的缘故，尽管往上走是很够戗的。寒冷已经侵入到他的脚里面，像长了咬人的牙齿似的，人人都可以感觉得到。多洛丽斯靠在她情人的一条胳膊上。他如果侧眼瞧她，她就不安。但他如果正面瞧她，她就高兴。他只希望（大家都希望）不要来一场暴风雨。他是唯一带步枪的人，但他的步枪里也只剩下了两发子弹。米格尔对大家说过，不应该害怕。

“我并不害怕。那一边就是国界，今天晚上我们就要在法国过夜了，有床睡，有房住。我们要好好吃一顿晚餐。我记得你，我觉得，如果是你，就不会感到惭愧。你遇到我这样的处境也会这样做的。你也战斗过，你如果知道总有后来人继续战斗，你是会高兴的。我知道你会高兴的。但是现在这场战斗马上就要结束了。一等到我们走过国界，国际纵队这掉了队的散兵就结束了，下一个阶段就开始了。爸爸，我永远忘不了这一段生活，因为我从中学会了我现在所懂得的一切。这是十分简单的。等我回家再慢慢告诉你。我现在连一个字眼都想不出来了。”

他的一根手指碰了一下藏在衬衣补丁里的这封信。天气这样寒冷，他连嘴都张不开了。他呼吸时喘着气。他透过紧闭的牙齿呼出了一阵白汽。他们走得非常慢。成群结队的难民多极了，一望无际。走在他们面前的农民们赶着大车，把小麦和灌肠带到法国去；妇女们背着褥子和毯子，有些人扛着画幅和椅子、脸盆和镜子。农民们说，他们到了法国之后，还要照旧种庄稼。他们前进的速度很慢。人群中也有小孩子，有的还是吃奶的婴儿。山上的泥土是干燥的、粗糙的、带刺的、荆棘丛生的。他感觉到多洛丽斯的手掌藏在他的腰间，他觉得自己必须拯救她，保护她。他现在比昨夜更加爱她了。他也知道，他明天一定会比今天更加爱她。她也一定更加爱他。这是用不着说出来的。他们心心相印，就是这样。我们心心相印。他们懂得一起笑。他们有话可以彼此倾诉。

多洛丽斯离开了他，往玛利亚那边跑过去。那位女民兵已经停在一块岩石旁边，一手按住前额。她说没什么，不要紧的。她觉得十分疲倦。他们不得不靠到路边，让那些发红的脸、冻僵的手和沉甸甸的大车通过。玛利亚又说一遍，她觉得有点晕。洛拉挽住了她的胳膊，大家继续上路。就在这时候，是的，就在这时候，他们听到了近处的马达声，于是都停了下来。飞机看不清楚。大家都找飞机，但是天空是一片乳白。米格尔第一个看清了那对黑色的机翼，那个“卐”字，他第一个向大家喊叫：“卧倒！脸朝下！”

大家都脸朝下，卧倒在岩石当中、大车底下。大家都这样，只有这支剩下两发子弹的步枪没有。枪打不响，这支该死的橘黄色步枪，这支该死的生了锈的旧枪，你站着怎么样抠扳机也打不响。但是空中的响声掠过了头顶，使他们身上迅速地暗了一下，机枪扫射的子弹雨点般地洒到大地上，碰到石头就铿锵发响……

“卧倒，洛伦索，卧倒，墨西哥人！”

卧倒，卧倒，卧倒，洛伦索。这双新靴子踏到了干裂的土地，洛伦索，你的步枪碰到了地面，墨西哥人，你的肚子里忽然一阵涨潮，仿佛你把海洋放进了五脏六腑，你的脸贴到了地上，碧绿的眼睛睁着，半睡半醒，半是太阳半是黑夜，同时，她在呼喊，你晓得这双靴子将给可怜的米格尔使用，他有金黄色的络腮胡子和雪白的皱纹。一分钟后，多洛丽斯扑到你的身上，洛伦索。但米格尔对她说，已经没用了。他第一次哭了起来，说必须继续赶路，生活在山的那一边，那里有生活，有自由，因为这的确就是他所写的话：他们拿了这封信，从血污的衬衣里掏出信来，她把信双手紧紧捧着，多么温暖啊！如果下雪，雪就会把他埋住。多洛丽斯，你又一次扑到他身上吻他时，他想把你抱在身上带到海边去，但他碰到了自己的血，他就把你带着，在他自己的眼睛中进入了睡乡……多么碧绿啊……你可别忘了……

假使我不是感到自己嘴唇发白，假使我不是控制不住自己而把身体弯成两段，假使我支撑得住毯子的重量，假使我不是又一次匍匐蜷曲着身子吐出这些痰，这些胆汁，那么，我一定会对自己说出真话，我会对自己说，当时我并不仅仅是要把时间和地点再重复一次，单纯地使往事永驻；我会对自己说，还有另外一个打算，一个我从未表白过的打算，迫使我去引导他（唉，我不知道，我不清楚），是的，迫使我去让他寻找我所弄断了的线索的两端，迫使他把我的生活接过去重新经历一番，完成我的另一个命运，即我所没有能够完成的第二部分。而她呢，她只是坐在我的床头旁边，问我：

“为什么出了这样的事？告诉我：为什么？我把他养大不是让他落得这样的下场。你当初为什么把他带走了？”

“他不是连自己的爱子也派去送死了吗？他不是把他从你和我

身边拉开使他畸形发展了吗？难道不是这样吗？”

“特蕾莎，你父亲不听你的……”

“他在装样子。他是闭上了眼睛装样子。”

“你别说了。”

“你别说了。”

我已经不知道了。但我看见他们。他们进来了。红桃花心木的门打开了又关上，脚步声在厚厚的地毯上听不见。他们关上了窗。他们嗞嗞地拉上了灰色的窗帘。他们进来了。

“我是……我是格洛丽亚……”

一阵新钞票和债券的清脆声，凡是一个像我这样的人拿起这些钞票和债券时就会发出这样的响声。一辆豪华汽车轻轻的发动声，这辆汽车是特制的，有空调、酒柜、电话、腰垫和垫脚小凳，喂，神父，天上也有吗？

“我想回去，回到故乡那里……”

“为什么出了这样的事？告诉我：为什么？我把他养大不是让他落得这样的下场。你当初为什么把他带走了？”

她不懂得，最令人伤心的并不是那个暴置于荒野的尸体、那些把尸体埋葬了的冰块和阳光、那双被老鹰啄食的永远睁开的眼睛。卡塔琳娜不再用棉花揩擦我的额角，她走开了，我不知道她是不是在哭。我努力要把手举起来找到她；一使劲，就有一阵阵的刺痛从胳膊直传到胸部，又从胸部传到肚子。她不懂得，那个暴置于荒野的尸体、那些把尸体埋葬了的冰块和阳光、那双被老鹰啄食了的永远睁开的眼睛，还算不上是最可怕的，更可怕的事还有呢。这种止不住的呕吐，这种忍不住要大便但又拉不出的滋味；不但拉不出大便，而且连我那胀鼓鼓的肚子里的气体也排不出来。这种散布全身的疼痛怎么也止不住，手腕上找不到脉搏，双腿已经感觉不到，血液好像要冒出去，又像要流进来。是的，流进来，我是知道了的，他们却不知道，我又无法说服他们相信，他们看不到血液从我的嘴唇流跑，在我的双腿之间流跑。他们不相信，他们只是说我已经没有体温了。啊，体温，他们只是说虚脱。虚脱，他们只猜出这是肿块、边上活动的肿块，他们一面这样说，一面紧拽着我，摸着我，谈什么大理石，是的，我听见他们谈什么紫色的大理石，说我肚子上有，但我已经感觉不到自己的肚子，看不到自己的肚子。她不懂得，那个暴置于荒野的尸体、那些把尸体埋葬了的冰块和阳光、那双被老鹰啄食了的永远睁开的眼睛，还算不上是最可怕的，更可怕的事还有呢。无法回忆他，只能够靠卧室里留下的这些照片、这些遗物、这些有圈点批注的书本来回忆他。但是现在有什么东西能发出像他的汗一样的气味呢？他的肤色是什么别的东西都没有的颜色。我看不见他，摸不到他，也就无法想他；

那天早上他在骑着马；

这是我回忆得起来的：我收到了一封贴着外国邮票的信，

但是，要说到想他，

唉，我梦想过、想象过、知道过这些名字，我记起过这些歌曲，哦，谢谢，但是，如果要说知道的话，我又怎么能知道呢？我不知道，我不知道那场战争是怎么一回事，他临死前跟谁交谈过，那些在他死时同他一起的男男女女叫什么名字，他说了些什么，他想了些什么，他穿的是什么衣服，那一天他吃了些什么，我都不知道。我杜撰出一些景物，我杜撰出一些城市，我杜撰出一些人名，但我已经记不起来了。是米格尔、何塞、费德里科、路易斯？是贡苏埃萝、多洛丽斯、埃丝佩兰莎、梅尔谢德丝、努丽、瓜达露佩、埃斯铁万、曼努埃尔、奥萝拉？是瓜达拉马、比利牛斯山、菲格拉斯、托莱多、特鲁埃尔、埃布罗河、格尔尼卡、瓜达拉哈拉？那个暴置于荒野的尸体、那些把尸体埋葬了的冰块和阳光、那双被老鹰啄食了的永远睁开的眼睛。

唉，谢谢你向我显示了我的生活本来会成为什么样子，

唉，谢谢你替我经历了那么一天，

还有令人更加伤心的事。

喂，喂？这事的确是有的，就在我身上。这的确是当上了上帝，使人们又畏又恨，或者随便说是被人怎样都行，这的确是当上了上帝，真正当上了上帝，喂？告诉我，神父，我怎样才能够挽救这一切，我就可以让你把所有的仪式全都办好，我可以顿足捶胸，可以双膝跪着一直爬到神龛前，可以头顶戴上棘冠。告诉我，我怎样才能够挽救这一切，因为圣灵……

“……圣子，圣灵，阿门……”

还有令人更加伤心的事。

“不，如果这样，应该有一个柔软的肿瘤，不错，但是同时有一处内脏一定会脱位或是部分脱出……”

“我再说一遍：是肠梗阻。这种疼痛只不过是由于肠子的蜷缩而产生的，所以梗塞了……”

“如果是这样，就要动手术了……”

“坏疽可能正在发展，我们避免不了……”

“紫绀已经很明显了……”

“外形……”

“体温过低……”

“轻度昏厥……”

你们住嘴……你们住嘴！

“把窗打开。”

我动弹不得；我不知道朝哪边看才好，脸朝哪个方向才好；我感不到有温度，只感到这阵寒冷在腿上来来去去，但感觉不到其他所有的部位，其余保存下来但从未看见过的部分的寒冷和温热……

“可怜的孩子……她看见了伤心……”

……你们住嘴……我猜想出我自己的面容，你们别说了……我知道我的指甲发黑了，皮肤发蓝了……你们住嘴……

“是阑尾炎吗？”

“必须动手术。”

“这是冒风险的。”

“我再说一遍：是肾炎肠绞痛。给他两毫克的吗啡，他就安宁了。”

“这是冒风险的。”

“没有出血。”

谢谢。我本来可能死在佩拉雷斯。我本来可能同那个士兵一起死掉。我本来可能在那个光秃秃的房间里死在那个胖子面前。但我活下来了。你却死了。谢谢。

“别让他动。把瓷罐拿来。”

“你看看他是怎样的下场？你看见吗？看见吗？同我哥哥一样。是这样的下场。”

“别让他动。把瓷罐拿来。”

别让他动。他正在撒手死去。别让他动。他在呕吐。他吐出了这种从前只是闻到过的气味。他已经不能翻身了。他脸朝天呕吐着。他在吐出自己的污秽。吐出的东西沿着嘴唇，沿着颚骨往下流。那是他的粪便。她们在叫嚷。我听不到他们的声音，但叫嚷是应该的。事情没有发生。这件事没有发生。应该叫嚷，使得事情别发生。他们不让我动，捉住了我。捉不住了。他在撒手死去。他什么也不带，赤条条地撒手死去。没带他的东西。别让他动。他在撒手死去。

你看了那封由米格尔署名、贴着外国邮票、从一个集中营寄出的信，信里又夹着另一封由洛伦索署名的信。你收到了信，读道："我并不害怕……我记得你……如果是你，你也不会感到惭愧的……我永远忘不了这一段生活，因为我从中学会了我现在所懂得的一切……等我回家再慢慢告诉你……"你看了信，你又做了一次选择：你选择了另一种生活。

你这次选择的另一种生活就是把他留在卡塔琳娜身边，不把他带到那片土地上去，不把他推到非由自己做出选择不可的边缘。你不把他推向这个致命的厄运，推向这个本来可能落到你自己身上的厄运。你不逼他去做出你当年所没有做的事，不逼他去拯救你沉沦的生命。你不允许这一次在一条岩石山路上死的是你自己，而得救的却是她。

你选择的另一种生活，就是抱住那个躲进了上天保佑的森林里的士兵，让他躺着，用那个小小的被沙漠烤热了的水泉的水，把他中了机枪子弹的胳膊洗净，给他包扎，留下来陪着他，同他共呼吸，等待，等待别人发现你们，活捉你们，在一个被人忘记名字的小镇里，在一处像那个盖满了尘土的小镇那样的地方，在一处像那个全由土坯和厚叶子搭成的小镇那样的地方，把你们枪毙掉。枪毙掉那个士兵和你两人，两个无名的人，赤裸裸的人，葬在被处决者的乱坟坑里，连块石碑也没有。二十四岁就死掉，没有什么光明大道，也没有什么扑朔迷离的歧路，用不着做什么选择。同一个被你救了的士兵手牵着手一起死掉，死掉。

那么你就对劳拉说：行。

那么你就在那间墙壁刷了靛蓝色的、空空的房间里对那个胖子说：不干。

那么你就宁可留在那里，同贝尔纳尔和托比亚斯在一起，遭到同样的命运，而不是后来再到那溅满血的院子里去为自己开脱，以为杀了萨加尔就能洗刷掉自己对同伴们之死应负的责任。

你就不用去普埃布拉登门拜访老加马里埃尔。

那天晚上莉莉亚回来时你就不会占有她，你已经不觉得自己还能有另外一个女人。

那天夜里你就会打破沉默，同卡塔琳娜谈起话来，请求她原谅你，你同她谈到那些替你死去的人，你请求她将就一下，就照这个样子接受你，连同你的过失一起接受你；你请求她不要恨你，就照这个样子接受你。

你就会留在那庄园同卢内罗一起，你永远不离开那个地方。

你就会留在塞巴斯蒂安老师身边（他是什么样子的，是什么样子的），你不去北方参加革命。

那你就是个雇工，

那你就是个铁匠，

那你就同那些局外人一样置身局外。

你就不是阿尔特米奥·克罗斯了，你就不是七十一岁了，你的体重就不是七十九公斤了，你的身高就不是一米八二了，你就不戴假牙了，你就不抽黑色烟丝了，你就不穿意大利丝绸的衬衫了，你就不收藏马具了，你就不在一家纽约的商店订购领带了，你就不穿这些三个扣子的蓝色外套了，你就不喜欢爱尔兰的开司米了，你就不喝奎宁杜松子酒了，你不会有一辆沃尔沃车、一辆凯迪拉克车和一辆兰布勒面包车了，你就记不起也不会喜欢勒努阿尔的这幅名画了，你早餐时就不吃炒蛋和抹上布拉克威尔果酱的烤面包了，你就不会每天早上读你自己办的报纸了，你就不会有时晚上翻阅《生活》和《巴黎竞赛》了，你现在就不会听到你身边的这种符咒，这种合唱，这种向你催命，要你快点死的一番恶意话语了，它把你不久以前预料之中而一笑置之的话说了又说，说了又说，弄得你现在已经无法忍受：

De profundis clamavi[1]

瞧着我，听着我，照亮我的眼睛，别让我在死亡中入睡 / 因为你尝它一口的那一天，你一定会死亡 / 你别对别人的死幸灾乐祸，记着，咱们人人都会死的 / 死亡和地狱都被抛到了火湖里，这已经是第二次死亡了 / 我担心的事到了我头上，我恐惧的事占据了我的心灵 / 一个对自己的家财踌躇满志的人，追忆起你时，是多么地伤心难受 / 死亡的门已经向你打开了吗？ / 罪孽从女人开始，我们人人都因为女人而送命 / 你看见过那个阴曹地府的门户吗？ / 你的判决，对贫穷和力竭的人是件好事 / 他们得到了什么结果呢？是一些现在使他们惭愧的结果，因为他们的下场是死亡 / 因为肉欲就是死亡。

上帝的旨意，生活，对死亡的信奉，

de profundis clamavi，domine

omnes eodem cogimur，omnium versatur urna

quae quasi saxum Tantalum semper impendet

quid quisque vitet，nunquam homini satis cautum est

in horas

mors tanem inclusum protrahet inde caput

nascent es morimur，finisque ab origine pendet

atque in se sua per vestigia volvitur annus

omnia te vita perfuncta sequentur[2]

1 拉丁文：我从深渊向你呼唤。

2 为死者祷告的拉丁文祷词：
啊，主啊，我从深渊向你呼唤！
我们大家都被推向相同的归宿；
命运的坛子翻过来时，对人人都一视同仁，
正如悬在永恒罪人坦塔罗头上的岩石一样。
无论是谁一时避免了某个危险，
但小心逃过了今天也逃不过明天。
死神终归要显示它本来藏着的脑袋。
我们一生下来就开始走上死亡之路，结局始于开端，
寿命就沿着自己的足迹展开，
一切都会追随着你，直到生命的终结。

合唱，墓地；歌声，火堆；你到了这样的地方就把自己的知觉忘掉吧，你想象中的是这些仪式，这些典礼，这些斜阳落日的惨淡时光。土葬，火化，香油防腐。也可以暴置在一个高塔的顶端，由空气来使你分解，而不是由土壤来使你分解；或者把你连同你死去的奴隶一起封在坟墓里；雇一些哭丧妇来哭你；把你连同你最珍贵的物品、你的伴侣、你的黑色珍宝一起埋葬掉。你守着吧，你警戒着吧，

requiem aeternam，dona eis Domine

de profundis clamavi，Domine[1]

是劳拉的声音。她在谈论这些事，她盘膝坐在地上，双手捧着那本小小的精装的书……她说什么东西都可能要我们的命，连那些给予我们以生命的东西也是如此……她说，既然死亡、贫困、愚昧是无可救药的，那么咱们为了过得快活，最好别去想它……她说只有暴卒才是应该害怕的，因此，有财有势的豪门家里就要经常住着忏悔神父以备不测……她说，要像个男子汉，要在没有危险时害怕死亡，但不要在危险中害怕死亡……她说，预先想好死亡，也就是预先想好了自由……她说，冷冰冰的死神啊，你的脚步是多么地不声不响……她说，时刻，消磨着日子的时刻，是不容易宽恕你的……她边说边拿那个割开了的紧结给我看……她说，我的门难道不是用双倍的金属加固的吗？……她说我会遇上一千次死亡，但我仍然期待着自己的永生[2]……她说，既然上帝要人死掉，那人又何必希望活着呢[3]……她说，绫罗财宝、廷臣藩属、奴仆婢妾又有什

1 为死者祷告的拉丁文祷词：
啊，主啊，请让他永远安息吧！
啊，主啊，我从深渊向你呼唤。

2 这是西班牙女诗人圣特蕾莎·德·赫苏斯（Santa Teresa de Jesus，1515—1582）的诗句。

3 这是西班牙诗人豪尔赫·曼里克（Jorge Manrique，1440—1479）的诗句。

么用？

有什么用？有什么用？就让他们号叫起来，高唱起来，哭泣起来吧。他们绝不会碰到那些豪华的木雕、那些琳琅满目的镶木细工、那些石膏烫金的雕花板、那些嵌上骨头和玳瑁的屉柜、那些铁饰和搭扣、那些有铁片镶贴和盾纹的保险箱、那些用美洲松木制成的发香味的交椅、那些给唱诗班准备的席位、那些巴洛克式的椅子突饰和垂饰、那些后弯的椅背、那些镂空的横掌、那些五色缤纷的怪面饰、那些青铜的圆头饰钉、那些压花的皮革、那些玩球兽爪形的桌椅腿、那些用银丝挖花织制的十字褡、那些蒙上锦缎的安乐椅、那些天鹅绒的沙发、那些餐桌、那些圆柱形的陶器和大肚敛瓶、那些斜边分割的方格壁板、那些有帐顶和帷幔的床、那些凹槽柱子、那些徽章和缘饰、那些美利奴羊毛的地毯、那些锻铁的钥匙、那些有龟裂纹的油画、那些丝绸和开司米、那些毛绒和塔夫绸、那些玻璃器和油灯、那些用手上色的器皿、那些发热的梁柱、这一切都是他们绝不会碰到的。这些都是你的。

你伸出了手。

随便有一天，不过那是不寻常的一天，大约是三四年前吧，你回忆不起来了；你是为了回忆才回忆的；不，你之所以回忆，是因为你在努力回忆时第一件回忆起来的事就是一个独特的一天、礼仪的一天、用红字同其他日子分开的一天；在这一天（你自己当时也这么想），所有的名字、人物、言语，全都混杂在一起，把地壳闹得开了锅，吱吱作响；在这样一个夜晚，你庆祝了新年；你的害了关节炎的手指吃力地抓住了铁扶手；你把另一只手伸到了睡衣口袋的底部，你沉重地下楼。

你伸出了手。

（1955年12月31日）

他吃力地抓住了铁扶手。他把另一只手伸到了睡衣口袋的底部，沉重地下了楼，瞧也不瞧一眼那些供奉墨西哥各地圣母的壁龛。瓜达露佩、萨波潘、雷米迪奥斯。黄昏的太阳光透过五彩玻璃射进来，把那些晒热了的镀金饰物，那些像银帆一样宽的裙子晒得闪闪发亮，把晒得像火烧似的梁柱的木头映红，照亮了他的半张脸。他已经穿着长裤和衬衣，打上了领带，外面再罩上一件红色的长袍，活像一个年老的、疲乏的魔术师。他想象了一下今天晚上又要把曾经有过很大吸引力的动作再表演一番；今天，他又会厌倦地认出那些老样子的人脸和每年圣西尔维斯特节在那座科约阿康的大厦里祝贺节日时一再重复的陈词滥调。

在火山岩石铺成的地面上，脚步声听起来是空泛的。穿着略紧的黑漆皮便鞋的双脚，摇摇晃晃地有气无力地拖着脚步，这种摇晃已是他无法避免的了。他高高的身躯，由站不稳的脚跟支撑着，摇晃着，厚厚的胸膛，神经质的双手垂着，上面布满了粗粗的血管。他缓慢地穿过粉刷过的走廊，踩着厚厚的羊毛地毯，对着装了小轮子的镜子和那些殖民地式的柜子上零星的玻璃镜面照自己的面容，用手指摩擦那些铁饰和搭扣，那些有铁片镶贴和盾纹的保险箱，那些用美洲松木制成的发香味的交椅，那些琳琅满目的镶木细工。一个仆人给他打开了大厅的门；他这个老人再一次在一面镜子前停下来照一照，整理了一下蝴蝶领结。他用手心抹平了高高的前额周围那些稀疏的鬈曲的灰白头发，把牙关咬紧一下，使假牙安得更牢固，然后走进了那个地板光滑的大厅。这是一大片由雪松木铺成的平地，地毯已经掀开，以便举行舞会。大厅对着那片草地上的花园和砖砌的平台，里面装饰有殖民地时代的名画：圣西巴顺、圣露西亚、圣遮罗马和圣米迦勒。

大厅深处，摄影师们在恭候着他，他们在天花板上吊下来的五十支蜡烛的大吊灯下，聚集在绿色锦缎的安乐椅周围。这些日子，壁炉点起了火，炉旁摆了一些小皮凳子，炉台上放着的钟此时响了七下。他向大家点头为礼，一面在安乐椅上坐了下来，一面整理自己那平硬的胸衣和凸纹布的袖口。另一个仆人把那两条粉红色下唇、眼神忧郁的灰色大狼狗带了上来，把粗糙的皮带送到了主人手中。狗脖子上围的钉着铜钉的皮带，闪出五光十色。他抬起了头，又把牙关咬紧。镁光灯的闪光照亮了他灰白的脑袋，使它带上了石灰的色调。摄影师们不断请他摆出种种姿势，他老是用手拢头发，用手指抚摸他两边鼻孔旁垂下来、直垂到颈部才消失的沉重的皮囊。只有高高的颧骨保持住了往常的坚硬，虽然颧骨上也布满了从眼皮开始长出来的皱纹，而且这双眼皮越来越深陷，好像它们要保护这种哭笑不得的目光、这对藏在松弛的肌肉的皱纹中的发绿色的虹彩。

两条大狼狗中的一条吠了起来，想挣脱羁绊。正当他被那狗拽着、被猛然拽出了安乐椅之外、表情很不痛快的那一刹那，恰恰有一只镁光灯闪亮了一下。其余的摄影师严厉地瞧了瞧那个照下这张相片的摄影师。闯了这个乱子的人从照相机里拔出了那块长方形黑色底板，一声不响地交给另一个摄影师。

摄影师们退场之后，他伸出了战栗着的手，从放在粗木桌子上的那只银盒子里拿出了一支带过滤嘴的香烟。他吃力地把打火机打着了火，慢慢地边点头边浏览那些古老油画上的圣像，这些油画像上了油漆，光线直接射到的地方，亮出了大片的空白，画上的细节就看不清了，但是那些发黄和暗红的角落由于不透光而显得突出。他摸了摸椅子上的锦缎，吸了一口经过过滤的烟。仆人不声不响地走上前来，问他要不要喝点什么。他点了点头，要一杯不掺水的马丁尼酒。仆人把磨光了的雪松树的两片叶子挪开，露出了一片嵌进墙壁的大镜面，这是一个杯盘橱，有各种颜色的标签和大瓶小瓶的液体：粉绿色的，翡翠色的，红色的，白水晶色的：荨麻酒、薄荷酒、阿夸维特酒、苦艾酒、库尔瓦西埃酒、高个子约翰酒、卡尔瓦多斯酒、阿尔曼涅克酒、贝赫罗夫卡酒、佩尔诺德酒，还有一排排或厚而雕花或薄而叮当响的玻璃杯子。他接过了酒杯，指示仆人到酒窖去取今天晚宴用的三种酒。他把腿伸了伸，想到他自己是如何精心修建这座房子及其舒适设备的，这才是他真正的家。卡塔琳娜可以居住在拉斯洛马斯的那座大房子里；那大房子毫无特色可言，同所有百万富翁的宅第一模一样。他却宁可要这些古老的墙壁，这些墙壁保存了两个世纪的石料和火山岩石。看见这些墙壁，他就有一种神秘的感觉，仿佛更靠近昔日的种种轶事，更靠近他所不愿完全失去的故乡的形象。是的，他发现，这一切其实都已经是李代桃僵，都已像是变戏法中的一个幻象。但是，这些木头、这些石块、这些铁栏杆、这些线脚、这些餐桌、这些细木工家具、这些窗棂和护壁板、这些椅子上的旋雕都有一种淡淡的古色古香的气氛，使他真的回到了年轻时代的那些情景、气息和感觉中去。

莉莉亚在抱怨；但是莉莉亚是永远理解不了的。这位姑娘能从一块用旧梁柱撑着的天花板中得到什么启发呢？她能从一方铁栏杆生了锈的、不透光的窗口得到什么启发呢？她触摸到那挂在壁炉上镶了金片、旁边绣了银丝的豪华十字褡时又能得到什么启发呢？她嗅到大箱子的美洲松木气味时又能得到什么启发呢？她看到那个用普埃布拉的瓷砖砌成的光洁明亮的厨房又能得到什么启发呢？她从餐厅那些主教式的椅子中又能得到什么启发呢？占有这些东西是有钱人的一种痛快的豪华享受，正如占有金钱和财富的其他一些最明显的标志一样。啊，是呀，多么得意，多么痛快，占有了这些无生命的物品，多么快乐，多么使人沾沾自喜……应邀参加这个圣西尔维斯特盛大招待会的宾客们，一年只有一次能分享这一切……这一天是痛快又加痛快，因为客人们都必须把这房子看作是他真正的家，而在这个时刻，孤单单的卡塔琳娜却只好在拉斯洛马斯的家里同他们那一班人在一起，也就是说，同特蕾莎、赫拉尔多在一起，吃他们的晚餐……而他却给大家介绍莉莉亚，把门打开，让大家看到一个蓝色的餐厅、蓝色的餐具、蓝色的桌布、蓝色的墙壁……酒倒来倒去，那些端上端下的大盘子里盛满了稀有的肉类、粉红色的鱼和香喷喷的海味、秘方制作的珍馐、面揉的甜食……

有必要打断他的休息吗？莉莉亚邋邋遢遢地在地板上发出趿拉着鞋走路的脚步声。她没有染红的趾甲踏在大厅的门口，一张脸涂抹了油。她想打听一下这件玫瑰色的衣服今晚穿上合适不合适。她去年那次太标新立异了，使他又生气又瞧不起，这次她不了。啊，他已经喝开了！他为什么不请她也喝一杯呢？他对她这样信不过，把酒柜用锁锁起来，让那仆人无礼地不准她走进酒窖，这都使她不耐烦。她烦闷吗？他好像是视而不见。她真恨不得自己现在早点年老色衰，让他干脆把她打发走，让她自由自在地过日子。有谁不准她那样过日子吗？但是，钱啊，豪华的生活啊，楼房啊，又从哪里来呢？这里有的是钱，有的是豪华的生活，但是没有欢乐，没有娱乐，连喝一小杯酒的权利也没有。的确，她很爱他。她已经向他说了一千次了。女人是什么都能习惯的；就看别人对她们亲热不亲热。同年轻情郎卿卿我我也行，接受老头子慈父般的爱也行，她们都是能习惯的。当然她对他是亲热的；这是没话可说的……他们同居已经快八年了，他从未同她闹过冲突，从未骂过她……只不过是约束了她……但她如果能逢场作戏，另找新欢，那该多好！……怎么了？他把她想得这样愚蠢吗？是呀，他是连一个玩笑也从来都受不了的。这不错，但他是识时务的……谁都不是永存的……眼角起皱纹了……肉体……他对她也是习惯了的，不是吗？到了他这样的年纪，一切从头开始就不容易了。哪怕有百万家财……要找一个女人是很不容易的，是要费掉很多时间的……这些该死的女人……她们懂得这么多的小聪明，又这么喜欢忸忸怩怩……把开始阶段拖得老长……先是不肯，然后是犹豫，然后是等待，然后是勾引，唉，应有尽有！……把老头子们都弄得糊里糊涂……当然，她是更加方便的……何况她不发怨言。不发的，哪里会呢？每次过新年时人们来给他捧场，使他虚荣得沾沾自喜……她是爱他的，是的，她向他发誓，她已经太习惯于他了……但是，她是多么烦闷！……我们看看，交上几个知心女友，有时候出去开开心……每星期到那边去喝它一杯，这又有什么不好呢？

他一直不动。他不肯给她以骚扰他的权利，但是……一种同他的性格完全风马牛不相及的……懒洋洋的倦意……迫使他留在那里……发硬的手指拿着马丁尼酒……听着这个一天比一天庸俗的女人在说蠢话，并且她……她……不，她仍然是吸引人的……虽然使人不能容忍……他又怎么能控制她呢？……他唯一能控制的，现在只不过是……他风华正茂时的充沛精力……的某种微弱的延长……莉莉亚也有可能把他抛弃……他想到这里，心中一阵难过……但光是害怕……还是防止不了这样的事发生……也许没有别的机会了……只能成为孤零零的一个人……他吃力地挪动手指、前臂和手肘，烟灰缸掉到了地毯上；一头湿了的发黄烟尾、一层白色的粉末、灰色的鳞片、黑色的内脏……撒成了一片。他一边吃力地呼吸，一边蹲了下来。

“你别蹲下来了。我马上喊塞拉芬来。”

“好吧。”

也许……烦闷。但又是恶心、厌恶……想象与怀疑总是在一起……一阵不由自主的亲切感使他转过脸来瞧她。

她从门口那里瞧着他……她既愠怒又温柔……她的头发染成了

金灰色，皮肤微黑……她也是无法回到老地方去的……她去掉了的东西也是恢复不了的，在这一点上，他和她真是彼此彼此……尽管他们的年龄和性格相差很多……闹一场吗？何必呢？……他觉得很疲倦。只不过是……是意志和命运所决定的……只不过是……再也没有什么事情，再也没有什么回忆，再也没有什么熟人的名字……他又抚摸了一下锦缎……烟尾和撒开的烟灰都发出难闻的气味。莉莉亚停在那里，脸上有一层油。

她在门槛上。他坐在锦缎的安乐椅里。

接着，她叹了一口气，拖着脚向卧室走去。他坐着等待，什么也不想，直到忽然发现自己在黑暗中的身影清清楚楚地照在通往花园的玻璃门上。侍役带着上衣外套、手绢和一瓶花露水进来。老人站着让人家给他穿上衣服，然后又把手绢摊开，让侍役在上面滴几滴花露水。他把手绢塞在胸口袋子里，然后同侍役对视了一下。侍役垂下视线。不。他何必去想这个人可能会有什么感觉呢？

“塞拉芬，快点把烟灰、烟头弄走……”

他把双手撑在安乐椅的扶手上，站了起来。他朝着壁炉走了几步，摸了一下托莱多式的炉架；他的脸上和手上都感到了火焰的气息。他往前走去，听听房子走廊里嘈杂起来的人声——高兴的、啧啧称羡的声音。塞拉芬刚刚把烟头捡起来。

他吩咐把火挑旺。正当侍役在动着炉具、熊熊的火焰直升到通风口的时候，雷古列斯夫妇来到了。从那通往饭厅的门口来了另一个仆人，双手端着一个漆盘。罗贝尔托·雷古列斯拿了一杯酒；那对年轻的夫妇——贝蒂娜和她的丈夫塞巴约斯——手牵着手在大厅里到处走，称赞那些古老的名画、那些石膏烫金的雕花板、那些豪华的木雕、那些巴洛克式的椅子顶饰和下垂的花纹、那些微弯的横梁、那些五彩缤纷的面具。他正转过来背对着门口时，玻璃杯跌到地面上打碎了，响起了碎钟似的声音。莉莉亚发出了像是讥讽似的叫声。老人和客人们都瞧见了这个女人靠着门探出来的不施脂粉的脸："啦啦，啦啦！新年好！……你放心吧，老头子，我的酒意一小时后就会过去的……我就会像没事一样下楼的……我只不过想告诉你，我决定要过一年十分轻松的日子……十分轻松的日子！……"

他脚步晃荡地吃力向她走过去，她叫喊起来："一整天看电视节目我已经看厌了……老头子！"

老头子每前进一步，莉莉亚的声音就更像吹笛子的声音："所有的牛仔故事我都背得滚瓜烂熟……砰砰……亚利桑那州的警官……红种人的营地……老头子……请饮用百事可乐……没别的……老头子，安全舒适；保险单……"

那只害关节炎的手在她那张不施脂粉的脸上打了一耳光，染了色的绺绺头发落到了莉莉亚的眼睛上。她气都喘不过来，慢慢地走开了，手摸着脸颊。他回到雷古列斯夫妇和海梅·塞巴约斯那一堆人当中。他一个个地定睛看了他们几秒钟，抬着头。雷古列斯把威士忌喝掉，把自己的目光躲在玻璃杯后面。贝蒂娜微笑了一下，手拿着一支香烟，走到主人跟前，仿佛是向他借个火似的。

"您是在哪里弄到这只大箱子的？"

老人走开了，侍役塞拉芬在那姑娘的脸旁划着了一根火柴，她的脑袋只好离开老人的胸前，把背转过来对着他。在走廊的深处，在莉莉亚后面，围着围巾、冷得发抖的乐师们正在走进来。海梅·塞巴约斯把手指弹了一下，像一个跳弗拉门戈舞[1]的演员一样在脚跟上旋转。

在那张用海豚形的腿撑起来的餐桌上，在青铜吊灯底下，摆着泡在猪肉汁和陈酒中的鹌鹑、用塔拉戈纳芥菜叶包着的狗鳕、上面

1 弗拉门戈舞是西班牙南部安达卢西亚省吉卜赛人的一种舞蹈。

盖有橘子皮的野鸭、两旁围着海味蛋的鲤鱼、发出橄榄气味的加泰罗尼亚杂烩汤、泡在红葡萄酒里点火现烧的酒焖子鸡、塞满了洋蓟泥的鸽子、放在冰块上的糖包水果、穿在螺旋纹柠檬片中的玫瑰色龙虾肉串、蘑菇西红柿片、巴荣纳[1]火腿、洒上阿尔曼雅克白兰地酒的炖牛肉、塞了猪肝泥的鹅颈、栗子泥加炸苹果皮及核桃、洋葱橘子酱、蒜和果仁的酱、杏仁加蜗牛酱。当克雷塔罗修道院[2]出产的那些以手工漆上了五颜六色、象征丰饶的羊角和屁股圆圆的小天使形象的门打开时，老人的眼睛中亮起了捉摸不到的亮点。他把各扇门都敞开，每当一个个侍役用德莱斯登的盘子为一百名来宾中的一名上菜时，老人就发出干巴巴的嘶哑的笑声，这笑声同刀叉碰到蓝色杯盘的响声连成一片；酒杯伸到了那些由仆人拿上来的酒瓶那里，老人下令，把所有朝向花园的彩色玻璃挡住的窗帘都要统统拉开。花园里密麻麻地种着樱桃和光秃而又脆弱的李树，还立着一些摩纳哥石头砌成的洁白塑像：狮子、天使、从总督府时期的宫殿和修道院中逃出来的神父。忽然放起了烟火，射到明亮遥远的冬天天穹正中央的烟火组成了一座大城堡的形状：劈啪作声的白色的闪光，同一个红黄斑斑的扇形相互交叉。喷泉喷出了黑夜中的伤疤，盛装的君主把自己的黄金勋章挂在黑夜的黑绒布上，金光闪闪的马车向着黑夜中那些穿着丧服似的星星飞驰。他闭着嘴唇，嘿嘿地暗笑。盘子里的东西吃光了，又添上了禽肉、海味、带血的肉类。老人沉重地坐在那个古旧唱诗班席中的一个座龛里，这个唱诗班席雕刻有华丽复杂的花纹，有奇形怪状的椅子顶饰和垂饰，而就在他周围，一些赤裸的粉臂在团团转动着。他嗅了嗅女人们的香气，看了看她们袒露出的玲珑的胸脯、剃光了的腋下、挂着珠宝的耳朵、雪白的颈脖和那花团锦簇的塔夫绸包裹下的纤细的腰肢。他吸了一下

1　巴荣纳（Bayonne），法国城市，以产火腿著名。

2　克雷塔罗（Querétaro），墨西哥城市，当地修道院以手工艺品有名。

这阵混杂着熏衣草和点着的纸烟、口红和脂粉、女式凉鞋和到处乱洒的白兰地酒、肚子中不消化的食物和指甲寇丹等等的气味。他举起了酒杯，站了起来；仆人把牵狗的皮带递到了他手中，这两条狗要在整个下半夜一直陪伴着他。欢呼新年来到的喊声爆发了。酒杯纷纷摔到地板上，人们伸出胳膊去拍摸别人，紧抱别人，或者举起胳膊来庆祝这个标志着时光流逝的节日、这场葬礼、这个供凭吊的火葬堆、这些对所有事实的乱糟糟的追述。这时候，乐队奏起了《燕子》，于是人们对前一段时间里逝去的所有事实、言语和事物表示庆祝，祝贺这一百人的寿命又延长了一些。他们这些男男女女不再提问题交谈，只是互相告知，有的是通过润湿的眼睛来互相告知，除了现在这段时间之外再也没有别的时间了：也就是说，只有在这段被爆竹声和钟声人为地拖长了的时刻里所经历过的被延长了的时间。莉莉亚轻摸着他的脖子，好像在求他原谅。他也许会知道，许多事、许多小小的愿望，只能忍着，才能等到一旦万事俱备时得到最完全的享受，免得事先消耗掉。她必须感谢他的这个恩惠：他嘴里念念有词地这样说了。大厅里的小提琴重新奏起《巴黎的可怜人》时，她噘着嘴，挽起了他的臂膀，但他摇摇斑白的头，拒绝了，跟着那两只走在前面的狗，向他下半夜要坐着的、面对着一对对男女的那张安乐椅走去……他下半夜就要看着这些虚假的、温柔的、刁狯的、狡诈的、愚蠢的、聪明的面孔，想到命运，想到大家全体，他们和他的命运……面容、身体、像他一样自由的人们的舞蹈……这些人在明亮的大吊灯下，在打了蜡的地板上缓缓移动，却把他固定住，使他定身不动……既触起他的种种回忆，又使这些回忆暗淡不清……恶作剧地迫使他去再享受一下这种身份……自由和权力……他不是孤单的……这些跳舞的人陪伴着他……肚子的温暖、内脏的满足，向他说明了这一点……这群黑压压滥饮狂欢的人护卫着他这个有财有势者的晚年，护卫着他白发苍苍的、害关节炎的、沉重的身躯……他透过碧绿的小眼睛传达的笑容，获得了响应……这些人代表了一些同他一样的新兴豪门……有些比他的发迹时间更晚……他们在旋转着，旋转着……他认识他们……是些工业家……商人……证券交易所的场外经纪人……纨绔子弟……投机商……部长……众议员……新闻记者……妻子……未婚妻……拉皮条的女人……情夫情妇……那些在他面前舞蹈而过的人说出的片言只语，都在旋转……

“是啊……”“咱们回头就去……”“……但是我爸爸……”“……我爱你……”“……有人吗……”“这是他们告诉我的……”“……咱们有的是时间……”“那么……”“……这样……”“……我希望……”“在哪里？”“……告诉我……”“……我再也不回去了……”“……你喜欢吗？……”“……难着哪……”“这个”“……活该……”“……唔唔……”

唔唔！……他懂得从人们的目光中，从他们嘴唇和肩头的动作中猜出……他可以静悄悄地把自己的想法告诉他们……他可以提醒他们，他们是些什么人……他可以提醒他们，他们真正的名字是什么……假装的破产……事先通风报信的货币贬值……哄抬物价的手法……金融的投机倒把……新的大庄园……按字数行数贴钱的新闻采访……虚报造价的公用事业工程合同……竞选巡回旅行中的饶舌滑嘴……挥霍祖宗产业的行为……在政府各部中搞的后门交易……凭空捏造的人名：阿尔图罗·卡普德维拉、胡安·菲利佩·科乌托、塞巴斯蒂安·伊巴尔古恩、维申特·卡斯坦叶达、佩德罗·卡索、赫纳罗·阿里亚加、海梅·塞巴约斯、佩皮托·伊巴尔古恩、罗贝尔托·雷古列斯……小提琴在响着，衣裙在飞舞，燕尾服的尾巴在……他们不会谈这一切……他们要谈的是旅行和谈情说爱、房子和汽车、假期和联欢、珠宝和仆役、疾病和神父……但是他们在那里，聚集在一起，正对着那个最有财有势的人……他只消在报上提那么一句，就可以把他们置诸死地或是把他们捧到天上……他可以把莉莉亚捧出来，强迫他们把她当作女主人……他可以轻哼一声就命令他们跳呀，吃呀，喝呀……他们走近时，他可以感觉到他们的存在……

“我只好把他带来，唯一的目的就是看看这幅天使长的画，多美妙的画……”

“我一向都对你说：唯有像阿尔特米奥先生这样有审美眼光的人才能……”

“我们怎样感谢您才好呢？”

“怪不得您不接受别人的邀请了。”

“一切是多么美妙，我真是瞠目结舌，说不出话来；阿尔特米奥先生，真是说不出话来；多好的葡萄酒！鸭子又是多么美味！”

……他可以把脸扭开，不理会……他只消听听这些杂乱的声音就行了……他不想专门听什么话……他的感官在欣赏着周围的嘈杂……就让他们在笑声和窃窃私语中把他称作科约阿康的木乃伊吧……就让他们窃窃耻笑莉莉亚吧……他们反正是在那里，反正是在他的视线下跳着舞……

他举起了一条胳膊，这是对乐队指挥的一个示意：音乐奏到半曲就戛然而止，大家都停下不跳舞了。现在琴弦弹出了东方的杂曲。人丛中让出了一条通道，那个半裸体的女人从门口走进来，手臂和屁股不断地发出波浪式的扭动，一直走到大厅的正中央。有人发出了一下欢乐的叫声，鼓的旋律操纵着这个舞女的腰肢。她随着鼓声跪了下来，身上涂了油，嘴唇是橘红色的，眼皮是白色的，睫毛是蓝色的。她又站起来，绕着圆圈跳舞，越来越快地扭动着肚皮。她挑选了老伊巴尔古恩，牵着他的胳膊，把他拉到大厅的中央，让他在地板上坐下，把他的双臂交叠成一个毗湿奴神的姿势，在他周围狂舞起来。他则学她的样，设法做出波浪式的动作。大家都笑了。她又走到卡普德维拉跟前，逼他脱掉外套，在伊巴尔古恩周围跳舞。深陷在锦缎安乐椅中的主人，边抚摸着牵狗的皮带，边笑着。舞女骑到了科乌托的背上，煽动几个女人也学她的样子。人人都笑了。几个骑人作马的女人，在大家的哈哈大笑中彼此相撞。女人们的头发都弄乱了，发红的脸上满是汗渍。裙子皱了，掀到了膝盖以上。有些年轻人在刺耳的笑声中伸出腿来把那些中了风似的扮作马匹的人绊倒。这些假扮的马匹正在那两个跳舞的老人和那个张开腿的女人当中混战着。

他抬起了视线，仿佛原先是被一块重物压到了水底而现在刚刚浮出水面似的。那些披头散发的脑袋和那些扭动着的胳膊上面是那片由梁柱撑着的明亮天花板及其周围雪白的墙，那些十七世纪的油画和上面有天使的描金彩画……他耳朵里听到了一只只大老鼠在暗处偷偷地跑来跑去（黑色的牙齿，尖尖的嘴），它们就栖身在这个古老的罗马教派修道院的屋顶和地基里，有时肆无忌惮地沿着大厅的角落溜来溜去，到了黑夜，就成千上百地在那些寻欢作乐的人头上和脚下窥伺时机……也许……也许是窥伺时机，要一下子给他们大家一个出其不意……让他们发烧、头痛……头晕、寒战……两腿之间和腋下肿起作痛……皮肤上出现黑斑……呕血……他本来也可以再举起胳膊……叫侍役们把各个出口都用铁闩挡住……不让客人们离开这座房子，里面有长颈瓶和圆筒瓶……有斜边分割的方格护壁板……有带华盖和帐幔的床……有锻铁的钥匙……有镶边的坐椅……有双层加固的金属门……有教士和狮子的塑像……这样一来，配角们就会不得不留在这里……留在这个厅堂里不走……身子洒上醋……点起香木的篝火……脖子里挂上麝香草的念珠……懒洋洋地赶开那些嗡嗡叫的绿头苍蝇……而同时，他却在吩咐大家跳呀，作乐呀，喝呀……他在混乱的人群中寻找莉莉亚；她正在一个拐角里单独一人静悄悄地喝着酒，嘴唇上浮现出天真的微笑，背对着那些舞蹈的和那些假正经的信女……有几个男人出去小便……他们的手已经放在裤裆上……有几个女人出去重施脂粉……她们已经打开了花粉盒子……他狠狠地笑了一下……这是唯一引起他高兴与慷慨的事情；他静悄悄地嘿嘿轻笑……他想象他们的样子……全都一个个地在楼下盥洗室门前排着队……人人都把膀胱里盛满了的高级液体全排出来……人人都把经过两天细致巧手烹调的珍馐美食的残渣全都拉出来……烹调得那么精心，同这些鸭子、龙虾、菜泥、调味汁的最后归宿简直极不相称……啊，是的，这是整个晚上最痛快的事……

人们很快就陆续疲倦了。那个舞女跳完了舞，人们也再不理会她了。大家又攀谈起来，又要了香槟酒，又坐进了深陷的沙发；那些上盥洗间的男男女女远征回来，男的还在扣着裤子的扣子，女的正在把粉扑放回花粉盒子里。他也疲倦不堪。这次预先安排好的短暂的狂欢……这个按时来到的节目高潮……人们的声音又平静下来，像是唱歌的声调……在墨西哥高原的笼罩下……人们操心的事又回来了……这仿佛是对刚才那瞬间的时刻的一个报复……

“……不行，因为我用了肾上腺皮质素，会出疹子……”

“……你还不知道马丁内斯神父在叫人做什么修炼……”

“……你瞧瞧她：谁想得到呢，据说他们……”

“……我只好把她打发走了……”

“……路易斯来到时，已经累得什么也不要，只想……”

“……不，海梅，他不喜欢……”

“……她太猖狂了……”

“……只想看一会儿电视……”

“……大约二十年前是情人……”

“……怎么能把选举权交给这帮印第安人?”

“……女的单独留在家里，从来不……”

"……这是重要的政治问题；我们收到了……"

"……就让革命制宪党继续圈定人选算了……"

"……总统向众议院提出的口号……"

"……我是有这个胆量的……"

"……劳拉，我记得她叫劳拉……"

"……我们几个人辛辛苦苦……"

"……如果再牵涉到所得税的话……"

"……养活了三千万条懒虫……"

"……我就干脆把存款转到瑞士去……"

"……共产党人只有……"

"……不，海梅，谁都不应该打扰他……"

"……这可是一笔大买卖……"

"……挨了揍才老实点……"

"……投资一亿……"

"……这是达利[1]的一幅名画……"

"……咱们两年内就赚回来……"

"……是我的画廊的代理人给我送来的……"

"……甚至用不了两年……"

"……在纽约……"

"……在法国住了好多年，失望了……据说……"

"……咱们这些女人单独集合在一起吧……"

"……巴黎又称不夜城呀……"

"……咱们女人自己开开心……"

"……你愿意的话，咱们明天就动身到阿卡普尔科去……"

"……真好笑，瑞士工业的齿轮……"

1　达利（Dalí，1904—1989），西班牙画家。

“……美国大使把我喊去，通知我……”

“……竟要靠那一千万美元行动起来……”

“……劳拉，劳拉·里维埃尔，她是在那里再婚的……”

“……坐小飞机去……”

“……这又是咱们拉丁美洲人存放的一千万……”

“……通知我说没有一个国家能避免颠覆……”

“……是呀，我在《至上报》上也看到这样说……”

“……我告诉你，他跳得好极了……”

“……罗马是座千古永存的城市呀……”

“……但是他身无分文……”

“……我是辛辛苦苦挣来的家财……”

“……你看，她打扮得简直是天仙下凡……”

“……我干吗要向一个小偷政府交税？……”

“……人们管他叫木乃伊，科约阿康的木乃伊……”

“……亲爱的，这是个了不起的服装师……”

“……农业贷款吗？……”

“……我告诉你，打高尔夫球他总是失手……”

“……可怜的卡塔琳娜……”

“……那么，旱灾和冰雹又由谁来控制呢？……”

“……少讲废话了，如果没有美国投资……”

“……据说他对她曾经很着迷，但是……”

“……论壮丽数马德里，论漂亮数塞维利亚……”

“……我们就永远脱离不了这个坑……”

“……但是，都比不上墨西哥城……”

“……后来利害关系占了上风，你知道吗？……”

“……家中的女主人，要不是……”

“……我从每一比索中收回百分之四十……”

“……他们向我们提供钱和技术知识……”

“……借钱之前就开始赚回来……”

“……但我们竟然还有人口出怨言……”

“……那是二十多年前的事了……”

“……你说得对，土豪、贪赃的领袖，应有尽有……”

“……他给我来了白色和金色的装饰，漂亮极了！”

“……但是高明的政治家是不会妄想改革现实的……”

“……总统先生对我很友好，使我增光不少……”

“……高明的政治家只是利用现实，加工现实……”

“……要不是他跟胡安·费利佩搞上了这些买卖，那就……”

“……他办了无数慈善事业，但自己从来不提一声……”

“……我只是对他说：没什么……”

“……咱们彼此彼此，不用感谢了……”

“……我多么恨不得摆脱这种处境！……”

“……要是我就受不了，可怜的卡塔琳娜！……”

“……他同他们讨价还价，出价不到一万美元……”

“……劳拉，我记得她叫劳拉，我记得她十分漂亮……”

“……但是有什么办法；我太软弱了……”

他使他们彼此离开，又使他们彼此靠近。直到现在，这个开口微笑的头发金黄的青年蹲在老头子的身边，一只手晃动着那杯香槟酒，另一只手抓住了安乐椅的扶手……年轻人问老头子，是不是打扰了他，老头子回答说：“塞巴约斯先生，您一整夜都没干别的事……”他对年轻人瞧也不瞧……他的目光仍盯着熙熙攘攘的人群的中心……一条不成文法……客人们不应该接近他，除非是为了简短地对这座房子和这顿晚宴赞扬几句……保持一段距离……不打扰他……以娱乐来感谢他的盛情款待……舞台和靠椅……他不懂得……这位年轻的塞巴约斯显然不懂得……“您知道吗？我佩服您……”他伸手到上衣的口袋里掏，掏出了一包压扁了的香烟……他把香烟点着，对这年轻人瞧也不瞧一眼……年轻人说只有国王才会像他瞧他们时那样盛气凌人……他就问年轻人是不是第一次参加……年轻人说是的。“那么您的岳父对您没有……”“当然有……”“那么……”“阿尔特米奥先生，这些规则定下来时，是没有同我商量过的……”他忍不住……眼睛懒洋洋的……嘴里吐出一口口的烟……他把脸转过去对着海梅，那年轻人目不转睛地瞧着他……目光中带有狡狯的表情……嘴唇和下巴在动来动去……这是老头子的……又是那年轻人的……啊，他认出了自己的影子……啊，这使他茫然……“什么东西呀，塞巴约斯先生？”他牺牲了什么东西……“我不懂您的意思……”他不懂他的意思，他说他不懂他的意思……他从两个鼻孔里哼出了一阵笑声……“朋友，就是咱们露出真面目而受到的创伤……您以为我是什么人呢？您以为我在自欺欺人吗……”海梅给他递上了烟灰碟……啊，他们骑着马渡过了河，那天早上……“……是在自己辩解吗……”……他在窥察着，但又不让别人窥察他……“大概您岳父和您来往的其他人……”那天早上渡过了河……“……我们的财富来得是正当的，是我们自己劳动挣来的……”“……是我们的奖赏吗？……”他当时问他，是不是两人一起去，一直到海边……“您知道我为什么站在这一大堆人之上……统治他们吗？”……海梅给他递来了烟灰碟；他拿着点上了的香烟做个手势……他赤膊涉了水走出来……“啊，您走过来了，我没有喊您呀……”海梅半闭了眼睛，在杯子里呷了一口……“您的幻想破灭了吗？”……她老是在说：“我的天呀，我不该是这个下场。”一面说，一面举起镜子，问自己这是否就是他回来时会看到的样子……“可怜的卡塔琳娜……”“因为我并没有弄错……他们在对岸会看到一个怪影似的土堆、一个怪影，是的……”“您觉得这个联欢会开得怎样？……瓦西隆舞，多么精彩的瓦西隆舞，喳喳喳。”一阵香蕉的气味。科库雅……“我不在乎……”他夹紧了踢马刺，露出了脸，微笑起来……“……我的名画、我的藏酒、我的柜子、我支配这些东西，正同支配你们一样……”“您看对吗……您从他身上和从这些地点回忆到了自己的年轻时代……”“有了权就可以为所欲为，要得到权，什么事都是要做的……”“但是您没有告诉他，这对您有很大的意义，因为您如果这样做，就是人工地硬把一种好感强加于他……”“……我和您岳父以及所有正在对面跳着舞的人也是什么事情都做过了的……”那天早上他高兴地等着他……“……您将来也是一样要做的，如果您想……”“也就是同您阿尔特米奥先生合作，看看在您的一家企业里您能不能……”小伙子举起的胳膊指着东方，指着太阳升起的地方，指着那个湖泊……“这通常不是这样处理的……”两匹马慢慢地跑着，把抛了锚似的杂草拨开，马的鬃毛在飞舞，踢起阵阵破碎的浪花……“……做岳父的喊我过去，暗示说，他的女婿是……”两人互相对视着，露出微笑……“但是，您看到，我有别的理想……”向着空旷的海洋，向着一望无际的海洋，向着洛伦索轻身奔向的海洋，向着那些在他腰间溅开的海浪……“他只好将就了，他变得实事求是了……”“是的，对呀。正同阿尔特米奥先生您一样……”他问他是否从未想到过海的另一边有什么东西；大地上到处似乎都是差不多的，只有海洋是不同的……“正同我一样！……”他告诉他，有岛屿……“您参加过革命，冒过生命危险，几乎被枪毙了？……”海洋有一股苦啤酒的味道，发出甜瓜、榅桲和草莓的气味……“嗯？……”“不行……我……”“再过十天就有一条船出发。我已经把票订好了……”“朋友，您参加盛宴来得太迟了。您赶快去收拾残羹剩饭吧……”“爸爸，你不这样做吗……”“……我们享了四十年的富贵，因为我们都是经过这场革命的光荣洗礼的……”“不错……”“……但是您呢？您认为这种富贵是能代代相传的吗？他们靠什么来传之永久呢……”“现在有这条战线。我觉得这是唯一剩下来的战线了……”“对的……”“……咱们的权力吗？……”“我要走了……”“你们教会了我怎么样……”“算了吧！我告诉您，您来迟了……”那天早上她高兴地等着他……“让别人设法欺骗他吧，我自己是从来没有上过当的，所以我才在这个地方……”他们骑着马渡过了河……“……赶快点……吃个饱……因为正在收拾呢……”他问他是不是一起去，往海边去……“我才不在乎呢……”海上有低飞的海鸥在守护着……“我要死了，我真忍不住笑……”这个海洋只伸出它的疲倦的舌头来舐着海滩……“……我一想起就忍不住笑……”走向那些在腰边溅开的波浪……“……保持住一个他们根本不配享用的世界……”老头子把脑袋贴到塞巴约斯的耳边……海洋有一股苦啤酒的味道……“您愿意听我私下告诉您一件事吗？……”海洋有一阵甜瓜和番石榴的气味……他用食指轻轻敲击一下年轻人的酒杯……渔夫们正在把渔网往沙滩上拉……“……真正的权力总是从反叛中产生的……”“要我相信吗？我说不准。是你把我带到这里来的，是你把所有这些东西教会了我的……”“那么您，你们……”十指分开，上面是阴霾的天空，脸对着一望无际的海洋……“……你们……你们需要的东西已经没有了……”

他又向大厅瞧过去。

“那么，”海梅喃喃地说，“我可以过几天……再来看您吗？”

“您找巴迪亚吧。晚安。”

大厅的钟响了三下。老头子叹了一口气，抖动困倦的狗身上套着的皮带，狗马上竖起耳朵，站了起来。同时，他用手压着安乐椅的扶手，吃力地撑着站了起来，音乐声停止了。

他在人们纷纷轻声道谢的声音中穿过脑袋东歪西斜的来宾人群，从大厅的一端走到另一端。莉莉亚挤开了一条路：

“借光……”

她挽住了他那僵直的胳膊。他昂着头（劳拉，劳拉）；她却垂下好奇的视线，穿过了来宾让开的一条通道，四周都是那些豪华的木雕、琳琅满目的镶木细工、石膏镀金的雕花板、嵌上骨头和玳瑁的屉柜、铁饰和搭扣、铁片镶贴有盾纹的保险箱、美洲松木制成的发香味的交椅、唱诗班的座席、巴洛克式的交椅突饰和垂饰、向内弯曲的椅背、镂空的横掌、五色缤纷的怪面饰、青铜的圆头饰钉、压花的皮革、玩球兽爪形的桌椅腿、用银丝挖花织制的十字褡、蒙上锦缎的安乐椅、天鹅绒的沙发、圆柱形陶器和大肚颈瓶、斜边分隔的方格护壁板、美利奴羊毛的地毯、有色裂纹的油画，吊灯玻璃在闪闪发光，梁柱在发热；他就这样一直走到楼梯的第一级。这时他抚摸了一下莉莉亚的手，这女人挽着他的胳膊，扶他上了楼梯，而且把身子弯下一点，以便更好地挽着他。她微笑着说：

“你太累了吧？”

他摇摇头，又抚摸她的手。

我醒过来了……又一次醒过来了……但是这一次……是的……是在这部小汽车里，是在这辆马车上……不……不清楚……它行驶着一点也不出声音……我一定还不算真正清醒吧……我怎样睁开眼睛也看不清他们……东西、人……我眼前那些又白又亮的卵形物体在滚动……像一片牛奶筑起的墙，把我同世界隔开……离开了那些可以摸到的东西和别人的声音……我被隔开了……我快死了……我在离开……不，是一次发病……我这样年纪的人可能遇到的发病……不是要死，不是要离开……我不愿这样说……我想问，但是我说……假使我努力一下……是的……我已经听到警笛一阵又一阵的声音……那是一辆救护车……那是我自己嗓子的汽笛声……我这个又窄又堵塞的嗓子……我的唾液在嗓子里滴流着……流到一个无底洞里……离开……遗嘱吗？……啊，你们放心吧……

有一张写好的字条，贴了印花的，在公证人面前立下的……我谁都不忘记……我又何必忘记你们，恨你们呢？……如果让你们觉得，我到最后一刻还想到你们，来嘲笑你们，那岂不是让你们过了瘾吗？……啊，多好笑，啊，多滑稽……不……我记起你们时，也是以一种冷漠的公事公办的态度……我把这份财产分给你们，你们在公开场合只好把这份财产的来源归因于我的努力……我的恒心……我的责任感……我的个人品质……你们就这样做吧……你们就心安理得吧……你们可以忘掉，我得到这份财产，我拿这份财产来冒险，我得到这份财产……是豁出了一切，宁可一无所得的……不是吗？……为了得到一切而豁出一切，这叫什么呢？……你们爱怎么叫就怎么叫吧……他们回来了，他们不认输……是的，想到这件事我就微笑……我在嘲笑我自己，嘲笑你们……我在嘲笑我自己的生活……这不是我的特权吗？……这不是这样做仅有的一次机会吗？……我活着的时候不能嘲笑……现在可以了……我把这些死人的名字留下给你们……雷希娜……托比亚斯……帕埃斯……贡萨洛……萨加尔……劳拉，劳拉……洛伦索……让你们别忘记我……离开了……我可以想一想，问一下自己……但是不知道……因为这些最后的念头……这个我是知道的……我在想，我在掩盖……这些念头是我的意志控制不了的，啊，是的……仿佛脑子，脑子……问吧……还没有问，我就有了回答……也许……问和答是一回事……活着又是另一种离开的方式……同那座草房和河边的黑白混血儿一起……同卡塔琳娜一起，假使我同她谈了话的话……那天清早在那个监狱里……你可别渡海呀，没有岛屿，那不是真话，是我骗你的……同那个老师一起……他叫埃斯特万？……叫塞巴斯蒂安？……我记不清了……他教了我这么多东西……我记不清了……我离开了他，到北方去了……啊，是的……是的……是的……是的，生活本来会是另外一个样子……不是这个奄奄一息的人的生活……不，不是奄奄一息……我告诉你们，不是，不是，不是……发病……老年人，发病……养病复元，对了……是另一种生活……另一个人的生活……不同的生活……但也是分开的……唉，多么使人失望……既不活又不死……唉，多么使人失望……在人类的大地上……生命是暗藏着的……死亡是暗藏着的……总有那么一天……没意思……我的上帝啊……啊，这次可能是最后的生意了……是谁把手放在我的肩头上？……相信上帝……是的，是一笔一本万利的投资，当然啦……是谁强迫我躺下的？仿佛我本来想从这里站起来似的……当你对一件事已经不相信的时候，还会另有继续相信的可能吗？……上帝啊，上帝啊，上帝啊……一个词，只要把它反复背诵一千遍，它就会失去一切意义，成了区区的一串……音节……空洞的音节……上帝啊，上帝啊……你给那些留下的人照亮一下吧……让他们有时候……有时候想到我吧……让他们不要失去……对我的回忆吧……我在想……但我看不清他们……我看不见他们……戴孝的男男女女……这个黑色的卵形打破了……我的视线冲开了，看见了……看见他们继续在生活……回去工作……回去闲着……回去搞小动作……记不起……这个死去的可怜人……这个人听到一铲铲的泥土……潮湿的泥土……盖在自己的脸上……这些蛆虫……蜿蜒地……蜿蜒地……蜿蜒地前进……是的……贪婪地前进……嗓子……我的嗓子漏成了一个大海……一个散失的声音……它要复活……复活……继续活下去……在生命被打断的地方继续活下去……死亡……不……又一次从头开始……复活……重新诞生……复活……重新决定……复活……重新选择……不……额角上放了多凉的冰……指甲……多么发蓝……肚子……多么胀……多恶心……臭屎……你别无缘无故就死掉……不行，不行……啊，你们这些女人……这些不中用的女人……你们已经有了……一切富贵荣华……但你们却长着……庸俗低能的头脑……你们甚至……不明白这种荣华富贵是为了什么……如何使用……这些东西……你们连这个也不懂……我呢，我却一切都有了……你们听得到我的声音吗？……一切……买得到的和……一切买不到的……我有了雷希娜……她名叫雷希娜……她爱我……她爱我，但又不要钱……她跟了我……她给了我生命……在那下面……雷希娜，雷希娜……我多么地爱你……不必有你在身边……你使我的心胸多么畅快……多么温暖……多么……你使我身上充满了……你的昔日的香味……忘掉了的香味，雷希娜……我记起了你……你看见吗？……好好看清楚……我原先记起了你……我是记得你的……记得你原来的样子……你是多么地爱我……我在人间是多么地爱你……谁也不能夺走咱们这个世界……雷希娜，你和我的这个世界……我带来了这个世界，我保持着它……用双手保护着它……仿佛……它是一团烈火……小小的但炽烈的火……是你送给我的……是你给我的……是你给我的……我也许已经拿走了……但是我给了你……唉，黑色的眼睛；唉，暗黑的，发出气味的肌肉，唉，发黑的嘴唇，唉，我碰不得，提不得，重温不得的暗淡的爱情：唉，你的双手，雷希娜……你的双手放在我的脖子上……我忘掉了同你的幽会……忘掉了……当时发生过的一切……只有你和我……唉，雷希娜……不再想……不再讲……在那发黑的腿上……讲那永恒的丰饶……唉，我的无法重温的引以为荣的事……因为爱过你，我引以为荣……这是一个得不到应战的挑战……人间有什么话能向咱们说呢？……雷希娜……人间除了这个，又能再增添点什么呢？……人间对于……咱们彼此狂热的爱……又能说出个什么道理呢？……什么道理？……鸽子、石竹花、旋花、浮沫、三叶草、拱顶石、大箱、星星、幽灵、肌肉：我怎样称呼你才好呢？……亲爱的……我恨不得能把你……又一次拉到身边……靠着我的气息……我恨不得向你央求……委身于我……我恨不得抚摸……你的脸颊……我恨不得吻……你的耳朵……我恨不得呼吸……在你的双腿之间……我恨不得说……你的眼睛……我恨不得抚摸……你的美味……我恨不得放弃……我自己的……孤单……投身到……两人的……孤单当中……我恨不得再说……我爱你……我恨不得……把你忘掉，好等待着你回来……雷希娜，雷希娜……这阵刺痛又来了，雷希娜，我正在醒过来……正在从镇静剂给我造成的半睡半醒中醒过来……我正在醒过来……我的内脏……的中央……在作疼，雷希娜，伸手给我，别抛弃我，我不愿一觉醒来时发现你不在我身边，亲爱的，劳拉，我心爱的女人，我的救命的回忆，我的粗布裙子，雷希娜，我痛，我这段无法重温的缠绵情史，我的这个翘起的小鼻子，我痛，雷希娜，我知道我痛。雷希娜，你来吧，好让我再一次活下去；雷希娜，你再一次拿你的生命来换取我的生命吧；雷希娜，你再死一次吧，好让我活下去；雷希娜。士兵。雷希娜。你们拥抱我吧。洛伦索。莉莉亚。劳拉。卡塔琳娜。你们拥抱我吧。不。额角上的冰多冷……脑子啊，你可别死去……理智……我要找到它……我要……我要……土地……国家……我爱了你……我想回来……理智丧失的理由……从一个高处俯视经历过的生活，但又什么也看不见……既然我什么也看不见……干吗死去呢……干吗死得这样苦呢……何必不继续活下去呢……死去的生活……干吗要……从活的虚无乌有转到死的虚无乌有去呢……车笛的响声……响不下去了……它喘不过气，响不下去了……这群畜生……救护车停住了……累了……累极了……土地……又有亮光照进我的眼睛……又一次……

“由萨比内斯大夫来动手术。”

理智呢？理智呢？

担架在轨道上滑动，在救护车外面。理智呢？来的人是谁呀？来的人是谁呀？

你疲倦极了，再疲倦不过了；因为你走了很多的路，骑马走过的，步行走过的，坐老式火车走过的，大地无穷无尽。你还记得这片乡土吗？你是记得的，不是一片；而是千千万万片，名字却只有一个。这个你是知道的。你带来了红色的沙漠、橄榄和龙舌兰的草原，有金色圆顶和石质箭垛的城墙、仙人掌的世界、火山岩浆的环状带和冷冻了的火山口、筑得结结实实的城堡、用火山石筑成的城市、用土坯筑成的小镇、用芦苇搭成的村屋、泥泞乌黑的小径、干燥的公路、海洋的嘴唇、草木茂密而又罕无人迹的海岸、发出小麦和玉米香气的河谷、北方的牧场、低地的湖沼、又细又高的树林、上面压着干草的树枝、皑皑的山峰、沥青的平原、到处是疟疾和妓院的港口、剑麻丛中的石灰砌的庄屋、荒僻处激泻奔流的河水、金矿和银矿的井穴、没有共同语言的印第安人，他们有的是科拉族、雅基族、威科尔族、比马族、塞利族、冲塔尔族、特佩宛族、瓦斯铁克族、托托纳克族、玛雅族的语言，有奇利米亚的长笛和鼓，有三节拍的舞蹈、吉他和小六弦琴和羽饰，米却肯州的瘦骨嶙峋、特拉克斯卡拉州的矮胖多肉、辛那洛阿州的明亮眼睛、恰帕斯州的洁白牙齿、沿海地区的插发梳、米克斯铁克族的辫子、佐济尔族的腰带、圣马利亚[1]的斗篷、普埃布拉的细木工、哈利斯科州的玻璃、瓦哈卡州的玉石、神蛇的废墟、黑脑袋的废墟、大鼻子的废墟、圣体神龛和祭坛的装饰、色彩和凸饰、托南津特拉和特拉科察瓜雅[2]的异教崇拜，特奥蒂瓦康和巴潘特拉[3]，图拉和乌克斯马尔[4]的旧名。你把这些全都带了来，它们都压在你身上，这些负担，都压在一个

1 圣马利亚（Santa María），危地马拉的火山。

2 托南津特拉（Tonantzintla）是普埃布拉州的圣安得列斯·卓鲁拉的一个镇，有著名的圣母马利亚教堂；特拉科察瓜雅（Tlacochaguaya）是瓦哈卡州的火山，高一千五百八十米。

3 特奥蒂瓦康（Teotihuacán）是墨西哥城东北四十三公里处的有名的金字塔；巴潘特拉（Papantla）是维拉克鲁斯附近的金字塔。

4 图拉（Tula）是托尔铁克族的文化遗址；乌克斯马尔（Uxmal）是尤卡坦半岛上玛雅族的文化遗址。

人身上是太重了。它们动也不动，你把它们拴在脖子上带着；它们压在你身上，钻进了你的肚子……它们是你身上的细菌，你身上的寄生虫，你身上的阿米巴菌……

你的大地。

你以为在这场南征北战中能又一次发现大地；公路、水坝、铁轨和电报柱子在拼命向前，但前进的步伐缓慢，高山和深谷向它们伸出挑战的拳头，而你则第一个踏上了这些高山和深谷。这个大自然界不肯被人分享，被人统治，它希望继续在荒凉崎岖的静寂中存在下去，它只赠给人们若干河谷，几条河流，让他们在河谷上或河边对付着过日子；大自然自己却仍然是那些光滑的高不可攀的峰巅、那平坦的沙漠、那些热带莽林和荒凉的海岸的刁顽主人；它们惶惑于这种高傲的法力，定睛瞧着他。如果说，苛刻的大自然背弃了人类，那么，人类又背弃了那被遗忘掉的广阔的海洋，在自己炽热的沃土中腐败下去，由于失掉的财富而焦急奔忙。

你继承了大地。

你再也看不见你在索诺拉和奇瓦瓦见过的脸，你当时看见这些脸一会儿是熟睡着、忍耐着，一会儿又怒气冲冲地投入那场无理可喻的无情的斗争之中，投入那些被别人拉开的人的怀抱之中，老是在说，我在这里，我与你、与你、与你同在，把所有的手和所有的脸都封起来。这是一种爱，一种离奇而又普通的爱，它会自行消灭。你把这话对自己说，因为你亲身经历了这件事，但你在经历时并不理解它。唯有到了临死时，你才接受它，才公开地说，你虽然不理解它，但你在权势烜赫时的每一天当中都怕它。你害怕这种爱情的相会重新爆发；现在你要死了，你不害怕它了，因为你已经看不见它了；但你叫别人去害怕它，害怕你所遗留给他们的虚假宁静，害怕那冒牌的和谐、那奇妙的花言巧语、那得到认同的贪婪。害怕这种不自知的不公正现象。

他们接受了你的遗嘱。这是你替他们挣下的荣华富贵，是荣华富贵。他们感谢秃头的阿尔特米奥·克罗斯，因为他使他们成了上等人；他们感谢他，因为他不甘心老死在一座黑人的草房里；他们感谢他，因为他出来浪迹江湖。他们为你辩解，是因为他们已经无法拿你的理由来为自己辩解了。他们已经不能像你这样动不动就提到那些战役和那些领袖，再也不能像你这样捧出他们来做挡箭牌，来为自己假革命之名而实行的掠夺、假扩大革命之名来扩大自己势力的行径辩解。你想一想就吃惊：他们能找得到什么理由来为自己辩解呢？他们筑得起什么防线呢？他们想也不想，他们只是过一天算一天地享用你给他们留下的东西；他们过悠游自在的日子，当你在等待着人家给你的身体上盖上一公尺厚的泥土时，他们会装出伤心、感谢的样子——那是对外装装样子的，你可不能要求太高了；你躺着在等待，最后感觉到一大群人的脚踩到了你死去的脸上，于是你说：

“他们回来了。他们不认输。”

于是你微笑了。你嘲笑他们，你嘲笑你自己。这是你的特权。对往事的追忆引诱着你。这样做会美化了过去。你不干。

你遗留下无谓的死亡，死去的名字，所有为了你的名字能活下来而死掉的人的名字；所有为了使你的名字拥有财产而被剥夺了财产的人的名字；所有为了使你的名字在人们心中永志不忘而被遗忘掉的人的名字。

你遗留下这个国度；你遗留下你的报纸、一套关系学和阿谀奉承、庸才们麻痹人心的骗人讲演；你遗留下典押品，你遗留下一个堕落变质的阶级、一个毫无伟大之处的政权、一种道道地地的愚昧状态、一种卑微的野心、一项滑稽的义务、一堆腐朽的词藻、一种公事公办的怕事心理、一种粗线条的利己主义。

你给他们遗留下小偷般的领袖，他们那些百依百顺的工会、他们的新兴的大庄园、他们的美国投资、他们监禁工人的牢狱、他们囤积居奇的商人、他们的大报业、他们的雇工、他们的掷弹兵和特务、他们存在国外的存款、他们油头粉面的股票经纪人、他们毕恭毕敬的众议员们、他们阿谀奉承的部长们、他们分到的好地、他们的寿辰和纪念日、他们的跳虱和长了蛆的烙饼、他们一字不识的印第安人、他们的失业工人、他们的荒山秃岭、他们那些戴上了水下呼吸器和拿着股票的胖子、他们那些长了指甲作为武器的瘦子。让他们占据他们的墨西哥吧。让他们占据你的遗产吧。

你遗留下那些温柔的、别人的脸，这些脸是没有明天的，因为一切都是他们在今天干的，都是在今天说的。他们就是现在，他们就在现在。他们之所以说“明天”，是因为他们对明天毫不在乎。你是将来，但又不是将来。你想着明天，但你今天就要完蛋。他们是明天，因为他们只在今天活着。

你的人民。

你的死。你是个预见到自己死亡的动物，你歌唱自己的死亡，你讲到自己的死亡，你为它跳舞，你把它画出来，你在自己死亡之前记起了死亡。

你的大地。

你不回去是死不掉的。

从塔米阿瓦到夸萨夸尔科斯[1]的那个弧形地带，像一个绿色的半月形，吞没了海洋的白色的脸，仿佛是打算（但这是徒劳的，因为它自己又被这印第安山脉尽头云雾缭绕的冠顶吞没）同那个悠然起伏、露出裂缝的肌肉的群岛相连。维拉克鲁斯的这个半月形是干燥的、动弹不得的、伤心的墨西哥伸出的一只无力的手，它在高原上有一座由偏僻的石头和泥土筑成的修道院，这个半月形另外有自

1 塔米阿瓦（Tamiahua）在维拉克鲁斯州，夸萨夸尔科斯（Coatzcoalcos）是维拉克鲁斯州的一条地峡。

己的历史，是用金丝将安的列斯群岛、大西洋，甚至更远的地中海连结在一起的。地中海一直连到它这里，只有碰到东马德雷山脉的峰巅时才被挡住。在这里，火山彼此缠成一团，龙舌兰静悄悄的标志耸立着。到这里，世界才算结束，它原先以周而复始的巨浪从博斯普鲁斯海峡的通道和爱琴海海湾那里送来一阵阵动人心弦的诱惑，从锡拉库斯和突尼斯那里送来葡萄和海豚的溅水声，从安达卢西亚和直布罗陀的大门那里送来深沉感谢呱呱坠地的啼声，从海地和牙买加那里送来宫廷里戴上假发的黑人毕恭毕敬的唱喏，从古巴送来它的舞蹈和鼓声，还有木棉树和海盗以及征服者。黑色的土地把海潮吸收掉。远方来的波浪停留在铁栅栏阳台和维拉克广场的门廊前。气息碰到乡间门廊的白柱子以及身躯和嗓子发出的软绵绵声调就烟消云散。这里有一条疆界。接着又竖起由鹰和打火石组成的阴暗的基座。这个疆界是谁都打不破的；埃斯特雷马杜拉和卡斯蒂利亚的人们打它不破，他们才创业就耗尽了精力，后来拼命爬上那个高台禁区，在那里也只能破坏和篡改外表，这样，也就不知不觉地被打败了；他们终于成了那些饥饿的泥土塑像的牺牲品，被那湖泊不分青红皂白地吞噬掉，那湖泊已经吞噬过黄金、水泥、一切侵犯过它的征服者的脸；那些安的列斯海上的海盗打不破这条疆界，尽管他们尖刻地哈哈笑着把自己的双桅帆船装满了从印第安山顶投下来的盾牌；那些穿越马林切山隘的神父也打不破这条疆界，尽管他们穿过这个山隘是为了带来新的神灵的脸饰，装扮那些显现在一块可以打破的石头上却居住在空中的寂然不动的神祇；那些被弄到热带种植园来的黑人同样打不破这条疆界，因为那些泼辣的印第安女人向他们奉献了不能生殖的器官，作为战胜这个鬈发种族的一件法宝；那些从帝国的帆船上了岸的王侯依然打不破这条疆界，尽管他们着迷于这蓖麻丛生、核果盛开的明媚风光，带着盛有花边和熏衣草的辎重登上了那个峭壁上洞穴遍布的高原；那些头戴三角帽、肩上佩肩章的将校还是打不破这条疆界，尽管他们在静寂暗淡的高原上终于制服了消极抵抗、暗中嘲笑、麻木冷淡的印第安人。

你就是这个走向大地、发现大地、从自己的出发点走出来、发现自己归宿的孩子，而事至如今，死亡已经使出发点和归宿合而为一，无情地在二者之间插进了自由的锋刃。

（1903 年 1 月 18 日）

他听到黑白混血儿卢内罗的喃喃细语（“唉，酒鬼，唉，酒鬼”）醒了过来。这时候，所有的公鸡（想当年，鸡舍是这个庄园的一大骄傲，因为这里的鸡在半个多世纪以前是堪与本区大东家训养的专门格斗的公鸡相匹敌的，但是，现在这些鸡舍早已荒废，鸡都散处荒野）都宣布了热带这个清晨的迅速来临，而清晨的到来，对于彼得罗先生来说，黑夜到此告一段落。他一整夜都沉湎于孤酒独酌之中，夜夜如此，在那座埋没在草木丛中的庄屋、那方红砖地面的平台上喝得酩酊大醉。这位先生喝醉酒时唱出的歌声传到了这间草屋的棕榈叶屋顶下，卢内罗已经站了起来，用手把小瓷杯里的水一下一下地洒到泥地上。这个小瓷杯来自别处，它上面漆着的鸭子和小花曾经光彩夺目。卢内罗接着点着了火盆，要把昨天剩下来的查拉尔鱼肉热一热；他眯着眼睛在水果筐子里寻找那些果皮已经变得最黑的水果先拿来吃掉，免得等到这些长得饱满的水果全变坏，变得太软而且长蛆。随后，当那只平底锅里冒起的烟雾把孩子从昏睡中弄醒时，彼得罗先生那慢吞吞的歌声便停住了，但还可以听到这个酒鬼的脚绊倒东西的声音，声音越来越远，最后是砰然关门的响声。这是一个漫长的上午的前奏。一整个上午，彼得罗先生都匍匐着，蚊帐胡乱缠在身上，扑卧在那张巨大的桃花心木床光秃秃的垫褥上。这是一张虽有华盖却没有被子的床。他俯卧在那里，由于仅存的一点烧酒已经喝得点滴无存而恼火。孩子穿着短短的汗衫，带着青春期最初一点迹象，走到炉火跟前。卢内罗摸了摸他那头发蓬乱的脑袋，心里回想：想当年，地是一大片，所有草屋都离庄屋远远的；庄屋里干些什么，大家都不知道，只有那些胖厨娘和那些专管打扫和给衬衣上浆的混血女人偶尔会把庄屋里的故事带进另一个世界、那些在烟草地里晒黑了的人的世界。现在呢，一切都是鼻子连眼睛，老东家已经死了，他的这个庄园被证券经纪人和政敌们不断蚕食，现在只剩下这座没有窗玻璃的庄屋和卢内罗的这座草屋了。庄屋里昔日仆役成群的日子也一去不复返了，只有那瘦女仆巴拉科阿一手照应这房子，继续侍候那个幽居在最深处的蓝色房间里的老太婆。草屋里只有卢内罗和这个男孩子住着，也只有他们两个人干活。

黑白混血儿在压平了的地面坐了下来，把一盘鱼分开，一半倾倒在陶质汤锅里，另一半仍然留在平底锅里。他把一个芒果递了给男孩子，自己剥了一根香蕉，两人一声不响地吃起来。当那一小堆灰烬熄灭的时候，卢内罗几年前种的那棵牵牛花的浓密影子从草屋唯一的开口（是门，也是窗，又是挡住那些到处乱嗅的狗的门槛，还是一条画出来用来挡住红蚂蚁的白石灰线）投了进来。当年卢内罗种下这棵牵牛花，是为了把墙壁的棕色土坯挡住，并且使草屋在夜间能充溢这些喇叭形的鲜花的香气。他们不说话。但是黑白混血儿和男孩子两人都感到彼此在一起很愉快，只是嘴里不说出来，甚至也不通过一个笑容表达出来，因为他们并不是为了说话或是露出笑容，而是为了一起吃饭和睡觉，才在每天清晨（总是宁静的清晨）一起冒着热带的潮湿出去干活，一起干完过日子必须干的活，把钱交给巴拉科阿这个印第安女人。她每星期六就拿这些钱来给老太婆买吃的，给彼得罗先生买一坛坛的酒。这些用芦苇筐隔热并且装了牛皮提柄的蓝色矮坛子十分好看：肚子大，颈部又短又窄。彼得罗先生喝完，就把空坛子堆在庄屋门口。卢内罗每个月都扛着那根用来挑水桶的宽扁担，到山脚下的那个小镇去一趟，回来时，扁担压在肩上，酒坛在下面挂着，串成了一串，这是因为原来的那匹骡子已经死了。山脚下的这个小镇是附近唯一有人住的地方。居民只有三百人，到处是一片密林，高山的石头在哪里生根，树叶就在哪里沿着那向近处的大海流去的河，攀缘在那缓缓升起的山坡上。绿树丛中，只露出星星点点的瓦顶，使人看了能发现这个小镇的存在。

孩子走出了草屋，在那条有蕨类植物在芒果树灰色柔嫩的树身周围生长着的小径上奔跑。泥泞的山坡把他带到了一处上方有红花和黄果把天空遮住的地方，到了那河岸旁边，在那里，卢内罗用砍刀开辟了河边的一片空地（仍然激泻奔流的河面在这里开始变宽）作为每天工作的场所。长胳膊的黑白混血儿一边系着自己的混纺裤子，一边走到这里来，这裤子的两条裤腿很宽，是某种过时的水手款。男孩子把放在露天下晾了一夜的短蓝裤衩从那生锈的铁圆盘上拿下来，卢内罗则走到铁圆盘前。一些切开了刨光了的红树皮放在地上，切开处泡在水里。卢内罗停了一下，脚陷在泥泞中。向海洋流去的河在这里扩大了自己的呼吸，抚摸着越来越高的一堆堆蕨类植物和香蕉树。杂草长得好像比天还高，因为天是扁平的、反射着光的、低矮的。他们两个都懂得这活儿该怎样干。卢内罗拿起了砂纸，继续磨光那些红树皮，他使很大的劲，前臂上粗粗的青筋在飞舞跳动。孩子端上了缺腿的朽木高凳子，把它放在那个中央用一根木杆子撑起来的铁圆盘里面。铁圆盘上开出十个洞口，每个都挂有一条灯芯绳。孩子把圆盘推转，然后蹲下来，把锅下的火点着：熔化了的、浓稠的香杨梅蜡香杨梅的果实有蜡质，在冒着气泡；圆盘在转着；孩子逐个把蜡注入洞口。

“耶稣献瞻节快要到了。”卢内罗嘴里咬着三颗钉子说。

“什么时候？”

太阳光下的这一团小小的篝火照亮了孩子碧绿的眼睛。

“二号，小克罗斯，是二号。到那时候，蜡烛就卖得多，不但卖给附近的人，也卖给全区的人。他们知道这里的蜡烛最好。”

“我还记得去年。”

有时候，滚烫的蜡汁溅到身上，像鞭抽一样痛；孩子的大腿上已经有不少圆形的疤痕。

“这是土拨鼠寻找自己影子的一天。”

“你怎么知道的？”

“这是人家从别处带来的一个传说。”

卢内罗停住，伸手去拿一个槌子。他暗黑的额头皱起来。“小克罗斯，你觉得自己已经会造独木船了吗？”

孩子的脸上显现出洁白的笑容。河水和潮湿的蕨类植物反射来的绿光更加衬托出他的脸色的苍白和消瘦。他的头发被河水梳洗过，在宽阔的前额和阴暗的后脑勺上竖起来。未成熟的果实的绿色色调布满了他消瘦的胳膊、坚挺的惯于逆流游泳的胸膛和他这副在河底长着水草、岸边到处泥泞的河里爽快了一阵子后发出哈哈笑声时露出的牙齿。“会，我已经会了。我看见了你是怎样造的。”

黑白混血儿把本来已很低的、冷静但又窥伺着的视线再放低：“如果卢内罗走了，所有的事你都会做吗？”

孩子停住了，不再推转那个铁圆盘。“如果卢内罗走了？”

“如果不得不走的话。”

黑白混血儿心想，他什么话都不应该说。他什么话也不会说，他要像他家的人那样走掉就算了，一声不响，因为他相信这是命中注定的，他接受命运的这种安排。他记得，别人也相信这是命中注定，却拒绝命运的这种安排。他可不，他既相信，也接受，因为他觉得这当中有许多理由，有许多前车之鉴；因为他尝过怀乡和迁徙的滋味。虽然他知道什么话都不应该说，但他知道，这男孩子——他多年来的伴侣——已经看见了昨天来找他的那个穿着礼服、满身大汗的人，而且是以好奇的目光侧着头看着这个人的。

“你懂得了在镇上卖蜡烛，到了耶稣献瞻节时就多做一些；每隔一个月就把酒坛子拿去，把酒放到彼得罗先生的门口……造独木船，每隔三个月把船全都顺流送下去……还有，把金币交给巴拉科阿；你是懂得的，同时要给自己留下一块硬币；要打查拉尔鱼的时候，就在这里打……”

河边的这一小块空地已经不再随着这生锈的圆铁盘的吱吱响声或是那黑白混血儿的梦游般的槌击声而抖动了。急流着的河水的潺潺响声被周围的草木困在中间，越来越响亮。河水冲走着破枝碎叶和夜间被雷雨打倒的树干，水面上起伏飘浮着上游田野的杂草。黄黑色的蝴蝶在飞舞，也是向着大海飞去。孩子垂下了双臂，向黑白混血儿的低垂的目光发出询问：

“你要走吗？”

“你不懂得这地方的全部历史。当年，所有的土地，连那高山在内，都是这里的人的。但是后来丢掉了。老太爷死了。阿塔纳西奥先生遭了暗算遇难，整片地也就荒了。或者说，转到别人手里了。只剩下我，他们总算让我安稳过了十四年的生活。但是这一天总免不了要来到。”

卢内罗停住不说，因为他不知道如何说下去。岸边河水的银白色涟漪转移了他的注意力，身上的筋肉要求他把活继续干下去。十三年前，当人家把这男孩子交给他时，他本来曾经想把孩子沿着河水放下去，让蝴蝶一路照料他，就像白种人的故事中那个古代的国王那样，然后等待他有朝一日衣锦荣归。但是由于主人阿塔纳西奥死了，他才有可能把孩子保存下来，甚至不必同彼得罗先生争吵一番，因为彼得罗先生连消遣一下或是争论几句的能力都已经丧失；也不必同那位老太太争吵一番，因为老太太已经隐居在那间窗上挂着花边窗帘、每当暴风雨时就点起悠忽闪动的油灯的蓝色房间里。她这个疯人对于离自己没多少米远的男孩子的成长是会蒙在鼓里一无所知的。是的，主人阿塔纳西奥死的正是时候；他如果活着，一定会下令把孩子弄死；卢内罗把孩子救了。最后几片种烟草的地已转到了新主人的手中，他们只剩下河边这一点点杂草丛生的地，还有那座像一个空洞的破锅似的旧庄屋。他看到了长工们全都转到了新主人的地里去干活，而且从远方又来了一些新人来种植新的庄稼。他又看到，别的市镇和村落的人也被赶了出去。卢内罗不得不想出了制造蜡烛和独木船这个行业来挣钱养活大家。他以为，河边与那座破落庄屋之间的这片不毛的弹丸之地，任谁也不会把他赶跑的，因为谁都不会注意到他，他是同自己的孩子一起隐身于荒草野林之中。新主人过了十四年才发现了他，不过，大海捞针的过程总算结束了，最后一根针捞着了，新主人对这个地区的细心搜索总可以告一段落了。所以，昨天下午，新主人的那个募工头穿上那件黑礼服，额角上大汗淋漓地跑来告诉卢内罗：明天（也就是今天）要他到老爷在本州南部开办的庄园去报到，因为缺乏内行的种烟草的长工，而卢内罗侍候一个酒鬼和一个疯老太婆十四年之久，已经够傻的了。这一切经过，卢内罗不知道怎样告诉小克罗斯才好，因为他觉得小克罗斯即使听了也是不会明白的。这孩子只懂得在河边干活和中饭前泡在河水里凉快一番，只懂得到海边去让人家送活螃蟹和到附近那个没有人同他说话的印第安人小镇去。但是，实际上，这黑白混血儿心里明白，这个故事是牵一发动全身的，只要拉扯一下，全部结构就会一下子倒塌，就得和盘托出，从头说起，这就会把孩子毁掉。但他是爱这个孩子的（这个长胳膊的黑白混血儿现在跪在用砂纸擦过的红树皮旁边，心里对自己说）；自从他的妹妹伊萨贝尔·克罗斯被连打带踢赶走，人家把孩子交给了他之后，他一直爱着这孩子。他把孟察加家族羊群中剩下的一头母山羊的奶拿到茅屋里喂这孩子，在泥泞的地上写出自己小时候在维拉克鲁斯给法国人当小厮时学会的字母来教这个孩子，教会了他游泳，教会了他区别与品尝水果，教会了他使用砍刀。教会了他制造蜡烛，教会了他唱歌，这些歌是卢内罗的父亲在古巴圣地亚哥学会的。战争爆发时，许多人家带着仆人一起迁到了维拉克鲁斯，他父亲就跟着把这些歌带来了。这就是卢内罗在孩子身上花的一番苦心。也许只知道这些就够了，不过，卢内罗知道这孩子也喜欢他，没有他就生活不下去。但现在人世间的这些阴暗的影子——彼得罗先生、印第安女人巴拉科阿、老太婆——正在走上前台，轮廓像刀子一样锋利，要把孩子同卢内罗分开。他们是外人，他们是同他和这个伴侣的共同生活不相干的人。而这正是孩子的想法，也是他所懂得的一切。

“注意啊，缺了蜡烛，神父会生气的。”卢内罗说。

拉着的绳索被一股怪风吹得碰撞起来。一只受了惊的赤鹎发出了叫声。

卢内罗站了起来，走进河里；渔网就在水流的中央。黑白混血儿钻进水里，一条胳膊上挂着那个小渔网，露出水面。孩子把裤衩脱掉，跳进水里。他比以往任何时候更加感到身上的肌肉处处同水接触时那种说不出的痛快。他潜进水中，睁开了眼睛：第一层水面晶莹起伏，迅速流逝，下面则是一个泥泞的绿色河底。水面上，后面（他现在一任水流把他像一支箭一样带走）是那座他十三年来从未进去过的房子，房子里的那个男人，他只远远瞧见过；那个女人，他只是听到过名字。他探头到水面上。卢内罗已经在一面煎鱼，一面用砍刀切开一个木瓜。

中午刚过，太阳光就透过那个由热带树叶编成的屋顶射进来，从西边猛烈地照射着。这是树枝纹丝不动的时刻，连河水也仿佛停住了流动。孩子光着全身躺倒在那棵孤零零的棕榈树下，感到了太阳光的照射，这些光线把他的腰身和树梢的影子射得越来越远。太阳开始了自己最后的旅程；但是，斜射的光线好像是从下而上地把全身的每个毛孔都照得发亮。先是照亮了双脚，这时阳光落到了那个赤裸的脚底，然后照亮了张开的两条腿和那平坦的腹部，被水泡硬了的胸膛，长长的脖子和那轮廓鲜明的颚骨，到了这里，阳光开始分出两条深深的嘴角线，像扳紧了的弓一样紧贴着坚硬的颧骨，颧骨藏住那双在这天下午正在安详地睡午觉的明亮眼睛。孩子在睡着觉，而卢内罗则脸贴下匍匐着，手指敲击着那口黑锅。他的手渐渐产生了律动。他那匍匐着的身体，表面上很松弛，但其实他那舞蹈着的胳膊却是高度紧张，全神贯注，在这锅上敲出了节奏分明的音响。他像每天下午那样从越来越快的节奏中恢复了记忆，开始哼出儿童时代和他已经过去的生活时代的歌。在那个时代，他的祖先们在木棉树旁戴上装饰了铃铛的帽子，胳膊上擦上烧酒；那个人被安放在椅子上，头上盖着一块白布；大家都喝那种酸味的玉米加橘子的混合饮料，一直喝到底部沉淀的黑糖。孩子们被教训说，夜里不许吹口哨：

咚咚……
叶耶的女儿……
看中了……另一个女人的丈夫……
咚咚，叶耶的女儿
看中了……另一个女人的丈夫……
咚咚，叶耶的女儿看中了。

他的节奏感越来越分明。他伸开了两条胳膊，碰到了两端潮湿的泥土，他用手指继续敲击泥土，肚子上也沾满了污泥，脸上展现了笑容，那两个贴在宽阔的颧骨上的脸颊裂开了：“看中了另一个女人的丈夫……”下午的太阳光像弹片一样落在他那圆圆的鬈发的脑袋上。他以这个姿势无法站起来，前额上、肋骨上、两腿间流满了汗，他的歌声越来越轻而深沉。他越是不听这歌声，就越是感觉到这歌声，就越是把身子紧贴在大地上，好像要同大地结合似的。“咚咚，叶耶的女儿……”他马上就要笑出来了，他马上就要把那个穿着黑礼服的人忘个一干二净了，这个人今天下午还要来，现在已经是下午了，但卢内罗还在茫然地躺着唱歌跳舞，这躺着的舞蹈使他想起了坟墓，使他想起了那些当这庄屋被纵火焚烧时关在里面的女人那座法国式坟墓。

背后是树荫和这个在日光浴中的孩子做梦都会想到的庄屋。它的墙壁发黑，是马克西米利亚诺[1]死后，自由党人对帝国发动最后一场战役时经过这里纵火焚烧的。他们在这里发现了这家人曾经把自己的卧室提供给法国军队的元帅使用，并把自己的酒窖打开来款待保守党的军队。科库雅的庄园曾向拿破仑第三的士兵提供给养，让他们带了驮着罐头、豆子和烟叶的骡子去扫荡山里华雷斯游击队的阵地，因为这一股股亡命之徒以这些阵地为据点，去骚扰平原上的法军营地和维拉克鲁斯各城市的要塞。在这庄园附近，那些法国步兵发现了拿着六弦琴和竖琴高唱《双桅船出发去作战但不肯带我》的小合唱队。这些合唱队就在夜里为他们抒怀，让他们同那些印第安女人和黑白混血女人睡觉，这些女人就生下一个个金发的印欧混血儿、黑白混血儿，有明亮的眼睛、黝黑的皮肤，取姓为加尔杜尼奥和阿尔瓦雷斯，而其实他们的姓应是杜布阿和加尔尼埃。是的，就在那一天炎热静寂的下午，永远隐居在那时而荒诞地亮起油灯（两盏灯挂在粉刷了的天花板上，一盏同那有螺纹柱的床一起放在屋角）并挂着发黄的花边窗帘的卧室里的老露迪维尼亚，正在由那印第安女人巴拉科阿给她打扇乘凉。这个印第安女人已经失去了自己的本来姓名，由庄园的黑种血统的人取了这个名字；但她那鹰一般的轮廓和黑油油的头发使得这个名字同她很不相称。巴拉科阿

1 马克西米利亚诺（Maximilia）是奥地利的大公爵，被拿破仑第三扶植为墨西哥皇帝。

原是古巴的一个港口的名字，那里黑人很多。这时候，老露迪维尼亚睁大着眼睛，哼起了这首该死的歌。她假使醒悟，就不会把歌记住了，但她却想欣赏这首歌，因为它讽刺胡安·聂波穆塞诺·阿尔蒙特将军[1]。这位将军原先是这家人的朋友，是露迪维尼亚已故的丈夫伊列涅奥·孟察加的老搭档，又是桑塔·安纳[2]部下的一员。后来，这位墨西哥的大救星和孟察加家族（他们的身家性命）的靠山从自己某一次的流放地卷土重来，登了陆。正在治疗自己的痢疾时，那个原先忠心为他效劳的人却翻了脸不认人，让法国人把他抓起来，重新逼他上船。“圣胡安·德·聂波穆塞诺，拉蒙达”，这是墨西哥人挖苦聂波穆塞诺的一首歌中的一句。露迪维尼亚还记得胡安·聂波穆塞诺·阿尔蒙特那张阴暗的脸，他是莫雷洛斯神父成千上百个麻子脸的女人生下的一个孩子。老太婆一回想到华雷斯分子那首该死的歌曲中那段猥亵的话，就噘起自己那没牙齿的瘪嘴。这首曲子真是让桑塔·安纳将军丢尽了脸：“……你看是不是让强盗们前来，把你的老婆抢走，把她的裤子脱下……”露迪维尼亚嘿嘿笑了起来，她做个手势，叫那印第安女人加快使用那把棕榈叶扇子扇风的速度。这间深沉的、刷了石灰的卧室发出一股塞闷的、似是而非的、假装成阴凉的热带气味。墙上的潮湿斑痕，老太婆看了就舒服，因为这使她回想起别的地方的气候，也就是她童年时代的气候，当时她还未嫁给伊列涅奥·孟察加中尉，还未卷进到安东尼奥·洛培斯·德·桑塔·安纳将军宦海沉浮的漩涡之中，还未在将军的准许下取得河边这些肥沃的土地、这些面山靠海的广阔的黑色的土地。“在法国那里，叽里叽里叽啦，死了个本尼托·华雷斯，自由成了一场空。”挖苦聂波穆塞诺的歌的最后一句歌词。现在，

---

1 胡安·聂波穆塞诺·阿尔蒙特（Juan Nepomuceno Almonte）是墨西哥独立战争的英雄莫雷洛斯的私生子，曾帮助马克西米利亚诺登位称帝。

2 桑塔·安纳（Santa Anna，1791—1876），墨西哥军人，五次执政，马克西米利亚诺称帝时他效忠帝制，被封为元帅。

她的脸皱了起来，原先这张脸是由一个蓝血管的网络连成一片的，现在却分裂成为无数涂了粉的硬痂。露迪维尼亚的颤抖着的爪子挥动了一下，把巴拉科阿打发走。她摇晃了一下自己的黑丝绸的袖子和破烂的花边袖口。房间里有花边和玻璃，但是还有别的，还有磨光的杨树桌子，上面有一层沉重的大理石面，摆着被玻璃罩罩着的时钟，时钟下面有沉重的兽爪玩球形的钟座；砖地面上还摆着藤制的摇椅，椅子上搭着她后来再也没有穿过的带裙撑的衣服，还有斜边切口的方格护壁板、青铜的圆头饰钉、铁片镶贴且有盾纹的保险箱和一些陌生人的上了漆的椭圆形肖像画，画中人一本正经，长着蓬松的连鬓胡子，还有高高的半身胸像和玳瑁的插发梳子、供奉圣徒和阿托查[1]的洋铁片镜架，还有那些陈旧蛀烂的金子几乎荡然无存的描金装饰，里面也显现着圣子的形象，还有那张有银色枝叶装饰和华盖以及螺纹柱的大床，她这个苍白失血的身体的存放之处，一个种种浓烈气味和肮脏被褥的巢穴，床垫的裂缝露出了一堆堆乱糟糟的麦秸。

火灾没有烧到这里。连土地被侵占、儿子中了伏击身死、黑人草屋里生了个孩子的消息都没有传到这里：尽管消息没有传到这里，她却有预感。

“印第安女人，打一壶水来。”

她让巴拉科阿出去，然后自己打破了一切常规，分开窗帘，皱起脸去张望外面的动静。她已经看见这个男孩子在长大；她是从窗帘花边的另一边透过窗口窥看他的。她看到他也是绿眼睛的，知道自己有了亲骨肉后代，高兴得哈哈笑，因为她脑子里牢牢保持着对整整一个世纪的回忆，她脸上的皱纹里保留着一层层已经消逝了的空气、泥土和阳光。她坚持下来了，她活下来了。她费了好大的力

1 指马德里郊区阿托查教堂里供奉的圣子。

气才走得到窗前；她几乎是爬着去的，双眼盯着膝盖，双手紧紧贴着大腿。白发鬓霜的脑袋深埋到肩头当中，肩头有时候比天灵盖还要高。但是她活下来了。她仍然在这里，努力要从这张凌乱不堪的床上做出当年的姿态，当年是这位美丽的白种姑娘打开了科库雅的大门，迎接那些络绎不绝的西班牙神父、法国商人、苏格兰工程师、英国债券推销商、高利贷者和冒险家，这些人路过这里，目的地是墨西哥城，是这个年轻国家提供了乱世出英雄的机会。那里有巴洛克式的大教堂，有金矿和银矿，有用火山岩和石块筑成的宫殿，有做生意的僧侣，有终年像狂欢舞会一样的政界，有经常债台高筑的政府，有外国人只消暗示一句就能唾手而得的海关特惠。那是墨西哥的全盛时代，于是孟察加家族就把庄园交给大儿子阿塔纳西奥管，让他通过同长工们、土匪们、印第安人们打交道而学会处世做人，全家去了高原，在“总统殿下”桑塔·安纳独裁统治时期自封为“殿下”的虚荣的宫廷中大出风头。桑塔·安纳将军这位老搭档孟察加（现在是上校了）对公鸡和斗鸡场十分内行，可以一宵不睡，边喝酒边回忆碉堡计划[1]、巴拉达斯的远征[2]、阿拉莫之役[3]、圣哈辛托[4]、糕饼之战[5]，甚至还有在美国入侵军队面前吃的败仗，大元帅在谈到这些败仗时，脸上露出玩世不恭的笑容，同时用他那木脚敲击地板，举起酒杯，抚摸着那位墨西哥之花的黑头发他在自己第一个妻子正在咽气时，就把这个幼女般的妻子拖到自己温暖的床上去了。这样的一位将军，如果没有自己的老搭档孟察加在身

1 碉堡计划（Casamata Plan）指 1823 年 2 月 1 日桑塔·安纳与瓜达露佩·维多利亚反对伊杜尔比德称帝的兵变。

2 巴拉达斯（Barradas）是西班牙 1825 与 1828 年两次出征古巴和墨西哥的远征军统帅，被桑塔·安纳击败。

3 阿拉莫（Alamo）在现美国得克萨斯州，1847 年墨西哥军队曾在此击败美国入侵军队。

4 圣哈辛托（San Jacinto，1578—1622），西班牙传教士，曾经墨西哥去日本。在日本被处死。

5 糕饼之战（the Cakes），指 1838 年法国对墨西哥维拉克鲁斯港口的圣胡安·德·乌鲁阿的远征，在这次战争中，法国要求赔偿六十万比索，其中包括对一位糕饼商的赔偿六万比索，因此这次战争称为“糕饼之战”。

边，又怎么能过安生日子呢？流年不好的时候，将军大人被自由派赶出了墨西哥，孟察加一家也就回到庄园去保卫自己的财产：由这位好斗鸡的跛足暴君赠送的数千公顷的土地，这些土地是不经土著农民同意就从他们手里夺走的，这些农民要么留下来当长工，要么步行离开，向山脚下走去，然后这些土地就由来自加勒比海各岛屿的新的廉价黑人劳动力来耕种；再加上这一地区的所有小土地所有者都被迫典押土地，他这一家的地更是大大地增加了。堆积如山的摊开晾晒的烟叶、满车的香蕉和芒果、成群的在马德雷山脉的最近的山脊上牧放的山羊。在这一切的中间，是一座两层楼的庄屋，上面矗立着一座红色的小塔，马厩里嘶叫之声震耳。这家人还常常坐小艇或敞篷马车出来游览风景。这些都是他们要保卫的。眼睛碧绿的儿子阿塔纳西奥穿着白衣，骑着桑塔·安纳送的白马，手里拿着皮鞭，在肥沃的田野上驰骋。他随心所欲，在年轻的农民姑娘身上发泄他那粗野的欲念，用那一批运进来的黑人维护自己土地的完整，对付华雷斯军队越来越频繁的进犯。“首先是墨西哥万岁，我们国家万岁，打倒外国来的那个王侯！”……在帝国最后快要垮台时，老伊列涅奥·孟察加得到了通知，说桑塔·安纳正从国外流亡之地回来，准备宣布成立一个新的共和国。于是老头就坐上自己的敞篷马车去维拉克鲁斯，那里有一艘小艇在码头等着他。在“弗吉尼亚号”的甲板上，桑塔·安纳和他的德国海盗们在夜里向圣胡安·德·乌鲁阿发出讯号，但谁也没有回答他们。港口的驻军是拥护帝国的，他们嘲笑这个垮了台的暴君。他在甲板上的彩旗下踱来踱去，气急败坏，从肥厚的嘴唇里吐出许多蠢话。船帆又涨满了，两个老朋友在美国船长室里玩起纸牌来。他们是在一个炎热的、慢吞吞的海洋上航行，从这里只能依稀看到海岸线，而且还有一层热气把它模模糊糊地挡住。独裁者的目光从这艘挂着彩旗的船射到了西萨尔[1]的白色侧影上。这位跛足的老人下了船，后面跟着的是他那位老搭档。他发表了一篇致尤卡坦人的宣言，又在做他的荣华富贵梦：马克西米利安诺刚刚在克雷塔罗被判死刑，共和国理应又一次看到自己这位天生的真正领袖，这位无冕的君主挺身而出为爱国事业效劳。人们后来把消息告诉了露迪维尼亚：他们是如何被西萨尔的司令活捉，又如何被押送到坎佩切，在那里被铐着双手拉去游街，被纠察队推来推去，像刑事犯或小偷一样。他们又如何被投进一个苦役犯的地牢。老孟察加上校又如何在那没有厕所的污水横流的夏天死掉，同时美国报纸却报道说桑塔·安纳已经同那无辜的里雅斯特亲王[2]一样被华雷斯分子处决。消息不是真的，只有伊列涅奥·孟察加的尸体葬在海湾对面的那个坟场上，结束了他那像祖国历史一样变化莫测的一生。桑塔·安纳却仍然带着他那副传染性的疯癫的脸相，再次出国流亡。

阿塔纳西奥把这消息告诉了她。露迪维尼亚还记得那个炎热的下午。从那时起，她就再也不离开房间，把自己最好的衣服、饭厅的油灯、镶面的大箱子、上漆最多的油画全都拿到了自己的房间里。她是在等死，她那个罗曼蒂克的头脑以为死亡马上就要来到，但是，却白白等了三十五年；当然，三十五年对于一个九十三岁的女人来说也算不了怎么一回事。她是在第一次闹事的那一年出生的，当时，多洛雷斯教区里掀起了木棍和石块的闹声，她妈妈是在一座由于恐惧而所有的门都上了闩的房子里面生下她的。她的日历都已经散失，到了一九〇三年这一年，对她来说，只不过是上校死后她本应马上跟着死却没死而苟延残喘的又一年罢了。一八六八年庄屋被纵火焚烧的事在她的记忆中也是不存在的，当时火烧到她隐居的卧室门口就止住了。当时她的儿子们（她不光只有阿塔纳西奥

1　西萨尔（Sisal）是尤卡坦半岛上的一个港口。
2　指被处决的墨西哥皇帝马克西米利亚诺（Prince of Trieste）。

一个儿子，还有另外一个，但她只喜欢阿塔纳西奥）向她呼喊，叫她逃命。她就把桌子椅子堆到门后，把门顶住，浓烟透过所有的隙缝钻了进来，弄得她不断咳嗽。她再也不想看见任何人，她只肯见那印第安女人，但这也是不得已的，因为总得有人给她送饭，替她缝补黑衣服。她什么都不想知道，只想追忆往事。她关在屋里，对一切都失去了理智判断能力，只记得起最主要的：她的守寡，过去的经历，现在又忽然加上这个总是在远处紧跟着那个陌生的黑白混血儿跑的男孩子。

“印第安女人，打一壶水来。”

但是，从门外探头进来的不是巴拉科阿，而是这个黄色的幽灵。

露迪维尼亚轻轻地惊叫了一声，更加把身子蜷缩到床里的最深处。深陷的眼睛惊惶地睁开，脸上所有的皱皮都似乎变成了粉末。那个探头的男人停在门槛上，伸出了一只颤抖的手。

“我是彼得罗……”

露迪维尼亚没听懂。她在颤抖，说不出话来，但她还是做到了把双臂挥动，驱魔逐鬼，在一大堆乱七八糟的黑破布中挥手把说不出的话说了出来，而同时，那个苍白的幽灵又张着嘴向前走过来：

“嗯……是彼得罗……嗯……”他边说边用手擦着自己那胡须稀疏的有斑点的下巴，“是彼得罗……”

他说话时，眼皮神经质地眨动。瘫痪了的老太婆听不懂这个睡眼惺忪的满身臭汗和劣酒气味的男人说的话是什么意思：“嗯……什么都没剩下了，您知道吗？……一切……都完蛋了……现在……”他轻声说，声音带一点干泣，“他们把那黑人带走了；妈妈，您还不知道……”

“阿塔纳西奥……”

“嗯……彼得罗，”酒鬼扑到那张摇椅上，张开腿坐下，好像到达了自己出发的港口那样，“他们把那黑人带走了……咱们就是靠这黑人吃饭的呀……您和我……”

“不，是个黑白混血儿，是个黑白混血儿和一个男孩子……”

露迪维尼亚听着，但她不看那个坐定下来向她说话的幽灵，因为一个在闲人免进的洞窟里响出的声音，是不可能有其肉体的。

“黑白混血儿，是的；还有一个男孩子……是吗？”

“这孩子有时候在外面远处跑来跑去。我看见过他。我很高兴。是个男孩子。”

“募工头来通知了我……真是晴天霹雳……他们要把这黑人带走……怎么办呢？”

“带走一个黑人吗？庄园里有的是黑人。上校说过，黑人更便宜，干的活更多。不过，如果你这样喜欢他，你可以把他的工钱提高到六个莱阿尔。”

他们两人停在那里，像盐堆成的塑像似的，心里在忖度，往后，到了为时已晚的时候，一旦到了这男孩已经不在他们中间的时候，他们到时又会有什么话要说。露迪维尼亚努力使自己的目光靠近那个她不肯承认的身躯。顺便说说，这个人直到今天才翻出了自己最好的衣服，迈出这犯禁的一步，这样的一个人又是什么人呢？是的，那件由于在热带气候中存放过久而长了霉斑的府绸胸衣、那条瘦得连这个枯瘦身体的小肚子也觉得太紧了的裤子、这些当年的衣服，同他那种惯常的汗水（汗水里有烟草和酒精味）很不相称，而且他那双透明的眼睛同这些衣服所代表的潇洒风度是格格不入的。这是一个已有十五年以上未同任何人交际过的痴钝酒鬼的眼睛。啊（露迪维尼亚爬到凌乱不堪的床上，她终于承认对方这个声音是有肉体的），他不是阿塔纳西奥，阿塔纳西奥好像是他母亲的一个延长，只不过采取了男性的形式；他其实就是他母亲，只不过长了胡子和睾丸（老太婆幻想着）。这个人不像阿塔纳西奥那样是母亲的一个雄性延长；所以，母亲爱这个儿子而不爱另一个（她又叹一口气），爱的是那个在自己分内的土地上扎根创业的儿子，不爱的是那个甚至在事业失败时仍然打算在上边继续非分享受宫廷生活的儿子。（她很有把握相信）：当一切都属于他们时，他们是有权支配全国的（她又不甘心），但当他们一无所有时，他们应在的地方就是这四面墙壁包着的房间。

母子两人相视着，他们两人当中隔着一堵复活的城墙。

你是来告诉我，咱们已经没有土地了，也没有荣华富贵了，别人已经利用了我们，正像咱们利用过别人，利用过一切的最初的主人一样，是不是？

我是找了个借口来的。我来，是因为我已经不愿一个人孤孤单单的。

我恨不得回忆你小时候的样子。当时我是爱你的，因为一个年轻的母亲应该爱她的所有儿女。我们对老人了解得更多些。不应该无缘无故地爱任何人。唯一的理由就是无缘无故地爱的血统。

我也曾经想自己能像我哥哥一样坚强。我对这个黑白混血儿和这个男孩子也曾经毫不留情；我禁止了他们踏进这座大房子。从前阿塔纳西奥就是这样做的，你记得吗？但是当年长工多得很。今天却只剩下这个黑白混血儿和这个孩子了。黑白混血儿也要走了。

你已经剩下孤单的一个人了。你找我是为了自己不孤单。你以为我是孤单的；我看到你的眼睛有怜悯的表情。你总是这样愚蠢，又这样软弱。我的儿子不是这样的，我的儿子从不求别人可怜，这倒像是我自己年轻时当妻子的形象。现在可不了，现在可不了。现在我有自己一生的经历来给我做伴，我不觉得老了。你却是老了，你以为自己长了白头发、上了酒瘾、意志薄弱，就一切都完蛋了。唉，我看你，我看你糟得很呀！就是你当年同我们一起上京城去；就是你当时以为有了权就有借口可以把权任意糟蹋，把它败坏在酒色上，而不是把有权看作一个理由，去把权扩大和加强，把权拿来当作一根鞭子；就是你当时以为我们的权已经无代价地转到了你的手中，所以你就觉得可以一直留在上头，用不着依靠我们，而我们却不得不又下来，下到这片炎热的土地上，到这个一切富贵的发源地来，到这个我们凭借来起家而又不得不掉回来的地狱里……你嗅一嗅吧！有一种比马汗、水果和灭药更加浓的气味……你可曾注意嗅过男女交欢时的气味吗？这里的土地就是这个气味，就是男女相爱的枕席气味，你却一直不晓得……听着，啊，你生下来时我抚爱过你，给你喂过奶，把你叫心肝宝贝，我当时回忆着你父亲是如何创造你的，他当时爱情热烈奔放，像疯了似的，但并不是为了创造你，而是为了给我快感。这一点留了下来，你却消失了……就在外面，你听着……

你为什么不说话呢？行呀……行呀……你就一直闭着嘴吧，能在这里看见你，看见你这样瞧着我，总算没有白来；总比老是看着那张光秃秃的床和一夜睡不着觉好些……

你找谁吗？外面的那个男孩子不是活着吗？我猜出是你来了；你一定以为我什么都不知道，以为我从这里什么都看不到……好像我不知道我有一块亲骨肉在这一带游来荡去，这是伊列涅奥和阿塔纳西奥的又一个延长，是孟察加家族的又一个成员，是又一个同他们一样的男子汉，就在外面，你听着……肯定是我的亲骨肉，虽然你不去找他。血亲虽远，还是可以认得出来的……

“卢内罗，”孩子睡了午觉醒过来，发现那黑白混血儿筋疲力竭地躺在最潮湿的土地上，“我想走进那座大房子里去。”

后来，当一切都结束了之后，老露迪维尼亚就要打破沉寂，像一只丢了翅膀的老乌鸦一样出来，在长满蕨类植物的大路上呼喊，双眼凝视着杂草，后来又终于抬起来瞧着高山；她在整天点着蜡烛的房间里待惯了，一到了不习惯的外面的黑夜中，就像瞎了眼睛似的什么都看不见。她伸出双臂，要够着那个她希望在每一条树枝后面找到的人形，尽管这些树枝在鞭挞着她那张布满了死血管的脸。她嗅着大地的这种混杂的气味，用嘶哑的声音呼喊着那些忘记了又刚刚记住的名字，气急败坏地咬自己的手，因为她胸中有一样事情（年岁、回忆、一生的经历）在告诉她，除了她一个世纪的往事之外，生命还留有一点余地。还有机会可以活着并且爱自己血统的另一块亲骨肉。它并没有随着伊列涅奥和阿塔纳西奥之死而一起死去。但是，现在，在这个三十五年来从未离开过一步的卧室里，面前又是彼得罗先生，露迪维尼亚就觉得自己是把对往事的回忆和眼前的事物连在一起的中心了。彼得罗先生摸摸胡须稀疏的下巴，又开口讲话，但现在是提高了嗓子：

“妈妈，你不知道……”

老太婆的目光使儿子的声音凝结了。

不知道什么？不知道天下没有不散的筵席吗？不知道当时的威风是虚张声势，靠的是邪恶，所以也只能被别人的另一种邪恶取而代之，以暴易暴吗？我们为了保持主人的地位，下令把敌人枪毙；你父亲为了保持主人的地位，下令割掉敌人的舌头，砍掉他们的手；你父亲为了取得主人的地位，夺去了敌人的土地，后来有一天这些敌人却胜利了，经过这里，放火烧了咱们的房子，夺去了本来不属于咱们但是被咱们靠暴力而不是靠权利占住了的东西，这难道我不知道吗？你哥哥怎么也不肯甘心被排挤，被打败；他保持了阿塔纳西奥·孟察加的本色，不像你那样高高在上，在离开现场远远的地方，而是在下面，在这里，在农奴们当中，冒着危险强奸那些黑白混血的和印第安族的女人；不像你那样专门勾引那些风骚女人，这难道我不知道吗？你哥哥一定要在他成百上千次暴力的、满不在乎的、迅速的交媾中留下一个、一个、一个证据，证明他曾经在这个人世上待过一段时间，这难道我不知道吗？阿塔纳西奥在咱们家这一大片领地上种下种子生出的所有孩子当中，应该有一个是在这附近出生的，这难道我不知道吗？就在他儿子在一座黑人草屋里出生——这孩子也应该生在底层，以又一次证明父亲的威力——的那一天，阿塔纳西奥就被……

彼得罗先生在露迪维尼亚的眼睛里猜不出这些话来。老太婆那枯萎的脸所发出来的目光像是这卧室里的烫热的液体上浮着一层大理石的波浪一样。这个穿着窄小衣服的男人并不需要听到露迪维尼亚的声音。

你可千万不能责怪我。我也是你的儿子……我身上的血同阿塔纳西奥是一样的……那么，为什么那天夜里……人家单单对我一个人说：“从前在桑塔·安纳军队里服役的罗拜纳军曹找到了你费这么大的力气寻找的东西，这就是孟察加上校的遗体，那是在坎佩切的公墓里找到的。你父亲被埋葬时，连墓碑也没有一块，有个士兵在埋葬时看见了，后来他被派到港口去驻防时，把情况告诉了军曹。军曹躲过了指挥部的防范，在夜里把孟察加上校的遗骨偷了出来，现在趁奉调去哈利斯科的机会，经过这里，把遗骨交给你们。今天夜里我就等着你们两兄弟来，地点就在离村子入口处两公里的那片林间空地上，就是从前竖起那根柱子、把造反的印第安人绞死的地方。”这不是够狡猾的吗？阿塔纳西奥同我一样信以为真；他热泪盈眶，对这个口信一点也没有怀疑。唉，我干吗偏在这时候来到科库雅呢？不错，因为我在墨西哥城已经开始拮据了，阿塔纳西奥对我向来是有求必应的；他甚至宁可让我远走高飞，因为他自己想成为这地区唯一的孟察加，你唯一的保镖。我们两人骑马到达那地点时，天空中挂着当季最热时的红色月亮。我们从小就认得的罗拜纳军曹就在那里，身子靠着那匹高头大马。他闪亮的牙齿像米粒一样，白色的胡子也是。我们从小就认识他。他一直追随桑塔·安纳将军，是个有名的驯马师；他向来都是这样笑的，仿佛他自己就是这个巨大玩笑的一部分。就在那里，在马背上，驮着我们所等待的那个脏布袋子。阿塔纳西奥拥抱了军曹，军曹哈哈大笑，他笑到甚至发出了吹口哨的声音。这时候，那四个汉子从草丛中出来了，四个人在月亮下都很明亮，因为他们穿的都是白衣。“灵魂安息吧！”军曹用带笑的声音说，“那些输了不甘心又想捞回来的人，愿他们的灵魂安息吧！”接着他马上翻了脸，也向阿塔纳西奥冲过来。谁也没有注意到我，我可以向你发誓；他们只是盯着我哥哥，向他冲过来，仿佛没有我这个人似的；我也不知道自己怎么就跨上了马，跑出了这四个人围成的该死的圈子。他们已经从腰间拔出了砍刀，这时，阿塔纳西奥用沙哑而又镇静的声音向我喊叫：“弟弟，回来，记着你带了什么东西。”我感觉到枪托贴着我的膝盖，但我已经看不见那四个汉子如何渐渐进逼到阿塔纳西奥跟前，先是用刀背敲打他的腿，然后在月光底下把他乱刀砍死，接着就是一片沉寂。我有什么办法到庄园去求援呢？我知道人死不能复生，何况是新主人派来的人把他杀死的；新主人要成为真正的主人，早晚总是要把阿塔纳西奥杀掉的。从那时候起，又有谁再能同他作对呢？第二天，那个在我们的土地上把我们打败了的新主人筑起了新的围墙。我对这件事连知道都不想知道。何必呢？长工们一声不响都转到了他那一边；至少他不会比阿塔纳西奥更坏吧。而且，好像是为了警告我别乱说乱动似的，开来了一排联邦军队，在新的地界上驻扎了整整一个星期，动也不动。我又怎么能动呢？他们放过了我，已算是天恩浩荡了。怪不得一个月后，波菲里奥·迪亚斯访问了这地区的这个新的大户，甚至不放过嘲弄我的机会。他们把阿塔纳西奥的尸体连同一些牛骨、一大块有角的牛头骨交了给我。这些牛骨就是军曹在袋子里放着的。我把那支装了子弹的猎枪挂在庄屋门口，权且作为对可怜的阿塔纳西奥的一种悼念。的确，那天夜里……我一直没想到我是带着这支猎枪放在马鞍上的，虽然枪托碰了我的膝盖，在这样长时间，妈妈，这样长时间的骑行当中……

“那地方是千万不能进去的。”卢内罗说罢，停住了他那恐惧与悲伤交集的舞蹈，停住了这场同孩子最后一次一起过一个下午、静悄悄告别的舞蹈，站了起来；现在大概是五点半钟，募工头马上就要到了。

“你要想办法往内陆去，”他昨天对孩子说过，“你就想办法去吧。咱们比侦探还是高明一些，那些人全是卑鄙的家伙，他们宁可交出一个不肯就范的长工也不愿意看到有人逃脱了同他们一样的命运。”

不是的，卢内罗的心思是对着海岸的，他终于感到一阵说不出的恐惧和惆怅。当黑白混血儿站了起来，瞧着河里向墨西哥湾流去的滔滔流水时，孩子看见他的身躯是多么高大！这个三十三岁的、肤色像桂皮、手掌粉红色的人，显得多么高大！卢内罗的眼睛盯着海岸，他的眼皮好像涂了一层白色，这并不是因为这个种族的人年纪大了目光就更明亮，而是因为他在怀念过去那个更古老的时代。远处的那片沙滩，河口被切开了，大海的第一条界线被染上了一片棕色。但是在更远处却有一个由岛屿组成的世界，再远一些，就是那个大陆，在那里，一个像他这样的人可以藏身在洪荒密林之中，说自己已经回来了。山脉、印第安人、高原都是背后的东西。他不想转过头来瞧瞧背后。他深深呼吸一下，向海洋望过去，好像是在瞭望着一个使人自由自在随心所欲的魔法。孩子打破了害羞的心理，向黑白混血儿跑去；他只抱住了卢内罗的肋骨。

“卢内罗，你别走……”

“小克罗斯，天呀，有什么办法呢？”

黑白混血儿不知如何是好，抚摸着孩子的头发。他无法避开这样的幸福，这样的愉快，这个他一直担心到来的痛苦时刻。孩子抬起了头：

“我去同他们说说，告诉他们，你不能走……”

“到那里面去说吗？”

“是的，到那座大房子里。”

“小克罗斯，他们不想让我们进去。你千万别进去。来吧，咱们继续干活吧。我还有好多天不会走呢。说不定我永远用不着走了。”

下午潺潺作响的河水迎接了卢内罗的身体。他钻到水里去，是为了避开这个一辈子的同伴，免得同他谈话，同他接触。孩子又重新干起制蜡烛的活，后来又笑了，因为他看见卢内罗逆水游泳，装作快要淹死的人那样手足乱舞，然后像箭一样冒出水面，在水里翻一个跟斗，又重新出现，牙齿衔着一根棍子，上了岸，抖抖身体，发出滑稽的响声，终于背对着孩子面对着那些磨光的树皮坐了下来，伸手拿起了槌子和钉子。他不禁又想起，募工头马上就要来了。太阳正在树梢后面消失。卢内罗不肯想，但又不得不想；痛苦的刀锋正在割开他那已经丧失的幸福。

“到草屋里去，再拿点砂纸来。”他一面对孩子说，一面心里想，这一定就是他告别的话了。

他这样穿着平常的衬衣和长裤就可以走了。何必多带什么东西呢？太阳快下山了，他可以在路口等着，免得那个穿礼服的人靠近草屋。

“是的，”露迪维尼亚说，“巴拉科阿已经让我明白了一切。让我明白了咱们是靠这孩子和这黑白混血儿干活养着的。你愿意承认这一点吗？咱们是靠他们吃饭的。你不懂得该怎么办吗？”

老太婆的真正发音是很难听得懂的；她已经习惯于独自一个人喃喃自语，发出声音时，像硫磺矿泉那样静寂而低沉。

“……换作是你父亲和你哥哥，他们就会挺身而出，替这个黑白混血儿和这个孩子作主，不准把他们弄走……必要时，宁可拼了性命也不让人家欺负我们……不中用的东西，是你去还是我去？……把这孩子带来见我！……我想同他谈谈……”

但是这孩子听不清他们两人的声音，甚至看不清他们两人的脸，只看到花边窗帘后面的侧影，因为露迪维尼亚作了一个不耐烦的手势，吩咐彼得罗先生把蜡烛点起来。孩子离开了窗口，蹑着脚去找这座大房子的正门，那里的柱子已被烟熏黑，阳台已经废弃，挂着独酌独饮时躺身的吊床。还有，门楣上两个生了锈的铁钩上挂着彼得罗先生在一八八九年那天夜里带在马鞍上的那支猎枪，从那时起，他就一直把这支枪保存好，擦上油，随时能用。他虽然明知永远不会使用这支枪，但放在那里，可以作为他懦怯心理的最后一道防线。

枪上的双筒枪管比白色的门楣还要明亮。孩子从门楣下穿过。

这庄园原先的大厅已经失去了地板和屋顶，傍晚的绿色亮光纷纷透进来，照亮了长满着草、到处是灰烬的地面。有些青蛙在呱呱地叫，屋角里积着雨水。再往里，是那个杂草丛生的院子，最里面有一道门，透出了有人居住的那个房间的一线亮光，里面传出来的声音越来越响。从对面的另一端（原先的厨房残存的那部分），印第安女人巴拉科阿探头出来，双眼带着狐疑的神气。孩子把脸躲藏到大厅的暗影里。他走到阳台上，利用那些破碎的土坯垫脚，把手够着门楣和猎枪。说话的声音更响了。传来一阵既杂有纤细愤懑责备声又有嗫嚅辩解声的话音。最后，一个高高的身影走出了卧室。礼服的衣裾摇动时嗖嗖作响，皮靴在走廊的花砖上发出咯咯响声。孩子不再等待了；他知道这双脚要走哪条路；他双臂捧着猎枪，沿着通往草屋的小路飞跑。

卢内罗已经在离大房子和草屋都远远的地方等候着，这是几条红泥土路交叉汇合的地点。大概是晚上七点。现在的确是时候了。他向这条宽阔道路的两个方向都打量了一下。募工头的那匹马一定会扬起满天尘土。但是，卢内罗料想不到自己背后远处竟会响起轰隆两声爆炸，使他一时动弹不得，脑子也一下子转不过来。

这是因为那孩子埋伏在树荫里，双手拿着猎枪，心里生怕那个人的脚步会走到他跟前。他看见那紧窄的靴子、那银灰色的长裤、礼服的衣裾经过了他面前。是同昨天一样的礼服，已经毫无疑问了，更何况这个没有脸的人走进了草房，喊道："卢内罗！"孩子从昨天找黑白混血儿的那个人的态度中曾觉察到一种既恼火又威胁的口吻，现在又从这个人不耐烦的声音中觉察到了这种口吻。如果不是硬要把这黑白混血儿弄走，又会是为了什么来找他呢？猎枪沉甸甸的，有着它的威力，可以延长这孩子默默不语的愤怒。之所以愤怒，是因为他现在知道了，人生是有敌人的，人生已经不只是这条河无穷无尽的流水和每天干的活了；之所以愤怒，是因为他现在发现了人生是有生离死别的。那双穿着长裤的腿、那银灰色的礼服又从草屋里出来了。于是他举起双筒枪向上瞄准，扣动了扳机。

“克罗斯！我的孩子！”卢内罗走到彼得罗先生血肉模糊的脸跟前时喊了起来。彼得罗先生的胸衣染红了，由于死得突然，嘴角还有一丝微笑。“克罗斯！”

孩子颤抖着从树荫下走出来，他并没有必要非看清这个满是鲜血和火药的脸，因为他对这个人一向只从远处看见过。他过去看见这个人时几乎总是光着膀子、高高举着酒坛、不长毛的苍白的胸膛上挂着一件到处是破洞的汗衫。这个人同另一个人不是一回事，另一个人是位绅士，他来自墨西哥城，衣冠楚楚，风流潇洒。这是卢内罗所记得的形象；这个人六十年前曾是露迪维尼亚·孟察加的手抚爱过的孩子；现在却只剩下一张容貌不清的面孔，一件血污的胸衣，一副痴呆的怪相。只有蝉叫声。卢内罗和这孩子都没有动，但是黑白混血儿明白了。主人是因他而死的。露迪维尼亚睁开了眼睛，用嘴唇润湿了一下食指，熄灭了床头的蜡烛；她几乎是爬着向窗口走去。一定是出了什么事。油灯又闪烁着。一定是出了什么大事。油灯被两声枪响所撼动。她听了那些含糊不清的人声，最后这些声音静了下来，昆虫又鸣叫了。只有蝉叫声。巴拉科阿在厨房里蜷成一团；她让炉火自己熄灭，颤抖着，心里想，火药时代又回来了。露迪维尼亚也没有动，最后，在静寂中，她忍不住这股微弱的愤懑之气，在卧室里待不住了，就颠颠踬踬地走了出来，夜间的天空从这被烧的庄屋的每个缺口透进来，使她心寒。她像一条蜷缩着的白色蚯蚓，伸出手臂，希望摸到一个孩子的身躯；她十三年来一直知道这个孩子就在她身边，但直到现在她才想摸他一下，喊喊他的名字，而不再像原先那样只在预感的想象中抚养他。克罗斯，克罗斯，没有真名真姓，这只是一个由黑白混血儿取的名字；这名字取自伊萨贝尔·克罗斯或者克罗斯·伊萨贝尔；那是他的母亲，她被阿塔纳西奥连打带踢赶走了，尽管她是这地方第一个替他生了个儿子的女人。老太婆对黑夜不熟悉，双腿发抖，但她坚持走着，张开双臂爬着，准备迎接人生最后的一次拥抱。但是传来的只有一阵马蹄声和一股扬起的尘土。只有这匹大汗淋漓的马嘶叫一声，停在门口，此时露迪维尼亚的伛偻的身影刚刚横过这条路。募工头坐在马鞍上喝问：

“老不死的东西，孩子和黑人到哪里去了？到哪里去了？不说我就放狗和派人去追。”

露迪维尼亚只懂得举起神经质的拳头在黑暗中挥舞，用她自然的诅咒来回答：

“下贱的东西，”她向那个高踞马鞍之上看不清楚的脸说，“下贱的东西。”她又说了一句；在举起的拳头旁边，马在喘气。

鞭子抽到她背上。露迪维尼亚应声倒地。马急转个身，一股尘土把她笼罩住。马飞跑着离开了这庄园。

我知道他们用这根针在刺穿我前臂的皮肤。还未感到疼我就叫喊起来；这种疼痛的预告在皮肤还未觉疼之前就传到了我的大脑……啊……把我马上要感觉到的疼痛向我预告……使我警觉起来，意识到它……使我对疼痛的感觉更加强烈……因为……知道了……抵抗力就差了……我这就吃亏了……这时候我知道了……那些不同我商量的力量……那些不把我当一回事的力量……是呀：痛觉器官……最慢的器官……战胜我的反射器官……这疼痛已经不是……打针的疼痛了……而是疼痛本身了……我知道……他们在碰我的肚子……轻轻地，细心地……肚子发胀……黏糊糊的……发蓝色……他们摸它……用打了肥皂的手……来回抹动，刮着我的肚皮和小腹……我忍受不了……我叫喊……我必须叫喊……他们按住我……按住我的胳膊……肩头……我呼喊，叫他们放开我……就让我安安静静地死去……别碰我……我不能容忍他们碰我……这个发炎的肚子……敏感得很……像一只长了疮的眼睛……我忍受不了……我不知道……他们按住我……他们撑住我……我的肠子不动了……不动了，现在我感觉到了，现在我知道了……气体在鼓起来，出不去，堵住……这些应该流动的液体不流动了，不再流动了……使我身体肿胀……我知道……我没有体温……我知道……我知道往哪里动，向谁求救和请教，好能够起床，行走……我使劲挤呀，挤呀……血到不了……我知道它到不了应该到的地方……它本来应该从我的嘴出去……从肛门出去……出不去……他们不知道……他们猜测……他们摸我……摸我的加快跳动的心脏……摸我没有脉搏的手腕……我弯着身子……我把身子弯成两半……他们搂着我的腋窝……我睡着了……他们把我放平……我弯着身子……我睡着了……我对他们说……我在未睡着前必须对他们说……我对他们说……我不知道他们是谁……“我们骑着马……渡过了河”……我嗅到自己的气息……臭的……他们把我放平……门打开了……窗打开了……我跑……他们推我……我看见天空……我看见那些抹掉的星星在我眼前经过……我触摸……我嗅着……我看见……我尝着……我听……他们带着我……我经过……经过……经过一道走廊……有装饰的……他们带我……我经过时又触摸，又嗅，又尝，又看，又嗅那些豪华的木雕——那些琳琅满目的镶木细工——那些石膏烫金的雕花板——那些嵌上骨头和玳瑁的屉柜——那些铁饰和搭扣——那些有铁片镶贴和盾纹的保险箱——那些用美洲松木制成的发香味的交椅——那些给唱诗班准备的席位——那些巴洛克式的椅子突饰和垂饰——那些向里弯的椅背——那些镂空的横撑——那些五色缤纷的怪面饰——那些青铜的圆头饰钉——那些压花的皮革——那些玩球兽爪形的桌椅腿——那些用银丝挖花织制的十字褡——那些蒙上锦缎的安乐椅——那些天鹅绒的沙发——那些餐桌——那些圆柱形陶器和大肚颈瓶——那些斜边划开的方格护壁板——那些有华盖和帷幔的床——那些凹槽的柱子——那些徽章和缘饰——那些美利奴羊毛的地毯——那些锻铁的钥匙——那些有龟裂纹的油画——那些丝绸和开司米——那些毛绒和塔夫绸——那些玻璃器和油灯——那些手工上色的器皿——那些发热的梁柱——这一切都是他们决不会碰到的……是不会变成他们的……眼皮……要把眼皮张开……把窗打开吧……我在滚着……大大的手……大大的脚……我睡觉……在我张开的眼皮前经过的亮光……天空的亮光……把星星打开吧……我不懂……

你就在那里，在那座山的顶上，那座山在你背后长得越来越高，呼吸越来越带劲……在你脚下，那个仍然被枝叶茂盛的草木和齐鸣夜籁所覆盖着的山坡在往下滑，最后消失在热带平原中。这个平原是那个升起来的圆圆的笼罩一切的黑夜的一张蓝色地毯……你停在岩石的第一层上，对发生了什么事茫然不知所以，对于你原先暗地以为是永恒的生活竟然会结束感到茫然不知所以……那种生活，就是住在那座缠在吊钟花当中的草屋里，天天到河里游泳打鱼，拿香杨梅蜡制蜡烛，有黑白混血儿卢内罗做伴……但是，你一方面心乱如麻……另一方面又有一根细针挑起你的回忆，另一根细针挑起你对未来的直觉……黑夜和高山的这个世界展现在眼前，它暗淡的亮光，开始钻进眼睛；这双眼睛刚展开了新的视野，原先是日常的生活，如今变成了回忆。这双眼睛的主人，这个孩子，如今进入了顽强不屈、成败利钝在所不顾、胸怀大地的新境界……这孩子已经摆脱了出身的宿命……但又受制于另一种命运，另一种新的命运，前途未卜的命运，这种命运就在那座被星光照亮的大山背后。你坐着喘气，向眼前这广阔的景色伸开了你的双手。满天星斗的亮光，均匀地、恒久地照到你身上……地球在均匀地围绕着自己的轴，也围绕着太阳旋转……地球和月球都自己动着，又都互相围绕着旋转，也都围绕着共同的引力中心旋转……太阳的整个家族都在自己的白色带子中运动，这道液态的火药流对于外部的星团来说是在运动的，它围绕着热带之夜这个明亮的天穹旋转，像一场永远开不完的手牵手的舞会，这是宇宙的一场漫无方向、漫无边际的交谈……像眨眼似的闪烁着的亮光，仍然在沐浴着你、平原、山岳，这是一种恒久不变的沐浴，不受星星的运动以及地球、卫星、恒星、星系、星云的旋转影响；它不受摩擦运动、聚合运动和弹性运动的影响，这些运动聚合着和挤压着世界、岩石以及你在这天夜里第一次发出惊愕喊叫声时合着双手的力量……你想把视线固定在单单一颗星星上，把它的全部亮光，寒冷的、同太阳光中最宽阔的颜色一样无形的亮光，统统收集过来……但是这种亮光在皮肤上是感觉不到的……你眨着眼睛，在黑夜里同在白天一样，你都看不清世界真正的颜色，这是人类眼力所不及的……你茫然若失，注视着那阵断断续续地钻进你的眼珠子里的白光……宇宙的一切的光，从它的一切光源出发，飞快地、弯曲地走自己的历程，遇到宇宙本身沉睡中的物体昙花一现露面时，就弯曲绕道……通过可捉摸物体的流动集中，光弧在收缩、分离，在自己不断迅速的流程中创造出完整的轮廓和架子……你感觉到亮光的到来，而且同时感觉到……高山和平原的微弱味道靠近了你：香杨梅和木瓜、避霜花和云英花、木菠萝和达老玉兰花、香子兰和特科特威花、野紫罗兰、含羞草、老虎百合花……你看清楚它们在后退，越来越退向深处，这是冰冻岛屿的一次退潮……越来越远离第一次开放和第一次爆发……光向着你的眼睛跑过来，它同时又向宇宙最遥远的边缘跑过去……你双手抓住岩石上的座位，闭上眼睛……你又重新听到蝉在近处的叫声，走散羊群的咩咩叫声……在你闭上眼睛的这一阵子，一切都好像同时向前移动，向后移动，向承载一切的地面移动……这只鹛飞翔时，被维拉克鲁斯河最深的河湾的吸力约束着，然后停住在一块寂然不动的岩石上，准备再起飞。飞翔时要把星星的匀称平稳的布局打破，变成一阵阵暗黑的波浪……你什么都感觉不到……黑夜里好像什么都是不动的，连那鹏也不把宁静冲破……宇宙的奔跑、旋转、无穷无尽的动乱，你安闲的眼睛、脚、脖子，是感觉不出来的……你凝视着熟睡的大地……整个大地：岩石和矿苗、层峦叠嶂、茂密的庄稼地、河里的流水、人和房屋、飞禽和走兽、人们所忽略的地下火层，都同这有进无退无法干扰的运动作对，但还是抵挡不住它……你要弄着一块石头，等待着卢内罗和那匹骡子前来。你把石头沿山坡往下扔，让它获得一阵子迅速而有力的生命。这是一个小小的漫游的太阳，是一只由双重亮光组成的短促的万花筒……它几乎同那跟它作对比的光一样迅速；接着它就成了山脚下的一颗颗粒，而星星的亮光仍然以无法想象的充分的速度从光源射出来……你的视线消失在那块石子滚下去的那片侧面的悬崖里……你用拳头托着下巴，你的轮廓沿着黑夜的地平线显现了出来……你成了这里的景物之中一个新的成分，但这个成分很快就要消失，要到山的那一边去寻找人生吉凶未卜的前途……但是，从这里起……人生就已经开始是将来的事而不是过去的事了……天真消失了，不是由于做了错事理亏心虚，而是由于这种充满恋情的惊愕……你从来，从来都没有这样高大过……浩荡宇宙的方位，你是从未看见过的……你所习惯的河边的那个天地，只不过是这个没有预料到的广阔宇宙的一部分……你看见远处的云堆、大地的起伏、天空的笔直上升时，看了又看，并不感到自己渺小……你感到自己更加……更加思路明确，更加综观全局……你不觉得自己是在一片新的土地上，它是在最后一刻才刚刚从海里冒出来，使山脉同山脉相碰撞，像一张羊皮纸一样被第三纪的一只强有力的巨手揉成皱巴巴的一团……你感到自己在山上是居高临下的，同原野是垂直的，同地平线又是平行的。你在黑夜中感到自己是在太阳下的一个偏僻角落里，在时间里……在那遥远的地方，这些星座是不是像肉眼所见的那样彼此靠在一起呢，还是当中隔着无法计算的时间？……你的头上有另外一个行星在旋转，这行星的时间是与自己同一的。那阴暗而遥远的自转也许正是在这时候发生，按照水星的度量衡标准，这是仅有的一年中仅有的一天，同你的年份和日子是永远分开的……那里的现在不是你的现在，正如你又一次看见的那些星星的现在已经不是现在了的一样，你只是猜测到另外一个时间的、也许是已死去的时间的昔日亮光……你的眼睛所看到的光，只不过是几年前，以你的标准来算是几个世纪以前开始旅行的光的一个鬼影罢了。这颗星星还活着吗？……只要你的眼睛还看得见它，它就算是活着……唯有到了将来的一个夜晚，它的光（如果还存在的话）再也到不了你的这双眼睛里来，这时候你才知道，原来你在瞧着它时它已经死了，而当你的眼睛瞧着那旧的光，以为瞧着它就能给它一个名副其实的名称时，也就是说，在那些星星的现在时，它们的光的确是发射出来的……它在光源处已经死了，在你的感觉中却仍然是活着的……光源已经丧失了，烧焦了，这无源之光却仍然在遨游着，向着另一个时间一个男孩的眼睛进发……另一个时间……这个时间充满了生命、行动、思想，但它在过去的第一个里程碑和未来的最后一个里程碑之间决不是一种无情的流逝……这时间唯有在重整个别的记忆中，在个别愿望的翱翔中，才能存在，而一旦活下去的可能性告罄，这时间也就失去了。它体现在一件特有的事物身上，那就是你，当时是个孩子，现在是个垂死的老人，你今天夜里在一次神秘的仪式上，把爬在山坡岩石上的小小的昆虫同那些以广阔无涯的空间为背景而静悄悄地旋转着的巨型星球联结在一起……在这一分钟，大地、苍天和你的不声不响的这一分钟当中，什么都没有发生……一切都存在、运动、分离，这条变化的长河在这一刹那使一切都解体、变老、变坏，而没有谁喊出当心提防的呼声……太阳正在猛烈燃烧，铁正在倒塌下来变成尘埃，漫无方向的能量正在空间失散，质量正在放射中消耗，地球正在变成死冷……你却在等候着一个黑白混血儿和一头牲口，要跨山越岭去开始生活，把时间填满，要跨出一个不祥的把戏的脚步，做出这个把戏的手势，而在这个把戏中，生命在前进的同时也就是在走向死亡；这是一场狂舞，在这场舞蹈中，时间吞噬着时间，任何一个活着的人都不能扭转事物消灭的进程……孩子、大地、宇宙。总有一天，这三者都会既无亮光，也无温热，也无生命……只有被遗忘掉的混沌一片，没有名称，也没有人来给它取个名称。空间和时间、物质和能量都溶合为一……一切事物都共有一个名称……都没有名称……但这一天还未到来……现在人还在呱呱坠地……你还听到卢内罗拖长的"啊——"声和岩石上马蹄的"嘚嘚"声……你的心脏还在加速跳动，你终于明白，从今天起，一个前途未卜的冒险开始了，世界展开了，它把时间交给你了……你存在了……你站立在山上……你吹口哨来回答卢内罗的叫声……你要去生活……你要成为宇宙秩序的汇合点和理由……你的身体有它的理由……你的生活有它的理由……你现在是，将来是，过去也是宇宙的体现……星系是为了你才亮起来的，太阳是为了你才点燃着的……这是为了让你能爱，能生活，能存在……这是为了让你能找到秘密但又未能把秘密说出来就死去，因为这个秘密是你只有在永远闭上眼睛时才能掌握的……你，站立着的十三岁的克罗斯，刚开始踏上人生征途……你，碧绿的眼睛，细瘦的胳膊，被太阳晒成古铜色的头发……你，一个被人遗忘的黑白混血儿的朋友……你将是世界的名字……你听着卢内罗的拖长的"啊——"声……你把宇宙这一幅没有背景无边无际的壁画，同你的命运扯到了一起……你听到岩石上马蹄的"嘚嘚"声……星星和大地在你身上互相碰在一起……你听到卢内罗的呼叫声之后响起了步枪射击声……爱和孤寂、恨和努力、强暴和温柔、友谊和失望、时间和忘怀、天真和惊愕……这些许愿像是经历了一趟既无出发点也无去向的时光旅程，纷纷落到了你的头上……你听着夜间的静寂，既没有卢内罗的呼叫声，也没有马蹄的回音……在你那今天夜里向生活开放了的心房里，在你那开放了的心房里……

（1889 年 4 月 9 日）

他全身蜷缩成一团，他就在这些抽搐的正中心，暗黑的小脑袋血淋淋地垂挂着，由一些最纤细的线兜着。他终于进入人生了。卢内罗捉住他妹妹伊萨贝尔·克罗斯或是克罗斯·伊萨贝尔的双臂；他闭上了眼睛，不想看见他妹妹张开的两腿之间发生着的事。他藏着脸问她：“你计算过日子了吗？”她回答不了，因为她在呼叫，向自己身体里面呼叫，双唇紧闭，咬紧牙关。她感觉到那个小脑袋已经伸出来了，他正在出来，而这时卢内罗正按住她的肩头。只有卢内罗；那一罐子水在火上沸腾，刀子和碎布都准备好了。他在双腿之间正在出来，是肚子越来越密的抽搐把他顶出来的。卢内罗只好放开克罗斯·伊萨贝尔或伊萨贝尔·克罗斯的肩头，跪到张开的双腿之间，迎接这个湿漉漉的黑色的小脑袋，这个同克罗斯·伊萨贝尔或伊萨贝尔·克罗斯连在一起的黏糊糊的小身体。这个小身体终于分出来了，由卢内罗的手接着。现在这女人不再呻吟了，她在喘息，呼出了大口的气，用苍白的手掌心揩脸上的汗。她找，她找他，她伸出了双臂。卢内罗切断了脐带，扎住了切口，把这个小身体和脸洗净，抚爱它，吻它，想把它交给自己的妹妹，但是伊萨贝尔·克罗斯或是克罗斯·伊萨贝尔又在重新因为抽搐而呻吟。这座地面上有个女人躺着，上面用棕榈叶做屋顶的草屋，外面传来了越来越近的皮靴声，皮靴声正在走近。卢内罗俯身抱住这个小身体，用摊开的手掌拍它，让它哭呀哭呀，而同时，皮靴声越来越近。他哭了，他哭了，他就开始生活了……

我不知道……不知道……他是否就是我……你是否就是我……我是否就是这三个人……你……我把你带在我自己当中，我死你也一起死……天呀……他……我把他放在我自己当中，我死他也一起死……三个……说了话的人……我……我要把他放在我自己当中，我死他也一起死……只不过……

你已经不知道了。你已经不认识你这天晚上打开了的心脏，你的打开了的心脏……他们说“手术刀，手术刀”……我可是听着的，你已经不知道时，你还未知道时，我仍然是知道的……我从前是他，今后就是你……我在玻璃的深处，在镜子后面，在你和他的深处、下方、上方听着……“手术刀”……他们把你打开了……他们把你烧灼……他们打开了你的腹壁……找到了肚子里的这种液体……他们分开了你的腹壁……找到了这一堆发炎的、肿胀的、同你的肠系膜相连的、充了血的肠子……找到了这块圆形的坏疽……它泡在一种发臭味的液体里……他们说了又说……“梗塞”……“肠系膜梗塞”……他们瞧着你那发红的几乎乌黑的细长肠子……他们说……说了又说……“脉搏”……“体温”……“点状穿孔”……吃，啃……血流出了你那打开了的肚子……他们说……说了又说……“没用”……“没用”……三个人……这块血块分出来，从那发黑的血里分出来……它流着……停住……已经停住了……你的沉默……你睁开的眼睛……已经没有视觉……你的僵冷的手指……已经没有触觉……你的发黑又发蓝的指甲……你的颤抖的颚骨……阿尔特米奥·克罗斯……名字……“没用”……“心脏”……“按摩”……“没用”……你已经不知道了……我已经把你带在我当中，你死我也死……咱们三个……都死……你……死……你已经死了……我也死了。